BASTEI LÜBBE

Von Judith Merkle erschienen bei BASTEI-LÜBBE:

11676 Die Stimme
11930 Die Vision
12201 Die Hexe von Paris
12465 Die Suche nach dem Regenbogen

Judith Merkle Riley

Die Zauberquelle

Roman

Aus dem Englischen
von Dorothee Asendorf

BASTEI
LÜBBE

BASTEI LÜBBE TASCHENBUCH
Band 26 080

Vollständige Taschenbuchausgabe

Bastei Lübbe Taschenbücher ist ein Imprint
der Verlagsgruppe Lübbe

Titel der amerikanischen Originalausgabe:
The Water-Devil

Lizenzausgabe: Verlagsgruppe Lübbe GmbH & Co. KG,
Bergisch Gladbach
Einbandgestaltung: Martinez ProduktionsAgentur, Köln
Satz: hanseatenSatz-bremen, Bremen
Druck und Bindung: Elsnerdruck, Berlin
Printed in Germany August 2001
ISBN 3-404-26080-5

Für Stephanie

Glossar

Biberhut – Filzhut, auch Kastorhut genannt
Bruch – eine Art Unterhose, an der man die Beinlinge annestelt
gebähtes Brot – getoastetes Brot
Gebende – ein um das Kinn gebundener Frauenschleier
Gugel – Mütze mit langem Zipfel, den man sich wie einen Schal umlegen kann
Hübscherin – Prostituierte
Kotta – Untergewand von Frau und Mann
Mi-parti – Beinlinge mit je einem andersfarbigen Bein
Palas – Hauptwohnraum einer Burg
Schecke – eine Art Jackett
Surkot – Überkleid von Frau und Mann
Tassel – Umhangschließe
Trippen – hölzerne Unterschuhe für die Straße
Zaddelung – lappige Auszackung an Ärmeln und Schoß der Schecke
Zindelstoff – eine Art Taft

Prolog

Nicht lange nach Mariä Lichtmeß im Jahre des Herrn 1362 – ich notierte gerade die Kosten für Pökelfisch und Mehl und fand sie zu hoch – raunte eine Stimme in meinem Ohr. »Margaret«, hörte ich, »meinst du, ICH hätte mich dafür verwendet, daß du Lesen und Schreiben lernen konntest, damit du diese Künste dann auf die Buchführung verschwendest? Wäre es nicht viel besser, du würdest MEINE herrlichen Werke aufzeichnen?«

»Aber, Herr«, antwortete ich, »DU hast den Eheweibern geboten, ihren Männern zu dienen, und mein Herr Gemahl liebt es gar nicht, Haushaltsbücher zu führen.«

»Margaret, woher willst du wissen, ob du ihm nicht besser dienst, wenn du für die Buchhaltung einen Schreiber anstellst?«

»Ganztägig? Herr, bedenke die Ausgabe. Und angenommen, er ist ein Spitzbube?«

»Dein Verwalter kann ihm erklären, was er aufschreiben soll, und das überprüfst du einmal im Monat. So macht es Master Wengrave von gegenüber, und die Regelung sagt ihm ungemein zu.«

»Aber, Herr, DU weißt doch, was passiert ist, als ich das letztemal jemanden eingestellt habe, der für mich schreiben sollte.«

»Warum läßt du MICH die Dinge nicht gelegentlich auf MEINE Art ordnen, Margaret?«

Und wer bin ich sündiges Menschenwesen, daß ich Unserem Herrn nicht gehorchen würde, der so hoch erhaben ist über alles – sogar über Ehegatten und andere Männer? Also stöpselte ich das Tintenfaß zu, legte den Federkiel beiseite und blickte aus dem Söllerfenster. Eisiger Februarregen prasselte gegen die Scheiben und die hohen, bunt bemalten Häuser der Kaufleute und Weinhändler auf der anderen Straßenseite, die so viele gewölbte Butzenscheiben hatten, daß sie ganz knubbelig aussahen. Es ist schön, reich zu sein und Glas vor den Fenstern zu haben, dachte ich und sah zwei vermummten Fuhrknechten zu: Sie zogen einen hoch mit Holz beladenen Rollwagen auf den Hof des Steinhauses von Master Barton, dem Spezereienhändler von gegenüber. Einstmals, als ich mir mein täglich Brot noch selbst verdiente, hätte ich auch versucht, mich vor den Eisnadeln zu schützen. Hier jedoch verbannte ein Kohlebecken voller Glut die Kälte, und bunte Wandbehänge trotzten dem Grau vor den Fenstern. Auf der Diele hörte ich Getrampel und Gepolter: Man stellte die Schragentische zum Essen auf, und ein Geruch nach Sauerkohl und Pökelfisch schlich sich durch die Türritzen an wie eine Katze auf Mäusejagd. Dann klopfte es an der Tür, nicht laut, aber beharrlich; und danach ein besorgter Aufschrei.

»Mama, Mama, komm schnell. Vater hat wieder einen Anfall. Er sagt, er reißt aus und geht ins Kloster, damit er endlich in aller Ruhe über seine Sünden nachdenken kann.«

»Alison!« sagte ich und rannte schon zur Tür, »was hast du angestellt, daß er wieder damit anfängt? Du weißt doch, er muß dieser Tage schrecklich hart arbeiten. Nächsten Monat reist er nach Kenilworth, und dann muß das Vorzeigeexemplar fertig sein.«

»Ich, gar nichts, Mama«, sagte Alison, die mit Unschuldsmiene in der Tür stand. »Das war Caesar, er hat Vaters Federkasten gefressen.«

»Habe ich dir nicht gesagt, daß der Welpe auf gar keinen

Fall in sein Studierzimmer darf«, schimpfte ich und eilte vor Alison die schmale Treppe hinunter.

»Margaret«, stöhnte mein Herr Gemahl, der hilflos inmitten von tapsigen Hündchen und Kindern stand. »Es ist nicht auszuhalten. Unternimm etwas!« In seinem Studierzimmer ging es drunter und drüber, das Stroh auf dem Fußboden war zu einem Haufen zusammengeschoben, als hätte jemand darin gegraben, die eisenbeschlagenen Truhen standen offen, so daß man in munterem Durcheinander Manuskripte und Bücher sehen konnte, die an verschiedenen wichtigen Stellen mit einem Halm als Lesezeichen markiert waren. Auf der Metallkiste mit dem Doppelschloß, die Pachtgelder und den Rest der achtzig burgundischen Goldmoutons enthielt, die er aus Burgund mit nach Hause gebracht hatte, drängten sich Tintenflaschen und Papierstapel. Sein knöchellanger alter Surkot aus Wolle mit dem Schlitz in der Mitte, damit er auch zum Reiten taugte, hatte Tintenflecke, und die Gugel, die er sich gegen die Kälte wie einen Türkenturban um den Kopf geschlungen hatte, war ihm bei der Gedankenwälzerei verwegen auf eine dunkle Braue gerutscht.

»Hier bringe ich nichts zustande, überhaupt nichts!« rief er, und es gelang ihm, zu gleicher Zeit bemitleidenswert und ungehalten auszusehen. Dennoch war ihm anzumerken, daß er sich insgeheim an dem Gewusel freute. Ein Haus voller Kinder, voller Leben, voller Glück und Sorgen, das war so ganz anders als die kalte, unwirtliche Burg seiner Kindertage, anders als die fernen Orte voller Blut und Tod, von denen er gerade zurückgekehrt war. Seine braunen Augen leuchteten auf, als er mich erblickte, und die Andeutung eines Lächelns huschte über sein Gesicht, als er mir von seiner Höhe herab auf den Kopf sah. Denn er ist hoch gewachsen und schön, mein Herr Gemahl, hat eine lange, normannische Nase und einen dunklen Lockenschopf, und unsere Herzen sprechen zueinander, selbst wenn unsere Lippen schweigen. In diesem Augenblick sagte sein Herz, Margaret, es war so langweilig und trübselig, an diesem Regentag zu arbeiten, da habe ich ein wenig Unordnung gemacht, damit du kommst und alles wieder richtest.

»Mein viellieber Herr Gemahl«, sagte ich, »Eure Sorgen und Lasten nehmen überhand. Warum stellt Ihr nicht einen Schreiber ein, der Euch bei der Arbeit hilft?«

»Aber, ma chère Margaret, Herzallerliebste, denk an die Kosten.« Ich merkte jedoch, daß ihm die Idee bereits zusagte. Ein tüchtiger Bursche, der ihm die Bücher nachtrug, wenn er von den Illuminatoren kam; der seine Notizen in einer schönen Handschrift abschrieb; der ihm eine zusätzliche Flasche Tinte besorgte; der ihm weitere Federkiele anspitzte. Es schien die vollkommene Lösung zu sein.

»Wenn er auch noch die Haushaltsbücher führt, wären die Kosten für seinen Unterhalt zu verantworten«, erwiderte ich. Und so geschah es, daß Nicholas LeClerk, der keinen Universitätsabschluß besaß, weil er zuviel in Schenken randaliert und krakeelt hatte, an unseren Tisch kam. Ich gehorchte Gottes Gebot und ließ mittendrin ab, über Geld Buch zu führen. Statt dessen zeichnete ich die Mysterien von Gottes Schöpfung auf und berichtete, wie ich vom Schicksal in eines der allerseltsamsten verstrickt wurde.

4 Kindermützen aus bester Wolle, 3 Pence das Stück
1 Faß gepökelter Stör, 3 Pfund
3 Scheffel Weizenmehl, je 18 Pence, von Piers,
dem Müller, der wieder einmal zu leicht gewogen hat.

Im Jahre des Herrn 1360 war ich, die verwitwete und unanständig oft wiederverheiratete Margaret de Vilers, mit ein paar prächtigen Pilgerabzeichen und meinem derzeitigen Ehegemahl von einer Abenteuerfahrt aus der Fremde heimgekehrt und hatte mir vorgenommen, künftig Abenteuer zu meiden. Überall auf der Welt herrschte Krieg, unser König zog gen Reims, um sich die heilige Ampulla mit dem geweihten Öl, das eine Taube für die Salbung der französischen Könige zur Erde gebracht hatte, mit Waffengewalt anzueignen, sich selbst damit zu salben und so die Krone Frankreichs in seinen Besitz zu bringen.

Dabei hatten die Franzosen einen recht passablen König, der auf großem Fuß im Tower von London residierte, weil er das Lösegeld nicht aufbringen konnte, das entsprechend seiner königlichen Würde sehr hoch angesetzt war. Die Lage der Dinge erschien unserem König günstig, versteht sich, und so beschloß er, gegen Frankreich zu ziehen. Und wohin der König zieht, zieht auch der Herzog, und wohin der Herzog zieht, zieht auch sein Chronist, mein Herr Gemahl, Sir Gilbert de Vilers, der jüngste und wunderlichste Sohn dieser vornehmen, aber verarmten alten Familie, in die ich nach ausnehmend kurzer Witwenschaft eingeheiratet hatte. Mein früherer Ehemann, Master Roger Kendall, Ältester der Tuchergilde von London und sehr reich, wenn auch ziemlich alt, pflegte zu sagen: »Krieg und hehre Worte, denk daran Margaret, meinen in Wirklichkeit nur das Geld.« Daher meine Überzeugung, daß es sich im tiefsten Grunde auch hier um Geld dreht, selbst wenn alle Welt glaubt, daß es um einen Krug mit Salböl in einer fremdländischen Kirche geht. Und da setzt meine Geschichte ein: mit einem Krieg und all den englischen Kriegern, die in die Fremde zogen, um ihr Glück zu suchen. Was wieder einmal beweist, daß man sich vor dem Abenteuer noch so friedlich zu Hause verstecken kann, es kommt und findet einen, wenn es Gottes Wille ist.

Kapitel 1

Durch den Tanzsaal im Herzen von Leicester Castle, dem Hauptsitz des Herzogs von Lancaster – mächtiger Kriegsherr, starke Hand und weiser Berater Edwards III. –, schallte das Geschrei vermummter Kinder, die auf der Musikantengalerie tobten. Kühle Luft, frühlingshaftnebelfeucht, wehte durch die hohen, unverglasten Fenster herein, stob über den schimmernd gefliesten Fußboden, säuselte an den grauen Steinmauern entlang und hinterließ einen feuchten Schimmer. Die schweren französischen Wandteppiche, die während der Festlichkeiten die Wände geschmückt hatten, waren weggepackt worden. Im Saal kehrte wieder häusliche Geschäftigkeit ein, denn Leicester Castle war seit dem Tag, an dem das große königliche Expeditionsheer nach Frankreich aufgebrochen war, eine Burg der Frauen und Kinder, der alten Männer und Priester. Ein halbes Jahr war vergangen, seit jedes verfügbare Pferd, jeder Mann mit heilen Gliedmaßen und jeder noch nicht ausgegebene rote Heller in den Dienst von König Edwards größtem Vorhaben gepreßt worden waren, dieser allerletzten, entscheidenden Kampagne gegen die völlig erschöpften Franzosen. Sie sollte damit enden, daß Edward in Reims zum König von Frankreich gekrönt wurde. Der gesalbte König Jean, töricht und luxusliebend, lebte seit der Schlacht von Poitiers als Gefangener in England; in einem von Katastrophen heimgesuchten und vom übrigen Königreich abgetrennten Paris regierte ein schwacher

Dauphin, während im Land die Räuber herrschten. Die Zeit schien reif, daß Edward den Anspruch seiner Familie auf den Thron von Frankreich geltend machte. Nur der Herzog hatte sich dagegen ausgesprochen, mit einem einzigen Wurf alles aufs Spiel zu setzen. Es ist kein Glücksspiel, sagte der König, wir befehligen eine erdrückende Streitmacht. Der gesalbte König von Frankreich lebt noch, desgleichen sein rechtmäßiger Erbe, argumentierte der Herzog, und solange sie am Leben sind, sollte man den verständlichen Haß der Franzosen auf einen fremdländischen König nicht auf die leichte Schulter nehmen. Ich bin kein fremdländischer König, sondern der rechtmäßige Erbe, sagte Edward. Nichtsdestoweniger werden wir in der Fremde kämpfen, unsere Versorgung wird nicht nachkommen, es wird Winter sein, und das Land werden wir verwüsten. Wir nehmen alles mit, entgegnete der König. Und so wurde zum erstenmal ein Feldzug mittels Landkarten geplant. Sechstausend Versorgungswaggons würde es geben. Man würde Nahrung und Zelte mitnehmen, Waffen- und Hufschmiede, handgetriebene Mühlen und Öfen zum Brotbacken. Man würde zusammenklappbare Boote benutzen, mit denen man zur Fastenzeit auf den Flüssen angeln konnte, dazu Hunderte von Schreibern und Handwerkern jeglicher Zunft, sechzig Jagdhunde und dreißig Falkner für die königliche Jagd, dazu die königlichen Musikanten. Der gesamte höhere und niedere Adel, alles, was reiten konnte, würde den König begleiten, desgleichen seine vier Söhne. Mit diesem großartigen Plan fegte er die Bedenken des Herzogs hinweg. Loyal, wie dieser war, plünderte er seine Ländereien und nahm Pferde, Ritter, Zelte, Schreiber, ja sogar seinen Chronisten mit, einen sprachenkundigen Ritter und Gelehrten, der den gewaltigen Sieg aufzeichnen sollte. Und nun warteten in ganz England die Frauen, und der Tanzsaal hallte dumpf und hohl ohne die Musik.

Auf dem Boden des Saals unter der Galerie waren Herzogin Isabellas Näherinnen an der Arbeit. In dicken Wollkleidern scharten sie sich um das qualmende Feuerchen, das man mit grünem Holz im Kamin der Kemenate entzündet hatte. Auf dem Schoß hatten sie ellenweise schlichtes Leinen ausgebreitet und säumten endlose Stoffbahnen für einen Satz Bettlaken. Eine alte, fast blinde Frau erzählte, nein, singsangte die Geschichte vom falschen Marschall Sir Aldingar und spann dabei nach Gefühl. Am Ende eines Schragentisches in der Mitte des Raums unterhielt sich eine gutgekleidete Lady, eine Schere in der Hand, mit einer der nähenden Frauen, die eine geknotete Schnur hielt. Auf dem Tisch lag eine Bahn erlesenes Leinen, glatt und schimmernd wie Säuglingshaut, die zugeschnitten werden sollte.

»Dame Isabella sagt, an dem neuen Hemd müssen drei Zoll zugegeben werden, da ihre Tochter so geschwind wächst«, sagte die Lady mit der Schere.

»War ganz entbrant in minne zu seyner kônigin,
îr gunst wolt diser lump veraten,
da sî nît muget seyn gesele sîn
unde spotet seyner minne taten«,

sang die Alte mit schwacher Stimme, während ein halbes Dutzend Nadeln kleine, exakte Stiche stichelte.

»Das ist die Bahn, die Dame Petronilla von der Beschließerin geholt hat«, antwortete die andere. Da sie nicht in der Nähe des Kamins standen, bildete ihr Atem beim Sprechen kleine Wölkchen.

»Aber aus diesem Stück können wir die ganze Länge nicht schräg herausschneiden, wie es die Herzogin haben möchte. Seid Ihr sicher, daß dies die Bahn ist, die wir für die Herzogin vernähen sollen?«

»Da wart îm der sin benomen
unde er wolde îr nît wol,
daz foier solt sî bekomen,
so waz er des zornes vol.«

»Vielleicht hat sie sich geirrt. Der Stoff reicht nicht. Wir müssen fragen, ehe wir zuschneiden.« Und dann nahmen sie noch einmal an dem langen Mädchenhemd Maß, das ihnen als Vorlage diente, und gaben mit Hilfe der geknoteten Schnur drei Zoll zu.

»Falls sich Dame Petronilla geirrt hat, ich für mein Teil weise sie nicht darauf hin«, sagte die Näherin.

»Dann mache ich mich selbst auf die Suche nach Dame Katherine«, sagte die Lady. Sie legte ihre Schere beiseite, entfernte sich durch die offene Tür und überließ es der Näherin, sich wegen des Stoffs den Kopf zu zerbrechen und zu überlegen, wie man am besten anstückelte, ohne daß es auffiel.

»Was soll das heißen, der Stoff reicht nicht?« kam eine scharfe Stimme durch die offene Tür. »Beschuldigt ihr mich, etwas abgeschnitten zu haben? Ach, ein Fehler! Ich mache keine Fehler.« Die Nadeln wurden nicht weiterbewegt, die Näherinnen blickten sich an.

»Lady Petronilla«, flüsterte eine. »Warum unsere gute Herzogin die wohl zur Helferin der Beschließerin gemacht hat?« Schritte eilten an ihrem kleinen Halbrund vorbei, begleitet von einem Eishauch, einem eisigen Gefühl. Sie blickten auf und sahen den Rücken von Dame Petronilla de Vilers, die sich steif und aufrecht zum Tisch begab, während die Schleppe ihres schweren schwarzen Gewandes hinter ihr über den gefliesten Boden raschelte.

»Ich habe gehört, daß der Herzog Dame Isabella aus Frankreich eine Liste mit Namen von Rittersfrauen geschickt hat, denen sie in ihrem Haushalt den Vorzug geben soll.«

»Dann ist Lady de Vilers' Ehegemahl gefallen?« tuschelte eine andere Näherin angesichts des schwarzen Gewandes.

»Nein, sie soll einen Sohn verloren haben.«

»So alt sieht sie mir nicht aus, daß sie schon einen Sohn in Frankreich verlieren konnte.«

»Nein, einen Säugling. Sir Hugo, ihren Mann, hat die Kunde völlig niedergeschmettert, und als sie darum gebeten hat, den Ort verlassen zu dürfen, wo ihr Sohn gestorben ist, hat er seinen Einfluß geltend gemacht und sie hierhergeschickt, wo sie in Gesellschaft ist und von ihrem Verlust abgelenkt wird.«

»So klein? Und deswegen geht sie ganz in Schwarz? Übertrieben für einen Säugling, wenn ihr mich fragt.«

»Ladys sind vermutlich anders als wir.«

»Und auch anders als die da«, zischelte es gehässig.

»Daz foier man îr bereytet
von holtze unde gar hoch,
schoen Elinor man geleytet,
eyn groz jamer waz es doch ...«

Die Frau in Schwarz maß die auf dem Tisch ausgebreitete Stoffbahn mit verächtlichem Blick. »Ihr müßt ansetzen – oder mehr holen lassen –, doch das war in der Truhe die letzte Stoffbahn aus London.«

»Aber ... Aber Lady Isabella will, daß wir nicht ansetzen und daß das Hemd rechtzeitig zu Ostern fertig ist ...«

»Dann macht es fertig«, sagte Dame Petronilla und wandte sich jäh zum Gehen. Sie war ein wenig größer als der Durchschnitt, hatte harte blaue Augen und schmale gleichmäßige Züge, die jedoch durch eine etwas platte und schiefe Nase entstellt wurden, so als hätte sie sich einst das Nasenbein gebrochen. Sie trug einen schwarzen, mit dunkelgrüner Stickerei verzierten Surkot aus importiertem

Samt. Ihr volles honigblondes Haar war zu Zöpfen geflochten, die sie unter einem zarten Schleier aus Leinen fest zusammengerollt hatte. Einem sehr zarten Leinen, o ja, ausnehmend zart. Hatte sie etwa ...? Eine der nähenden Frauen warf einen Blick auf die schöne Leinenbahn, die auf dem Tisch lag, Leinen, das man für Lady Blanches neues Osterhemd aus der Leinentruhe geholt hatte.

»Belästigt mich nicht noch einmal mit eurer Unfähigkeit. Ihr habt mich auf dem Weg zum Gebet aufgehalten.« Ein schweres Kruzifix mit einem gequälten Corpus Christi aus vergoldetem Silber mit roten Emailletupfern und Rubinen hing auf ihrer Brust. Um die Mitte trug sie neben ihrem Beutel und den Schlüsseln, die man ihr anvertraut hatte, einen Rosenkranz aus schwarzen Perlen, an dem wiederum ein Kreuz hing, dieses jedoch aus gepunztem Silber. Die Hände vor der Brust gefaltet, in den Augen ein eigentümliches Glitzern, so eilte sie aufrecht und kalt aus dem Raum.

Eine überaus gottgefällige Lady, dachte die Frau mit der Schere. So viele Stunden im Gebet. Ja, sie hat sogar ihren eigenen Beichtvater vom Land mitgebracht. Ihr Blick blieb kurz an dem wehenden Schleier hängen, als dessen Besitzerin aus der Tür hinaus und in die Zugluft des Ganges trat.

Das kann nicht sein, dachte sie. Außerdem sieht weißes Leinen immer gleich aus. Vergib mir, o Herr, es muß der Neid sein. Weil ich Helferin der Beschließerin werden wollte; und wenn mein Mann einen höheren Rang hätte und in größerer Gunst stünde als die Familie de Vilers, wäre mir diese Ehre auch zuteil geworden.

Kapitel 2

»Cecily, was stellst du bloß mit deinem Haar an? Selbst aus den verhedderten Locken sprießen weitere verhedderte Locken. Die fressen die Kämme ja bei lebendigem Leibe auf! Mutter Sarah, ist Peregrine schon angezogen?« Als Peregrine aus Mitgefühl in das Wehgeheul seiner älteren Schwester einstimmte, zupfte mich jemand am Ärmel. Die Morgensonne lugte über den Horizont, und die Kälte lag noch wie eine Decke auf dem Fußboden. Von unten hörte man Töpfegeklirr und -geklapper und das Geräusch eilender Schritte, dann stach mir der beißende Rauch des frisch angelegten Herdfeuers in die Nase.

»Mama, ich habe mir schon die Haare gekämmt.« Meine zweite, Alison, mit siebeneinhalb Jahren noch kindlich rund, hielt mir eine lange, seidige, rotblonde Strähne zur Begutachtung hin. Das hörte sich zu selbstgefällig an.

»Ja, hübsch, Schätzchen ...«

»Aber bloß, weil deine ganz glatt sind ... Aua! Und meine hat Gott lockig gemacht, weil das besser ist, ätsch!« Cecily entwand sich dem Kamm, ihr Gesicht war unter den Sommersprossen vor Entrüstung ganz rot geworden. Sie war noch keine zehn Jahre alt und aufsässig, hatte Knubbelknie und mehr Flausen im Kopf als ein ganzer Sack Flöhe, sie war meine Älteste und brachte mich zur Verzweiflung.

»Halt still, halt still«, sagte ich und machte mich mit dem Elfenbeinkamm wieder über ihre wilden roten Locken her. »Was sehe ich da? Ein Ästchen? Cecily, du bist wieder geklettert. Wie soll aus dir jemals eine Lady werden, wenn du immerfort auf Bäume kletterst?«

»Aber ich will gar keine Lady werden. Ich will ein, ein ...«

»Verschone mich damit, daß du ein Junge werden willst, denn das geht nicht, und damit Schluß.«

»... Drache werden, ätsch!«

»Ha! Cecily will ganz grün und schuppig und häßlich ...«

»Kinder, Kinder, es reicht. Alison, ist das da auf der Passe deines guten Kleides ein Fettfleck? So kannst du es nicht anbehalten. Zieh sofort das blaue an, sonst kommen wir zu spät.«

»Aber das ist gar nicht hübsch«, jammerte Alison und stimmte in das Wehgeheul ihrer Schwester und ihres kleinen Bruders ein.

Warum ist es immer so schwer, rechtzeitig zur Messe in die Kirche zu kommen? Vor allem an einem Festtag wie heute, dem Tag des heiligen Augustin im Monat Mai des Jahres des Herrn 1360, an dem alle Welt mit Argusaugen aufpaßt, wer zu faul ist, um sich sonntäglich anzuziehen. Man sollte meinen, Gott würde einem den Weg zur Messe ebnen und erleichtern, aber nein, er ist dornenreich und voller Fallgruben. Und falls das eine Glaubensprüfung sein soll, so wie er Heilige in der Wüste in Versuchung geführt hat, dann könnte er sie ruhig eindrucksvoller gestalten, mit gähnenden Schlünden beispielsweise und feurigen Flammen statt mit brüllenden Kindern und Mutter Sarah, die Peregrines linken Schuh nicht findet. Ich nahm mir vor, das irgendwann bei Gott vorzubringen, wenn ich nicht gerade Kinder anzog.

»Eure Trippen, Kinder, draußen ist es matschig ... Nein, keine Widerworte. Es ist mir einerlei, daß es gestern abend aufgehört hat zu regnen. Wenn ich sage, es ist matschig, dann ist es matschig.«

Früher einmal, in der Zeit unseres Wohlstands, als Cecilys und Alisons Vater noch lebte, sorgte er dafür, daß die Witwe eines armen Ritters den Kindern Unterricht in Französisch und höfischen Manieren erteilte. Aber Madame war so steif und wohlerzogen, daß sie sich mit knapper Mühe dazu herabließ, die Töchter eines Tuchers zu unterrichten, wie wohlhabend und gesellschaftsfähig der auch sein mochte. Und als ich mich nach seinem Tod wieder verheiratete, hielt sie das für einen so unverzeihlichen Bruch der Etikette, daß sie in einer Wolke von Geringschätzung entschwand.

Die französische Sprache blieb den Mädchen jedoch länger erhalten als Madame, vor allem da sie in der Familie meines neuen Ehemannes gesprochen wird. Von den guten Manieren kann ich das leider nicht behaupten, die verschlissen schneller als die Knie von Peregrines Beinlingen. Gut, wenn sie schon kein höfisches Benehmen haben, so sollen sie wenigstens manierlich aussehen, dachte ich, insbesondere in der Kirche an einem Feiertag. Doch da hatte Perkyn die schwere Haustür bereits aufgerissen. Ich überprüfte die Kinder im Hinausgehen. Die Augen leicht gerötet, der Blick züchtig zu Boden gesenkt. Gemessener Schritt. Kleider sauber, Hände vor dem Bauch gefaltet. Peregrine auf Mutter Sarahs Arm. Perkyn, der bedächtig die Haustür schloß und uns folgte. Alles in Ordnung. Gut. Heute würde vielleicht niemand dahinterkommen, daß ich zwei rothaarige Teufelinnen großzog.

Der letzte rosige Schein der Morgendämmerung spiegelte sich in den Schlammpfützen der Gosse mitten auf der Thames Street. Matsch und nasse Steine machten das unebene Pflaster vor den Häusern tückisch. Die Luft war noch frisch und kalt und erfüllt von dem dröhnenden Klang der Glocken von Saint Botolphe, die die Gemeinde zur Messe riefen. Vermummte Gestalten hasteten in Richtung Kirche. Dem Himmel sei Dank, wir waren nicht die letzten. Auf halbem Weg drehte ich mich um und musterte erneut meine Hausgemeinschaft.

»Cecily, klapp die Kapuze hoch. Alison, tritt nicht mit Absicht in die Pfützen. Herr im Himmel, wo ist der Kleine?«

»Kommt nach, kommt nach, Mylady. Perkyn trägt ihn durch den Dreck. Für mich ist es zu glitschig. Er mußte langsamer gehen. Seht Ihr? Da kommt er.« Und da bog Perkyn auch schon um die Ecke des Saint Botolphe's Lane – mit meinem kleinsten Schatz, gut zwei Jahre alt, einziger Erbe des Hauses de Vilers. Mit vor Kälte rosigen Wangen, die braunen Locken unter einer roten Zipfelmütze versteckt, plapperte er wie eine Elster mit dem alten Perkyn, der ihn auf dem Arm trug.

In der dämmrigen Kirchenvorhalle wimmelte es noch von Menschen, die sich ins Hauptschiff drängten. Der Geruch nach feuchter Wolle und städtischer Kloake vermischte sich mit starken Körperausdünstungen. Trotz des Klapperns der Trippen und der Begrüßungsrufe hörte ich eine Frau gehässig zischeln:

»Seht, da kommt Lady Margaret de Vilers. Ich kenne sie, da war selbst Mistress Kendall noch zu gut für sie. Überhaupt nicht von Familie. Ist aus dem Nichts aufgetaucht.«

»Und dann ein Skandal nach dem anderen.«

»Seht sie euch an, wie sie mit ihrem Hausgesinde im pelzverbrämten Surkot einherstolziert. Was bildet die sich ein, wer sie ist?« Ich versuchte, schnell vorbeizukommen, aber ein großer Mann im Zunftgewand der Spezereienhändler versperrte mir den Weg. Hinter mir wurde meine Familie von der Menge zusammengedrängt.

»Ich habe gehört, daß sie mit dem Schreiber ihres Mannes durchgebrannt ist, da war seine Leiche noch nicht einmal kalt.« Ich wollte sehen, wer da sprach. In der Menge konnte ich einen weißen Schleier ausmachen – und noch einen – eine ganze Schar.

»Schändlich, sag' ich.«

»Irgendein entlaufener Mönch namens Gregory – ein nichts-nutziger Faulenzer und Schnorrer, der in Schenken Briefe geschrieben hat.« Die weiße Haube drehte sich um, und ich erhaschte einen Blick auf ein gehässiges rotes Gesicht. Die Schuhmachersfrau. Und die hatte ich, soweit ich mich erinnern konnte, lange nicht mehr in der Kirche gesehen.

»Gregory? Ich denke, sie hat Gilbert de Vilers geheiratet. Was ist denn aus dem Schnorrer geworden?«

»Noch so eine Schändlichkeit. Der hat sich von ihrem Geld einen Rittertitel gekauft und seinen Klosternamen schneller abgelegt als die Schlange die Haut.«

»Das machen die guten Beziehungen seiner Familie. Mistress Godfrey hat mir erzählt, daß er ein jüngerer Sohn ist, das schwarze Schaf der Familie, und aus dem Haus gejagt wurde. Aber als er ihr Geld hatte, hat man ihn natürlich mit offenen Armen wieder aufgenommen.«

»Ha, und ich habe gehört, daß der Herzog von Lancaster einen Narren an ihm gefressen hat, obgleich ich bei meiner Seel nicht weiß, warum ...«

»Pssst! Sie sieht her. Ob sie etwas mitbekommen hat?«

»Natürlich nicht, meine Guteste, dafür ist sie viel zu weit weg.«

Das Dumme an kirchlichen Feiertagen ist meiner Meinung nach, daß auch die Eintagschristen und Langschläfer erscheinen – und die denken, sie werden Gott wohlgefälliger, wenn sie alle anderen schlechtmachen. Außerdem müssen sie die verlorene Zeit und den ganzen Klatsch und Tratsch aufholen, den sie verschlafen haben. Ich bedachte sie im Vorbeigehen mit einem bösen Blick.

Wir suchten uns einen Platz unweit von Master Kendalls Votivaltar, wo die schrägen Strahlen der aufgehenden Sonne durch die Fensterrose fielen und vor uns Muster auf den Boden warfen. Rings um die Steinpfeiler des Mittelschiffs scharten sich Händler und Hausfrauen, wickelten Geschäfte ab und tauschten Ratschläge aus: wie man Obstbäume zurückschnitt, Schuhe und Pferdegeschirr ausbesserte und ähnliches mehr. Die Stimme des Priesters vor dem Altar ging darin unter wie im Hummelgesumm eines sommerlichen Gartens. Nachzügler eilten an dem marmornen Taufstein vorbei, bekreuzigten sich hastig und mischten sich ins Gedränge, als ob sie die ganze Zeit über dagewesen wären. Ich richtete meine Gedanken auf Gott, und schon verklangen Lärm und Gesumm. Früher einmal habe ich geglaubt, man müßte beten wie die Priester, sonst würde Gott nicht zuhören, aber glücklicherweise hat ER mich eines Besseren belehrt. Herr des Himmels und der Erden, der DU die Liebe selbst bist, laß meinen Liebsten wohlbehalten heimkehren. Beende den Feldzug in Frankreich und bring ihn zurück.

Margaret, ICH ordne die Angelegenheiten der Völker nicht einer einzigen Frau zu Gefallen.

Aber, Herr, gewißlich sind wir viele.

Margaret, auf jeden Menschen, der um Liebe und Frieden bittet, kommt ein halbes Dutzend, das um Krieg und Ruhm bittet. Wie findest du das?

Dann läßt sich DEINE Gnade also mathematisch berechnen? Ich wußte nicht, daß DU auch Buchhalter bist.

Margaret, es gibt Tage, da weiß ICH nicht, warum ICH mir deine lästigen Bemerkungen gefallen lasse.

Um meiner Liebe willen, o Herr. Nur DU weißt, wie ich mich danach sehne, seinen Schritt auf der Diele zu hören, den Klang seiner Stimme, wenn er meinen Namen ruft. Ich möchte ihn wiedersehen, groß und schön in seinem grünen Samtgewand, und ich möchte ihn lachen hören, wenn er gewahr wird, daß er den Federkiel hinter dem Ohr vergessen hat. Es bleibt unter uns, lieber Gott, wie ich nächtens nach der warmen Mulde im Bett taste, wo er liegen sollte. Ich möchte wieder doppelte Portionen backen und brauen und saure Miene zu seinen gräßlichen Wortspielen machen. Und spüren, daß er mich auf den Nacken küßt ...

»Mutter, du machst es schon wieder.«

Lieber Gott, behüte meine Kinder, meine vaterlosen Mädchen, die DEINEN Segen brauchen, meinen lieben Kleinen, seinen Sohn ...

Margaret, du hast mir deine Wünsche bei vielen Gelegenheiten kundgetan. Als Weltenrichter versichere ICH dir, daß du zu dem halben Dutzend der geschwätzigsten Frauen meiner Schöpfung gehörst. Warum kümmerst du dich nicht um deine Angelegenheiten und läßt MIR für ein Weilchen Zeit für MEINE göttlichen Geschäfte?

Aber Herr, ich habe doch noch gar nicht für meine Verwandtschaft und für meine Nachbarn und die alte Gammer Kate gebetet, die Eier verkauft, nur daß ihr die Hühner eingegangen sind, und ...

Margaret, hat dir noch kein Mensch gesagt, daß man sich auch beim Beten kurz fassen soll?

Ich dachte, das hätten sich die Priester ausgedacht, da DU, o Herr, ein unermeßlich offenes Ohr hast ...

Ein tiefer Seufzer wie Wind, der durch alle Bäume dieser Erde raschelt, schien durch das Universum zu rauschen.

»Mutter.« Cecily sprach mit dringlicher Stimme, und sie zupfte mich am Ärmel. »Du mußt aufhören. Sonst sehen es die Leute.« Ich machte die Augen auf. Und fürwahr, im Kirchenschiff schien ein rotgoldener Nebel zu schweben. Das heißt, ich blickte durch ihn hindurch, denn das Leuchten umgab mich. Du meine Güte. Ich richtete meine Gedanken auf traurige Waisen, auf unglückliche Seeleute, die auf dem Meer verschollen waren, und auf den Kummer der Heiden, die nie vom Evangelium hören werden, und schon begann das Licht zu verblassen. Wer Probleme mit dem Leuchten hat, kann gar nicht vorsichtig genug sein, aber wenn die Welt nicht so schlecht wäre, würde man derlei nicht für unschicklich halten, vor allem nicht in der Kirche.

Schließlich soll man im Hause Gottes auch mit IHM reden, oder? Aber das sehen die Priester wohl anders. Die wollen allein reden.

Dabei ist ohnedies alles Gottes Schuld. Vor langer Zeit, in bösen und wirren Zeitläuften, ist mir Gott in einer Lichtvision erschienen, hat mein Herz gefestigt und meinen Händen die Gabe des Heilens geschenkt. Aber da ER natürlich Gott ist und einen etwas anderen Sinn für Humor hat als die Menschen, hat ER mir zusätzlich dieses sichtbare und hochnotpeinliche Zeichen SEINER Gnade geschenkt, und das hat mir seitdem nichts als Unbill und viele befremdliche Abenteuer eingetragen. Hätte mich Master Kendall nicht auf der Straße aufgelesen, damit ich seine Gicht kurierte, wäre ich gewiß längst tot. Schließlich sind viele Menschen für weit weniger verbrannt worden als für Leuchten, und in gewissen Kreisen erweckt es nun einmal Neid. Zum Glück blickte niemand in meine Richtung. Das Altarglöckchen kündigte die Erhebung der Hostie an, daher waren alle Augen auf den Altar gerichtet.

Aber als wir uns den Weg nach draußen ins Licht der belebten Gasse neben der Kirche bahnten, rempelte mich ein Mann an; er trug Sporen, und über seinem derben, grobschlächtigen Gesicht prangte ein mit Juwelen geschmückter Biberhut. Sodann verbeugte er sich übertrieben tief. Ich nickte mit eiskalter Miene und ging schnell an ihm vorbei. Woher mögen in Kriegszeiten all die Glücksritter kommen, die sich einbilden, eine Frau, deren Mann in der Fremde ist, suche nichts als nächtliche Kurzweil? Ich hörte seinen Gefährten sagen:

»Noch kein Glück gehabt, ha?«

»Die, die anfangs kalt tun, sind immer die wildesten, wenn man sie erst im Bett hat.«

»Ich hätte lieber eine von den Kleinen. Eine Kendall-Erbin. Die sollen ja ein hübsches Sümmchen ...« Doch die Stimmen verloren sich in der Menge. Dreckskerle. Die schrecken nicht einmal vor einer Entführung zurück, Hauptsache, sie bekommen die Mitgift. Ich muß mich selbst vergewissern, daß die Läden des Nachts gut verriegelt sind: Mutter Sarah ist zuweilen so vergeßlich. Höchste Zeit, daß Cecily und Alison ihre eigene Gesellschafterin bekommen. Eine Kinderfrau, die alt und gebrechlich wird, genügt nicht mehr. Irgend jemand muß sie davon abhalten, jeder Flause nachzugeben, die ihnen in den Sinn kommt. Wenn ich sie doch im Haushalt der Herzogin unterbringen könnte ... Aber ihr Vater, Master Kendall, war nicht von Adel, vielleicht würde man sie dort schlecht behandeln.

»Mutter, ich habe den Mann gehört.« Cecilys durchdringendes Stimmchen riß mich aus meinen Gedanken.

»Ich auch. Nicht bloß Cecily«, sagte Alison. »Und das Wichtigste hat er ausgelassen. Er hat gesagt, wir sind reich, aber er hat nicht gesagt, daß ich hübsch bin.«

»Und eitel!« fauchte Cecily.

»Ihr werdet nicht gegen euren Willen verheiratet«, antwortete ich.

»Ich heirate überhaupt nie«, verkündete Cecily.

»Dann wirst du ein Drache. Und ich heirate Damien, wenn er als reicher Mann mit Stiefgroßvater aus dem Krieg zurückkommt.«

»Das tust du nicht«, sagte Cecily und versetzte ihrer Schwester einen Puff mit dem knochigen Ellenbogen.

»Kinder, Kinder. Seid still. Und du, Alison, laß das Kneifen. Alle sehen dich an.« Mit einiger Mühe setzte ich unsere kleine Schar wieder in Bewegung, Mutter Sarah zwischen den beiden Mädchen, die noch immer entrüstet hüpften und sprangen, und Peregrine, den unser Verwalter jetzt huckepack trug. Mit seinem Stummelfinger zeigte der kleine Kerl auf Maultiere und Fußgänger.

»Guck, Perkyn, da iss ein geflecktes. So eins will ich haben. Ich will ein blau geflecktes und ein grün geflecktes.«

»Maultiere gibt es in Rötlich-Grau, aber nicht in Blau und Grün«, sagte der alte Mann ernst.

»Meins wohl. Ce'cy und Alison kriegen auch eins, aber meins kann fliegen.«

»Das wird ja ein schöner Anblick«, sagte Perkyn.

Als wir in die Thames Street einbogen, versperrte uns das Hausgesinde des Weinhändlers Sir Robert Haverell den Weg. Die Gruppe kam schwatzend den St. Mary Hill Lane entlang. Auf den Straßen und Gassen scharten sich die Menschen, die im Sonntagsstaat aus allen Kirchen der City von London herausströmten und noch etwas spazierengingen. Kaufleute in der farbenprächtigen Tracht ihrer Zunft, die Ehefrauen mit Goldketten und schönen Hauben geschmückt, schlenderten mit ihren Kindern und ihrer Dienerschaft einher. Boten und Träger in säuberlich gebürstetem Rotbraun mischten sich unter die Fischweiber von Billingsgate, die buntgefärbte und bestickte Surkots über ihren grauen Unterkleidern trugen. Hier und da ließ sich sogar ein Ritter mit Sporen an den Hacken und mit von Stickereien strotzendem Surkot blicken, einer von denen, die zu alt oder zu lahm für den neuesten Feldzug im Ausland waren. Und über allem riefen die Glocken der City von Turm zu Turm, von St. Martinle-Grand zu St. Mary's, zu St. Margaret's, St. James'-in-the-Wall und zu St. Dunstan's. Und unter das ganze Gebimmel mischte sich das dröhnende, tiefe Läuten der großen Glocke von St. Paul's. An der Ecke blieb Sir Robert stehen und bedachte mich mit einem förmlichen Nicken, doch seine Frau richtete das Wort an mich.

»Ei, guten Morgen, Dame Margaret. Habt Ihr Kunde von Sir Gilbert? Wir haben für sein Wohlergehen in der Fremde gebetet. Der Ruhm seines Gönners bringt unserem Kirchspiel Ehre.« O ja, dachte ich, und nicht unerhebliche Weinbestellungen. Gott des Handels, hab Dank für meine falschen Freunde. Immer noch besser als gar keine.

»Papa kommt bald nach Haus«, verkündete Peregrine.

»Ei, und wie der liebe Kleine gewachsen ist. Ei, es kommt mir vor wie gestern, daß Ihr ihn zusammen mit Sir Gilbert aus der Fremde heimgebracht habt. Eideidei, was bist du doch für ein großer Junge.«

»Ja, ich bin schon ganz groß. Ich krieg ein Pferdchen. Hat Großvater gesagt.«

»Und auch schon ein eigenes Pferd. Ei, der wird eines Tages ein gar prächtiger Edelmann.« Ich spürte, wie Cecily und Alison, die hinter mir standen, innerlich kochten.

»Und meine Guteste, falls Ihr wieder ein so großartiges Fest plant wie damals, als Sir Gilbert aus Frankreich zurückkehrte, vergeßt uns bitte nicht. Mein Mann soll Euch vom Allerbesten zurücklegen – aber laßt es uns möglichst lange im voraus wissen! Ei, das ist ja unvergeßlich! Die Leute reden noch immer darüber. Die Gedichte – wie originell! Und Euer edler Schwiegervater und seine vornehmen Gäste – diese Ehre! Können wir uns schon bald auf seinen Besuch freuen?«

»Zweifellos«, gab ich zurück, doch allmählich schlug ihr Geschwätz mir auf den Magen. Unangekündigte Besuche sind typisch für ihn, wollte ich noch hinzufügen, biß mir aber auf die Zunge. Dieser gräßliche alte Mann hält mein Heim für sein privates Stadthaus. Er stellt alles auf den Kopf, ißt alles auf, was nicht eingeschlossen ist, schüchtert Kinder und Dienstboten mit seinem Gebrüll ein und versucht, die Mägde zu verführen. Das einzig Gute an diesem Feldzug ist, daß er außer Landes ist; desgleichen Hugo, der unleidliche ältere Bruder meines Mannes. Wollte Gott, sie würden sich eine französische Burg aneignen und in der Fremde bleiben. Jede Ehre wäre mir dafür recht: Gouverneur von Calais, eine Festung und Ländereien in Aquitanien – Hauptsache, weit weg von hier, lieber Gott! Und meine Schwägerin, Dame Petronilla, die die Nase so hoch trägt, können sie auch gleich mitnehmen! Wenigstens ist sie bis zur Rückkehr der Männer in Brokesford gut aufgehoben.

»Gemahlin«, sagte Sir Robert und nickte freundlich, aber nicht zu freundlich, »wir müssen gehen. Dame Margaret, Ihr versteht, die Pflicht ruft. Meine tägliche Mühsal beraubt uns Eurer angenehmen Gesellschaft. Grüßt bitte Sir Gilbert von uns und richtet ihm aus, daß unsere Gebete ihn und die anderen Helden im Dienst unseres ruhmreichen Königs begleiten.« Alsdann rauschte er mit seiner Frau und seinem Gesinde in Richtung seines großen, mit Steinen ausgemauerten Fachwerkhauses, seiner Trutzburg, das wie unser Haus unweit des Sommer's Key steht. Du liebe Zeit, dachte ich, seine Dienerschaft wird von Mal zu Mal größer. Ob Krieg, ob Frieden, den Weinhändlern gedeiht alles.

Am nächsten Tag brachte uns ein Bote einen verdreckten Brief mit vielen Siegeln.

»Mutter, was starrst du ihn so an?« fragte Cecily, während Alison herumtanzte und verlangte, daß der Brief sofort geöffnet wurde, und Peregrine auf dem Fußboden des Söllers herumrutschte, den Deckel eines alten Kruges vor sich herschob und Pferd und Reiter spielte.

»Die Siegel ... Alle sind unten angeschmolzen, als hätte man sie abgenommen und neu angebracht.«

»Papa Brief«, sagte Peregrine, ohne aufzublicken.

»Na schön, jemand muß wohl alle Briefe aus der Fremde lesen«, meinte ich und musterte die Anschrift: ›An mein treugesinntes und vielgeliebtes Eheweib Margaret de Vilers, wohnhaft in der Thames Street, London, mit der Bitte um eilige Zustellung.‹

»Mama, was steht drin, steht drin, steht drin?« tirilierte Alison.

»Hmm. Ich weiß nicht so recht. Er fängt ganz verständlich an, aber dann werde ich nicht mehr schlau daraus. Er beginnt mit ›Mein treugesinntes und innigst geliebtes Eheweib, ich grüße Euch und hoffe, daß dieser Brief Euch und die Kinder bei guter Gesundheit antrifft.‹ Dann steht da etwas über die Ländereien von Whithill, was ich ohnedies weiß, und dann schreibt er, wegen der vielen Siege des Königs wird er noch sehr lange in Frankreich zu tun haben, und dann schreibt er, daß er das große Glück hatte, vor Paris einem hochgelehrten Mann zu begegnen – Du liebe Zeit, er sagt nicht einmal, wo, ob das etwas zu bedeuten hat? Und dabei hat er von einer Methode erfahren, wie man schlichtes, grobes Hanftuch färben und in Goldstoff verwandeln kann, was den weisen Berater und Gefährten seiner Jugend, Bruder Malachi, gewißlich interessieren dürfte. Ich soll ihm den Brief sofort zeigen und den heiligmäßigen Mann grüßen. Um ihn selbst soll ich mir keine Sorgen machen, denn er setzt sein Vertrauen in Gottes Gnade. Jetzt kommt ein Teil, den ich gar nicht verstehe. Er ist ganz in Latein mit überall eingeflochtenen alchimistischen Zeichen. Du liebe Zeit, wann hätte Gregory Malachi je einen heiligmäßigen Mann genannt? Dafür kennen sie sich schon viel zu lange. Und jetzt schreibt er, als ob Malachi ein Fremder, womöglich gar ein allem Irdischen entrückter Eremit wäre! Heiligmäßig! Nun, das ist kaum derselbe Bruder Malachi, den ich kenne. Ich glaube, er hat gewußt, daß man den Brief aufmacht.«

»Ich will hin, ich will hin, nimm mich mit!« rief Alison. Da hatte ich schon Mutter Sarah herbeigerufen, damit sie auf Peregrine aufpaßte.

»Mutter, bitte. Darf ich auch mitkommen? Ich muß Bruder Malachi etwas Wichtiges fragen«, sagte Cecily. Ihre ernste Miene machte mich stutzig. Normalerweise wollten die Mädchen nur Mutter Hilde sehen, meine allerbeste Freundin, die mit Malachi zusammenlebt und sich dieser Tage seine Haushälterin nennt. Weil Mutter Hilde nämlich die besten Honigkuchen von ganz London backt und über den größten Schatz an Märchen unter allen Frauen meiner

Bekanntschaft verfügt. Was um alles in der Welt wollte Cecily von dem Alchimisten wissen?

»Ihr kommt nur mit, wenn ihr euch beeilt und euch ordentlich anzieht. Und du, Alison, nur, wenn du artig bist.«

»Siehst du, Cecily, ich gehe auch mit zu Mutter Hilde!« jubelte Alison, während wir eilig das Haus verließen.

Kapitel 3

Seit vielen Tagen lagerte das große Heer des Königs vor den Mauern von Paris. Der Bischof von Reims hatte die heilige Ampulla gut weggeschlossen und befohlen, die Stadttore zu schließen. Der Umweg durch Burgund hatte dem König die Bestechungssumme von zweihunderttausend Goldmoutons eingebracht, nur damit er abzog, und nun rückte auch noch die Einnahme und Plünderung von Paris, die alle aufgeheitert hätte, in immer weitere Ferne. Zum einen hatten die Franzosen seit dem letzten Besuch des Königs die Stadtmauer fertiggestellt. Hoch, grau und furchteinflößend umschloß sie jetzt ganz Paris. Zum anderen schien der Dauphin, ein rechter Tunichtgut, entschlossen, den Thron zu verteidigen, der dem Namen Edwards III. noch größeren Glanz verliehen hätte.

Gilbert de Vilers dachte, das einzig Gute an dieser Belagerung ist, daß nichts passiert und ich deswegen allmählich mit dem Schreiben nachkomme. Über der Stadtmauer konnte er durch die geöffnete Klappe seines runden Zeltes die vertrauten Wahrzeichen seiner Studentenzeit ausmachen: die gedrungenen Türme der Bastille, die flachen, zinnenbewehrten Türme von Les Tournelles, und etwas weiter entfernt, die schiefergedeckten Türme vom Louvre und Saint-Pol. Und alles überragend den Dachreiter der mächtigen Kathedrale Notre Dame, der wie ein Pfeil in den Himmel stieß. Wie seltsam, sinnierte er, da habe ich nun ein ›Sir‹ vor dem Namen und stehe vor den Toren von Paris, auf einer Stange neben mir hängt meine Rüstung in dem beengten Zelt, statt daß ich in der Stadt als Herr der Schenken durch das Quartier Latin schlendere, Händel suche und in fröhlicher Gesellschaft Zechlieder singe. Es wurde gemunkelt, daß die Menschen innerhalb der Mauern Katzen und Ratten aßen. Er wußte, daß sie sich nie ergeben würden. Gilbert seufzte. Alle fragten ihn um Rat, und niemand hörte darauf. Das einzig Gute an dem ganzen Feldzug war der nette Nebenverdienst, den er für seine Hilfe bei den Verhandlungen mit den Burgundern eingesteckt hatte. Ein wahrer Glücksfall, daß er den Abt von St. Michel Archange von früheren Reisen her kannte.

Das Licht ließ nach, während Gilbert schrieb: »Alsdann schritt der wohledle und mächtige Herzog von Lancaster zur Mauer der Stadt Paris, die Herolde ihm vorauf, und forderte den Dauphin zum Einzelkampf. Letzterer jedoch, da schwächlichen und kränklichen Leibes, verweigerte sich der Ehrenpflicht ...«

Wirklich, dachte Gilbert, als er das niederschrieb, ich an seiner Stelle wäre auch nicht herausgekommen. Falls die Franzosen beide verlieren, den König und den Dauphin, ist es um sie geschehen. Und falls sie auch nur einen Spion in unserem Lager haben, wissen sie, daß es uns genauso drekkig geht wie ihnen. Wir haben auf zwanzig Meilen in der Runde alles niedergebrannt, und was wir nicht verbrannt haben, das haben sie verbrannt, ehe sie sich in die Stadt zurückgezogen haben. Es gibt kein Essen, kein Futter, die Karrengäule verrecken, die Männer murren. Wir können uns nicht halten.

»Psst. Gilbert.« Jemand – wer, das wußte er nicht – war draußen vor seiner offenen Zeltklappe, im letzten Schein des fahlen Zwielichts nur als dunkler Umriß auszumachen. »Heda, Gilbert, du verblödeter Federkratzer, komm heraus.« Oh. Vater. Gilbert steckte sich den Federkiel hinters

Ohr und betrachtete die dunkle Gestalt mit gelassen-ironischem Blick. »Ist das eine Art, seinen Vater anzusehen, du Otterngezücht«, sagte die Gestalt.

»Verzeiht mir, höchst trefflicher und ehrenwerter Erzeuger«, sagte Gilbert, erhob sich und begrüßte den alten Mann mit ausgesuchter Förmlichkeit.

»Gilbert, komm mit und sieh dir die Pferde an. Wir haben schon wieder zwei verloren ...«

»Saumtiere?«

»Nein, meine Schlachtrösser, verdammt noch mal. Mein Herzblut. Komm mit und sieh dir das an. Es muß an dem verfluchten französischen Futter liegen. Du schleichst doch die ganze Zeit um den Herzog herum. Mach einmal Gebrauch von deiner Stellung, und erzähle ihm von meinen Pferden. Falls wir hier noch länger hocken, ist das Brokesford-Gestüt erledigt. Mir bleiben gerade noch drei Zuchthengste, Gilbert. Drei – den eingeschlossen, den du reitest. Gott allein weiß, ob ich auch nur einen davon wohlbehalten nach Haus bringe.« Gilbert hatte seinen Vater während des Feldzugs noch nie in solch einer Verfassung erlebt, nicht einmal, als er den achten Bogenschützen aus seinem Dorf verloren hatte und ins Grübeln geriet, woher er ausreichend Männer zum Pflügen nehmen sollte; falls er überhaupt wieder nach Hause käme. Gilbert stand schnell auf, zog einen pelzgefütterten Mantel über das fleckige Lederwams und den Wollkittel. Draußen waren seine eigenen Pferde angepflockt, sein Stallbursche fütterte sie. Sein Vater musterte das Futter mit grimmigem Blick, ließ es durch die Finger rieseln und roch daran. »Nein, nein. Das Zeug hier ist in Ordnung.« Er musterte das schwarze Schlachtroß, dessen Futter er gerade geprüft hatte. Der Hengst war abgemagert, trug eine Winterdecke, verdrehte die Augen und tänzelte zur Seite. »Mager, verdammt mager. Aber wenigstens hat er noch Temperament.« Bei diesen Worten feixte der Knecht, der ihn fütterte. Urgan als temperamentvoll zu bezeichnen war geschmeichelt; er war übellaunig und verrückt, das schönste und gleichzeitig das gemeinste, unzuverlässigste Pferd des Gestüts. Aus diesem Grund hatte Sir Hubert ihn Gilbert auch für den Feldzug geborgt.

Sie schlängelten sich zwischen kleinen Feuerstellen hindurch, an denen Kaninchen, Igel und alle möglichen Geschöpfe gebraten wurden, die so dumm gewesen waren, sich fangen zu lassen. Ringsum hockten Bogenschützen, Pikeniere und Sappeure und tranken mit Wasser verdünnten französischen Wein. Vor den Zelten seines Vaters und seines älteren Bruders Hugo war der Rest des Gestüts von Brokesford angepflockt. Drei Männer in knielangen Stulpenstiefeln, in pelzgefütterte Mäntel gehüllt, standen vor einem aufgedunsenen toten Schlachtroß. Ein anderer Mann, einer der Stallknechte aus Brokesford, kniete neben dem Kopf des Tieres.

»Mylord!« rief Sir Hubert, riß sich die gesteppte Helmkappe vom weißen Haar und fiel vor dem mächtigen Herzog von Lancaster auf die Knie.

»Sir Hubert, erhebt Euch, erhebt Euch sofort«, sagte Henry von Grosmont, Herzog von Lancaster, Graf von Derby, Lincoln und Leicester, Marschall von England, Herr von Bergerac und Beaufort und an Macht und Ländereien fast so groß wie der König selbst. »Euer Schlachtroß scheint eingegangen zu sein. Eure Meinung, mit Verlaub?«

»Mylord, wir haben zuwenig Futter, und das, was wir haben, verfault uns.« Er hielt inne. Das Wort ›Rückzug‹ gab es nicht in seinem Wortschatz. »Wenn wir noch eine Woche länger bleiben, verlieren wir alle Pferde.«

»Genau meine Meinung. Aber ich würde eher sagen ›noch zwei Tage länger‹«, sagte der Herzog. Er war ein nüchtern denkender Mann von fünfzig Jahren mit durchtriebenem Blick und langer Erfahrung darin, wann man etwas riskieren konnte und wann nicht. Jetzt schritt er neben dem Schlachtroß, einem schönen Apfelschimmel, auf den er selbst einmal ein Auge geworfen hatte, auf und ab und rang um einen Entschluß.

»Ich bin auch dieser Ansicht«, sagte Graf von Warwick, einer der Kommandeure, die den Herzog begleiteten.

»Jemand muß dem König sagen, daß er Gefahr läuft, an einem einzigen Tag alles zu verlieren, was er in zwanzig Jahren errungen hat«, sagte der Herzog ruhig. Und im stillen dachte er, und dieser Jemand bin gewißlich ich. Herr, DEIN Wille geschehe.

Am nächsten Tag blickten die Bogenschützen von der Stadtmauer auf eine Wüstenei aus zerstampftem Morast und Abfall und überall verstreut liegenden Pferdekadavern. Jenseits der sanft gewellten vernichteten Felder zog in der Ferne ein Heerwurm aus Vorratskarren, Fußsoldaten und Berittenen in Richtung Chartres. Die Nachhut, ein Kommando aus Reitern und Bogenschützen, deren Fahnen im eisigen Wind flatterten, schützte die letzten Vorräte vor Verfolgern aus der Stadt. Schwarze Wolken zogen über den Himmel, und der Wind trug den Glockenklang von Notre Dame herüber. Man feierte unter den hohen dämmrigen Gewölben den Abzug mit einem *Te Deum*.

Was für ein seltsamer Wind, dachte Gilbert. Wie er die schwarzen Wolken zusammentreibt. Hoffentlich regnet es nicht zu sehr. Er trug eine gefütterte Kappe unter dem Spitzhelm und hatte den hohen Kragen seines Wollkittels unter der Halsberge seines Kettenpanzers hervorgezogen, und zwischen Kittel und Kettenpanzer schützte ihn ein gestepptes Lederwams, dennoch fror ihn. Die ersten Regentropfen fielen auf seinen langen, mit dem Wappen der de Vilers bestickten Waffenrock, so daß er am Brustharnisch klebte. Verdammt, dachte er, jetzt muß er wieder entrostet werden. Beste Qualität, die Rüstung, neu, beim teuersten Waffenschmied von ganz London gekauft und noch nicht bezahlt. Ich hätte Lombarde werden sollen, schoß es ihm durch den Kopf. Diese Geldverleiher verdienen immer, ganz gleich, wer Sieger ist. Aber sein täglich Brot mit Geldverleihen zu bestreiten – das Gewerbe ist denn doch zu niedrig für unsereinen. Nur daß ich gerade jetzt etwas darum geben würde, von niedrigerer Herkunft zu sein und es mir bei Margaret zu Hause heimelig zu machen. Den Geldverleiher muß man mit der Laterne suchen, der während eines Unwetters auf einem verrückten Pferd die Nachhut eines sich zurückziehenden Heeres deckt.

Auf einer Seite des sich dahinschlängelnden Heerwurms aus Karren, Packtieren und Männern sah man einen ehemaligen Obstgarten, von dem nur noch Baumstümpfe übriggeblieben waren. Auf der anderen Straßenseite erstreckten sich abgebrannte Felder bis hin zu den Ruinen eines Dörfchens. Hier und da breitete noch ein alter Baum seine Äste aus, weil er zu dick zum Abhacken gewesen war. Aber während Gilbert noch die sich dahinquälende Heersäule musterte, kam aus den schwarzen Wolken über ihm ein fernes Donnergrollen und ein Blitz. Ein weiterer zuckte über den Himmel, gefolgt von einem gewaltigen Donnerschlag, diesmal viel näher. Urgan verdrehte die Augen, zuckte mit den Ohren und blieb stehen, am ganzen Leib zitternd. Gilbert wollte ihm die Sporen geben, als er ein Rauschen vernahm und Eishagel auf ihn niederprasselte. Vor ihm senkte sich eine weiße Mauer herab, dicke Körner, größer als Taubeneier, schlugen auf seinen Helm, schleuderten Tiere und Soldaten zu Boden. Die vom Himmel herabzüngelnden Blitze schienen es auf die Ritter hoch zu Roß in ihrer nassen Rüstung abgesehen zu haben. Vor ihm hielten sich Fußsoldaten, die der Angriff vom Himmel in die Knie gezwungen hatte, ihre Schilde über den Kopf. Es krachte gräßlich, und direkt vor ihm brach ein Ritter mit seinem Pferd zusammen, vom Blitz erschlagen. Und da ging Urgan auch schon unter gespenstischem Gewieher durch, war so außer sich, daß er die schwere Kandare nicht mehr spürte und wie ein Wilder unter den Schutz des nächsten Baumes flüchtete. Unter den ausgebreiteten Ästen konnte Gilbert ihn endlich zum Stehen bringen. Ein blendender Blitz, ein Krachen, und Gilbert de Vilers war für eine Weile nicht mehr von dieser Welt.

»Na, Bruder Gregory, Ihr wolltet doch immer Gott sehen, jetzt habt Ihr Gelegenheit dazu.« Die Stimme gehörte Godric von Witham, dem Abt, der ihn aus dem Kloster geworfen hatte, weil er der Auslegung des Erlösungsbegriffs bei Paulus widersprochen hatte. Ein paar andere Dinge waren noch dazugekommen, die Gilbert jedoch nie ernst genommen hatte. Was für ein engstirniger alter Mann; er konnte einfach nicht zugeben, wenn er sich geirrt hatte. Sogar noch schlimmer als Vater.

»Ich habe gar nicht gewußt, daß Ihr tot seid«, sagte Gilbert de Vilers, der sich zu diesem Zeitpunkt eigentümlich körperlos vorkam.

»Oh, ich bin schon eine Ewigkeit tot. Seit drei Jahren. Ein Happen verdorbener Fisch sechs Tage vor der Karwoche. Aber seht Euch doch selbst an.« Der ehemalige Bruder Gregory blickte nach unten und sah einen vom Blitz verkohlten und gespaltenen Baum. Unter ihm lagen ein paar tote Bogenschützen und Urgan, der die knochigen Beine von sich streckte wie feuergeschwärzte Schürhaken. Und in sein Zaumzeug verstrickt lag da ein langer Kerl in voller Rüstung stocksteif und platt auf dem Rücken, das Haar unter dem Helm dunkel und verfilzt, Dreitagebart und ein verdreckter, durchnäßter Waffenrock mit dem Wappen der de Vilers ...

»Einen Augenblick«, sagte Bruder Gregory, »das bin ja

ich.« Er stellte fest, daß die Augen seines Leichnams offenstanden und tot und blicklos gar schauerlich starrten.

»Sieht der Kerl nicht scheußlich aus?« sagte der Abt. »Ich könnte Euch seine Sünden aufzählen – geistiger Hochmut, Überheblichkeit, Stolz, Völlerei ...« Aber Bruder Gregory hörte nicht richtig zu. Godric war immer ein Tugendbold gewesen, und seine Kenntnisse von Aquinas waren praktisch null. Fürwahr, selbst Bruder Gregory hätte einen besseren Abt abgegeben ...

»Ich habe diesen Leib sehr gemocht«, sagte Bruder Gregory.

»Aber jetzt schaut empor, Bruder Gregory, auch wenn Ihr es überhaupt nicht verdient.« Gilbert sah auf und erblickte Reihen um Reihen von Engeln in Samt und Goldbrokat, die wie schlafende Schmetterlinge die irisierenden Flügel flattern ließen. Zwischen den Engeln war eine Treppe aus Licht, und er merkte am Klang verlockender, von oben herabwehender Musik, daß er aufgefordert wurde emporzusteigen. Er stellte einen Fuß auf die Treppe, blickte aber noch einmal zu seinem Leichnam im Schlamm zurück. Rings um den Baum schmolzen jetzt die Hagelkörner, die sich wie Schneewehen zu Bergen türmten. Ein elender Tod im französischen Dreck, unwürdig, ehrlos und ohne Absolution. Das hatte er sich schöner vorgestellt. Doch jetzt wurde die Musik dringlicher, einladender. Bruder Gregory sah zu den schimmernden himmlischen Heerscharen empor. Er dachte gründlich nach. Er mußte sich an etwas erinnern.

»Im Augenblick kommt es mir ungelegen«, sagte er. »Margaret erwartet mich zurück. Ich habe ihr geschrieben, daß ich heimkomme.«

Godric, der ehemalige Abt, blickte angewidert. »Eure irdischen Gelöbnisse und Versprechungen sind jetzt null und nichtig«, sagte er. »Empor mit Euch.«

»O nein, das ist mehr als ein Versprechen. Margaret

braucht mich. Wie soll sie es sonst schaffen? Die Kinder – meine Familie. Bei der wird sie wohnen müssen, und mit meiner Familie ist kein Auskommen. Mittlerweile dürfte ihr auch das Geld ausgegangen sein.« Er blickte zu der güldenen Schar empor und sagte: »Ich möchte wirklich nicht unhöflich sein. Ich meine, das hier habe ich mir immer gewünscht. Ihr wißt, daß ich darum gebetet habe. Aber obwohl es hehrer und schöner ist als alles – und mein innigster Seelenwunsch ...« Er trat einen Schritt zurück und blickte voller Bedauern zu dem morastigen Stückchen Erde unter dem verkohlten Baum hinunter. Ob es weh tat, wenn man von so hoch sprang? Auf einmal umgab ihn strahlendes Licht, und eine seltsame Wärme durchströmte ihn.

»Warum tut IHR das für ihn? Seht IHR denn nicht, was er vorhat. Kehrt EUREM Himmel wahr und wahrhaftig den Rücken. Merkt IHR denn nicht, daß er unwürdig ist, genau wie ich EUCH gesagt habe?« so hörte Gilbert den Abt von weither zetern.

»Im Gegenteil, gerade darum ist er würdig«, antwortete eine alles erfüllende Stimme. »Armseliger, vertrockneter, selbstgerechter Godric, du stehst am Fuße MEINER Treppe und begreifst noch immer nicht, daß ICH Vergangenheit, Gegenwart und Zukunft bin. Bruder Gregory ist würdig, weil er einmal war, ist und sein wird. Würdest du so wählen wie er, frommer Mann? Wenn du endlich gelernt hast, daß es viele Wege zu MEINER Treppe gibt, lade ICH auch dich ein, sie emporzusteigen.« Abt Godric sah noch einmal hin und erblickte eine Menschenmenge, die die Treppe hochstieg: Priester und Nonnen, Kaufleute und Ritter, Pferdehändler und Tischler, Fischweiber und Wäscherinnen und ...

»Da gehen ja auch Bruder Peter – und dabei habe ich viel strenger gefastet als er – und der gräßliche Braumeister, der sonntags das Ale aufgetischt hat.«

»Ach, Godric, Godric, du bist der allertugendhafteste unter ihnen gewesen. Aber wo war die Liebe?« sagte die Stimme.

Gilbert de Vilers' blicklose Augen starrten in das erschrokkene Gesicht eines seiner Armbrustschützen. Er blinzelte.

»Er hat geblinzelt!« rief der Soldat. »Ein Wunder! Er lebt!«

»Nehmt mir den Helm ab«, flüsterte Gilbert, »ich habe gräßliche Kopfschmerzen.« Er merkte, daß man seinen Fuß aus dem Steigbügel befreit, ihm den Waffenrock ausgezogen und den Brustharnisch abgeschnallt hatte. Hatten die Herolde die Erschlagenen bereits gezählt? Hatten sie seinen Leichnam geplündert? In seinem Bein hämmerte der Schmerz. Hoffentlich war es nicht gebrochen. Da lag ja auch Urgan mit verdrecktem Zaumzeug. »O mein Gott«, stöhnte Gilbert, »Vaters Pferd. Ich bin erledigt. Das überlebe ich nicht.« Graue Wolken eilten über den Himmel, dessen Helligkeit ihm noch immer in den Augen weh tat. Er schloß sie erneut. »Ich habe mir, glaube ich, das Bein gebrochen«, sagte er. »Schickt nach dem Feldscher und nehmt Urgan das Zaumzeug ab.« Jemand schob ihm etwas unter den Kopf – es roch nach einer Satteldecke –, und er hörte Geklapper und Geschnaufe, als man versuchte, die Gurte seines schweren Kriegssattels zu lösen und ihn unter dem toten Tier hervorzuziehen. Seltsam, aber er konnte wieder riechen. Die Decke, der stinkende Morast, der Geruch nach verkohltem Holz, alles mischte sich mit der kalten Luft. Dann hörte er – ein Schnauben. Er schlug die Augen auf. Urgan zuckte am ganzen Leib wie ein abgestochenes Schwein, dann strampelte er wie wild, kam in panischem Schrecken hoch und schüttelte den Sattel und andere Ausrüstungsgegenstände ab, so daß sie mit lautem Krach zu Boden fielen. Gilbert drehte den Kopf und sah zu, wie sie sich abmühten, die Zügel des bockenden Schlachtrosses zu packen und gleichzeitig seinen gemeinen Hufen auszuweichen.

»Wer hätte das gedacht«, sagte Aimery, der Schildknappe. »So gut wie neu und so hinterhältig wie eh und je. Aber seht euch das an – überall, wo auf seinem Fell Metall aufgelegen hat, sind große Brandmale.«

Zwei Wunder, o Herr, dachte Gilbert und blickte von dem rumpelnden Karren, auf den man ihn zu den anderen Verwundeten gelegt hatte, zu dem trostlosen grauen Himmel hoch. Das heißt doch, ich soll Margaret wiedersehen.

König Edward III. unternahm einen Ausritt mit seinen Ratgebern, um den Schaden zu schätzen. Neben der Heerstraße lagen tote Tiere. Die kleine Gruppe hoch zu Roß hielt an und sah zu, wie Viehtreiber einem toten Ochsen das Joch abnahmen. Das Heer hatte so viele Zugpferde verloren, daß es nicht mehr beweglich war. Zwölfhundert Reitpferde umgekommen. Was das Unwetter an menschlichem Blutzoll gefordert hatte, wurde erkennbar, als die Lebenden die Toten einsammelten. Soldaten und Knechte, Schmiede und Stellmacher, mit Lederhelm oder ohne Helm – alle hatte es tödlich getroffen. Herolde ritten herbei und lasen die erste Liste mit den Namen der erschlagenen Edelleute vor. »So viele, so viele«, sagte der König. Der kalte Wind zerrte an seinem Mantel und zerzauste seinen langen Bart, der die ersten grauen Fäden aufwies, wie seine Ratgeber bemerkten. »Es ist Gottes Wille«, sagte er. »Ich beuge mich der Forderung des Papstes und handle einen Friedensvertrag aus.« Am ersten Mai trafen sich unweit von Chartres französische Geistliche und Gesandte zu Verhandlungen mit den englischen Kriegsherren. Gemeinsam brachten Abgeordnete der französischen und englischen Delegationen dem Dauphin den Vertrag zur Unterzeichnung nach Paris. Die Stadttore wurden aufgeworfen; alle Glocken läuteten, und die Straßen wurden mit Wandbehängen geschmückt.

König Edward jedoch war nicht zugegen und erlebte die Festlichkeiten nicht mit. Da ihm die französische Krone entglitten war, ritt der König von England im gestreckten Galopp mit seinen vier Söhnen zum nächstgelegenen Kanalhafen und überließ es dem Herzog von Lancaster, das Heer nach Calais zurückzuführen.

Kapitel 4

Im oberen Stockwerk des Häuschens in der belebten Gasse namens St. Katherine's Street stand das obere Fenster offen, und Mutter Hilde beugte sich heraus und begoß die Ringelblumen im Kasten darunter. Sie sah womöglich noch rundlicher und fröhlicher aus als bei unserer letzten Begegnung, denn im Frühling werden Babys geboren, und die bedeuten Wohlstand für Mutter Hilde, da sie die gescheiteste Hebamme in ganz London, wenn nicht im ganzen Königreich ist. Sie hatte die Ärmel hochgekrempelt, und während sie Wasser auf die grünen Blätter und an die Wurzeln goß, hörte ich sie summen und reden; obwohl ich die Worte nicht verstehen konnte, wußte ich, daß sie den Pflanzen galten. Mutter Hilde spricht auch mit den Kohlköpfen, und die stehen immer prächtig und groß, und ihre Rosen und Bohnen gedeihen wie freie Bürger.

»Ei, da ist ja Margaret«, sagte sie, als ich sie von der Straße aus begrüßte. »Und die Mädchen auch! Immer herein – die Tür ist nicht verriegelt, aber Malachi ist im Hinterzimmer. Macht keinen Lärm. Er probiert seit Tagen ein neues Verfahren aus.«

Ganz wie in alten Zeiten, dachte ich, als Bruder Malachi immer überzeugt war, daß er nächste Woche, nächsten Monat, nächstes Jahr hinter das Geheimnis des Steins der Weisen kommen würde. Und dazumal lebte ich bei ihnen, ein armes Ding frisch vom Lande, und Mutter Hilde war meine Lehrmeisterin. Obwohl es heute, da ich mich in höheren

Kreisen bewege, nicht schicklich ist, dergleichen zu erwähnen. Dann heiratete mich Master Kendall, damit ich seine Gicht heilen sollte, und machte mich wohlhabend. Zugleich spielte er mit dieser Heirat seiner habgierigen Familie, die nur untätig herumhockte und auf das Erbe wartete, einen Streich. Was Bruder Malachi angeht, so weiß ich nicht, ob er jemals ein richtiger Mönch gewesen ist, denn solange ich ihn kenne, ist er ein berühmter Alchimist, der einfallsreichste Geist und der größte Roßtäuscher in fünf Königreichen.

»Mutter Hilde«, sagte ich, als sie sich in dem buntbemalten kleinen Raum, der ihre ›Diele‹ darstellte, zu uns gesellte, »hat Malachi noch immer nicht aufgegeben? Mir will scheinen, daß der Stein sehr schwer zu finden ist.«

»Aufgegeben? O nein, er begeistert sich immer mehr dafür. Er sagt, daß er ein neues Verfahren entdeckt hat, wie man die schwarze Krähe dazu bringt, von Sol und Luna in eine Destillierflasche zu fliegen. Aber das ist alles viel zu hoch für mich, wie du weißt. Was für ein Hirn, was für ein brillantes Hirn! Ei, allein ihn darüber reden zu hören ist schon ein Geschenk – all die Weisheit und die fremdländischen Wörter. Sag, Alison, warum blickst du dich so im Zimmer um? Hast du etwa an die Honigplätzchen gedacht, die ich gestern gebacken und vielleicht aufgehoben habe, falls du mich besuchst?« Alison strahlte erwartungsfroh, und Cecily blickte auf ihre Zehen. »Ihr sollt beide welche haben, während ich eurer Mutter die böse Schwellung hier an meiner linken Hand zeige.«

»Wirklich, Mutter Hilde, du hättest mich früher rufen sollen«, sagte ich, als ich das steife, geschwollene Gelenk sah.

»Mädchen, schließt bitte die Läden«, rief Mutter Hilde meiner gierigen Brut zu. In abgedunkelten Räumen ist mein Leuchten immer zu sehen, und man soll die Nachbarn nicht in Unruhe versetzen. Ich richtete meine Gedanken auf das Nichts, das größer ist als alles, und dann fingen die Ränder des Nichts an zu leuchten. Ich spürte, wie mir das machtvolle Licht knisternd das Rückgrat hochstieg und dann meine Hände erreichte. Ich nahm Mutter Hildes knotige Hände in meine und ließ die Hitze hineinströmen, und schon schwoll das Gelenk ab. Rotgoldenes Licht erfüllte den Raum, vergoldete die Gesichter der Kinder und verwandelte gewöhnliche Töpfe und Tonkrüge in glänzendes Altgold. Es schimmerte auf den farbenprächtigen Figuren des Tierkreises zwischen den hellrot und grün bemalten Deckenbalken in des Alchimisten seltsamer Diele. Es floß wie Flüssigkeit in Zwischenräume, heilte und verwandelte. Mutter Hildes Hand fühlte sich nun weicher an, und die Hitze darin war gleichmäßig geworden. Ich ließ das Licht noch ein wenig verweilen und sah es dann mit Bedauern schwinden, während sich das Zimmer wieder in seinen Urzustand verwandelte. Ich war matt und schwach wie immer nach dem Handauflegen. Aber das hier war ein leichter Fall, die Mattigkeit würde schnell vergehen. Nach einem schwierigen Fall muß ich zuweilen tagelang das Bett hüten. Und wenn ich schwanger bin, zieht sich mein Licht nach innen zurück und kräftigt das Kind, und ich kann überhaupt nicht heilen; damit dürfte klar sein, warum Gott meiner Meinung nach ein Spaßvogel ist.

»Nun, wie ist die Hand? Laß sehen, ob du sie bewegen kannst.«

»Ei, so gut wie neu, Margaret«, sagte Mutter Hilde und wackelte glücklich mit den knotigen Fingern. »Mit der Hand helfe ich noch manch hübschem Baby auf die Welt.« Sie legte den Kopf schief und musterte mich mit gewitztem Blick. »Margaret, du siehst angegriffen aus. Zu viele Sorgen. Komm, leg die Füße auf den Schemel und koste das hier. Nein, Kinder, das ist nichts für euch. Das ist ein selbstgemachtes Stärkungsmittel ähnlich wie Johannisbeerwein, aber mit ein paar Zutaten von mir. Wenn ihr erwachsene Ladys seid, dann ...« Die Mädchen blickten sich an. »Nanu, warum seht ihr euch so an?«

»Sie haben letztens ihre Not mit dem höfischen Benehmen, Mutter Hilde. Sie glauben, wenn du das sagst, meinst du nie.«

»Unfug. Ihr werdet schon bald Ladys. Zwölf, dreizehn Jahre – alt genug, daß man euch mit einem trefflichen Edelmann verloben und verheiraten kann. Was für ein Glück, daß ihr von eurem guten alten Vater eine schöne Mitgift bekommen werdet und durch euren Stiefvater gute Beziehungen habt. Ein Leben als Lady ist gar nicht so übel, wenn man sich erst daran gewöhnt hat. Und, das könnt ihr mir glauben, es ist weitaus besser als alles andere.«

Das Stärkungsmittel schmeckte eigenartig, wärmte und brachte mein Blut in Wallung. »Mutter Hilde, warum hast du nicht nach mir geschickt? Du weißt doch, daß ich zu jeder Tages- und Nachtzeit kommen würde.«

»Irgendwie ist alles so anders geworden.«

»Anders geworden? Nichts ist anders geworden. O du liebe Zeit, hast du etwa gedacht, weil ich ...«

»Na ja, du hast doch jetzt eine Menge vornehmer Freunde, seit wir von unserer Reise übers Meer nach London zurückgekehrt sind.«

»Mutter Hilde! Das sind Geldfreunde und Schönwetterfreunde – schlicht und einfach falsche Freunde. Keine wahren Freunde wie du. Ach, was hat mir dieser gekaufte Rittertitel bislang an Ärger eingetragen! Wer hätte gedacht, daß er alles so durcheinanderbringen würde.«

»Dann bist du doch noch die alte Margaret?«

»Auf immer und ewig, Mutter Hilde«, sagte ich, und wir fielen uns in die Arme.

»Du, Mutter Hilde, wann kommt Bruder Malachi heraus? Ich muß ihn etwas Wichtiges fragen«, sagte Cecily und störte unsere innige Versöhnungsszene. Mutter Hilde preßte ein Auge an eine Türritze und spähte ins Hinterzimmer, Bruder Malachis Laboratorium.

»Da wir Besuch haben, wird es höchste Zeit, daß er herauskommt, Verfahren hin, Verfahren her. Augenblick. Cecily, gib mir das Handtuch, ich hebe den Deckel vom Suppentopf, vielleicht lockt ihn der Duft heraus. Er und Sim haben seit Mitternacht keinen Bissen mehr zu sich genommen, und da haben sie einen ganzen Laib Brot und ein paar Salzheringe verputzt.« Aber genau in dem Augenblick, als sie den Deckel anhob, hörte man im Hinterzimmer einen jähen Aufschrei und ein lautes Geräusch, das sich wie »Rums!« anhörte. Mutter Hilde fuhr der Schreck in die Glieder, sie ließ den Deckel auf den Topf fallen, als hätte das Hochheben den Krach ausgelöst und sie könnte ihn durch Wiederauflegen dämpfen. Die Tür zum Laboratorium flog auf, und stinkender Qualm quoll ins Zimmer. Inmitten der Wolke tauchte eine rundliche, kurz geratene Gestalt mit rußgeschwärztem Gesicht auf, die laut fluchte und sich die Funken aus dem Gewand schlug. Hinter ihr versuchte eine noch kürzer geratene und gleichermaßen verrußte Gestalt mit großem, schiefem Kopf, ein Junge in bräunlichem Kittel, den Rauch mit seiner Kappe fortzuwedeln.

»Sim! Laß das! Dadurch stinkt es um so mehr«, rief Bruder Malachi. »Ach, Margaret! Auch da! Du bist soeben Zeuge eines historischen Augenblicks geworden! Ich habe ...« Aber da hatte Mutter Hilde schon behende die Läden aufgerissen. Wind und Rauch bekämpften sich auf dem Fensterbrett, und unter den kalten Windstößen geriet das Feuer unter dem Topf ins Flackern und Schwanken.

»O Malachi, Liebster, warum müssen historische Augenblicke immer so schlecht riechen?« fragte Mutter Hilde, rang nach Luft und fuchtelte mit den Händen vor dem Gesicht herum, als könnte sie damit die übelriechende Wolke vertreiben. Aber Malachi tanzte fast vor Aufregung, wenn ihm auch die Augen tränten.

»Die schwarze Krähe! Sie ist geflogen! Mit dem neuesten Verfahren habe ich es geschafft! Von hier ist es nur noch ein Schritt bis zum Weißen Stein! Wenn sich der Rauch verzogen hat und der Schmelztiegel abgekühlt ist, sollte er sich unseren Augen darbieten. Ihr könnt mir glauben, das Verfahren des Arnoldus von Villanova ist so glasklar und anschaulich, wie ich noch keines in meinem ganzen Leben ausprobiert habe ...« Auf einmal bemerkte er uns im Raum. Genau wie in alten Zeiten hatte ich die Tür aufgemacht und geholfen, den Rauch zu vertreiben. Cecily preßte sich Mund und Nase zu und lief knallrot an, weil sie die Luft anhielt, und Alison, die ihre Nase mit Daumen und Zeigefinger zusammenkniff, nutzte die Situation und suchte nach weiteren Honigkuchen. »Laß das«, zischte ich, ließ die Tür los und packte Alison beim Nacken.

»Oh, was geht hier vor? Ein Fest? Margaret, dich habe ich ewig nicht mehr gesehen. Ah, da ist ja auch die Flasche mit dem Stärkungsmittel.« Er hob die irdene Flasche hoch und spähte hinein. »Und der Kessel da auf dem Feuer?« Er bückte sich zum Kamin und hob den Topfdeckel hoch. »Fürwahr, Suppe gibt es auch. Falls ich die Fähigkeit des Riechens durch den Gestank meines Experiments nicht völlig verloren habe, so möchte ich meinen, sie riecht gut. Nahrung! Wie konnte ich das nur vergessen! Mein Hirn braucht Stärkung – und Sim dürfte auch Hunger haben. Oh, ausgezeichnet, Hilde, meine Perle, wie habe ich jemals ohne dich leben können?« Während sich der Gestank verzog und verflüchtigte, stellte Mutter Hilde, deren Augen noch von dem beißenden Qualm tränten, zwei hölzerne Schüsseln mit Gemüsesuppe auf das Tischchen in der Diele und schnitt von einem schweren Laib dicke Scheiben Braunbrot ab. Malachi goß Wasser in ein Becken und wusch sich Hände und Gesicht, vergaß aber den Ruß hinter den Ohren und den Rand unter seinem Doppelkinn, während Sim, sein Lehrling, sich mit Händewaschen begnügte.

Dann ließ Malachi sich nieder, rief ein ums andere Mal: »Ausgezeichnet, ausgezeichnet!« und vertilgte das Essen mit erstaunlicher Geschwindigkeit.

»Ein Meisterwerk, diese Suppe«, verkündete er auf der Bank, während ein gewaltiger Nachschlag in seiner umfangreichen Mitte verschwand. »Hilde, du hast dich selbst übertroffen. Es muß am Knoblauch liegen. Niemand weiß so gut damit umzugehen wie du. Und der Hauch Pfeffer von der Wurst – umwerfend. Ja, was ist, Cecily?« Cecily hatte abgewartet, bis Malachi milde und gesättigt dreinblickte, und wand sich jetzt verlegen, während sie nach Worten rang. Ganz leise und in der Hoffnung, daß ich ja nichts mitbekäme, sagte sie:

»Bruder Malachi, du kannst doch etwas in etwas anderes verwandeln, ja?«

»Aber gewiß doch«, erwiderte Malachi, »das gehört zum Beruf des Alchimisten.«

»Mutter hat gesagt, der Stein der Weisen verwandelt gewöhnliche Dinge in etwas Besseres, zum Beispiel Blei in Gold.«

»Nun ja, das tut er. Aber, meine kleine Cecily, ich muß gestehen, daß ich noch nicht ganz soweit bin.« Cecily konnte ihre Enttäuschung nicht verbergen.

»Dann ist der Weiße Stein nicht *der* Stein?«

»Noch nicht, Kind, noch nicht. Der Weiße Stein ist nur eine erforderliche Stufe in dem Verfahren. Wir wollen nicht daran mäkeln, aber der alles verwandelnde Stein ist er nicht.« Mutter Hilde setzte eine vielsagende Miene auf und schwieg, warf mir jedoch einen Blick zu. Wir täuschten Geschäftigkeit vor, spitzten aber die Ohren, damit wir die nächste Frage mitbekamen.

»Wann kriegst du dann den richtigen Stein? Du mußt etwas für mich verwandeln.«

»Was denn?«

»Bruder Malachi, wenn du den Stein der Weisen hast,

kannst du mich dann in einen Jungen verwandeln?« Bruder Malachi verschluckte sich und legte den Suppenlöffel hin.

»Aber warum denn nur? Ich war immer der Meinung, daß du ein rundum hübsches Mädchen bist«, antwortete er taktvoll.

»Weil Jungen alles kriegen«, sagte Cecily ernst. »Sie dürfen jedes Pferd reiten und reisen, wohin sie wollen, und haben ein Schwert, mit dem sie ihre Feinde vernichten können. Und – und – sie müssen nicht stillsitzen und auch noch stundenlang sticken. Und sie dürfen reden und Ideen haben und müssen auf der Straße nicht die Augen niederschlagen, sondern kriegen alles mit, was passiert, und – und – Ladys müssen sie auch nicht sein. Ich will das auch nicht, und ich möchte gern ein Junge sein, weil das einfach besser ist.« Malachis rosige Miene drückte Besorgnis aus.

»Nun ja, zugegebenermaßen hat man es als Junge im großen und ganzen grundsätzlich besser«, sagte er nachdenklich, »aber wenn man es im Einzelfall bedenkt, so bekommen auch nicht alle Jungen die Dinge, die du aufzählst. Und dennoch, dennoch – in den Schriften wird dieses Argument völlig außer acht gelassen –, sonderbar, daß du darauf gekommen bist. Wenn es besser ist, ein Junge zu sein, wie es uns die Heilige Schrift versichert, und wenn der Stein der Weisen alle Dinge in ihre höhere Form verwandelt, dann könnten sich auch alle Frauen in Männer verwandeln, und das wäre das Ende der menschlichen Rasse. Wenn aber Gott höchstpersönlich der Menschheit befohlen hat, fruchtbar zu sein und sich zu mehren – ganz zu schweigen von anderen Lebewesen –, und wenn die nun alle hingingen und sich in männliche Wesen verwandeln ließen, so wäre das wider Gottes ausdrücklichen Willen. Hmm. Also muß Gott Männer und Frauen für gleichermaßen wert erachten, wenn auch, sagen wir, für verschieden. Sonderbar. Betrachten wir es von einer anderen Seite. Nirgendwo steht geschrieben, daß der Stein eine Frau in einen

Mann verwandeln kann, und da der Stein von Gott geschaffen ist, damit man Niederes in Höheres verwandeln kann, dann bedeutet das ... Mich laust der ... Aber gewißlich ist es weitaus besser, ein Mann zu sein.«

»Meinst du damit, daß du aus mir keinen Jungen machen kannst, auch wenn du den Stein hast?« Bei diesen Worten heiterte sich Malachis Miene auf.

»Ha, Cecily. Fassen wir es als Experiment auf. *Wenn* ich den Stein habe und *falls* du dann noch immer ein Junge werden willst, so werden wir es versuchen. Klappt es, so erfüllt sich dein Wunsch, wenn nicht ...«

»Dann sind Jungen und Mädchen vor Gott gleich viel wert, und die ganze Welt irrt sich, aber ich muß weiter stikken«, sagte Cecily.

»Cecily, du bist ein kluges Kind. Der Mann, der dich einmal heiratet, kann einem heute schon leid tun«, sagte Bruder Malachi.

»Beeil dich mit dem Stein«, sagte Cecily und seufzte, »ich weiß, ich kriege es bis dahin noch sehr satt, die Lady zu spielen.«

»Nun gut«, sagte Bruder Malachi und legte den Suppenlöffel erneut hin, »gehen wir hinein und sehen wir nach, ob wir den Weißen Stein haben. Inzwischen müßte das Experiment abgekühlt sein. Ich habe zwar wieder ein Philosophenei verloren, aber das Fällprodukt darin dürfte das sein, wonach wir gesucht haben, falls der allweise Arnoldus recht hat.« Wir sahen, wie er tief Luft holte, wieder in sein Laboratorium stürzte, das Fenster zum hinteren Garten öffnete und die dicken Lederhandschuhe anzog. Sim lief hinter ihm her und reichte ihm Stab und Prüfstein. Trotz des sich rasch verziehenden Gestanks scharten wir uns alle um ihn und sahen zu, wie er in die Aludel griff, wo ein geschwärztes, geborstenes Glasgefäß, wie ein Riesenei geformt, in Sand gebettet lag. »Wie ich mir gedacht habe«, sagte Malachi. »Es ist entzwei. Margaret, du ahnst ja nicht, was diese Dinger kosten. Und nur ein einziger Glasbläser im ganzen Königreich kann sie richtig anfertigen. Uff. Er verdient ein Vermögen an mir. Nun gut. Laßt sehen – nun ja, zumindest glänzt es.« Und er stocherte mit seinem Stab in dem schwärzlichen metallischen Zeug im Ei herum. Cecily zitterte mittlerweile vor Erregung, und sogar Mutter Hilde und ich, die wir durch seine früheren Experimente abgehärtet waren, hielten die Luft an.

»Alles voller Ruß – hmm.« Er kratzte Asche und einen bröseligen schwarzen Stoff ab, unter dem Metall zum Vorschein kam.

»Och, das ist ja grau wie Asche und schwarz wie angelaufenes Silber«, sagte Cecily betrübt.

»Kind, mußt du eine so unverblümte Sprache führen?« sagte Malachi. Er runzelte die Stirn und klopfte die Asche vom Stab. »Das Quecksilber hat sich nicht so verflüchtigt, wie es sollte, es ist eine Verbindung eingegangen. Eine ... schwärzliche, silbrige ... Verbindung. Ob die zu etwas taugt? Hmm, falls ich das Verfahren vor dem dreiköpfigen Drachen umkehre und das ...«

»Überall Rauch. Hier diehd ed ja aud wie in einer Djinkenräucherei. Wad dollen die Knochen auf der Leine? Dind dad 'ammelknochen?« Alison hielt sich geziert die Nase zu und sprach, als hätte sie eine böse Erkältung.

»Hammel, daß ich nicht lache, das sind ...«

»Malachi, bitte«, sagte ich. »Sie sind noch so unschuldig.«

»Rückgrate von Heiligen«, trompetete Sim, Malachis Lehrling, fröhlich und boshaft. Niemand wußte, wie alt Sim war, er selbst auch nicht; man wußte nur, daß er wenig wuchs und daß sein Kopf zu groß war für seinen Körper. Älter als zwölf, jünger als zwanzig und abgebrüht wie drei Greise. »Die sehen jetzt alle hübsch alt aus«, setzte er hinzu.

»Margaret, so begreife doch, zwischen Unschuld und

Leichtgläubigkeit liegen Welten«, brummte Malachi. »Das da, Kinder, ist Ware für mein sommerliches Gewerbe.«

»Märtyrerinnen der heiligen Ursula – und sie hatte Hunderte –, die uns ein hübsches Sümmchen bringen, wenn wir diesen Sommer auf Wanderschaft gehen.« Sims Stimme kiekste. Kam er etwa in den Stimmbruch? Dann mußte er über zwölf sein. Laß sehen, er war ungefähr acht, als Malachi ihn auf der Straße aufgelesen hat – aber vielleicht auch schon zehn, dazu rechnen wir noch einmal ...

»Die sehen mir eher nach Schwein als nach Hammel aus«, sagte Cecily mit ihrem durchdringenden Stimmchen und musterte die aufgehängten Rückgrate eingehend. »Wickelst du die so schön ein wie die in der Kirche?«

»Meine Ware ist in Wirklichkeit Glaube und Hoffnung, ohne die die menschliche Rasse nicht weiterleben könnte, und diese – Gegenstände – dienen den Menschen zur Kontemplation ...«

»Du brauchst sowieso Geld für ein neues Glasei«, meinte Cecily. »Wie gut, daß du immer welche nachmachen kannst.«

»Und ich, Kind, begreife allmählich, daß du die Tochter deines Vaters bist. Ach ja, der alte Master Kendall, das war ein Schlauberger, o ja.«

»Wir sollten auch solche Sachen machen wie du, weil das Geld alle ist. Mama hat ihr Zindelkleid verkaufen müssen, das wunderschöne mit der Goldstickerei, das ich so gern anprobiert habe, und das Geld, das uns Stiefvater in der Geldkatze in der Truhe dagelassen hat, ist auch schon alle«, verkündete Alison.

»Alison, hör auf!« rief ich. Sie hatte mich in meiner Berechnung von Sims Alter jäh gestört.

»Margaret, wenn du Haushaltsgeheimnisse wahren willst, solltest du diese Kinder im Keller einsperren.«

»Hat Stiefgroßvater schon mal gemacht«, sagte Alison zufrieden.

»Das überrascht mich nicht, nicht im geringsten«, sagte Malachi. »Margaret, um diese Jahreszeit bin ich leider knapp bei Kasse, aber ...«

»Ich bin nicht wegen einer Anleihe gekommen, Bruder Malachi. Ich komme wegen dieser Sache hier«, sagte ich, griff in das Brustteil meines Kleides und zog Gregorys Brief heraus, der ganz zerknittert, voller Siegel, gefaltet und wieder gefaltet und von der langen Reise fleckig war. »Ein Brief von Gregory, und er schreibt, ich soll ihn dir bringen.« Malachi setzte sich auf den hohen Schemel vor die Aludel, entfaltete den Brief und musterte ihn genau.

»Möchtest du dir meine Schädel ansehen?« fragte Sim Cecily. »Alles abgemurkste Franzosen.«

»Ich auch«, sagte Alison. »Sehen Schädel von Franzosen wie englische aus? Mutter Sarah sagt, sie haben Hörner.«

»Sim, hast du eine Mutter?« hörte ich Cecily fragen, als die Mädchen mit ihm in die Ecke gingen, wo die Truhe stand.

»Keine Spur«, sagte er, »ich bin einfach so gekommen.«

»Hast du ein Glück, unsere Mutter will, daß wir Ladys werden.« Doch dann konnte man nichts mehr hören, weil sie den Kopf in die Truhe steckten.

Malachi kniff die Augen zusammen. Er hielt den Brief einmal so und einmal so, seufzte und kratzte sich gedankenverloren den Kopf. »Unmöglich«, brummelte er. »Gilbert ist wie üblich nicht recht bei Trost.« Das konnte dauern. Ich setzte mich zu Mutter Hilde auf die Fensterbank, denn da strömte frische Luft durch die geöffneten Läden. Im Garten betätigten sich Vögel, zweifellos bauten sie Nester in Mutter Hildes Holzapfelbaum. Das war schon immer ein Lieblingsplatz für Vögel gewesen.

»Du nennst ihn also noch immer Gregory?« fragte Mutter Hilde. »Ich auch, es sei denn, ich denke daran. Aber Malachi hat ihn schon als Studenten gekannt und ihn immer Gilbert genannt.«

»Ich bemühe mich, daran zu denken und ihn in Gesellschaft nicht Gregory zu nennen. Er möchte nicht, daß die Leute sich daran erinnern, daß er einmal im Kloster war. Es wird soviel geklatscht, und jetzt, da er durch seine Schriften beim Herzog hoch in Gunst steht ... Aber es ist nun einmal der Name, unter dem ich ihn kennengelernt habe.«

»Beim Adel ist es noch schlimmer. Jedesmal, wenn sie weitere Ländereien bekommen, werden sie Lord Sonstnochwas.«

»Das ist bestimmt nicht unser Problem, Mutter Hilde.«

Malachi stieß einen Schrei aus und schoß hoch, und sein rosiges rundes Gesicht strahlte. »Heureka!« rief er.

»Das ist Griechisch«, sagte Mutter Hilde stolz. »Das heißt, er ist glücklich. Was für ein brillanter Mann, was für ein Hirn! Er kann sein Glück sogar in Fremdsprachen ausdrücken.«

»Margaret«, sagte er, umrundete die große Aludel und kam zu uns zur Fensterbank, »die Rezeptur hier ist Blödsinn. Ich bin zu dem Schluß gekommen, daß der Brief verschlüsselt ist. Gilbert wollte der Zensur ein Schnippchen schlagen.«

»Genau das meine ich auch. Aber geht es ihm gut? Schreibt er, wann er nach Haus kommt?«

»Gleich, gleich. Die Alchimie ist der Schlüssel – und gewisse Redewendungen aus unserer langen Bekanntschaft –, es ist ein Code, den nur ich entschlüsseln kann.« Malachi streckte mir den Brief hin und wies auf die Rezeptur. »Sieh her. Gold steht für König, und die Umwandlung von einfachem Stoff für unsere Eroberung Frankreichs. Und hier, wo sich das Gold in der Lösung niederschlägt ... Das bedeutet, der König ist geschlagen, Margaret, und Gilbert kehrt heim. Hmm, Vollmond im Zeichen des Widders. Ja, irgendein Unglück, noch gar nicht lange her.«

»Aber kommt Gregory nach Haus? Wann? Schreibt er das?«

»Hier ... Hmm. Daß dich der Teufel! Er weiß, daß ich sie immer Zwillinge genannt habe. Wie unhöflich von ihm! Hmm, ja. Quecksilber, das Metall der Zwillinge. Wenn du Glück hast, Margaret, kommt er Ende Mai oder Anfang Juni nach Haus. Also, das da ist interessant, Margaret. Offenbar soll das hier heißen, dem Heer ist es zwar schlecht ergangen, aber gleichwohl hat er es zu etwas Geld gebracht. Wie wohl? Er war ja schon immer ein einfallsreicher Bursche. Hätte er dich sonst geheiratet? Nun ja, ich glaube nicht, daß du dich wegen der Geldkatze in der Truhe noch länger grämen solltest; aber du mußt dir ein neues Versteck ausdenken, damit diese Kinder sie nicht finden.«

Doch inmitten aller Freude schoß mir schon wieder ein sorgenvoller Gedanke durch den Kopf. »Malachi? Schreibt er etwas darüber, ob sein älterer Bruder und sein Vater auch nach Haus kommen? Gebe Gott, daß er vor ihnen daheim ist, sonst muß ich noch mehr verstecken als nur die Geldkatze. Lieber Gott, lieber Gott, halt mir seine Familie vom Hals, laß sie in Brokesford bleiben, wenigstens so lange, bis ich etwas Zeit mit ihm allein gehabt habe.«

Kapitel 5

»Wo nur der alte Peter so lange bleibt? Sie sollen noch gestern hier geäst haben.« Ungeduldig schnipste der Herr von Brokesford einen Krümel fort, der von der Taubenpastete auf die Brust seines schäbigen und fettfleckigen ledernen Jagdrocks gefallen war. Den Rest der Pastete hatte er noch in der Hand, und um weitere Krümel zu vermeiden, schlang er ihn mit einem Bissen hinunter. Gleich nach seiner Heimkehr aus Frankreich war er ohne Zwischenfälle auf seine Ländereien zurückgekehrt, Gott sei Dank mit heilen Gliedmaßen. Auch beide Söhne waren am Leben, was er als besondere Gnade empfand. Das war ganz eindeutig Gottes Wille und der Lohn für seine Tugend, und so war er rundum zufrieden, weil er sich alles als eigenes Verdienst anrechnete.

Rosig dämmerte der Morgen herauf, eine prächtige englische Morgenröte, nicht eine dieser feuchten, fremdländischen, von denen er auf dem Marsch nach Calais viel zu viele gesehen hatte. Die Wolken am vergangenen Abend, die Vögel, die Sterne, alles hatte auf schönes Wetter hingedeutet. Englische Sonne, englisches Gras und englische Küche – alles besser. Er überblickte seine kleine Welt mit den Augen eines Mannes, der weiß, daß er Herr über alles ist, was zählt. Auf der betauten Wiese neben dem sich dahinschlängelnden Bach lagen Tischtücher ausgebreitet. Darauf eine reiche Auswahl an Gerichten für ein Jagdfrühstück, das Sir Hubert, seine Familienmitglieder,

Nachbarn und Gäste verspeisen würden. Stallburschen hielten die gesattelten Pferde und die ungeduldigen Jagdhunde. Alles wartete darauf, daß der alte Peter, Sir Huberts Oberjäger, mit dem besten Jagdhund zurückkäme. Von hier, vom letzten Äsungsplatz, wollten sie ein Rudel Rotwild aufspüren. Ein kleines Zelt aus Zweigen markierte die Stelle, wo der Hirsch inmitten der Rehe und Kälber geäst hatte. Und dessen Witterung hatten der alte Peter und Bruno aufgenommen, denn heute sollte der Hirsch erlegt werden.

»Ah, diese Luft. Die beste Würze für ein Gericht«, sagte Sir William Beaufoy, Sir Huberts alter Waffengefährte und heute der Ehrengast. Er war lange nicht mehr in Brokesford gewesen, genauer gesagt seit dem letzten Feldzug nicht mehr, seit ihrem gemeinsamen Abenteuer, seit der kleinen Sache mit dem Lösegeld, mit dem sie Sir Huberts jüngsten und undankbarsten Sohn aus französischer Gefangenschaft freikaufen mußten.

»Es wird Euch guttun, einmal aus der stickigen Hofluft herauszukommen. Was mich angeht, so werde ich ein neuer Mensch, wenn ich weit weg bin von der zeternden Hexe, mit der ich zusammenleben muß.« Während er das sagte, langte Sir Geoffroi, der nächste Nachbar des alten Lord, nach einem großen Stück Räucherschinken. Bei seinen Worten warf Sir Hugo, der älteste Sohn und Erbe von Brokesford, seiner Frau, Lady Petronilla, einen scharfen Blick zu, denn diese hatte nicht den geringsten Hehl daraus gemacht, daß sie nur ungern auf das fröhliche Leben am herzoglichen Hof verzichtete. Sie wich seinem Blick aus und starrte kalt in die Ferne.

Sir Hugo hielt nichts von der abgetragenen, bequemen Kleidung der Älteren. Er schmückte sich nach Art des französischen Adels mit einem Edelstein am schwarzen Biberhut und mit einem braunsamtenen Reitmantel nach dem neuesten Schnitt. Auch seine Frau hatte ihr langes schwarzes Kleid zugunsten eines neuen Reitkleides in Moosgrün abgelegt, und neben dem Jagdhorn hing ein kleiner Dolch an ihrem Gürtel. Da sie geschickt mit Bogen und Pfeil umgehen konnte, liebte sie blutige Sportarten und ritt so gut, daß sie nie die »mort«, den Tod der Beute, verpaßte. Man muß sie ein wenig aufmuntern, dachte Hugo. Ein paar Jagden, etwas Bettsport, und schon ist sie wieder schwanger. Solange er überhaupt seine Gedanken auf etwas konzentrieren konnte, dachte er an den drohenden Verlust. Warum sollte alles an den Sohn seines jüngeren Bruders fallen, nur weil der mit einer Frau aus niedrigeren Kreisen durchgebrannt war, die heckte wie ein Karnickel? Ärgerlich, wirklich ärgerlich. Petronilla mußte ihre Pflicht tun, und zwar schnell. Schließlich wußte er, daß sie nicht unfruchtbar war.

»Jede Frau hat auch ihre guten Seiten. Kann sie kochen?« fragte Sir William taktvoll.

»Kochen, schön und gut«, erwiderte Sir Geoffroi. »Aber das wird einem im Magen doch zu Gift, wenn sie überall mitreden muß. Sie tut es bei Verwaltungsangelegenheiten, sie tut es in den Ställen, sie kennt sich, behauptet sie, in meinen Geschäften besser aus als ich. Und Streit mit meiner Frau? Ich kann Euch sagen, der Streit hört gar nicht mehr auf. Zwei Herrinnen unter einem Dach – ein besseres Rezept für Ärger gibt es nicht. Aber nach den Auflagen im Testament meines Bruders kann ich sie einfach nicht loswerden.«

»Aha, dann ist sie also die Frau Eures älteren Bruders?«

»Genau, und mit Anrecht auf ein Zimmer, Verpflegung und Unterhalt, zwei Kleider im Jahr, immer Kerzen, freies Schalten und Walten im Haushalt und die Freiheit, sich nach Herzenslust überall einzumischen. Bei Gott, wenn ich sie doch in ihrem Zimmer einmauern könnte, aber dann fällt der gräßliche Advokat, den ihre Nichte geheiratet hat, über mich her wie der Wolf über das Lämmchen. Oh, der sucht doch nur nach einer Ausrede, wie er mich um meinen Besitz bringen kann.«

»Advokaten, überall Advokaten!« brüllte Sir Hubert. »Wir leiden unter einer wahren ADVOKATENPLAGE, einer PLAGE, SAG' ICH, die EHRBAREN MÄNNERN DIE HAARE VOM KOPF FRISST! Sie haben ihre HABGIERIGEN HÄNDE ÜBERALL, und mit ihren ...«

»Ich glaube, ich habe da drüben Otterfährten gesehen«, unterbrach ihn Sir William und deutete mit einem gebratenen Hühnerschlegel auf das binsenbewachsene Ufer. Nur schnelles Eingreifen konnte einen von Sir Huberts berüchtigten Tobsuchtsanfällen im Keim ersticken. Der Trick dabei war, wie sein alter Freund wußte, daß man die ersten Gewitterwolken zerstreute, ehe sie sich zusammenballen konnten. Brach der Sturm erst einmal aus, schrumpelten knospende Blätter, und Lebewesen suchten ihr Heil in der Flucht. Bei solch leidenschaftlichen Ausbrüchen ließ der alte Lord schon mal Hirsch Hirsch sein und führte statt dessen den Sturm auf das Haus eines einheimischen Richters an. Feldmäuse und Wühlmäuse stellten bereits ihr Geraschel im Gras ein. Es war an der Zeit, die Gesetze der Höflichkeit zugunsten des Allgemeinwohls hintanzustellen.

»Ottern sind keine Jagdbeute für einen Edelmann«, verkündete Sir Hugo. »Ei, in Frankreich überläßt sie der einheimische Adel gar seinen Bauern, die dürfen sie in Fallen fangen.« Sein Ton war so überheblich, daß ihm sein Vater einen bösen Blick zuwarf. Und dabei bemerkte er den albernen französischen Jagdaufzug, in den sich sein Sohn geworfen hatte. Und das erinnerte ihn an die aufreizende Angewohnheit seines Erben, beim Anblick jeder Rose, jeder weiblichen Gestalt auf zehn Meilen die Runde gottserbärmliche französische Gedichte zu plappern. Was Sir Hubert von Brokesford anging, so war die gesamte Invasion in Frankreich eine Katastrophe gewesen – das Gestüt von

Brokesford geplündert, ein knappes halbes Dutzend arg verbeulte Rüstungen ergattert, die nur zum Weiterverkaufen taugten, keine Lösegelder von Bedeutung und, was das schlimmste war, gute englische sittliche Werte durch abartige und krankhafte fremdländische Ideen verderbt.

»Ottern kann ich nicht ausstehen«, knurrte der Herr von Brokesford. »In der Fastenzeit sind sie über meinen Fischteich gekommen, und just vor meiner Heimkehr am St. Benediktstag haben sie den großen Aal gefressen, den ich für mich aufgespart hatte.«

»Wenn Ihr mich fragt«, sagte Sir Roger, ein Mann mit rosigem Gesicht, dem man das Wohlleben ansah und der nur aus Höflichkeit ›Sir‹ genannt wurde, denn er war der Gemeindepfarrer, »so hatte dieser Otter zehn richtige Finger und ging auf zwei Beinen.« Lady Petronilla bedachte Sir Roger mit einem schmalen kalten Blick, der Sir Williams gewitztem Auge nicht entging. Hmm, dachte er. Sir Roger dürfte den Nagel auf den Kopf getroffen haben. Sie hat ihn sich kochen lassen, während Sir Hubert nicht daheim war, und hat die Ottern beschuldigt. Wenn die Katze aus dem Haus ist, tanzen die Mäuse ... Auch von diesem Thema mußte man die Unterhaltung fortsteuern.

»Meines Wissens gehört das Gehölz hinter der Wiese hier Euch, aber gehören die Wälder jenseits des Hügels nun alle Euch oder teilt Ihr sie mit Eurem trefflichen Nachbarn? Ich habe das nie ganz begriffen.« Sir William deutete erneut mit dem Rest des Hühnerschlegels.

»Oh, stochert nicht darin herum, das ist eine wunde Stelle«, sagte Sir Geoffroi. »Jenseits des Hügels gibt es einen prächtigen Eichenwald, auf den ein Advokat aus Hertford Anspruch erhebt.«

»Anspruch, ha. Es gibt keinen Rechtsanspruch, wenn das Land nicht zum Verkauf steht, und genau das tut es nicht! Diese Eichen haben der Familie gehört, seit die ersten unseres Namens im Domesday-Buch verzeichnet wurden. Und eines könnt Ihr mir glauben, ein de Vilers verkauft keine Eichen an den Meistbietenden! Mein Großvater, ja, ja, mein eigener Großvater hat sechs davon als Zehnten für das Dach der Kathedrale gespendet und hat den Verlust nie verwunden. So wahr ich lebe, ich dulde es nicht, daß sie an HÄNDLER VERSCHERBELT werden, damit sie davon ihre widerlichen LAGERHÄUSER bauen können. Wenn der zwielichtige Mönch den Rechtsanspruch nicht in Zweifel gezogen hätte, hol's der Teufel, der Advokat hätte nicht GEWAGT ...«

»Oh, seht einmal, ist das dahinten nicht der alte Peter?« fragte Sir William und legte seinem Freund die Hand auf die Schulter, damit dieser sich faßte. Ja, die Gestalt, die aus einem Gebüsch dichter Haselsträucher und junger Eichen kam, war tatsächlich der alte Peter: In Wirklichkeit war er gar nicht alt, sondern nur älter als der junge Peter, sein Sohn, der neben dem Jagdhelfer stand und ein halbes Dutzend Windhunde zurückhielt.

»Der Hirsch, bei Gott, er hat ihn aufgespürt! Hmph, diesen Hirsch habe ich für Euch aufgespart. Ein edles Tier. Wenn doch der Advokat an seiner Stelle wäre. Nun, das wäre eine Jagd!«

Sie näherten sich dem Rudel gegen den Wind, doch das Rotwild hörte die Hunde und stob auseinander. Vom Jagdhelfer angefeuert, verlegten die losgelassenen Windhunde dem Hirsch den Weg, so daß er über das Brachland in Richtung der welligen, frisch gepflügten und bestellten Äkker des Dörfchens Hamsby zuhetzte, dem letzten Vorposten im Herrschaftsbereich des Herrn von Brokesford. Beim Anblick des Hirsches flüchteten die kleinen Jungen, die die Vögel verscheuchen sollten. Verfolgt von jaulenden Jagdhunden, schoß der Hirsch über die gepflügten Furchen, die Pferde im gestreckten Galopp hinter ihm her, daß die Lehmklumpen flogen. Und so schnell, wie sie gekommen war, verschwand die wilde Jagd wieder abgesehen von ein paar Nachzüglern, die vom Klang der Hörner in der Ferne über die aufgewühlten Äcker gelockt wurden. Ein Schwarm Saatkrähen ließ sich auf den zerstampften Feldern nieder, und die kleinen Jungen kamen wieder angerannt und bewarfen sie mit Steinen.

Unter den Birken am Waldrand platschte der Hirsch ein Stück bachaufwärts, um die Hunde abzuschütteln. Die Jagdgesellschaft hielt an, bis das Horn des alten Peters in der Waldestiefe verkündete, daß er die Witterung wieder aufgenommen hatte. Der alte Lord und Sir William setzten sich an die Spitze, brachen durch das Unterholz und ritten hinter Bruno her in den Wald hinein. Hier hatten Förster jahrhundertelang die schwächeren Bäume geschlagen, und so reckten sich nur die verschlungenen Äste uralter Eichen in den Himmel. Die Pferde kamen gut voran, denn unter dem knospenden Geäst mit dem frischem Laub lag nichts; jedes Zweiglein, jeder heruntergefallene Ast war von den Bauern als Brennholz gesammelt worden, denn die Bäume selbst anzurühren, das bedeutete den Tod. Sie kamen an einer Lichtung vorbei, die ein Flußlauf teilte, hier noch ein Bach, und Bruno verlor erneut die Witterung. Sie ritten auf der Fährte des Hirsches weiter bachaufwärts und wieder in die Waldestiefe hinein, während Bruno die Ufer nach der verlorenen Witterung absuchte.

»Was ist das hier?« fragte Sir William. Sie hatten die Stelle erreicht, wo der Bach entsprang, eine Quelle wie ein tiefer, felsiger Weiher, nur in der Mitte brodelte grünes Wasser aus unendlicher Tiefe empor und wallte wie in einem Kochkessel. Neben der Quelle ragte ein hoher Felsen auf, der von einem Seil mehrfach umschlungen war. An dem Seil hingen Stofflappen, einige bereits ausgebleicht. Aber am seltsamsten war, daß sich an der Quelle eine Art Tempel befand; er bestand aus dicken dunklen Stämmen lebender Eiben, die in zwei Reihen in regelmäßigem Abstand gepflanzt worden waren wie Säulen, die das Dach einer mächtigen Kathedrale hätten tragen können. Das Alter dieser dunklen Pfeiler war nicht zu schätzen, aber sie mußten sehr alt sein. Ihre immergrünen Wipfel bildeten eine verflochtene Fläche, gleichsam ein Dach, das dichter hielt als eines aus Reet. Das eigenartige Baumgebäude warf einen undurchdringlichen Schatten, der inmitten des luftigen Geästs der Eichen ringsum, durch das Sonnenflecken fielen, noch unheimlicher wirkte. Er gemahnte Sir William an einen Friedhof, und bei dem Gedanken überlief es ihn kalt.

»In der Quelle hier soll es einen Wassergeist geben«, sagte Sir Hubert und hob das Horn an die Lippen, um den Rest der Jagdgesellschaft herbeizurufen. »Irgendeine alte Nixe namens Hethra, die Wünsche erfüllt. Mit dem Wasser läßt sich übrigens ein hervorragendes Bier brauen.« Aus dem Wald hinter ihnen antworteten andere Jagdhörner und Hundegebell, und dann brachen die ersten Reiter aus dem Wald hervor und stürmten auf die sonderbare Lichtung.

»Wo ist der alte Peter?«

»Wir haben die Witterung verloren.«

»Ausgerechnet hier muß sich das Tier verstecken«, sagte der Lord von Brokesford.

»Neue Lappen, neue Lappen, trotz all meiner Ermahnungen«, stellte Sir Roger angewidert fest und umrundete den Felsen auf seinem kleinen Fuchs.

»Was genau ist das?« fragte Sir William, dessen Neugier geweckt war.

»Als sich die heilige Edburga hier ausgeruht hat, ist genau an der Stelle, wo ihr Kopf lag, diese Quelle entsprungen. Seht Ihr da drüben die Ruine einer Einsiedelei? Wenn Ihr die Steine näher betrachtet, erkennt Ihr noch eine Darstellung ihres Märtyrertodes.« Sir William machte jenseits der grünen Halle mit den beiden Säulenreihen eine Ansammlung quadratisch behauener Steine aus. Von einem blickte ihn das verwitterte Abbild eines Schädels an. Das hier ist keine Einsiedelei, dachte Sir William und holte tief Luft. Das ist etwas Uraltes; etwas Heidnisches. Er erschauerte und bekreuzigte sich. »Die Einsiedelei war dem gnadenreichen Haupt der heiligen Edburga geweiht, ist aber, wie Ihr seht, verfallen.«

»Ja, das ist in der Tat zu sehen. Ein Jammer«, sagte Sir William.

»Gebete zu Gott dem Allmächtigen und zur heiligen Edburga werden nur in der Kirche erhört, aber die Leute wollen nicht davon ablassen, hier einem albernen heidnischen Wasserteufel zu opfern, und verweigern der Heiligen ihre Kerzen. Bäurischer Aberglaube! Das führt zu nichts Gutem!« empörte sich der jagende Priester. Die Hunde beschnüffelten die Erde rings um die Quelle. Die Pferde mit ihren Reitern trabten durcheinander und warteten darauf, daß die Hunde erneut die Fährte des Hirsches aufnahmen.

»Und um was bitten sie?« fragte der Besucher. Lady Petronilla auf ihrer grauen Stute hatte sich näher herangeschoben. Auch sie kannte kaum etwas von den einheimischen Sagen, denn die Ländereien ihres Vaters lagen im Süden des Landes, und sie nutzte jede nur mögliche Ausrede, um einen längeren Aufenthalt in Brokesford zu vermeiden.

»Wünsche, eitle Wünsche. Der Felsen soll lebendig sein. Und was die Quelle angeht, so erfüllt ein böser Geist dort unheilige Wünsche. Vor allem kommen unfruchtbare Frauen hierher, selbst wenn ich ihnen mit der Exkommunikation drohe. Sie umrunden die Quelle dreimal in Richtung der Sonne und opfern etwas.« Petronilla beugte sich vor, weil sie besser in die brodelnde grüne Tiefe sehen wollte, und hielt sich dabei mit der reich beringten Hand in der Mähne ihrer Stute fest. Sie atmete stoßweise, und ihre blauen Augen glitzerten wie Eissplitter.

»Und auf welche Weise ist der Felsen lebendig?« fragte Sir William.

»Einmal im Jahr, am Johannistag, soll er nachts ins Wasser waten und trinken, aber das hat noch kein Mensch gesehen. Und er soll weinen. Wenn man ein Stück abschlägt, soll er bluten, aber jeder, der das versucht, ist verflucht, also wagt es niemand. Die Lappen da sind Opfergaben.«

»Ei, dann ist er lediglich ein übergroßer Wunschbrunnen. Ich hätte nicht übel Lust, ihn auszuprobieren. Glück kann man schließlich immer gebrauchen«, sagte Sir William, den die Erklärung etwas erleichtert hatte. »Sir Hubert, seht her.« Er kramte in dem Beutel an seinem Gürtel und förderte einen Viertelpenny zutage. »Finde die Witterung; mich gelüstet heute Abend nach Wildbret«, sagte er und schnipste die glänzende Münze ins Wasser. In der Ferne erklang Peters Horn. Die Hunde, die sich um die Pferde geschart hatten, jaulten und liefen um den Steinhaufen herum und in den Wald hinein. Petronilla setzte ihnen als erste nach, gab ihrem Pferd die Sporen und verschwand, als hätte sie sich verbrüht. Sir Hubert blieb nur so lange, bis er Nachzüglern mit seinem Horn die Richtung angezeigt hatte, dann folgte er der rasch verschwindenden Jagdgesellschaft in den Wald.

Eine knappe Stunde später erklang in der Nachmittagsluft das Signal für die »mort«. Einmal lang, dreimal kurz, Pause, einmal lang und noch dreimal kurz bedeutete, daß der Hirsch aus einer tödlichen Schwertwunde blutete. Während Jagdhelfer eine Stange zurechtschnitten, an der sie die Hirschviertel nach Haus tragen konnten, weideten die Stallburschen das Tier nach einem überlieferten Ritus aus. Zuerst schnitten sie ihm Hoden und Zunge ab, dann die Schultern, dann nahmen sie Leber und Eingeweide aus. Die Jagdhunde verschlangen die Brocken, die man an sie verfütterte, ein neuer Jagdhelfer wurde mit Hirschblut gezeichnet. Dame Petronilla sah mit leuchtenden Augen zu, und ihre Hand umklammerte den Griff ihres kleinen Dolches. Rote Lachen versickerten im Boden, Hände und

Arme der Jäger waren rot verschmiert. Schließlich hängte man die Viertel an der Stange auf, hob sie hoch und brachte sie in die Burgküche.

Weitab von der blutgetränkten Erde brodelte das grüne Wasser unbekümmert unter dem Schutzdach der uralten Eiben, in denen die Vögel schwiegen.

Kapitel 6

Im Monat Mai zwitschern die Vögel und desgleichen alle Straßenverkäufer und Bettler: der Pastetenverkäufer tiriliert straßauf, straßab: »Pasteten, leckere, heiße Pasteten«, und die blinde Frau an der Kirche singt »Vergelt's Gott, nur einen Heller, erbarmt euch« und wiegt sich hin und her, aber am melodischsten von allen preist der Mann, der die Hintergassen abklappert, wo ihn die Hausfrauen beim Wäscheaufhängen hören können, seine Ware an – tote, am Schwanz zusammengebundene Ratten: »Ich bin der Rattenfänger, ich bin der Ra-ha-hattenfänger.« Ihm folgt Gemecker und Geklapper von Milcheimern, die Ziegenfrau kommt mit ihren Ziegen und empfiehlt ihre Ware vor unserer Küchentür, nach ihr kommt eine Frau, die einen Korb mit Enteneiern auf dem Kopf trägt und in unserer Gegend gute Geschäfte macht. Wahrlich, bei all dem Lärm kann man kaum noch die Vögel hören. Das schöne Wetter hatte alles ins Freie gelockt, Vögel und menschliche Tschilper und Hunde und quiekende Schweine, und der ganze Stimmenwirrwarr drang durch die geöffneten Küchenläden herein und vermischte sich mit dem Gegacker der Hühner auf unserem kleinen Hühnerhof und mit dem Gewieher von Master Wengraves großem rotbraunem Maultier.

An jenem Tag backten wir Brot, die Köchin, die Mädchen und ich, und in der Küche duftete es herrlich nach Hefe, denn der Teig war prächtig aufgegangen. Die Mädchen trugen große, oben mehrfach umgeschlagene Schürzen, die sie unter den Armen umgebunden hatten, und damit ihnen die Haare nicht in den Teig fielen, hatten beide das Haar zu einem langen Zopf geflochten: Alisons baumelte glatt und Cecilys struppig auf dem Rücken. Sie standen über hölzerne Backtröge gebeugt, hatten die Ärmel hochgekrempelt und warteten, daß ihnen die Köchin Teig einfüllte.

»Alison, nicht von dem rohen Teig naschen. Er geht in dir auf, und dann platzt du.«

»Hast du schon mal gehört, daß davon jemand geplatzt ist, Mama?« fragte Alison, die für meinen Geschmack zuviel Spaß an Schauergeschichten hatte.

»Vom Naschen an rohem Teig? Ganz gewiß ist das schon einer Menge kleiner Naschkatzen passiert. Sieh doch nur, wie er in der Schüssel aufgeht. Das soll doch nicht etwa in deinem Bauch passieren, oder?«

»Dann kennst du also niemanden, Mama«, sagte Cecily und traf wie üblich ekelhaft scharf den wunden Punkt.

»Haben wir keine Rosinen? Ich will einen Kuchen bakken, einen ganz, ganz sühühüßen«, verkündete Alison.

»Keine Rosinen, keinen Zimt, keinen Pfeffer, bis Vater heimkommt. Alles zu teuer.« Die laue Brise trug vom Baum vor dem Fenster das Gekreisch einer Elster herein, dann rief sie mit fast menschlicher Stimme so etwas wie »lecker, lecker, lecker, lecker«.

»Ach, da ist ja meine böse Elster, die weggeflogen ist, als man ihren Käfig zerschlagen hat. Die hat auch so schön gesprochen! Jetzt lernt sie lauter schlimme Sachen von den Vögeln da draußen. Ihr könnt mir glauben, die setzt sich nur in den Baum, um mich zu ärgern.« Die Köchin steckte den Kopf zum Fenster hinaus und rief: »Komm zu Mama. Guck mal. Ich hab dir was Leckeres hingelegt. Lecker, lekker!« Und bei diesen Worten legte sie ein kleines Stück Schinkenfett zwischen die Handvoll Krümel auf die Fensterbank. Der Vogel huschte herbei, zeigte schwarzes und weißes Gefieder und stolzierte auf dem Fensterbrett auf und ab und musterte die Menschen drinnen im Haus mit schwarzen Knopfaugen. Wir verhielten uns ganz still, damit er nicht dachte, wir wollten ihn einfangen. Zunächst legte er den Kopf schief, richtete ein glänzendes Auge auf den Leckerbissen, dann schlang er ihn blitzschnell hinunter. »Lecker, lecker, lecker«, rief er und flog in die grünen Äste vor dem Fenster zurück.

»Wir haben eine Abmachung, der Vogel und ich«, sagte die Köchin. »Er kommt nicht rein, und ich fang ihn nicht. Aber er ist auf die schiefe Bahn geraten, möchte ich meinen. Er haust in dem Baum wie ein Räuber und stiehlt alles, was nicht niet- und nagelfest ist. Schämen sollte er sich.«

»Er hat auch mein Haarband, das ich mir im Garten herausgezogen habe. Ich habe es nur auf die Bank gelegt, und schwupp war es weg«, sagte Alison.

»Da ist es also geblieben«, sagte ich. »Habe ich dir nicht gesagt, du sollst es nicht abnehmen?«

»Es ist rausgerutscht, als ich mit Peter Wengrave Ball gespielt habe«, sagte Alison.

»Der Vogel hat es einfach mitgenommen und in sein Nest eingebaut, ich habe es gesehen«, sagte Cecily.

»Das ist kein Nest, das ist ein Abfallhaufen«, sagte die Köchin.

»Bitte laß es nicht herunterreißen«, sagte Cecily. »Vielleicht hat er eine Familie drin.«

»Der brütet doch nur einen Haufen böse Elstern aus, aber was kann man heutzutage auch anderes erwarten? Das Jüngste Gericht ist nahe herbeigekommen«, sagte die Köchin und knetete mit dem kräftigen rechten Arm den letzten Teigkloß durch. Draußen hörten wir betrunkene Radaubrüder ein neues Lied anstimmen. »Es wollt ein König eine Kron', ritt aus mit edlen Herren ...« So fing es an, ehe es der Wind verwehte. Neuigkeiten aus Frankreich, und schon zum Lied verarbeitet. Wahrlich, die Kunde von der Niederlage hatte sich schnell verbreitet.

»Haltet ein, ihr hirnlosen Saufbrüder! Habt ihr eure Sünden bedacht? Eitler Gesang statt frommer und gesitteter Unterhaltung, alles ist eitel ...« Du liebe Zeit, der Frühling hatte auch Will, den Straßenprediger, ins Freie gelockt. Und es gab nur einen Grund, warum er in unsere Gegend kam. Gleich steht er an der Küchentür und bittet um eine Anleihe. Und schon hörten wir Schritte auf der Gasse und eine Stimme am geöffneten Fenster. Die Elster hockte auf einem Ast über ihm und musterte Wills langes, schäbiges schwarzes Gewand und die mottenzerfressene Kappe, deren Ohrenklappen er hochgeschlagen hatte.

»Ha, Vogel. Du kleidest dich in Schwarz und Weiß wie ein Dominikaner. Und wie die Dominikaner bist du mir beim Betteln zuvorgekommen. Ich weiß sehr wohl, daß du, Vogel, ein gemeiner Spaßmacher bist. Ach, welch böse Welt, in der Edelleute und Bürger zuerst Gaukler und Marktschreier bedenken und nicht die Männer der Gelehrsamkeit.« Ich steckte den Kopf aus dem Fenster. Master Kendall hatte uns Will mitsamt seiner endlosen Liste aller Sünden und Verderbtheiten der weltlichen Herren Londons vermacht, und er hatte immer gesagt, es sei gut, wenn jemand einem den Kopf zurechtsetzte und daran erinnerte, wie andere einen sahen.

»Wie geht es mit dem Schreiben, Master Will?«

»Recht gut, recht gut. Ich bin bei der Überarbeitung. Advokaten, Schmeichler, Katzbuckler, Klatschbasen und Zahler von Bestechungsgeldern sind noch zu gut weggekommen. Aber mittendrin ist mir das Geld für Tinte ausgegangen.«

»Herein, herein, Master Will. Die Bürde des schnöden Mammons drückt auch uns derzeit nicht, aber wenn Ihr Euer Tintenhorn dabeihabt, so kann ich Euch von der Tinte im Studierzimmer meines Mannes abgeben.«

»Ist Sir Gilbert noch nicht zurück? Wie ich höre, hat das Heer in Hütten gehaust und Ratten gegessen. Vielleicht köchelt auf Eurem Feuer ein Stückchen, hmm, nicht einmal eine Hammelschulter. Allmählich gleicht Euer Haus dem meinen, Dame Margaret – nur größer natürlich. Welch sündige Welt, wenn Kaufleute gedeihen, während Ehrenmänner wie die Tiere hausen müssen, ah, mmm, ein ausgezeichneter Käse, dieser ...«

Weil Master Will in der ganzen Stadt herumzieht und den Menschen Buße predigt, ist er eine sehr gute Nachrichtenbörse. Während er aß, was wir zu bieten hatten, hörten wir, daß die ersten Soldaten bereits in der Stadt, ja, mit dem Herzog höchstpersönlich eingetroffen waren, denn der war gekommen, um König Jean übers Meer nach Calais zurückzubegleiten, weil das eine Bedingung des Friedensvertrags war. Dann hörten wir alles über die Sünden hier vor Ort, über die er genau Buch führte. Und wir hörten Beispiele, wie Hochmut vor dem Fall kam, was immer interessant ist. »Und auf dem Cheap ist die Witwe eines Edelmanns doch wahrhaftig vor Hunger ohnmächtig geworden – so geht man in diesen bösen Zeiten mit den Witwen von Helden um! Ihr kennt sie, glaube ich, Dame Agathe, sie wohnt in der Fenchurch Street im Haus ihres Schwagers. Sie ist dem Mann ein Dorn im Auge, und er setzt sie an der Tafel zu weit nach unten. Und sie ißt lieber gar nichts, als zu weit nach unten gesetzt zu werden. Eine wahre Lady! Ich sagte zu ihr, geht zu Dame Margaret, Ihr kennt sie, sie würde Euch mit Freuden aufnehmen, und sie sagt, niemals, gesagt ist gesagt, und eine Frau von Adel steht zu ihrem Wort. Hochmut, sage ich, kommt vor dem Fall.« Du meine Güte. Madame. Ihr war es offensichtlich nicht gut ergangen, seit sie hier keinen Französischunterricht mehr geben wollte.

Mir fiel auf, daß die Mädchen sich ausschwiegen und mit Feuereifer Brotteig kneteten.

»Was nun die Tinte betrifft ...«

»Ihr könnt welche haben, Master Will«, sagte ich und wischte mir die Hände an der Schürze ab.

Master Wills hochgewachsene, schlaksige Gestalt war kaum durch die Küchentür verschwunden, als die Mädchen ihr uncharakteristisches Schweigen aufgaben.

»Mama, bitte, bitte, hol Madame nicht zurück«, sagte Cecily.

»Sie ist so was von gemein«, unterstützte Alison ihre Schwester.

»Sie hat euch sehr gut Französisch beigebracht, und sie ist nicht gemein, sondern streng«, erwiderte ich.

»Ewig macht sie Vorschriften. Höfische Manieren sind gräßlich langweilig«, sagte Alison.

»Ja, und sie behauptet, Ladys lassen Jungen beim Spielen gewinnen«, sagte Cecily.

»Und sie lassen Jungen immer das größte Stück auf dem Teller nehmen«, schimpfte Alison.

»Und sie hat gesagt, daß Jungen zuerst sprechen dürfen, weil sie klüger sind als Mädchen und einmal Männer werden und sich um weltliche Angelegenheiten kümmern. Aber Peter Wengrave ist so schwer von Begriff, der kennt noch nicht einmal alle Buchstaben und heult, wenn der Lehrer ihn verprügelt, und ich kann schon lange lesen«, sagte Cecily.

»Und dann die Finger, Mama«, sagte Alison.

»Welche Finger?« fragte ich.

»Die Finger, mit denen man sich etwas nimmt. Erster und dritter für ein Gericht, erster und zweiter für ein anderes, und ja nicht mit dem kleinen Finger anfassen, und die Finger niemals tiefer als bis zum ersten Glied in die Sauce tunken. Haufenweise Vorschriften nur für die Finger. Ich sehe nicht ein, wozu eine Lady Fingerregeln braucht und immer das kleinste Stück kriegt. Wo es mit der ganzen Hand viel besser geht.«

»Alison, du kannst dir nicht dein Leben lang das größte Stück Huhn nehmen und dich bis zum Ellenbogen mit Sauce bekleckern. Eure Manieren müssen noch viel, viel besser werden.«

»Bitte, bitte, nie mehr Madame«, riefen sie einstimmig. Ich seufzte. Mehr Madame wäre genau richtig für sie. Ich war wohl nie streng genug mit ihnen.

»Von Madame droht euch keine Gefahr«, sagte ich. »Sie will nichts mehr mit uns zu tun haben.«

»Dann müssen wir also keine Ladys werden?«

»Aber ja, Ladys müßt ihr trotzdem werden.«

»Könnten wir nicht statt dessen Piraten werden?« fragte Alison.

»Ein schöner Pirat, der Zuckerzeug stibitzt ...« antwortete ihre Schwester.

»Wenn ich Piratenkönig werde, wirst du bloß einfacher Seemann, weil du gar nicht weißt, was sich mitzunehmen lohnt. Du willst doch nur immer klettern, dich in den Pfirsichbaum setzen und träumen.«

»Das stimmt nicht ...«

»Kinder, Kinder, ihr habt den Teig im Backtrog noch nicht genug geknetet. Seht ihr? Wenn man ihn breitdrückt, schnurrt er nicht zurück. Daran merkt man, daß er noch nicht durch ist.« Ich drückte ihren Teig breit, um ihnen zu zeigen, daß er sich nicht rührte. Dann drückte ich meinen breit, und der schnurrte zurück.

»Uff, wie ein Riesenwurm – wie die Innereien von einer Muschel, der ist ja lebendig ...«

»Nicht darin herumstochern, Alison. Wenn er schön aufgehen soll, muß man ihn freundlich behandeln. Und du, Cecily, keine Schnute bitte. Mürrische Mädchen säuern das Brot, und das Ale gärt nicht.«

»Ja, Mama, und viele Mädchen sind schon geplatzt, weil sie rohen Teig gegessen haben.«

»Cecily, sei nicht so naseweis.«

»Lady, Lady, kommt schnell, auf der Straße sind Soldaten!« Perkyn, der Verwalter, stürmte mit der Kunde in die Küche und strahlte übers ganze Gesicht. Wir vergaßen den Brotteig und rannten zur Haustür. Aus allen Fenstern in der Thames Street beugten sich die Menschen. Wir konnten Freudengeschrei hören, indes Hausbesitzer Wandbehänge, Tischtücher und was ihnen sonst in die Hände fiel holten, um sie als Willkommensgruß aus den Fenstern im oberen Stockwerk zu hängen. Unten auf der Straße nahte ein äußerst merkwürdiger Zug. Die gut zwei Dutzend Pikeniere und Bogenschützen aus dem Kirchspiel Billingsgate marschierten mit dem Gepäck auf dem Rücken und mit ihren ledernen Schuppenpanzern bunt durcheinander. Ihnen folgten eine Mauleselsänfte und ein Junge vom Landgut meines Schwiegervaters, der Old Brownie führte, die älteste Schindmähre aus dem Stall von Brokesford; das Pferd war mit Kisten und Bündeln beladen. An der Sänfte waren die Fahnen der de Vilers befestigt, aber so windschief, daß sie wie heiterbesäuselt wirkten. In der Sänfte ruhte lässig wie ein König mein allerliebster Gregory im langen Reitmantel und mit dick geschientem Bein und winkte den Gesichtern, die sich an den Fenstern drängten, fröhlich zu. Wie ein Krieg auch ausgeht, man kann unserem Kirchspiel nicht nachsagen, daß es seine Pfarrkinder nicht willkommen heißt.

Von oben bis unten mit Mehl bestäubt und mit umgebundener Schürze stürzte ich nach draußen und fiel Gregory in die Arme. Hinter mir drängelten sich Kinder, Hausgesinde und Nachbarn.

»Du hast mir so gefehlt«, sagte ich, und als wir uns küßten, brandete Jubel auf.

»Du mir auch«, sagte er. Dann sah er sich mit belustigt funkelndem Blick um. »Schau dir das an, Margaret. Vergangenen Sommer bin ich als nichtsnutziges schwarzes Schaf ausgezogen, und heute kehre ich als Held zurück, so kann der Krieg die Meinung der Menschen ändern.« Alle wollten ihn berühren, wollten jubeln, wollten Anteil nehmen. Auf seinem Schoß lag eine Krücke.

»Was ist dir zugestoßen?« sagte ich und musterte das kranke Bein.

»Ei, das ist nicht weiter schlimm. Ich stehe beim Herzog hoch in Gunst, bin aber so schwer verwundet, daß ich nicht mit ihm und König Jean nach Calais zurück muß. Ich treffe ihn in Leicester Castle, wenn er wieder daheim ist, und hole alles nach. Habe ich ein Glück gehabt!« Als die anderen Herzog und Castle hörten, packte sie die Ehrfurcht. Er wandte sich an den Vorreiter auf dem Leittier. »Stell die Maulesel heute Abend zu Old Brownie in den Stall. Margaret, ich habe versprochen, sie unterzubringen, bis wir sie morgen im herzoglichen Stall im Savoy abliefern können.« Inzwischen war Peregrine auf seinen Schoß geklettert und strahlte, als sein Vater ihn in die Arme nahm. Ich hörte eine Frau flüstern:

»Seht ihr die Fahnen? Das ist der einzige Erbe von Brokesford.« Wenn man sie so hörte, sollte man meinen, das verfallene alte Gemäuer wäre so groß wie Leicester Castle. Wie gut, daß sie weder das eine noch das andere je zu Gesicht bekommen hat, dachte ich.

»Wir haben kein Futter mehr. Ich – ich habe die Pferde aufs Land geschickt ...« sagte ich. Peregrine krähte.

»Papa, Papa wieder da.« Komisch, daß er sich nicht scheute, seinen Sohn zu herzen, ihm den Kopf zu streicheln und ihn zu bewundern. Gar nicht typisch für meinen Gregory, der mit Kindern immer so steif und förmlich umging.

»Um Geld zu sparen, wie? Gut, gut, macht nichts. Wir lassen Futter holen. Und Perkyn soll auch in die Garküche schicken, wir brauchen ein paar Braten und einen ganzen Spieß Geflügel, die Burschen hier sind alle bei uns zum Essen eingeladen. Margaret, stell die Tische in der Diele auf, ich bin wieder daheim.«

»Aber ...«

»Margaret, sorge dich nicht. Für dieses Nachtmahl zahlen die Burgunder. Richtig, Jungs?«

»Richtig!« riefen sie im Chor.

»Und holt eure Liebsten und die alten Mütter. Heute geht mir keiner nüchtern nach Haus.«

»Sir Gilbert, Ihr habt es nicht weit. Ihr seid bereits zu Hause.«

»Dann bin ich verpflichtet, mich am ärgsten zu betrinken«, verkündete Gilbert und breitete schwungvoll die Arme aus.

»Wieder richtig!« riefen sie.

»Margaret, nimm mir Peregrine ab und hilf mir beim Aussteigen.« Als er sich auf meine Schulter stützte und zu seiner Krücke griff, sagte er: »Und da sind ja auch meine beiden kleinen Hexen. Wie viele Mägde habt ihr seit meiner Abreise verschlissen? Ihr seid beide noch hübscher geworden. Bald seid ihr richtige Ladys.« Die beiden Mädchen blickten sich vielsagend an. »Ha! Freut mich zu sehen, daß ihr euch nicht verändert habt. Ich wäre auch furchtbar enttäuscht, wenn ihr während meiner Abwesenheit züchtig und gesittet geworden wärt.«

»Was um alles in der Welt ist nur in dich gefahren?« fragte ich, während er sich auf mich stützte und ich ihm ins Haus half. »Du wirkst so – verändert.« Rings um uns drängten sich die Menschen, freuten sich und wollten mehr hören. Mehr über den Krieg, über den Herzog, über den König, über Schlachten und Belagerungen, über königliche Gunst und Glücksfälle des Lebens.

»In mich gefahren? Oh, ich bin vom Blitz getroffen worden.«

»Nicht richtig«, sagte ich.

»Aber ja doch, und ich hatte einen sehr komischen Traum.«

»Wie tapfer, wie bescheiden!« hörte ich jemanden ausrufen. »Im schlimmsten Getümmel mit bösen französischen Edelleuten verwundet, und er prahlt nicht einmal damit!« Ein Gemurmel und Gejubel lief durch die Menge, und ich spürte, wie man die beneidete, die hineingebeten wurden, während sich der Verwalter bemühte, die Menschen fortzudrängen, damit er die Tür hinter uns zumachen konnte. Trotzdem hatten wir, kaum daß mein heimgekehrter Gemahl auf der Diele Platz genommen hatte, von den drei bedeutendsten Familien des Stadtteils bereits Einladungen zum Essen erhalten. Das Bein auf einem Schemel hochgelagert, hielt er seinen Sohn auf dem Schoß, während ihn seine Stieftöchter umsorgten und seine Waffengefährten das Haus nach Eßbarem durchstöberten, und er sah dabei zufriedener aus als ein König auf seinem Thron. Ich jedoch, ich war die Glücklichste von allen.

»Margaret, du machst es schon wieder.«

»Was denn, mein Herzallerliebster?«

»Du leuchtest – ganz rotgolden um die Kanten herum. Ungemein komisch. Weißt du eigentlich, daß mir das jahrelang nicht aufgefallen ist? Es schickt sich nicht.«

»In meinem eigenen Haus, mein Herr Gemahl, kann ich leuchten, soviel ich will«, sagte ich, während wir uns schon wieder küßten.

»Wo ist meine Tinte geblieben? Ich dachte, ich hätte mehr. Ich weiß ganz genau, daß ich den Stöpsel mit Wachs versiegelt habe, damit sie nicht eintrocknet.« Gilbert stöberte in seinen Sachen herum und überprüfte, ob sich alles noch am rechten Fleck befand. »Und mein *Garin le Loheraine* liegt auch nicht mehr in der Truhe, und – pfui – da sind ja Krümel zwischen den Seiten. Haben die Mädchen ihn etwa gelesen? Diese kleinen Ungeheuer. Jemand sollte ihnen Manieren beibringen. So geht man nicht mit einem Buch um.« Ärgerlich wischte er die Krümel fort. »Was ist eigentlich aus diesem grimmigen Frauenzimmer geworden, dieser Madame, die Master Kendall als Französischlehrerin eingestellt hatte? Nun, das war eine Frau, die Zucht und Ordnung zu halten wußte.«

»Ich etwa nicht?«

»Margaret, der Beweis liegt auf der Hand. Krümel in meinem Buch und eine ganze Flasche Tinte weg, mit der sie höchstwahrscheinlich Flausen aufgekritzelt haben. Und mein Papier ... Wenn diese Mädchen nicht das Bett hüten müssen, stellen sie den ganzen Haushalt auf den Kopf. Sie müssen lernen, um Erlaubnis zu bitten.«

»Sie sind lieb ...«

»Ich habe auch nicht behauptet, daß sie nicht lieb sind – nur unordentlich. Gib zu, daß sie dir über den Kopf gewachsen sind, weil du einfach zuviel zu tun hast.«

»Ich habe ihnen sehr wohl gesagt, sie sollen sich die Hände waschen, ehe sie ein Buch aufschlagen ...«

»Und das haben sie wortwörtlich befolgt, aber nicht beherzigt. Sie haben sich die Hände gewaschen und dann beim Lesen gegessen.«

»Aber das mit der Tinte ist meine Schuld. Ich habe Master Will von deinem Vorrat abgegeben, und das Papier ...«

»Margaret, der Fall liegt sonnenklar. Sie müssen in ein vornehmes Haus, sie müssen Schliff bekommen. Denn den haben sie nicht im geringsten, soviel steht fest. Und ins Verlobungsalter gelangen sie allmählich auch, und ich habe meiner Lebtage keine eheuntauglicheren Mädchen gesehen. Und da ich jetzt beim Herzog in Gunst stehe, kann ich gewiß etwas für sie tun.«

»Das ertrage ich nicht, nein, nein. Sie in die Fremde zu schicken. Angenommen, man behandelt sie schlecht? Angenommen, sie werden krank? Hier haben sie ihren Platz, ihre Paten in der Nähe, und sie sind wohlangesehen. Aber im Haus eines großen Edelmannes – nein, das ertrage ich nicht, nein, nein, nein.«

Gilbert sah mich nachdenklich an. »Ich verstehe durchaus, was du meinst«, sagte er. »Dennoch, es gehört sich nicht, sie im Haus zu behalten. Vielleicht noch ein Weilchen ... Aber du bist zu nachsichtig mit ihnen, Margaret. Wenn du sie liebst, dann laß ihnen gutes Benehmen beibringen. Ohne das geht es nun einmal nicht. Ei, wenn sie sogar einen Drachen wie Madame in die Flucht schlagen können ...«

»Daran sind nicht sie schuld, sondern du, Gilbert.«

»Ich?« Er schien vollkommen ratlos.

»Sie hat gesagt, es wäre bereits erniedrigend genug, im Haus eines Kaufmanns Französisch lehren zu müssen, aber daß ich meinen achtbaren Witwenstand so entehren und einen Mitgiftjäger und Schreiber heiraten mußte, der sich als Mönch ausgegeben hatte, um bei uns aufgenommen zu werden – in solch unanständigem Haus könne sie nicht länger bleiben.« Doch anstatt beleidigt zu sein, warf mein Mann den Kopf zurück und lachte schallend.

»Himmlisch!« sagte er, »einfach himmlisch! Genau das, was sie brauchen. Das muß ihnen eingetrichtert werden. Sieh es einmal so: Es dient ihnen als Schutz. Die Welt ist nicht wie dieses Haus, Margaret. Sie duldet keine aufsässigen Frauen. Aber um eine Lady, die nur wie eine Lady denken kann, kümmert sich immer jemand.« Ich sah ihn mit großen Augen an und sagte nichts. »Abgemacht, Margaret. Sie können hierbleiben, wenigstens noch ein Weilchen, wenn du diese Frau dazu bewegen kannst, daß sie ihnen beibringt, sich wie Ladys zu benehmen. Untadelige Ladys, denn das müssen sie werden.«

»Aber – aber das geht nicht. Master Will hat sie auf der Straße gesehen und sie gefragt, ob sie wieder in ein Haus – na ja – beispielsweise unseres, aufgenommen werden möchte – und sie hat gesagt, lieber würde sie in ihren Schuhen sterben.«

»Und was hatte sie auf der Straße zu suchen?«

»In ihren Schuhen sterben.«

»Vor Hunger? Sie steigt nur noch in meiner Achtung. Margaret, ihre Art kenne ich gut.« Er lachte. »Das wird ein Spaß. Ich schicke zwei von den Burschen, die bei uns gegessen haben, gestiefelt und gespornt vor ihre Tür – mit der Botschaft, daß Sir Gilbert de Vilers, Waffengefährte des großen Herzogs von Lancaster und der sprichwörtliche Kriegsheld, um eine Unterredung mit ihr bittet. Margaret, du hast einfach nicht lange genug in diesen Kreisen gelebt, um den Vorteil eines Titels zu ermessen, selbst wenn er gekauft ist.« Er reckte und streckte sich auf seinem Stuhl, schob die Hände hinter den dunklen Lockenkopf und schmunzelte, und in seinen braunen Augen funkelte der Schalk. Das war mein alter Gregory, der zu klug und zu querköpfig war, als daß er sich irgendwo richtig einfügen könnte – weder an der Universität noch auf dem Schlachtfeld, noch im Kloster oder bei Hofe. Er würde noch immer in der Stadt herumstromern und die Menschen mit satirischen Gedichten verärgern, wenn der gerissene Herzog von Lancaster nicht seine Qualitäten erkannt und ihn in seinem Netz gefangen hätte. Von einem Dichter von Format unsterblich gemacht zu werden – diese Abmachung gefiel beiden.

Ich sah zu, wie er sich katzenartig streckte und in seinen lederbesohlten Beinlingen mit den Zehen wackelte. Er hatte noch immer eine Beule auf dem Schienbein seines gebrochenen Beins, da, wo es nicht ganz gerade geschient gewesen war, aber ich hatte es schon fast hinbekommen. Er war dieser Tage dazu übergegangen, sich daheim in das fleckige gesteppte Lederwams zu kleiden, das er früher unter dem Kettenhemd getragen hatte. Es war seine neueste Verkleidung: Ritter nach der Rückkehr vom Schlachtfeld. Damit machte er Eindruck bei den Nachbarn. Und wenn die sich in der Öffentlichkeit vor ihm verbeugten, funkelte es teuflisch-schalkhaft in seinen Augen. »Margaret«, sagte er, »es ist mir ein Herzensanliegen, Madame wieder für dich einzufangen. Und gewiß bei weitem nicht so schwierig, wie die heilige Ampulla zu erobern.«

Kapitel 7

Es hatte den ganzen Morgen und den Abend zuvor geregnet, doch als aus Nachmittag Abend wurde, waberte feuchter Nebel zwischen den alten Eichen. In dem nassen grünen Dach über der glucksenden Quelle krächzten Saatkrähen. Die nassen Lappen klebten an dem hohen Felsen. Hugh, der Schweinehirt, wußte, daß man an einem solchen Tag keinen Hund vor die Tür jagte, und nahm die Gelegenheit wahr, seine Fallen zu überprüfen. Fallenstellen war streng verboten, aber die Versuchung zu wildern war groß, und einen schlauen Kerl wie ihn erwischte man so leicht nicht. Unter dem alten Fell, das er sich gegen die Nässe umgehängt hatte, trug er einen Sack mit zwei Kaninchen, die seinem Herrn gehörten. Mit gesenktem Kopf und mit den Gedanken schon beim Abendessen, stapfte er barfuß durch den Schlamm und beachtete das Rauschen des brodelnden grünen Wassers nicht weiter. Erst als er fast über ihn gestolpert wäre, bemerkte er den Wassergeist. Er war ganz in Schwarz gekleidet, hatte die Gestalt einer Frau angenommen und ging mit verschleiertem Gesicht in Richtung der Sonne um den Teich herum.

»Bleib, wo du bist, du hast mich gesehen und kannst nicht mehr fort«, sagte sie mit sanfter, jedoch stahlharter Stimme. Hugh fiel auf die Knie.

»Vergebt einem armen Sünder«, rief er und bekreuzigte sich. »Laßt mich bitte gehen, Ihr könnt auch die Kaninchen haben.«

»Kaninchen?« sagte sie. »Was soll ich mit Kaninchen? Nein, ich will etwas Kostbareres von dir.«

»N – n – nicht meine Seele«, schrie Hugh verzweifelt.

»Nein, nicht deine Seele«, sagte sie, und dann spürte er, wie sich ihre Hand an ihm zu schaffen machte, und die war kalt wie das grüne Wasser. Er erschrak und regte sich furchtbar auf, und da merkte er, daß sich noch etwas anderes regte. »Du bist ein schöner, kräftiger Bursche«, sagte der Succubus. »Gib mir deinen Samen.« Er spürte, wie ihn eisige Hände bearbeiteten, bis er nicht mehr wußte, ob er im Himmel oder in der Hölle war. Dann drückte ihn der Succubus sacht rücklings in den Morast und bestieg ihn. Mittlerweile war Hugh völlig außer sich vor Verlangen. Und die übernatürliche Kraft des Succubus, der sich auf ihm wand, sog ihm den Samen aus. Und dann hörte er nicht nur den Succubus stöhnen, sondern auch sich selbst. Und als er sich verzückt aufbäumte, bemerkte er den Dolch nicht, der zustieß und wieder und wieder zustieß ...

Da lag Hugh nun halb nackt und von der Mitte abwärts blut- und dreckverschmiert und lauschte dem Gurgeln des Wassers, während es dunkel wurde und über dem Wald ein bleicher Vollmond aufging. Nach Haus, er mußte nach Haus. Der Sack mit den Kaninchen lag noch an der Stelle, wo er hingefallen war. Selbst noch im Tode sparsam, schob Hugh eines davon über den Weiherrand in das grüne Wasser. Und sah im hellen Mondschein zu, wie der pelzige Kadaver auf den schimmernden Fluten tanzte, bis eine unsichtbare Hand ihn nach unten zu ziehen schien.

Später konnte er sich nicht mehr erinnern, wie er nach Hause gekommen war und wer seine Wunden verbunden hatte, doch als der Priester an sein Bett trat, beichtete er alles, nur die Kaninchen nicht.

»Überirdische Lust und Ekstase? Ganz in Schwarz, sagst du, und gesichtslos? Aber hat man dich nicht vor derlei Dingen gewarnt? Ein Succubus, daran besteht kein Zweifel. Nur wenige haben das überlebt und konnten davon berichten. Dich hat nur das Kreuz um deinen Hals gerettet. Er hat dir den Samen geraubt, weil er neue Teufel hervorbringen will, soviel steht fest.«

»O lieber Herr Jesus, vergib mir. Ich wollte wirklich keine weiteren Teufel in die Welt setzen.«

»Bist du in Versuchung geführt worden?«

»Das war mehr als nur Versuchung. Alles ganz und gar gegen meinen Willen. Ein mächtiger Zauberbann hat mich gefangengehalten, so daß ich mich nicht mehr rühren konnte. Das versteht Ihr doch, Vater, ja? Und trotzdem – und trotzdem war die Lust unbeschreiblich groß.«

»Lust? Diese böse Lust verdient eine strenge Strafe. Es wäre besser gewesen, wenn du dabei nur Schmerz empfunden hättest. Lobpreise und danke Gott, daß du am Leben geblieben bist und deine Seele reinwaschen kannst. Du bist dem Höllenfeuer näher gewesen, als du an jenem Abend geahnt hast.«

Als Sir Roger an diesem Abend in seinem kleinen Pfarrhaus saß, wurde er immer zorniger. Gerüchte über höllische Lust, übernatürliche Wesen, den liebestollen Succubus – die Sache lief aus dem Ruder. Das Weiher-Wesen würde noch zum sittlichen Verfall des gesamten Kirchspiels führen, wenn nicht etwas geschah, und zwar schnell.

»Madame, aus Achtung vor Eurem Rang würdet Ihr bei Tisch gleich neben mir und Lady de Vilers sitzen.« Bei diesen zur Probe gesprochenen Worten blickte Sir Gilbert de Vilers mit den frechen Augen des Mönchs Gregory, wollte herausfinden, ob er Land gewann. Er hatte sich nicht gedemütigt oder gebettelt, sondern hatte sie wie ein großer Edelmann zu einer Art Audienz empfangen. Und um das noch zu betonen, hatte er sein Wappen und mehrere furchterregende Waffen an der Wand gegenüber seinem Kruzifix aufgehängt, damit sie diese während der Verhandlung vor

Augen hätte. Die Lanzenfähnchen und der Rest seiner Waffen, die er zusammen mit allerlei Wolfspelzen und Tierköpfen in der Diele aufgehängt hatte, gehörten seiner Meinung nach nicht in das Haus eines zivilisierten Mannes.

»Sie muß begreifen, daß sich hier etwas geändert hat«, sagte er zu dem Schatten des alten Master Kendall und trat einen Schritt zurück, um den Mißklang zu bewundern, den seine Ausschmückung zusammen mit den eleganten italienischen Wandbehängen des kultivierten Handelsherrn ergab. »Ihr wißt, daß es nicht anders geht. Margaret ist einfach zu nachsichtig mit ihnen.«

In Wirklichkeit war der Schatten Master Kendalls ganz weit fort, aber Gilbert meinte, er müsse ihm Mitteilung machen, wenn er im Haus etwas veränderte. Für sein Studierzimmer war die Entschuldigung bislang am wortreichsten ausgefallen. Das war jetzt ein stilles Plätzchen; weder liefen Lehrbuben ein und aus, noch feilschten Hansekaufleute um den Preis für russischen Zobel oder italienischen Samt, noch verlangten Kapitäne Bezahlung, und in den Ecken türmten sich auch keine Kisten mit Luxuswaren mehr. Truhen voller Bücher und Papiere säumten die Wände, auf den Truhen lagen unordentliche Manuskriptstapel, desgleichen auf dem achteckigen Schreibtisch mit dem kleinen Lesepult in der Mitte. Der durchtriebene alte Kaufmann hatte einen Sinn für gute Geschäfte; zuerst hatte er auf der Straße die schöne, aber ungebildete Margaret aufgelesen, die Kranke mit Handauflegen heilte, und hatte sie geheiratet. Und als sich sein Leben dem Ende zuneigte, hatte er wiederum Gilbert aufgelesen, um seinen innig geliebten Schatz nicht habgierigen Händen zu überlassen.

Gilbert hatte die geöffnete Tür des Studierzimmers angelehnt, er wollte in die Diele sehen können, wenn die alte Lady ihren Auftritt hatte. Der Verwalter führte sie herein, sie erblickte die Wimpel, verharrte kurz und ging dann so ungerührt weiter, als hätte sie nichts Ungewöhnliches bemerkt. Die ist genau richtig, sagte Gilbert bei sich. Zufrieden stellte er bei ihrem Eintreten fest, daß sie Haltung hatte und sich in ihrem säuberlich gebürsteten schwarzen Witwengewand gerade und aufrecht hielt. Schlau, wie er war, musterte er auch die Ärmelkanten, die Stellen, an denen ein vielgetragenes Wollkleid fadenscheinig und nicht mehr so dunkel aussah. Ja, sie hat es getan, dachte er und freute sich diebisch, daß er sie erwischt hatte. Sie hat die Stellen mit Tinte gefärbt. Genau richtig. Ihr eisengraues Haar war unter ihrer gestärkten Haube nur an einer klitzekleinen Stelle vor den Ohren zu sehen. Ihr fahles, stolzes Gesicht, weiß wie das Gebende unter ihrem Kinn, zeigte keinerlei Regung, als sie ihn würdevoll begrüßte. Vortrefflich, dachte Gilbert. Ehrerbietig, ohne devot zu sein. Ein eleganter Balanceakt, den die Mädchen auch beherrschen sollten.

Und nun lief alles prächtig. Sie hatte sein Angebot dreimal abgelehnt, wie es sich gehörte, und jedesmal hatte er ihr mehr geboten. Nun lockte er sie mit etwas, was ihr, Margaret zufolge, am meisten bedeutete, nämlich mit ihrem Platz bei Tisch. Ihre Miene blieb ungerührt. Doch sie konnte sich gerade noch den Hauch eines Lächelns auf den blassen Lippen verbeißen.

»Die Aufgabe ist schier übermenschlich«, sagte sie.

»Niemand weiß das besser als ich. Sie sind kleine Wilde und hätten mit sieben Jahren fortgeschickt werden müssen, aber da herrschten, wie Ihr wißt, in diesem Haus sehr wirre Zeiten. Dabei ist die überaus wichtige Aufgabe ihrer Charakterbildung vernachlässigt worden.«

»In wessen Haushalt habt Ihr gedient, Sieur de Vilers?«

»Im Haushalt des Herzogs von Lancaster, Madame de Hauvill, sowohl als Page wie auch als Knappe. Aber, wie Ihr möglicherweise bemerkt habt, hat es ein jüngerer Sohn nicht gerade leicht.« Die Zeit ist reif, sie mit dem Versprechen zu locken, dachte Gilbert.

»Ein jüngerer Sohn?« fragte Madame höflich-erstaunt. Ausgezeichnet, sie hat angebissen, dachte er.

»Der Name de Vilers läßt sich, wie Ihr zweifelsohne wißt, bis auf Wilhelm den Eroberer zurückführen, und er hatte lange vor dessen Zeit schon einen guten Klang. Dieses Haus ist die jüngere Linie. Die Ländereien der Familie liegen in Hertfordshire.« Und was davon noch übrig ist, wurde für den letzten Feldzug so hoch beliehen, daß es mich wundern würde, wenn Hugo überhaupt die Hälfte bleibt, dachte Gilbert im stillen.

»Die Ländereien meines Mannes lagen in Lincolnshire«, sagte die Witwe. Auch sie erwähnte nicht, wie winzig klein der Besitz war, und sie erzählte auch nicht, daß er an einen Vetter gegangen war, der sie augenblicklich vor die Tür gesetzt hatte.

»Vortreffliche Gegend. Ich habe Verwandtschaft in Lincolnshire.«

»Verwandtschaft?«

Und vorsichtig wie zwei Diplomaten, die einen Krieg abwenden wollen, kämpften sie um ihre Positionen, gruben immer entferntere Verwandte aus, bis sie am Ende feststellen konnten, daß sie durch den Paten eines vierten Vetters zweiten Grades miteinander verwandt waren. Gilbert, der Gelehrte, hatte natürlich gewußt, daß es so kommen würde, da die Zahl der Familien von Geblüt im Inselkönigreich so klein war, daß alle irgendwie miteinander verwandt waren, insbesondere wenn man zu den leiblichen Verwandten auch noch die Paten zählte, wie es die Kirche tat. Das war die letzte List, die er anwandte, um Madame einzufangen, damit wieder Ordnung in seine Familie einkehrte.

»Hätte ich das doch nur geahnt«, sagte Madame, legte sich die Hand aufs Herz und atmete tief durch.

»Ich weiß, daß Ihr meine Sorgen nur zu gut versteht«, sagte Gilbert in einem Tonfall, der auf dem schmalen Grat zwischen Heuchelei und Aufrichtigkeit balancierte.

»Ja, solch eine Bürde. Sie dürfen Euch keine Schande machen.«

»Für mich wäre es ein unschätzbarer Segen, wenn Ihr freundlicherweise zustimmen würdet.«

»Sir Gilbert, es ist mir eine Ehre«, sagte Madame auf dem zweitbesten Stuhl und verneigte sich ein ganz klein wenig.

Kapitel 8

Sir Hubert de Vilers plagten gräßliche Zahnschmerzen. Er brüllte seinen Verwalter, seine Knechte und seinen nutzlosen französisierten Sohn Hugo an, doch nichts half. »Wo ist der Zahnwein, den Margaret in der Truhe im Söller verwahrt hat?« knurrte er und stöberte selbst in der Arzneikiste herum. »Lauter Abfall, was sollen diese vertrockneten eingewickelten Dinger hier und diese Schachtel mit Pulver? Pfui, es stinkt! Ich kann mich nicht erinnern, daß vor meinem Aufbruch derlei hier aufbewahrt wurde.«

»Lady Petronillas Kopfschmerzarznei«, sagte ihre alte Kinderfrau und sah Sir Hubert mit besorgter Miene zu. Lady Petronilla strich um die Truhe herum, auch sie war erschrocken, als er sich nach ihrem Inhalt erkundigte.

»Das war Zahnwein?« fragte Lady Petronilla. Sie hatte ihn für ein ›weibliches Stärkungsmittel‹ gehalten und ausgetrunken.

»Der beste überhaupt. Ganz viel Verbene, hat sie gesagt, und noch haufenweise anderes Unkraut, an das ich mich nicht mehr erinnere. Hat jedesmal geholfen. Was sollen die Nadeln da unten in der Truhe? Kaum bin ich aus dem Haus, wird in Brokesford alles verändert. Das wird rückgängig gemacht.«

»Mylord, ich kann Euch eine Arznei gegen Zahnschmerzen zubereiten«, sagte die alte Frau.

»Du? Von dir würde ich nicht einmal für einen Hund eine Arznei annehmen. Bleib du bei deiner Spindel und deiner Ohrenbläserei bei meiner Schwiegertochter. William! WILLIAM! Hol mir die Gevatterin Ann, die weise Frau. Vielleicht richtet die ja etwas aus. Nun, was lungerst du noch herum. Fort mit dir, du nutzloses Weib! Fort!«

»Die Gevatterin Ann hat während Eurer Abwesenheit das Zeitliche gesegnet«, sagte Petronilla mit eiskalter Miene und schritt an ihm vorbei. Ihr Aussehen gefällt mir nicht, dachte Sir Hubert und sah ihr nach, wie sie durch die Söllertür verschwand. Der Verlust eines Kindes macht Frauen in der Regel menschlicher. Sie dagegen wirkt unmenschlicher denn je.

»Ach, da bist du ja, William. Was ist der Gevatterin Ann zugestoßen? Sie hat sich auf Zähne verstanden, auch wenn sie selbst keinen einzigen mehr im Mund hatte. Ich habe immer gedacht, die wird so alt wie Methusalem.«

»Sie hatte einen Unfall, Mylord. Sie wurde immer wackliger auf den Beinen und ist im Dunkeln die Treppe hinuntergefallen.«

»Welche Treppe? Im ganzen Dorf gibt es keine Treppe, die man hinunterfallen könnte.«

»Unsere. In der Nacht, als wir Euren Enkelsohn, Sir Hugos Erben, verloren haben. Sie hat bei der Entbindung geholfen. Beim Weggehen ist sie dann ausgerutscht.«

»Verdammt rücksichtslos von ihr. Ausgerechnet, wenn ich sie brauche. Was mache ich jetzt mit meinem Zahn?«

»Big Wat könnte ihn ziehen.«

»Der Zimmermann? Dieser Schlächter? Als er der Müllersfrau einen gezogen hat, hat er ihr gleich den Kiefer gebrochen. Nein, ich lasse John von Duxbury holen. Und komm mir nicht damit, daß der auch die Treppe hinuntergefallen ist.«

»Nein, dem soll es gutgehen. Er hat die Tochter des Viehaufsehers aus Little Hatford geheiratet und ist kein Fahrensmann mehr. Er hat genügend Kundschaft, wo er ist, und sie mag sein Wandergewerbe nicht.« Schade, dachte Sir Hubert. Als John noch als fahrender Bader Zähne gezogen und zur Ader gelassen hatte, war er regelmäßig jedes Vierteljahr nach Brokesford gekommen und hatte ihn geschröpft.

»Ich kann aber nicht warten. Wenn du hingehst und er herkommt, dauert es zweimal so lange. Laß zwei Pferde satteln. Hugo! HUGO! Du nichtsnutziger Trottel! Reite mit mir nach Hertford, ich will mir diesen verdammten Zahn ziehen lassen.« Sir Hubert war gerade eingefallen, daß eine ehemalige Wäscherin aus Brokesford, die er ins Braugewerbe eingekauft hatte, im Schatten der Kathedrale von Hertford wohnte. Ein munteres altes Mädchen, und ein gutes Bier braute sie auch. Er hatte beschlossen, zwei Fliegen mit einer Klappe zu schlagen. »Hugo! Beeil dich! Ich will über Nacht bleiben. Hol mir mein Schwert!« Ein flüchtiger Gedanke galt Bet, der einstigen Wäscherin. Sie hatte sowohl einen Sohn als auch ein Mädchen geboren, beide mit seinem kantigen Kinn und seinem ungestümen Wesen. Schade, daß Petronilla nichts dergleichen zuwege brachte. Vielleicht beim nächstenmal. Wenigstens war sie nicht unfruchtbar. An die Möglichkeit hatte er auch schon gedacht und sich überlegt, wie er sie ins Kloster stecken könnte, als die Kunde von der tragischen Fehlgeburt Hugo in der Fremde erreichte. Er hatte sie kurz bemitleidet und dafür gesorgt, daß sie an einen Hof geschickt wurde, wo muntere Gesellschaft sie aufheitern würde. Verschwendetes Mitleid für ein Geschöpf wie sie, sinnierte Hubert. Kalt wie ein Eiszapfen. Muß am Blut liegen. Zuviel Inzucht in der Familie. Allesamt miteinander verwandt. »Hugo! Da bist du ja. Warum hast du so lange gebraucht? Mußtest du dir das Haar ölen und dich mit Parfüm begießen? Ein Engländer sollte wie ein MANN RIECHEN! Demnächst BADEST du noch!«

Eine warme Frühlingsbrise raschelte in den Pfirsichblüten über der Steinbank im Garten. Hohe Ziegelsteinmauern dämpften den Lärm der dahinterliegenden Stadt. Hunderte von Bienen tummelten sich in den Blüten, und das duftende Dach über der Bank summte, als wäre es lebendig. Doch die lauen Frühlingslüfte und die sprießenden Blätter hatten keine Wirkung auf Madame Agathe, die Ritterswitwe, die aus Cecily und Alison Kendall Ladys machen sollte, ob es ihnen nun paßte oder nicht. Sie saß so steif auf der Bank, als hätte sie einen Schürhaken verschluckt, neben sich ihren Korb mit Garn und Flickzeug, und ihre Nadel fuhr durch ein helles Leinenhemd, das auf ihrem Schoß lag. Jählings ein Rauschen von schwarzweißem Gefieder im Geäst.

»Oh, guck mal, da ist ja die böse Elster!« rief Alison und zeigte mit einem Patschfinger in den Baum. Sie hatte mit ihren siebeneinhalb Jahren zwar noch ein kindlichrundes Gesicht, war aber überdurchschnittlich gewachsen und fast so groß wie ihre ältere Schwester. Die adretten Zöpfe ihres seidigen rotgoldenen Haares waren am Ende mit rosafarbenen Bändern gebunden und reichten ihr fast bis zur Taille, das heißt bis dahin, wo bei anderen Kindern die Taille gewesen wäre. Ihr hübscher himmelblauer Kittel reichte ihr beinahe bis zu den weichen ledernen Schuhen. Rings um sie lagen Berge von zerrupften Gänseblümchen mit aufgeschlitztem Stengel für einen nicht vollendeten Kranz, was stummes Zeugnis für einen Ehrgeiz ablegte, dem ihre pummeligen Fingerchen nicht gewachsen waren.

»Pas en anglais«, sagte Madame, ohne von ihrer Näherei aufzublicken. Neben ihr auf der Bank lag in dem Korb zwischen Strängen von Nähgarn ein glänzender Silberknopf. Unter den Nähsachen befanden sich säuberlich eingewickelte Zuckerbrocken, das teuerste und unfehlbarste Bestechungsmittel aus Madames Arsenal an Bildungsmethoden. Alison richtete den erwartungsvollen Blick auf den Korb.

»Wie heißt Elster auf französisch?« fragte sie ihre Schwester in dieser Sprache.

»›Pie‹ natürlich, wie auf englisch auch, du Dummerchen«, gab Cecily zurück, denn sie bildete sich wegen ihres Altersvorsprungs von zwei Jahren viel auf ihr besseres Französisch und auf den fachkundig geflochtenen Gänseblümchenkranz ein, den sie sich auf ihren leuchtenden zerzausten Rotschopf gesetzt hatte. Selbst durch tüchtiges Kämmen und strammes Flechten konnte man ihr Haar nicht bändigen, es war und blieb so aufsässig wie seine Besitzerin. Die Haarbänder, die sie sich morgens in einem Wutanfall geschnappt hatte, paßten farblich nicht; ihr grünes Wollkleid, dessen Saum zweimal ausgelassen worden war, bedeckte die Knöchel ihrer schlaksigen Beine nicht mehr. Cecily war mager und gefühlsbetont und wurde von wilden Stürmen gebeutelt; ein verlorenes Haarband, ein Mottenloch, ein trauriges Lied, eine kurzangebundene Antwort, ein kleiner Welpe oder das Lächeln eines Fremden stimmten sie im Laufe eines einzigen Tages mindestens fünfzigmal himmelhoch jauchzend und zu Tode betrübt und brachten den ganzen Haushalt durcheinander. Das heißt, den ganzen Haushalt mit Ausnahme von Madame.

»So dürfen die Demoiselles nicht miteinander reden«, sagte Madame Agathe in der eleganten fremdländischen Zunge der Dokumente, Verträge und der Hofkreise. »Mademoiselle Alison, wiederholt Eure Frage: ›Liebe Schwester, wie heißt Elster auf französisch?‹, und Ihr, Mademoiselle Cécile, Ihr antwortet höflich: ›Geliebte Schwester, das Wort heißt ›pie‹ und wird im Französischen anders ausgesprochen als im Englischen.‹« Cecily errötete unter ihren Sommersprossen, kniff den Mund zusammen und bohrte mit dem Fingernagel Löcher in die Stengel der Gänseblümchen, die noch auf ihrem Schoß lagen.

Als Alison das sah, funkelte es in ihren Augen. »Innig

geliebte Schwester«, sagte sie ekelhaft süß, »wie lautet der Name des Vogels, den wir Elster nennen, in französischer Sprache?«

Cecily bedachte ihr Schwester mit einem Blick, der töten konnte, und antwortete honigsüß und spöttisch: »Herzallerliebste Schwester, ich freue mich, dir mitteilen zu können, daß der Name des Vogels ›pie‹ lautet.«

»Die Demoiselles möchten als Verweis wohl einen Schlag mit dem Fingerhut auf den kleinen verstockten Kopf? Noch einmal, und das in dem gefälligen und gesitteten Ton, wie er sich für junge Ladys ziemt«, verkündete Madame, und die Sätze wurden so lange wiederholt, bis sie zufrieden war. Sie schüttelte das gestopfte Hemd, faltete es und griff sich Kinderbeinlinge, die an den Knien durchgescheuert waren. Alison blickte die Beinlinge und dann ihre Schwester an. Sie rümpfte die Nase, als wollte sie sagen: »Igitt, kleine Jungen, die rumrutschen und ihre Beinlinge durchscheuern, sind eklig, vor allem, wenn es der süße kleine Bruder ist.« Cecily fing den Blick mit blauen Augen auf und erwiderte ihn verständnisinnig. Stimmt, sagten ihre Augen, und beide Kinder nickten, als teilten sie ein Geheimnis.

Madames Nadel kämpfte sich durch die rotbraune Wolle, und sie sagte: »Und jetzt, Mesdemoiselles, nehmen wir noch einmal die Themen durch, die sich für eine höfliche Unterhaltung eignen. Wir reden nie über Geld, Liebschaften oder die Schwächen nicht Anwesender. Alle Edelleute sind ritterlich und alle Ladys wohlerzogen. Gewöhnliche Menschen nennt man eine ehrliche Haut oder eine treue Seele. Ehrbare Männer und Frauen unterhalten sich am besten über fromme Themen, vorausgesetzt, man läßt sich dabei nicht auf einen Disput ein. Aber denkt daran, laßt Euch von keinem Mann, der nicht ein enger Verwandter ist, in der Kirche mit den Fingerspitzen das Weihwasser reichen ...« Ein prächtiges Rauschen von schwarzweißem Gefieder war zu vernehmen, und der Vogel hockte sich neben dem Korb auf die Bank. Cecily und Alison verhielten sich so still, daß sie kaum noch atmeten. Der Vogel legte den Kopf schief und musterte sie mit schlauen schwarzen Äuglein.

»Und Ihr, Mademoiselle Cécile, Ihr dürft auf der Straße keine kecken Blicke werfen. Denkt daran, immer schön auf die Zehen blicken. Ein züchtiger, nach unten gerichteter Blick ist für ein wohlerzogenes Mädchen unerläßlich.« Der Vogel saß ganz still und beäugte den Korb. Er legte erneut den Kopf schief. Schönes Garn. Ein glänzender Knopf. Der große Mensch hat sein Nest prächtig gepolstert. Die beiden kleineren Menschen sitzen ganz still und blicken sich an, ohne sich zu rühren. Ich kann ihre Gedanken erraten. Sie sagen, ich soll es tun.

»Zur passenden Betätigung in Gesellschaft gehören Spiele wie Schach und Backgammon, nicht jedoch Würfeln, und eine Lady spielt nie um Geld. Gemeinsamer Gesang ist ein gefälliger Zeitvertreib, desgleichen Zuhören, wenn Heldensagen und Heiligenlegenden vorgelesen werden, aber die gräßlichen, in Mode gekommenen Erzählungen von ritterlicher Minne und unzüchtigen Beziehungen zwischen den Geschlechtern, die dürft Ihr Euch niemals anhören. Wenn solche Themen angeschnitten werden, entschuldigt Euch höflich und verlaßt den Raum. Frauen streiten nicht mit Männern, sondern unterwerfen sich demütig ihrem klügeren Urteil – laßt nie durchsickern, daß Ihr lesen könnt, denn eine Frau, die lesen kann, ist für Schmeichler eine leichte Beute und kann keine treue Ehefrau sein ... O Dieu! Was ist das?«

Der räuberische Vogel hatte ungestüm und jäh zugehackt, hatte sich den ersehnten Knopf geschnappt und flog nun in den Pfirsichbaum. »Mein Knopf, mein schöner Knopf, der abscheuliche Vogel hat ihn mir weggenommen!« Madame stand so plötzlich auf, daß ihre Näherei und ihre kostbare Nadel zu ihren Füßen ins Gras fielen. »Untier, du Untier, fang ihn, fang ihn, Cecily!« O Wunder, Madame war zu Englisch zurückgekehrt, ein Englisch, das von Herzen kam und das man noch nie von Madames vornehmen Lippen gehört hatte. Cecily machte große Augen, und sie freute sich nicht nur über die Untat des Vogels, sie staunte auch. War Madame wirklich ein Mensch, konnte sie Kummer empfinden? Auf einmal erschienen ihr Madames hochnäsige Allüren, ihr gräßliches Sichunterordnen, ihre kleinen Bequemlichkeiten in einem ganz neuen Licht. Madame stand unter dem Pfirsichbaum und schrie zu dem Vogel hoch: »Schäm dich, schäm dich! Laß ihn fallen, laß ihn fallen, du gräßliches Tier! Was willst du denn damit?« Während Cecily eine Harke holte, flog der Vogel triumphierend vom Pfirsichbaum ins Geäst der hohen Ulme, die ihre Zweige über die Gartenmauer streckte.

»Sein Nest, da ist sein Nest! Er will ihn verstecken!« schrie Alison und blickte zu der unordentlichen Ansammlung von Stöcken hoch, die er in luftiger Höhe zwischen die Zweige gezwängt hatte. Aber Cecily hatte bereits die Röcke geschürzt und kletterte auf den in die Mauer eingelassenen Zierbrunnen. Oben auf der Mauer streifte sie ihre Schuhe ab, und die fielen, plumps, plumps, auf den mit Thymian gesäumten Pfad neben dem Brunnen.

»Kommt herunter, kommt sofort herunter, Cécile«, rief Madame und kehrte wieder zum Französischen zurück. »Das ziemt sich nicht! Madame, Eure Mutter heißt das nicht gut. Ich heiße das nicht gut!« rief sie zu ihr hoch. Graue Haare hatten sich aus ihrer schlichten Witwenhaube gelöst. Ihre Stimme klang verzweifelt. Cecily war schon auf halber Höhe des Baums.

»Ich hole ihn wieder«, schrie Cecily von oben auf englisch herunter. »Guckt mal. Ich kann gut klettern.« Die dünnen Äste knackten bedrohlich unter ihrem Gewicht.

Der Vogel hatte seinen Schatz versteckt und flog ihr ins Gesicht, als sie sich dem Nest näherte, und sie hob den Arm, wollte ihn abwehren, während sie sich mit Knien und nackten Zehen festhielt.

»Kommt herunter, kommt herunter!« rief Madame. »Laßt ab, ach, es lohnt doch nicht! Kommt herunter, der Gärtner soll auf der Leiter hochklettern. Nicht höher! Ich höre Zweige brechen!« In der Gasse jenseits der Gartenmauer liefen Lehrbuben zusammen, wollten sehen, woher das Geschrei rührte.

»He, die kenn' ich doch! Das ist Cecily Kendall, sie sitzt oben im Baum fest«, teilte einer von Master Wengraves Lehrbuben, der vor Master Kendalls Tod bei jenem in der Lehre gewesen war, der anwachsenden Menschenmenge fröhlich mit.

»Kommt herunter, hört Ihr, kommt sofort herunter!« hörten sie im Garten eine Frauenstimme auf französisch zetern.

»Ich ... Ich kann nicht«, sagte die magere Gestalt mit dem feuerroten Schopf oben im Baum mit zitternder Stimme. Cecily schwankte bedrohlich in den dünnen Ästen unter dem Nest und blickte auf Mauer und Erde hinab, die so schrecklich tief unten waren. Auf der anderen Seite kamen noch mehr Lehrbuben gelaufen, und man konnte sie rufen hören.

»Wer ist das? He, das ist kein Mädchen, das ist eine besonders große Elster. Ho, das ist gar keine Elster, sondern eine Katze! He, du da oben, miau, miau, komm runter!« Auf der anderen Seite stand Madame und fuchtelte wild mit den Armen, während Alison in dem unbewachten Korb still nach Zucker stöberte. Die Erde wirkte sehr hart und schien zu schwanken. Und je mehr sie schwankte, desto fester klammerte sich Cecily. Hochklettern ging so einfach. Warum hatte sie nicht an den Abstieg gedacht? Sie hatte überhaupt nicht nachgedacht. Jetzt war alles aus. Irgendwann würde es dunkel werden, und sie hielt sich noch immer an den Ästen fest. Ob man ihr in einem Korb Essen hochschicken würde? Kommt man nie wieder runter, oder fällt man irgendwann und bricht sich alle Knochen? Unter sich sah sie zwei Lehrbuben mit einer großen Leiter aus dem Schuppen an Master Wengraves großem Haus herauskommen. Und da, o weh, bog auch schon Mutter mit einem großen Korb voller Markteinkäufe am Arm und Peregrine an der Hand und der Köchin im Schlepptau um die Ecke der Thames Street.

»Uiiiiiimaaamaaaa«, übertönte die ekelhaft durchdringende Stimme des Zweieinhalbjährigen das Gebrabbel. »Guck mal, Cecy iss im Baum. Per'grin will auch im Baum. Heb mich hoch.«

»Cecily, komm herunter«, sagte ihre Mutter entschieden und vernünftig. »Wenn du hochgekommen bist, kommst du auch wieder hinunter. Stell den Fuß einfach auf die Stelle unter dir.«

»Geht nicht«, rief Cecily und klammerte sich noch fester. Weitere Fremde scharten sich um ihre Mutter. Mistress Wengrave kam aus dem Haus gelaufen und wischte sich die Hände an der Schürze ab.

Unten auf der Gasse hatte Margaret bereits ihren brüllenden Sohn ins Haus geschickt und befehligte die Lehrbuben, wo sie die Leiter anstellen sollten. »Nicht da«, sagte sie. »Seht ihr denn nicht, daß der Steinboden da uneben ist? Lehnt sie hier an. Wir brauchen zwei Erwachsene zum Festhalten. Aber wer klettert hoch? Er sollte behende und nicht zu schwer sein, denn die Leiter muß das Gewicht von zweien tragen.« Dabei hielt sie in der anwachsenden Menschenmenge nach geeigneten Kandidaten Ausschau. Etwas in ihren Augen, ihr Falken-, ihr Feldherrenblick ließ eine Weigerung nicht zu. Ein gedrungener Bursche, der Schürze nach zu urteilen ein Schuhmacher, trat vor und hielt die Leiter fest. Das Geschrei der Menge und der Anblick der schwankenden kleinen Gestalt oben im Baum hatte zwei Männer angelockt, sie waren beritten und noch staubig von der Reise.

»Großer Gott, sieh mal, Denys, das ist ein Mädchen da oben im Baum«, sagte der Ältere.

»Hinter dem Elsternest her, Himmel noch mal, so eine kleine Katze«, antwortete der Jüngere. »Und jetzt kommt sie nicht mehr hinunter.«

»Das erinnert mich an jemanden«, sagte der Ältere.

»Ganz gewiß nicht, Vater«, antwortete der Jüngere. »Ich bin immer hinuntergekommen. Ich setze den Fuß auf die alte Stelle.«

»Und was war mit dem Turmdach?«

»Das läßt sich doch nicht vergleichen. Es war nicht meine Schuld.« Der alte Mann musterte die Frau, die Befehle erteilte. Unweiblich. Mußte die Mutter sein. Für einen Wochentag sehr gut gekleidet. Dieser mit Grauwerk gefütterte Surkot, sehr schön bestickt. Der Schleier, hmm, sah nach Seide aus. Und das Kreuz, das ihr halb verborgen um den Hals hing, massives Gold, fremdländische Arbeit. Und dann die Straße, sehr gute Gegend, zu beiden Seiten hohe, buntbemalte Häuser von wohlhabenden Tuchern und Weinhändlern mit Rittertitel. Der alte Richter hatte eine gute Nase für Rang, Lebensumstände und Bargeldrücklagen derjenigen, die vor ihm standen. Doch nun hatte sich der Blick der Frau auf sie gerichtet.

»Du«, sagte sie zu dem Jungen an seiner Seite, »kannst du klettern?« Die berittenen Gestalten, die die Menge überragten, waren ihr sofort ins Auge gefallen. Gute Mäntel. Schwerter. Womöglich Ritter? Die verstehen sich aufs Leiterklettern. Der Alte, zu schwer, zu steif – graue Fäden im Bart. Der Junge mit den schwarzen Augenbrauen. Fünfzehn, sechzehn, sieht kräftig aus, hat ein kluges Gesicht. Der ist richtig. Sie fixierte ihn mit grimmigem Feldherrenblick.

»Vater?« sagte der Junge und bat den Älteren mit den Augen um Erlaubnis.

»Seid Ihr die Mutter«, fragte der alte Mann mit berechnendem Blick.

»Ja. Und das da oben im Baum ist meine Tochter Cecily, aber warum sie dort ist, das weiß nur sie selbst«, gab Margaret zurück.

»Mein Sohn, einer Jungfrau in Nöten verweigert man sich nicht«, sagte der alte Mann und erteilte seinem Sohn damit seinen väterlichen Segen. Der Junge stieg von dem kleinen Pferd mit der Winterdecke herunter, schnallte sein Kurzschwert ab und reichte seinem Vater Waffe, Hut und Umhang. Ein Lehrbube kam gelaufen und hielt sein Pferd.

»Man merkt dir an, daß du das Mädchen da kennst«, forschte der alte Richter vorsichtig.

»Ach, wer kennt die nicht? Das ist Cecily Kendall. Sie ist noch nicht mal zehn, aber was die schon alles angestellt hat, kaum zu glauben.«

»Aha, dann wird sie einmal eine alte Jungfer. So was will doch kein Mann haben.« In den Augen des alten Mannes funkelte es berechnend. Sein Sohn kletterte jetzt die Leiter hoch.

»Mädchen mit einer Mitgift wie die da bekommen immer einen ab, Master. Das sagt jedenfalls Mistress Wengrave, die Frau meines Lehrherrn, und die kennt sich aus.« Der Graubart lächelte. »Cecily Kendall«, sagte er vor sich hin und prägte sich den Namen ein. Vielleicht eine Verwandte jenes wohlhabenden Roger Kendall, der in der St. Paul's Kathedrale die Votivkapelle für auf See verschollene Seeleute gestiftet hatte? Die Sache war eine Überprüfung wert. Und das hier war so gut wie eine Einführung ...

Inzwischen hingen aller Augen an der Leiter, die nicht bis ganz nach oben reichte. Leicht stemmte sich der drahtige behende Junge von der Leiter zu einem Ast darüber. Die Äste über ihm tragen keine zwei, dachte Margaret und wollte schon rufen: »Nicht höher!« hatte aber Angst, daß jedes Geräusch den kletternden Jungen ablenken würde. Sie bekam kaum noch Luft, als der Junge innehielt und sich unter Cecilys knackendem Hochsitz an den Stamm lehnte. Was sollte das? Würde man beide verlieren? In der Menge war es totenstill geworden. Sogar der Vater des Jungen ließ alle Berechnung fahren und richtete die Augen auf die schwankenden Gestalten, und auf einmal war sein Gesicht blaß und angespannt.

»He, Kleine, stell deinen Fuß auf meine Schulter«, hörte Cecily eine Stimme unter sich, konnte aber nicht sehen, wer da sprach.

»Mein Vorname lautet Cecily«, sagte sie und rührte sich nicht.

»Und meiner Denys. Taste mit dem linken Fuß unter dir nach meiner Schulter. Du fällst schon nicht, wenn du dich gut festhältst.« Sacht, sacht spürte er einen knochigen bloßen Fuß auf seiner Schulter. »Jetzt das Gewicht gut darauf verlagern. Dann den anderen Fuß. Ja, so ist's recht. Jetzt gut festhalten und immer mit den Händen am Stamm entlang, bis du auf meinen Schultern sitzt.« Die Stimme des Jungen klang ruhig, so als wüßte er genau, was er sagen mußte. »Du brauchst keine Angst zu haben. Ich bin viel größer als du. Und ich halte mich gut fest. Wenn du dich an mir festhältst, fällst du nicht. Nein, nicht am Hals, du erwürgst mich ja. Sitz still. Ich suche uns einen Ast.«

»Du stehst ja gar nicht auf der Leiter«, flüsterte Cecily entsetzt, umklammerte die Schultern des Fremden und legte den Kopf auf sein schwarzes Haar.

»Aber fast«, sagte er. »Nicht ruckeln.« Etwas von Cecilys Angst hatte sich durch ihr hämmerndes Herz auch auf ihn übertragen. Vorsichtig tastete sein Fuß nach der Leiter. Von unten kam ein Windstoß, ein Aufseufzen aus Dutzenden von Kehlen. Er war noch nie mit einer lebenden Last geklettert und merkte, wie ihr Gewicht drückte. Er hatte sie angelogen. Er war gar nicht soviel größer, und es war schwierig, sie zu tragen. Jetzt auf die Sprosse und immer schön am Ast festhalten, dann einen Fuß nach unten setzen – und jetzt, vorsichtig, vorsichtig, mit der Hand hinterher und immer an den Baum lehnen, redete er sich gut zu. Das Gewicht nach vorn verlagern. Die nächste Sprosse. Laß dir Zeit. Die nächste. Jetzt stand er ganz auf der Leiter. Nur nicht übermütig werden, ermahnte er sich. Langsam, langsam, schön eine Sprosse nach der anderen, noch bist du nicht unten. Die Beine des Mädchens waren knochig und spitz, und ihre Hände erwürgten ihn fast. Sprosse um Sprosse arbeitete er sich nach unten. Jetzt spürte ein Fuß festen Boden, und viele Hände nahmen ihm seine Last ab, man klopfte ihm auf den Rücken und jubelte ihm zu.

»Ein Held! Ein Held!« erscholl der Ruf, und hinten aus der Menge rief jemand: »Das Mädchen verdient eine tüchtige Tracht Prügel!« und ein durchdringendes Stimmchen sagte: »Du bist ja gar nicht soviel größer als ich. Du hast gelogen.«

Er musterte die verdreckte, barfüßige kleine Gestalt und sagte: »Natürlich. Sonst wärst du nicht mitgekommen. Aber groß genug, um dich herunterzuholen, war ich doch, oder?« Aber jetzt liefen dem komischen rothaarigen Geschöpf die Tränen übers Gesicht.

»Cecily«, sagte Margaret bestimmt, »du mußt Master Denys danken, daß er dich gerettet hat.«

»Vielen D – D – Dank«, schluchzte Cecily.

»Was hast du bloß mit Elstereiern gewollt?« fragte der Junge.

»G – gar nichts. Die Elster hat Madames silbernen Knopf gestohlen und ist damit weggeflogen, und Madame war so betrübt ...«

»Madame, deine Mutter?«

»N – n – nein, Madame, die mir beibringt, wie man eine Lady ist.« Denys, der Retter, konnte nicht anders, er warf den Kopf zurück und lachte Tränen. Das Gelächter lief durch die Menge. Lehrbuben und Gesellen lachten, Mistress Wengrave lachte, und sogar Margaret mußte gegen ihren Willen lachen. »Eine Lady, ha, ha!« hohnlachte der Vater des Jungen. Cecily jedoch wurde unter ihren Sommersprossen feuerrot. Sie stampfte mit dem nackten Fuß auf und schrie: »Und ich werde doch eine Lady, eines Tages bin ich eine vornehme Lady, eine ganz, ganz vornehme!« und alles lachte nur noch schallender – nur Master Denys, der Sohn des Richters, der lachte nicht mehr.

Kapitel 9

Es ging auf die Johannisnacht zu, das Datum des angeblichen Martyriums der heiligen Edburga. Sir Roger führte die Dorfbewohner in einer Prozession zu der nach Edburga benannten Quelle, denn er wollte die Vorstellung, daß Hethra oder ein anderes heidnisches Wesen in der Quelle der rauschenden Wasser hauste, ein für allemal austreiben. Vor ihm ging ein Junge in Weiß, der, sage und schreibe, das Silberkreuz vom Altar trug. Neben ihm schritt Sir Huberts erst halb betrunkener Kaplan und schwenkte ein Weihrauchgefäß. Hinter ihm flatterten die wacker bestickten Fahnen des heiligen Georg und des heiligen Markus, und dahinter schwankte auf einer hölzernen Trage, zusammen mit halb abgebrannten Kerzen, die bunt bemalte Statue Unserer Schmerzensreichen Jungfrau, die angeblich am Karfreitag weinte, was man aber nur sehen konnte, wenn man dazu tugendhaft genug war. Hinter den sechs stämmigen Burschen mit der Trage ritt die sonntäglich gekleidete Herrschaft aus der Burg von Brokesford. Ein albernes Unterfangen, dachte Sir Hubert, der gern seine Ruhe hatte. Aber dem Anliegen des Dorfpriesters, auch wenn er ihn selbst eingesetzt hatte, gebührte in diesem Fall Vorrang. Es handelte sich um eine religiöse Angelegenheit. Und Menschen, die sich in religiösen Angelegenheiten querlegten, wurden der Inquisition gemeldet. Der Mann ist eindeutig übergeschnappt, dachte Sir Hubert. Aber ich mache lieber mit. Soll er doch seinen Schrein am Wasser aufstellen.

Schaden kann es nicht. Edburga oder Nixen, gehüpft wie gesprungen. Mit Gott jedoch verhielt es sich anders. Gott war wie er selbst und ließ um des lieben Friedens willen einiges über sich ergehen.

Hinter der Herrschaft kamen Schreiner mit einem Karren, der alles enthielt, was sie brauchten, um dem gnadenreichen Andenken der Heiligen einen kleinen Schrein zu errichten. Das liebevoll geschnitzte und bemalte Häuschen stand unter den Bauhölzern für das Fundament, und mittendrin sah man eine flache und häßlich bemalte heilige Edburga im Nonnenhabit. Hinter dem Karren schoben sich die Dorfbewohner mit Blumen in der Hand den schmalen Pfad entlang. Als die Spitze der Prozession den Wald betrat, begannen die Priester *Dominus regnavit* zu psalmodieren. Tiefer und tiefer ging es auf dem Moosteppich in den grünen Sommerwald, bis sie den furchterregenden Tempel aus uralten Bäumen erreichten. Und da plätscherte unter dem sich wölbenden Geäst auch schon die grüne Quelle, Wasser- und Lebensspender für das ganze Gut. Da stand ja auch der große Felsen mit den flatternden Überbleibseln alter Lumpen. Und da war der Priester, hob den Weihwasserwedel und spritzte Weihwasser in die Quelle, auf den Felsen und auf die besonnte Stelle, wo der Schrein aufgestellt werden sollte.

Die Männer aus dem Dorf und auch die Edelleute zogen den Hut und neigten den Kopf, während die beiden Priester lateinische Gebete intonierten, endlose Gebete. Arbeiter errichteten das Fundament, und der Dorfschreiner beaufsichtigte das Aufstellen des kleinen Schreins auf seinem neuen Unterbau. Hammerschläge hallten durch den Wald, doch die Menschen waren eigenartig still. Sir Roger musterte sie, die Reiter mit gezogenem Hut, die hohen Damen, die ruhig im Sattel saßen, die Dorfbewohner, die von einem Fuß auf den anderen traten.

»Ein Hoch auf die heilige Edburga!« rief der Priester.

Das schwache Echo aus der Menge schien ihn zu ärgern. »Lauter! Was ist los mit euch?« Er stand an der Stelle, wo der runde lichtgefleckte Weiher zum Bach wurde, der der Burg das Wasser zuführte, den Burggraben speiste und Mensch und Tier zu trinken gab. Die Dorfbewohner sahen an ihm vorbei. Was hatte ihre Aufmerksamkeit erregt? Plötzlich drehte sich der Priester mit neuem Argwohn zu dem großem Felsen mit den verblichenen Lappen um. »Der Stein gehört der heiligen Edburga! Sie mag keine heidnischen Opfergaben!« rief er und begab sich daran, die Schnüre abzureißen, mit denen der Felsen umwickelt war.

Entsetzt wichen die Dorfbewohner zurück; die Pferde tänzelten und warfen den Kopf hoch. »Weg damit!« schrie er. »Jeder einzelne Fetzen, weg damit!« Er riß die unterste Schnur ab und warf die Lappen in den Weiher, wo sie spurlos verschwanden. Über seinem Kopf flatterten fahle Lappen gerade außerhalb seiner Reichweite frech in der Brise. Die oberste Schnur schien sich auf der Wasserseite an der Felsspitze verhakt zu haben. Ohne zu zögern kletterte der Priester auf den Felsen. Mit untrüglicher Sicherheit fanden die Spitzen seiner Stiefel und seine krallenden Finger in kleinen Ritzen Halt, so daß er bis ganz nach oben gelangte. Die oberste Schnur schien an irgend etwas befestigt zu sein – einem Bolzen, einem Nagel. Er zog tüchtig daran, um die verwitterte weiße Schnur zu zerreißen. Er zog noch einmal und stemmte sich dabei gegen den Felsen. Jählings und unvorhersehbar lösten sich Schnur und Befestigung, so schnell, daß er das Gleichgewicht verlor und rücklings vom Felsen fiel.

Der Priester schrie auf, schlug um sich, hielt aber noch immer die Schnur mit den Lappen fest. Frauen kreischten. Dann platschte es laut, und die Menge sah, wie er im seichten Wasser zappelte und aufstehen wollte, aber im Schlamm und auf den bemoosten Steinen des Weihergrundes ausrutschte. Die Schnur hielt er noch immer umklammert, und die nassen Lappen schlugen ihm bei seinem Gefuchtel um die Ohren. Irgend etwas, ein unsichtbarer Sog, schien an ihm zu ziehen.

»Los Männer, holt Stangen, tut etwas!« schrie der Herr von Brokesford, aber die Menschen rührten sich nicht vom Fleck: Mit aufgerissenen Augen drängten sie sich zusammen. Ohne zu zögern spornte Sir Hubert seine große Fuchsstute an und trieb sie in das seichte Wasser, bückte sich im Sattel und packte den Arm des um sich schlagenden Priesters. Genau in dem Augenblick, als er das Gleichgewicht nicht wahren konnte, weil er den Arm ausstreckte, scheute seine sonst so friedliche alte Stute und warf Sir Hubert ab und ins Wasser. Grüne Algen spuckend kam er auf die Knie, das weiße Haar hing ihm triefend in die Augen. Er spürte, wie etwas an ihm zerrte, ihn in die Tiefe ziehen wollte. Blindlings griff er nach dem Steigbügel der Stute und hielt sich fest. Und das verschreckte Pferd zog ihn, spuckend und verdreckt, aus dem Weiher, wo er dann nach Luft ringend am Ufer lag. Während Hände sich um ihn bemühten, seine Kleidung zu säubern und seinen Hut auszuwringen versuchten, drehte er sich um und musterte den Weiher. In der Mitte schwammen nur noch ein paar weiße Lappen an einem Stückchen verblichener Schnur. Dann brodelte es wie in einem Kochkessel, und auch die letzten Lappen verschwanden. Von dem Priester war nichts mehr zu sehen.

»Holt Haken«, sagte der alte Lord, der in Krisen stets zu Höchstform auflief. »Holt die langen Piken aus der Burg. Holt Stangen. Den Weiher hier fischen wir nach Sir Roger ab, und wenn es die ganze Nacht dauert.« Starke Männer liefen los, während sich Frauen und Kinder aneinander festhielten. Den ganzen Nachmittag stocherten und zerrten sie, während die bemalte Heilige, deren Trage vergessen neben dem Schrein stand, bekümmert auf sie herabblickte. Schließlich kam jemand auf den Gedanken, ein Seil zu holen und den Weiher auszuloten. Es war ein sehr langes Seil, dessen Ende man mit einem Stein beschwerte. Man kam nicht bis zum Grund der Quelle, und der Sog an dem Seil war so stark, daß man loslassen mußte; alsdann hörte man ein seltsames Schlürfen, und schon war es verschwunden. Da wußten alle, daß man Sir Roger nie mehr herausfischen würde. Mit Karren und Pferden, Statue und Fahnen, Silberkreuz und Sonntagsstaat zogen sie in der dunkelblauen Abenddämmerung betrübt zum Dorf zurück.

Später, als die Sterne am nächtlichen Firmament aufzogen und eine silbrige Mondsichel den Weg wies, trieb es den schlaflosen Sir Hubert aus seiner Kammer im Bergfried in das große Zimmer unter seinem eigenen, wo Sir Hugo und seine Frau in einem großen Bett mit Strohschütte schliefen; das Bett war lediglich durch Vorhänge von den Knappen, Dienern und Jagdhunden des Gefolges getrennt.

»Hugo, steh auf«, flüsterte der alte Lord und zog die mottenzerfressenen wollenen Vorhänge beiseite. Hugo war sehr zufrieden mit sich, da er überzeugt war, an diesem Abend einen Erben gezeugt zu haben. Lady Petronilla kehrte ihm den Rücken zu und schnarchte.

»Was ist, Vater?« sagte Hugo, ärgerlich über die Störung.

»Ich muß dringend etwas erledigen. Steh auf und reite mit.« Sir Hubert hielt zwei nicht angezündete Hornlaternen in der Hand. Hugo holte sich Hemd und Wams von der Sitzstange über seinem Kopf, wo er sie neben seinem Lieblingsfalken aufgehängt hatte, der schlafend dahockte. Als er sich anzog, hörte er seinen Vater durch den Söller, in dem weitere Jagdhunde und Gesinde schliefen, und dann die steinerne Wendeltreppe hinunter in den Palas gehen. Dort schlich sich der alte Mann auf Zehenspitzen an den schlafenden Körpern auf dem Fußboden vorbei und entzündete die Laternen an der abgedeckten Glut der großen Feuerstelle in der Mitte. Darüber hingen Schinken im

Rauch unter dem Dach. Selbst die Hühner schliefen, hockten außer Reichweite von Katzen und Hunden auf sicheren Plätzen.

Verwundert folgte Hugo seinem Vater in den Pferdestall, wo sie vorsichtig über die im Stroh schlafenden Stallburschen hinwegstiegen und zwei Pferde sattelten. Leise, leise führten sie die Pferde durch das Burgtor.

»Wohin wollt Ihr, Vater?« fragte der Jüngere.

»Hugo, wenn du auch nur einen Funken Grips hättest, dann wüßtest du es«, gab dieser zurück.

Quer über die dunkle Koppel schwankten die beiden Laternen wie Fünkchen, aber niemand war wach, der das gedämpfte Hufgetrappel im Gras gehört hätte. Die Funken hüpften im Schein der schmalen hellen Mondsichel weiter, bis sie im Wald verschwanden. Im Schutz des Laubes ritten die beiden Männer leise und wachsam dahin. Nachts waren die wilden Tiere unterwegs, nicht die sanften, die sich töten und verspeisen ließen. Schließlich erreichten sie die dunkelste Stelle und dann die Lichtung. Bei Nacht lag der Weiher schwarz da, doch das Brodeln hörte sich in der nächtlichen Stille eher noch lauter an.

»Hugo, halt mein Pferd«, sagte der alte Lord. Er stieg vom Pferd und stellte sich mit dem Hut in einer und der flackernden Laterne in der anderen Hand an den Weiherrand. Überall waren noch Anzeichen der Rettungsaktion zu sehen, viele Fuß- und Hufabdrücke im Morast, frisch geschnittene und dann weggeworfene belaubte Stecken. Ein Mondstrahl drang durch das dichte Laub und tanzte hell wie ein lebendiges Wesen mitten auf der glucksenden schwarzen Quelle.

»Hör mich an, wer auch immer du sein magst«, sagte der alte Lord. »Du hast gerade den einzigen Priester verschluckt, der Jagen am Sonntag gebilligt hat. Weißt du eigentlich, daß mir die Sorgen über den Kopf wachsen? Das Gestüt von Brokesford gibt es nicht mehr: Ich habe nur einen einzigen Hengst mit nach Haus gebracht, und das ist Urgan, und selbst der ist noch immer krank von dem gottserbärmlichen französischen Futter. Alle schulden mir Geld, und niemand zahlt. Der Weizen hat nicht gekeimt, der Roggen hat die Braunfäule, und das Obst ist klein und wurmstichig. Am anderen Ende der Grafschaft grassiert eine Viehseuche, und die kann mir den Rest geben. Zu allem Überfluß soll in Bristol schon wieder die Pest aufgetreten sein, und wenn von uns keiner mehr ist, dann bedeutet das auch dein Ende, ist dir das klar? Diese Familie ist alles, was zwischen dir und den Händlern steht. Der unverschämte Advokat hat ein Auge auf deine Eichen geworfen, und ich habe keinen roten Heller für die Gerichtskosten, ganz zu schweigen von Bestechungsgeldern. Was wißt ihr Wesen aus dem Wald schon von Advokaten? Aber die kriegen dich schon. Die Eichen da verschwinden und die Eiben auch, nur damit sich irgendein Geck Pfauenfedern für seinen Hut kaufen kann. Es war nicht recht von dir, daß du den Priester verschluckt hast, aber das läßt sich nicht mehr rückgängig machen, daher könntest du mir wenigstens etwas wiedergeben. Ich brauche Wohlstand, ich brauche Ernten, ich brauche gute Pferde, die ich gegen Bares verkaufen kann, von dem ich mir wiederum Advokaten nehme. Hörst du mich, du Priesterschlucker? Hilf mir aus der Klemme, und ich verspreche dir, daß meine Erben bis zum Allerletzten deine Bäume erhalten. Ich brauche dich, aber so, wie die Dinge stehen, brauchst du mich auch. Denn außer mir schert sich niemand einen feuchten Kot um dich, das kannst du mir glauben.«

»Vater, mit einem Ding könnt Ihr keine Geschäfte machen.« Hugo war vom Pferd gestiegen, kam näher und hörte zu, und die Pferde hatte er auch mitgebracht.

»Du hast mich gehört, Hugo. Wenn das hier klappt, bist du durch Eid verpflichtet, die Bäume zu erhalten.« Hugo überlegte kurz. Bargeld lachte, und Bäume – na ja, waren eben Bäume. Die standen nur herum und taten gar nichts. »Versprich es, Hugo. Schwöre bei Gott.« Hugo war beunruhigt. Er hatte eine sehr lange und unerquickliche Pilgerfahrt machen müssen, um von dem letzten Meineid entbunden zu werden, den er geschworen hatte. »HUGO, DU UNDANKBARER LÜMMEL, wenn du nicht auf der Stelle schwörst, ENTERBE ich dich!« Die Stimme des alten Lords dröhnte durch den dunklen Wald. Schlafende Vögel erwachten in ihren Nestern und schlugen mit den Flügeln. Hugo fühlte, wie ihn die Pranke seines Vaters in die Knie zwang. Er schwor. »UND für deine Erben«, sprach ihm sein Vater vor.

»Und für meine Erben, auf ewig, solange es welche gibt«, fügte Hugo hinzu.

»Gut«, sagte sein Vater. »Das ist vollkommen gerecht. Das Ding im Wasser und ich haben eine Abmachung. Meine Erfahrung mit den Franzosen besagt, daß man in der Regel Waffenstillstand schließen kann, falls man etwas anzubieten hat.«

»Aber Vater, Ihr habt mich angeboten.«

»Du bist schließlich mein Erstgeborener und Erbe. Bei Gott, das sollte dem Weiher etwas wert sein. Und für dich, Hugo, wird es Zeit, daß du lernst, Wort zu halten. Das tut der Seele gut. Lüftet sie durch und hilft dem Gedächtnis auf die Sprünge, was man tun wollte.«

Eines steht fest, ein Unglück kommt selten allein. Und wenn es dann kommt, ist es bestimmt am Weißeltag. Unordnung zieht weitere Unordnung an wie der Hund Flöhe, und kaum hat man angefangen, gelobt man auch schon, daß man sein Lebtag keine Wände mehr weißt und Chaos hinnimmt, wie es kommt, Hauptsache nicht alles auf einmal.

Als mein Herr Gemahl sah, daß die Dienerschaft die alten Binsen aus der Diele schaffte, sagte er: »Weißeltag? Doch nicht schon wieder?«

»Du hast gestern doch selbst die Wandbehänge und die alten Streitäxte und Hirschgeweihe abnehmen lassen.«

»Aber ich habe nicht geahnt, daß es heute sein würde. Da fällt mir ein, ich muß zum Illuminator, ich muß sehen, wie er mit dem Buch für den Herzog vorankommt.« Er steckte die Daumen in den Gürtel und verzog sich durch die Haustür.

Alsdann stellte sich Adam le Stukkateur mit zwei stämmigen Gesellen und einem Handkarren voller Tünche am hinteren Tor ein – zur gleichen Zeit wie die Fuhrknechte mit den frischen Binsen, und die gesamte Nachbarschaft bekam ihren Streit mit, wer als erster durchs Tor durfte.

»Alles weg. Diele iss nackicht«, verkündete Peregrine, der am Schürzenzipfel von Mutter Sarah dazukam, hinter ihm mein alter Hund Lion, der die meiste Zeit unter dem Bett schläft. Der Hund beschnüffelte den nackten Fliesenboden und suchte nach einem Knochen, den er in den Binsen versteckt hatte, dann blickte er mich vorwurfsvoll an. »Mama, Männer streiten. Peregrine will zusehen.«

»Nein, kommt nicht in Frage«, sagte ich und eilte am Küchenschirm vorbei zur Hintertür. Auf dem Hof standen ein halbes Dutzend Esel, die so schwer mit Binsen beladen waren, daß man kaum noch ihre Hufe sehen konnte, ein abgestellter Handkarren und ein halbes Dutzend Handwerker, die sich anbrüllten und sich Schläge anboten.

»Du Trottel, du bist einen Tag zu früh gekommen. Wie willst du wohl frische Binsen auslegen, wenn die Wände noch nicht geweißt sind?«

»Und du bist in der ganzen Stadt als Faultier bekannt, Master Adam. Weil du zu spät dran bist, kann ich jetzt meinen nächsten Kunden nicht beliefern.«

O je, Margaret, dachte ich bei mir. Aber wer Geschäfte mit dem Gottseibeiuns gemacht hat, der sollte auch diesen Streit beilegen können. Doch wie es in der Regel den Friedensstiftern widerfährt, die sich zwischen die Streitenden werfen, bekam ich die Schuld zugeschoben. Man befand also, daß ich nach Frauenart beiden Gruppen falsche Termine gegeben hätte, und ich konnte die Binsenmänner nur mit größter Mühe dazu bewegen, die Binsenbündel mitten in der Diele zu stapeln, wo sie beim Wändeweißen nicht im Wege waren, und die Maler, die anderen als erste hineinzulassen, was ich damit begründete, daß sie dann am schnellsten wieder verschwunden wären.

»Die Wand hier«, fragte Adam le Stukkateur hoch oben auf seiner Leiter, »wer mag die verputzt haben? Der Bewurf fällt ja in großen Brocken heraus. Ei, hier sieht man fast schon das Mauerwerk! Der Bewurf ist falsch angemischt worden. Wen hattet Ihr denn damit beauftragt?«

»Das war lange vor meiner Zeit«, sagte ich. Ich stand unten an der Holztäfelung, welche die Diele ringsum säumt, und hob den Kopf zu den Dachsparren.

»Ah, ja, daher der Name Hase. Ihr habt viel zu lange gewartet. Das hier kann dauern, da ist mehr zu tun als nur Weißen.« Ich stellte mich auf die Zehenspitzen und kratzte am Putz, wo ich an ihn heranreichte. Und siehe da, er bröckelte in großen, feuchten Flatschen.

»Vielleicht kommt es von der Feuchtigkeit«, rief Master Adam von der Leiter herunter. »Ihr könntet im Dach eine undichte Stelle haben, die man nicht sieht. Ihr müßt einen Dachdecker hinzuziehen, sonst ist der neue Verputz für die Katz. Ich kann nicht Weißen, ehe ich die Wand nicht neu verputzt habe.« Also nicht ein Tag Durcheinander, sondern Wochen. Und teurer wurde es natürlich auch.

Madame kam in Begleitung der Mädchen die Treppe herunter. Unter ihrer Anleitung machten beide Mädchen einen tiefen Knicks und begrüßten mich als »Madame, unsere verehrte Mutter«. Oh, diese guten Manieren. Das Dumme daran ist, wenn andere sie haben, muß man sich selbst auch daran halten. Ich erteilte beiden meinen Segen und erkundigte mich nach ihren Fortschritten.

»Madame de Vilers«, sagte Madame Agathe, während sie das Durcheinander musterte und zierlich über die Binsenbündel hinwegstieg, »heute findet unser Unterricht im Freien statt.« Sie hatte einen großen Korb am Arm. »Wir lernen den Teppichstich und befassen uns noch einmal mit den wünschenswerten Tischmanieren. Und was haben wir heute schon gelernt, Mademoiselle Alison?«

»Ein Mensch mit guter Kinderstube wischt sich nie die Hände am Tischtuch ab und putzt sich die Nase auch nicht mit der Hand, mit der er Fleisch nimmt.«

»Vortrefflich«, sagte ich. »Madame, Ihr habt in diesen paar Wochen Wunder vollbracht.«

»Und jetzt, Mesdemoiselles, müßt Ihr Eurer Frau Mutter höflich für ihr Interesse an euren Fortschritten danken.« Die Mädchen warfen einander vielsagende Blicke zu, dann neigte jede den Kopf genauso tief wie Madame.

»Seid bedankt, Madame Mutter«, zwitscherten sie spöttisch-höflich im Chor. Madame wandte sich zum Gehen, nein, sie drehte sich mit geradem Rücken, als wäre sie geölt. Sie taten es ihr nach. Madame ging nicht, sie glitt, als liefe sie auf Rollen. Und während sie entglitt, glitten die Mädchen mit erhobenem Haupt und geradem Rücken hinter ihr her, ahmten sie vollendet nach. Erst als sie hinter dem Küchenschirm verschwunden war, wandten sie den Kopf, um zu sehen, welchen Eindruck sie gemacht hatten, und in ihren Augen blitzte der Schalk.

»Solche Mädchen bekommt man nicht oft zu sehen«, hörte ich einen der Stukkateure sagen. »Wie echte Ladys, und dabei noch so jung.«

Wenn du wüßtest, dachte ich. Gott sei Dank zahlen die Burgunder für alles. Durch das geöffnete Fenster fiel heller Sonnenschein ins Zimmer und ließ die schimmernden Stäubchen tanzen, und von St. Paul's schlugen die Männlein die Stunde: zehn Uhr morgens. Noch eine Stunde, und es war Essenszeit.

»Dame Margaret, wo sollen wir aufdecken?« Ich war mit meinen Gedanken woanders und hatte Perkyn nicht bemerkt, der jetzt neben mir stand. Schon war aus der Küche Gepolter und Geklapper zu hören, die Schragentische für das Gesinde wurden aufgestellt.

»Für die Familie? Im Söller ...«

»Ganz schön staubig hier«, meinte der alte Mann. »Wände sollte man immer gleich zu Frühlingsanfang weißen. Dann liegt noch nicht so viel Staub.« Als ob wir zu der Zeit einen roten Heller gehabt hätten, ganz zu schweigen davon, was uns der neue Putz kostet, dachte ich, aber weil er mir schon so lange diente, biß ich mir auf die Zunge.

»Die bleiben uns wohl ein Weilchen erhalten, was?« sagte er, schlenderte zwischen den Binsenbündeln herum und musterte die Männer auf den Leitern. »Wohin soll ich dieses Frauenzimmer, diese Madame setzen, in die Küche oder in den Söller?«

»Oben – O Grundgütiger!« Es krachte fürchterlich, dann flog die Haustür auf. Metall klirrte, und eine furchterregende gestiefelte, gespornte und gewappnete Gestalt mit flatterndem weißen Haar, wildem grauen Bart und grauen Augenbrauen wie Unkrautbüschel stand staubbedeckt in der Tür.

»Wo ist der Verwalter? Sag meinem Sohn, daß wir da sind! Junge, führ die Pferde in den Stall. Was soll der ganze Aufstand hier? Margaret, das verdanken wir gewißlich Euch!« Die Stukkateure hörten auf zu arbeiten. Alle Augen richteten sich auf die grimmige Gestalt an der Tür. Mir sank das Herz in die Schuhe. Der Tropfen, der das Faß zum Überlaufen brachte. Mein Schwiegervater auf Überraschungsbesuch.

»MARGARET, WO IST MEIN SOHN?« brüllte er, als hätte ich den irgendwo versteckt. Gilbert behauptet, er brüllt, weil er zu viele Hiebe auf den Helm bekommen hat und davon taub geworden ist, aber ich glaube, er brüllt, weil er dann Raum um sich schafft. Und Furcht und Schrecken verbreitet.

»Mein Herr Gemahl ist beim Illuminator«, antwortete ich und blickte ihm in die Augen, ohne mit der Wimper zu zucken. Er hatte ein halbes Dutzend seiner Lieblingshunde mitgebracht, riesige gescheckte Kreaturen mit großen Köpfen und Schlabberbacken, die kamen jetzt ins Haus gesprungen und schnauften und schnüffelten in allen Ecken herum. Die Stukkateure blieben vorsichtshalber oben auf ihren Leitern.

»Beim was? Unfug das Ganze. Wieso treibt er sich da herum? Achtundzwanzig, schon fast in mittleren Jahren – und hat es noch immer zu nichts gebracht. DREIMAL in Frankreich gekämpft, die Zeit, die er mit Studieren totgeschlagen und es nur zu einem GOTTSERBÄRMLICHEN Schreiberling gebracht hat, nicht mitgerechnet, und KEIN EINZIGES MAL IN DER SCHLACHT VERWUNDET! Und was stößt ihm diesmal zu? Läßt sich vom Blitz treffen und gerät unter sein Pferd! Inzwischen dürfte er wieder auf dem Damm sein! Sollte mit dem Herzog in Frankreich sein und sich nicht mit Illuminatoren und Gauklern und wer weiß was für ABSCHAUM herumtreiben!« Ich sah Hugo, Gilberts älteren Bruder, am Türpfosten lehnen, er hatte die Arme verschränkt und genoß die Beschimpfung sichtlich. Er sah noch französischer aus als üblich, trug einen albernen blaugefärbten Biberhut mit schmaler Krempe und einem großen Büschel Pfauenfedern, die von einer kleinen goldenen Agraffe gehalten wurden. Die Spitzen seiner Schnabelschuhe waren noch länger geworden, und der modisch gezaddelte Saum seiner Schecke war so kurz, daß sein Hintern darunter hervorschaute. Dazu trug er Beinlinge in Miparti. Ich wußte ganz genau, daß der alte Mann das Miparti verabscheute. Seiner Meinung nach war es für Gaukler erfunden worden.

»Er stellt für die Rückkehr des Herzogs ein Manuskript fertig. Der Herzog hat ein theologisches Buch geschrieben«, erwiderte ich. Ich konnte es nicht lassen. Soviel Unbill an einem einzigen Tag, da mußte ich einfach in das Wespennest stechen.

»Theowas?« Der alte Mann erstickte fast. »Sogar der Herzog schreibt jetzt schon über Gott? Ich sage Euch, daran ist Gilbert schuld. Er hat einen verderblichen Einfluß.«

»Sündenbekenntnisse oder Gebete?« erkundigte sich Hugo sofort interessiert, denn er hatte ein gutes Gespür für die neueste Modewelle.

»Bekenntnisse. Und Klagelieder über seine Sünden, die er den einzelnen Gliedmaßen des Körpers zuordnet.«

»Ha. Das riecht mir ganz nach Gilberts Einfluß. So wahr ich lebe, der Junge ist ansteckend«, sagte Sir Hubert und schüttelte entgeistert den Kopf.

»Vater, Theologie ist dieser Tage in höchsten Kreisen die große Mode. Ich habe auch schon überlegt, ob ich ein Buch mit Sündenbekenntnissen verfassen soll. Nachdem ich meine Gedichte habe niederschreiben lassen.« Typisch Hugo, er weiß genau, wie er den alten Mann zur Weißglut bringen kann. Zuviel Zeit zusammen. Armer Hugo; dreißig Jahre alt und noch immer nicht flügge. Das beklagenswerte Los des ältesten Sohnes, der in Abhängigkeit lebt und endlos auf sein Erbe warten muß.

»DU! BEKENNTNISSE? Nicht nur daß du Beinlinge in Miparti trägst, du KANNST WEDER LESEN NOCH SCHREIBEN!« Dem kurzem Zweifel folgte die Verunglimpfung.

»Du ja auch nicht, und der Herzog auch nicht. Darum schreibt Gilbert für ihn.« Hugo blickte selbstgefällig drein. Ich konnte spüren, wie sich der alte Mann aufblies wie ein Frosch: Der nächste Ausbruch stand bevor

»Das ist Stiefgroßvater«, hörte ich Alison Madame hinten auf der Diele erklären. »Nehmt Euch vor ihm in acht.« Die Mädchen hatten die Pferde gesehen, die im Stall eingestellt wurden, und kamen jetzt mit Madame, die wissen wollte, wer die Besucher waren.

»Er hat unserem Stiefbruder den Kopf abgehackt. Genau hier«, sagte Cecily, und da wußte ich, daß sie Madame mit ihren Schauergeschichten einen Schreck einjagen wollte. »Er ist auf dem Fußboden herumgekullert und hat Blut gespritzt.«

»Abgeschlagene Köpfe verspritzen kein Blut. Das spritzt aus dem Hals«, erwiderte Madame vollkommen gelassen auf französisch. »Und jetzt auf französisch bitte, und das höflich. Ladys beschreiben ritterliche Taten nicht mit Metzgerausdrücken.«

»Wer oder was ist das?« fragte Sir Hubert, als er die schwarz-gekleidete Fremde erblickte.

»Das ist Madame de Hauvill. Erlaubt mir, Euch vorzustellen.«

»Mich? Mich einem Dienstboten vorstellen?« Er blickte verächtlich. Madame schritt aufrecht und blaß geradewegs auf ihn zu und blickte ihm ins Auge. Die Mädchen sahen mit offenem Mund zu, wie die beiden zum Einzelkampf antraten. Wer würde gewinnen? Madame, die »so was von gemein« war, oder Stiefgroßvater, der noch gemeiner war? Selbst Hugo merkte auf. Madame reckte das Kinn, ihre Augen wurden schmal, und sie starrte Sir Hubert an, ohne mit der Wimper zu zucken. Darauf war dieser nicht gefaßt gewesen, er blinzelte als erster, sodann wurde er zornig. »Weib, was bildet Ihr Euch ein, wer Ihr seid?« sagte er, ein Ausbund an Bedrohlichkeit. Schließlich konnte er mit einer behandschuhten Faust noch immer einen Mann zu Boden schicken, und auf seinen eigenen Ländereien tat er das auch mit schöner Regelmäßigkeit. Madame andererseits sah so bleich und zerbrechlich aus, als könnte sie bersten wie Glas, wenn man sie berührte.

»Ich bin Lady Agathe, Witwe von Sir Raymond de Hauvill und mit Sir William de Vilers durch seine Base Isabelle Payton verwandt«, sagte sie.

»Und welchen Grades ist diese – Verwandtschaft?« fragte Sir Hubert in kaltem, hochfahrendem Ton.

»So, daß sie Eure Flegelhaftigkeit keineswegs rechtfertigt«, sagte Madame mit Eiszapfenstimme.

Während die Mädchen hingerissen lauschten, duellierten sich die beiden mit leiblichen Vettern und Basen, Verwandtschaft welchen Grades, dritten, vierten und so fort. Madame sprach eindringlich, aber leise. Wir staunten nicht schlecht, daß es Sir Hubert schier die Stimme verschlagen hatte, denn er flüsterte nur noch heiser, weil er sich ihrem leisen, gelassenen Französisch anpassen mußte. Die Stukkateure taten nicht einmal mehr, als arbeiteten sie, sondern standen stocksteif auf ihren Leitern und lauschten. Im Hintergrund blieben die Dienstboten, die Schüsseln zum Söller hochtrugen, auf der Treppe stehen und gafften. Das Geklapper in der Küche hörte auf. Gesichter drängten sich am Küchenschirm. Wer würde als erster nachgeben?

»Nun gut, damit dürfte sich eine Vorstellung erübrigen. Madame, ich weiß, wer Ihr seid, das reicht.« Sir Hubert drehte sich um und klatschte in die Hände. »Essen! Wo bleibt mein Essen? Ich habe den langen Weg nicht gemacht, damit ich am Ende verhungere!« Die Diener liefen wieder. Düfte und Geräusche drangen wieder durch den Küchenschirm auf die Diele. Die Mädchen waren tief beeindruckt. Diesmal hatte Sir Hubert den Rückzug angetreten und sich als erster abgewandt. Als wollte er seinen öffentlichen Verlust an Ansehen wieder wettmachen, drehte er sich noch einmal um und blaffte mich an: »Margaret, da Ihr diese Diele unbenutzbar gemacht habt, wo wird jetzt für die Familie aufgedeckt?«

»Im Söller, Herr Schwiegervater.«

»Und das Weib da ...«

»Madame geht immer mit der Familie zu Tisch.«

»Was ist nur über Euch gekommen, daß Ihr ein so widerwärtiges Geschöpf in Euren Haushalt aufgenommen habt?«

»Herr Schwiegervater, sie unterweist meine Töchter in der Kunst der höfischen Manieren. Es war Sir Gilberts Idee.«

»Gilbert! Ich hätte mir denken können, daß er irgendwie dahintersteckt. Oh, da bist du ja, Gilbert! Gerade war von dir die Rede. Was soll das Herumgelungere bei Schreiberlingen? Du hättest hier sein sollen! Was ist das nur für ein Haus, in dem der Hausherr keine Zeit hat, seinen Erzeuger zu empfangen? Ich hätte mir denken können, daß dein verfluchter Magen dir sagt, wann du nach Haus kommen mußt, auch wenn dein Pflichtgefühl es nicht tut!«

Durch die geöffnete Tür konnte man hören, wie die Männlein von St. Paul's die elfte Stunde schlugen. Eine Stunde nur. In solchen Stunden gestaltet sich das Schicksal neu.

Kapitel 10

An diesem Abend tönten aus dem Empfangszimmer unten laute Stimmen. Ich tastete im Bett nach Gilbert und fand eine leere Stelle. Da zog ich den Bettvorhang auf und suchte mir meine Hausschuhe. Die Tür stand offen, von unten kam ein flackernder Lichtstrahl. Malkyn schnarchte auf ihrer Pritsche, aber Lion, der keineswegs Löwengröße, dafür aber ein Löwenherz hat, auch wenn er alt ist, wachte auf, schnaufte verwundert und folgte mir, während ich mir meine große *robe de chambre* vom Haken über dem Bett holte. Leise schlich ich mich aus dem Raum und segnete den Umstand, daß auf dem Fußboden unserer Schlafkammer wie unten im Empfangszimmer Teppiche lagen und keine knisternden Binsen. Ich folgte dem schwachen Lichtschein und dem Lärm und stieß auf die Mädchen, die splitterfasernackt auf der mittleren Treppenstufe hockten. Sie kuschelten sich unter ihrer Bettdecke aneinander und lauschten still.

»Mutter«, flüsterte Cecily. »Keinen Mucks. Gleich kommt das Beste.« Ich hockte mich auf die Stufe über ihnen, Lion legte sich mit einem Schnaufer neben mich und schlief wieder ein.

»Nein, Vater, Ihr habt diesen Besitz lange genug ausgeblutet. Ich habe jetzt einen Sohn, und dem möchte ich etwas hinterlassen.«

»Und durch wen bist du zu diesem Besitz gekommen? Wer hat dir die anderen Anwärter vom Hals geschafft? Wer hat die Richter bestochen? Wer hat herausgefunden, daß sich die Frau lohnt, und hat sie für dich entführt, ehe ein anderer das hübsche kleine Vermögen des alten Raffzahns in die Finger bekommen konnte? Dafür schuldest du mir etwas!«

»Eure Bestechungsgelder, alles, habe ich mehr als ein dutzendmal zurückgezahlt, Vater, und immer aus dem Vermögen. Jetzt ist das Bargeld aufgebraucht, und für alles, was sie für Euch – und für mich – getan hat, schuldet Ihr Margaret ein Dach über dem Kopf. Ein Dach, so möchte ich hinzufügen, das der alte Master Kendall ihr sichergestellt hat.«

»Es ist doch nur eine Hypothek, Bruder. Davon haben wir dutzendweise, und es ist mir völlig einerlei.«

»Eine Hypothek, die ihr nie zurückzuzahlen gedenkt. Und was wird aus ihr und den Mädchen, wenn mir, Gott behüte, etwas zustoßen sollte?«

»Ei, ich würde mich um sie kümmern. Das ist meine Pflicht als Familienoberhaupt.«

»Genau.«

»Hör zu, Bruder, wenn du das Haus nicht als zusätzliche Sicherheit verpfänden willst, warum bedienst du dich dann nicht bei der Mitgift der beiden Mädchen? Kein Mädchen verdient so viel Geld.« Die Mädchen fröstelten, als wäre ihnen jählings kalt, kuschelten sich tiefer in die Decke und schmiegten sich aneinander.

»Hugo, ich habe mein Ehrenwort gegeben, für diese Mädchen zu sorgen. Gilt dir mein Versprechen so wenig wie deines? Ein ganzes Jahr Pilgerfahrt, und auf Schritt und Tritt nur gejammert. Außer wenn du mit deinen Märchen von religiöser Ekstase auf Fluren, in Vorzimmern und in den Hurenhäusern von Avignon *pucelles* nachgestellt hast. Hast du dir auch nur eine einzige Reliquie angesehen?«

»Nur weil mir der Kardinal einen Ablaßbrief verkauft hat, heißt das noch lange nicht, daß ich nicht genauso fromm bin wie das gemeine Volk, das sich in langen Schlangen vor den Knochen irgendeines Greises auf den Knien suhlt. Bist du etwa kein Heuchler, wenn du anderen Frömmigkeit predigst und dir selbst zu schade bist, von dem vorhandenen Mammon ein wenig für deine notleidende Familie abzuzweigen?«

»Erzähle das Master Wengrave, ihrem Paten, und alle Amtsträger der Stadt stürzen sich auf dich. Er würde sich sogar an den König wenden, falls du versuchen solltest, den Mädchen die Mitgift wegzunehmen.«

»Dann verkaufe ihre Heirat. Das ist dein gutes Recht, und es wird ohnedies höchste Zeit. Irgend jemand zahlt dir gewiß ein hübsches Sümmchen, wenn er dadurch die Mitgift in die Finger bekommt.«

»Mutter!« flüsterten die kleinen Mädchen entsetzt.

»Psst«, flüsterte ich meinerseits. »Ich erlaube nie und nimmer, daß man euch gegen euren Willen verheiratet. Hört weiter zu. Je besser wir Bescheid wissen, desto eher können wir uns etwas ausdenken.«

»Ich habe Margaret versprochen, daß ich die Mädchen niemals gegen ihren Willen verlobe«, hörte ich Gilbert knapp, aber fest sagen.

»Ihr Wille, ihr Wille. Diese beiden kleinen Ungeheuer. Was zählt schon ihr Wille gegen Vaters Bäume?«

»Deine Bäume, meinst du, Bruder, denn die erbst du irgendwann. Und ich sage dir, ihr Wille zählt, weil Margaret sagt, er zählt, und ich stehe zu meinem Wort.«

»Unfug, Gilbert. Es sind Peregrines Bäume. Hugos Frau ist unfruchtbar. Denk an deinen Sohn, den Herrn von Brokesford.«

»Herr einer Burg mit einem undichten Dach, mit keinem einzigen anständigen Kamin und einem Burggraben, der ausgehoben werden muß, weil er Mücken so groß wie Hummeln ausbrütet, mit Pferden, die euch die Haare vom Kopf fressen, mit einem Obstgarten, in dem nur wurmstichiges Obst reift, und mit einem Haufen fauler Bauern, die keine einzige ausreichende Ernte einbringen, um den nächsten Winter zu überstehen.«

»Letzteres ist nur vorübergehend. Denk an die Bäume, Gilbert. Die Wälder, die Felder, das Rotwild in der Morgendämmerung, die Lerchen in den Hainen, die glucksenden Bäche und die rauschenden Binsen und die beste Quelle mit sauberem Wasser weit und breit.«

»Die Eichen gehören schon bald dem Advokaten, und die Quelle ist ein heiliger Born, in den die Leute Sachen werfen. Es ist eine düstere, gottverlassene Stätte, Vater. Findet Euch damit ab, daß Ihr sie verliert.«

»Ich mich abfinden? Mich ABFINDEN? Ein de Vilers findet sich mit NICHTS ab! Kein Zoll Boden geht an den Feind, kein einziger Zoll, hörst du?«

»Hab ein Einsehen, Gilbert, bring ihn nicht schon wieder zur Weißglut. Die Sache ist doch ganz einfach. Die Lombarden wollen das Land mit den Eichen nicht als zusätzliche Sicherheit akzeptieren, weil der Advokat behauptet, daß unser Besitzanspruch fragwürdig ist. Er ist hingegangen und hat eine Besitzstörungsklage gegen uns eingereicht, die auf dem nächsten Gerichtstag verhandelt werden soll, und wir haben eine gegen ihn eingereicht. Dem Gewinner gehören die Eichen. Wir brauchen einen Kredit von den Lombarden, mit dem wir den Richter bestechen können, damit er unser Anrecht auf den Eichenwald bestätigt und nicht das des Advokaten. Wir haben aber vor dem letzten Feldzug schon alles beliehen, was einigermaßen von Wert ist. Wenn du also das Haus als zusätzliche Sicherheit anbietest, dann kaufen wir den Richter, bekommen das Land, und die Sache ist geregelt.«

»Nur, daß ihr kein Geld habt, um die Anleihe zurückzuzahlen. Und ich habe Schulden am Hals, die auch ich nicht zurückzahlen kann. Nein, Margaret hat mein Versprechen, und ich halte es. Das ist mein letztes Wort.«

»Kann dieses Ungeheuer an Eigennutz mein Sohn sein? Der, den ich von den Franzosen freigekauft habe?«

»Ach ja? Soweit ich mich erinnere, war es Margaret, die mich aus französischer Gefangenschaft befreit hat.«

»Ich hätte es auch getan. Du mußt zugeben, daß mein Plan brillant war.«

»Na schön, dann braucht Ihr jetzt auch einen brillanten Plan. Brillanter als den, Land zu verpfänden, das als Sicherheit für eine Anleihe dienen soll, mit der man in einem Rechtsstreit über dieses Land einen Richter besticht, der Euren Anspruch auf das Stück Land bestätigen soll. Und angenommen, der Richter ist ehrlich?«

»Ehrlich? Lachhaft! Welcher Richter wäre wohl ehrlich? Außerdem hat der Advokat ihm bereits zwanzig Goldflorin gegeben, damit er zu seinen Gunsten entscheidet. Ich muß noch drauflegen, sonst ist alles aus.«

»Uii! Zwanzig Goldflorin! Eine Riesensumme! Ist der Wald so viel wert?«

»Das und noch mehr, als Nutzholz jedenfalls. Und die Eiben auch. Und alles wird gefällt, jeder einzelne Baum.«

»Die Eiben auch?« hörten wir Gilbert sagen. »Die sind auf ihre düstere Art recht hübsch. Ich habe sie immer gemocht, sie sind so angenehm melancholisch.« Eine lange Pause. »Nein, das ist wirklich zuviel, die Eiben auch? Die sind in grauer Vorzeit gepflanzt worden, sonst würden sie nicht so in Reih und Glied stehen. Noch vor Wilhelm dem Eroberer, noch vor Christus, sogar noch vor den Römern, möchte ich meinen. Dieser Advokat ist ein Mistkerl.«

»Dann verpfändest du also das Haus?«

»Mutter!« Die Mädchen schnappten nach Luft.

»Oder verkaufst du die kleinen Ungeheuer?« Noch nie hatte mich Hugos hohe, näselnde Stimme so erbost.

»Psst. Hört, was euer Stiefvater sagt.«

»Nein, auf gar keinen Fall. Aber ich denke mir etwas aus. Ihr braucht einen Plan, einen genialen Plan.«

»Von dir? Gilbert, du bist der geborene Stümper, du Bücherwurm du. Weder Sinn noch Verstand. Ich beklage den Tag, an dem ich dich zum Studieren in die Fremde geschickt habe.«

»Ihr habt mich nicht zum Studieren in die Fremde geschickt, Vater. Falls Ihr es vergessen haben solltet, ich bin ausgerissen.«

»Undankbar und ein Stümper. Willst du etwa meine Wälder retten, indem du den Richtern Gedichte in die Ohren säuselst?«

»Morgen ist auch noch ein Tag, Vater. Überschlaft das Ganze, dann seht Ihr ein, daß ich recht habe.« Ehe ich die Kinder nach oben schicken konnte, hatten Gilberts lange Beine ihn bereits zu unserem Lauscherposten getragen, und fast wäre er über den Hund gestolpert und hätte die brennende Kerze fallen lassen, und die wäre dann über die Treppenkante in die Binsenbündel unten auf der Diele gefallen.

»Mein Gott, ihr habt zugehört«, sagte er, »und ich hätte beinahe das Haus in Brand gesteckt. Margaret, wir sitzen in der Klemme. Vater braucht eine große Summe.« Die Mädchen schwiegen mit angstgeweiteten Augen. Vielleicht hatten sie bislang noch nicht erkannt, wie sehr ihr ganzes Leben vom Willen der Männer abhing. Da gab es kein Entrinnen. Ihr Schrecken war beinahe mit Händen greifbar.

»Wie üblich«, sagte ich und tat, als merkte ich nicht, wie die Mädchen jedes Wort verschlangen.

»Ich habe ihm gesagt, daß ich mir etwas ausdenke. Margaret, solange noch Atem in mir ist, breche ich mein Versprechen dir gegenüber nicht. Aber woher nehme ich soviel Geld, ohne es aus dem Besitz herauszuquetschen?«

»Ich an Eurer Stelle, mein Herr Gemahl, würde mich mit Bruder Malachi beraten. Keiner weiß so gut über Geld Bescheid wie er. Und dazu ist er der hellste Kopf von ganz London. Ihm ist noch immer etwas eingefallen. Denk nur daran, wie gut der Plan geklappt hat, mit dem wir dich beim Comte d'Aigremont ausgelöst haben.«

»Natürlich«, sagte Gilbert erleichtert. »Malachi, der alte Roßtäuscher. Der hat für alles eine Antwort. Bei dem Gedanken, daß ich ihn morgen aufsuche, werde ich gleich viel besser schlafen.«

»Immer herein, Gilbert, immer herein, ich kenne deinen Schritt. Was treibt dich heute zu mir? Weiteres Gejammer über Illuminatoren? Über den Preis von Blattgold? O ja, die Gefahren im Dienste eines hohen Herrn. Habe ich dich nicht gestern im samtverbrämten Surkot und mit einem überaus prächtigen Federhut erblickt? Es dürfte sich um eine Sonderanfertigung gehandelt haben, sonst würde er nicht auf deinen aufgeblasenen Kopf passen.«

Gilbert mußte sich ducken, weil die Tür von Bruder Malachis Laboratorium so niedrig war. Die Wände sahen nach dem letzten Unfall noch immer ein wenig verrußt aus, aber sonst war so ziemlich alles beim alten. Bruder Malachi blickte überhaupt nicht von seiner Arbeit auf, die im Moment darin bestand, geschmolzenes Blei in kleine Formen zu gießen. Das kannte ich von früher, als ich noch zu Bruder Malachis Haushalt gehörte. Ich habe sogar selbst Blei gegossen, ehe er Sim als Lehrbuben einstellte. So fertigt man Siegel an. Malachi nimmt ein wenig weiches Wachs und macht einen Abdruck von dem Siegel, das er haben will, dann eilt er nach Haus, fertigt einen Gipsabdruck an und hat ein Duplikat. Das gehört alles zu seinem Wandergewerbe, dem er zur besseren Jahreszeit nachgeht. Es zahlt für das ganze Glaszeug, das er bei der Suche nach dem Stein der Weisen zerbricht.

»Bruder Malachi«, sagte ich, als ich sah, daß er eine Pause einlegte.

»Und Margaret auch«, sagte er. »Ei, dich habe ich überhaupt nicht kommen hören! Warum schleichst du dich auf

Katzenpfoten herein? Ein Staatsbesuch vom städtischen Adel der Thames Street? Was verschafft unserer bescheidenen Hütte diese Ehre?«

»Malachi, du weißt, daß Vater mich gezwungen hat, den Titel zu kaufen. Wir hatten keine andere Wahl, denn wir haben den Schutz des Herzogs gebraucht, sonst hätten wir Margarets Haus nicht halten können, und dazu gab es nur einen Weg, nämlich mir mit Margarets Ländereien den Rittertitel zu kaufen und in seinen Dienst zu treten. Sie haben mich gefangen wie die Ratte in der Falle.« Er seufzte abgrundtief. »Als mir nichts gehörte als das Bündel auf meinem Rücken, war das Leben einfacher. Damals war ich glücklicher.«

»Eure Leichenbittermienen sagen mir, daß ihr wieder einmal in der Tinte sitzt. Wenn ich es recht bedenke, war das schon immer so. Setz dich dorthin, Gilbert, und schreib das Stück Papier da ab. Ich brauche fünfzig Stück, und du hast eine hübsche Handschrift. Und während du kopierst, kannst du mir alles erzählen. Es gibt kaum ein Problem auf der Welt, das sich nicht mittels eines wahrhaft scharfen Verstandes lösen läßt.«

Gilbert setzte sich an den Arbeitstisch unter das Bord, auf dem Bruder Malachis recht beachtliche alchimistische Bibliothek stand, insgesamt fünfzehn Bände, und alles seltene und verbotene Bücher. Auf dem Tisch befanden sich ein Generalablaß, ein Stapel unbeschriebenes Papier, eine Flasche Tinte, ein Federmesser, Sand und eine Reihe Federkiele. Ein schmales Lächeln huschte über Gilberts langes sorgenvolles Gesicht, als er das Papier sah, das er abschreiben sollte.

»Immer noch Geschäfte mit gefälschten Ablaßbriefen? Ganz wie in alten Zeiten.« Er prüfte die Federkiele, suchte sich den passendsten aus, entstöpselte die Tintenflasche und fing an zu schreiben. Für mich grenzt es ans Wunderbare, wie er seine großen Hände so exakt bewegen kann, daß sie die zierlichen und verschlungenen Schriftzeichen mit der Feder formen können. Das machte wohl die Übung. Seine Mutter hatte ihn ja von Anfang an für die Kirche vorgesehen.

»Zu deinem Glück. Ich komme gerade aus der Kathedrale von Lincoln und habe den dortigen Kanonikus mit meiner päpstlichen Bulle tief beeindruckt – sie war nämlich so kunstgerecht versiegelt. Er hat mich ins Domarchiv gelassen, weil ich geschichtliches Interesse vorgetäuscht habe, und während ich die Chroniken durchgegangen bin, konnte er der Versuchung nicht widerstehen, mir einige echte Schätze zu zeigen. Ich habe die Abdrücke in feuchtes Moos gebettet und bin auf dem schnellsten Weg nach Haus geeilt, ehe sie in der Hitze schmelzen konnten.«

»Wir sitzen tief in der Tinte«, sagte Gilbert, ohne sich beim Schreiben stören zu lassen. »Dank Vater, wie üblich. Er möchte, daß ich das Haus als Sicherheit für eine Anleihe bei den Lombarden verpfände, mit der er einen Richter in einem Rechtsstreit bestechen will, in den er verwickelt ist.«

»Warum verpfändet er nicht sein eigenes Land?«

»Genau da liegt das Problem. Das einzige Stück Land, das noch nicht beliehen ist, ist genau das, worum es geht und um dessentwillen er den Richter bestechen will. Die Lombarden sind wohl der Ansicht, daß derlei keine ausreichende Sicherheit ist.«

»Und jetzt will er die Heirat der Mädchen verkaufen«, sagte ich hinzu.

»Margaret, Margaret, wir verkaufen deine Mädchen schon nicht. Mein Hirn arbeitet bereits«, sagte Malachi und stellte die Gußformen zum Abkühlen auf die Werkbank. »Aber wo steckt Sim, der Halunke? Hilde ist schon seit zwei Tagen fort, hilft bei einer schwierigen Geburt in der Bishopsgate Street, und ich bin am Verhungern ohne ihre Kochkunst. Ich schicke also den Jungen in die Garküche, daß er ein, zwei Bratvögel holt, aber er taucht nicht wieder auf. Wahrscheinlich würfelt er an der Straßenecke.«

»Ich sehe nach, was Mutter Hilde dir dagelassen hat, Bruder Malachi«, sagte ich. Aber auf der Diele fand ich nur einen halben Laib altbackenes Brot in der Lade und begab mich auf die Suche in den Garten. Dort stellte ich fest, daß sich Bruder Malachi nicht die Mühe gemacht hatte, den brütenden Hühnern an diesem Morgen die Eier fortzunehmen, und Zwiebeln und Petersilie sahen auch gut aus. Also machte ich mich an die Zubereitung von gebähtem Brot, und während das am Feuer röstete und ich die Eier mit Zwiebeln und Petersilie verschlug und Rührei zubereitete und Gilbert kopierte und sich beklagte, ruhte Bruder Malachi seinen beeindruckenden Leib auf der Bank im Laboratorium aus und strengte sein Hirn an. Die Zeichen von Hirntätigkeit sind bei ihm klar zu erkennen. Zunächst wird sein fröhliches rosiges Gesicht ganz feierlich. Wenn es sich um ein schwieriges Problem handelt, erscheinen Falten zwischen seinen Brauen und er macht: »Ha! Hm!« Alsdann pocht er sacht an seinen Kopf, damit ihm von der Mühewaltung nicht das Hirn gerinnt. Während ich kochte, kamen eine Menge »Ha's« und

»Hm's« aus dem Laboratorium, daher wußte ich, daß sich die Sache gut anließ. »Hm, Margaret, das riecht aber gut. Gilbert, leg die Arbeit fürs erste beiseite. Mein Hirn welkt dahin. Ich spüre, wie es jählings nachläßt. Es braucht Nahrung.«

Während wir Malachis und unser eigenes Hirn speisten, wurden wir schon viel munterer.

»Also, Gilbert, worauf gründet sich der Anspruch des Advokaten?«

»Auf eine Schenkungsurkunde, die kürzlich in einer Truhe bei den Augustinern von Wymondley entdeckt wurde.«

»Wymondley? Wo liegt das hinsichtlich Brokesford?«

»Seine Ländereien grenzen am allerhintersten Zipfel an das Stück Land, das der Advokat beansprucht.« Gilbert klang zynisch. Malachi schüttelte den Kopf und machte »tsss, tsss«.

»Eine Fälschung, das ist doch sonnenklar«, antwortete er. »Ich verwette mein Bargeld, daß er mit den Mönchen im Kloster unter einer Decke steckt. Die bekommen gewißlich ein hübsches Sümmchen von dem Geld aus dem Verkauf der Bäume. Ständige Gebete, eine Votivkapelle, was auch immer. Auf diese Weise kommen alle in den Himmel. Und die scheinbar legale Schenkungsurkunde läßt den Richter vollkommen ehrlich erscheinen – oder sogar auch sein–, wenn er das Urteil fällt. Die zwanzig Goldflorin beschleunigen nur den Gang der Gerechtigkeit.«

»Ich habe gedacht, du könntest etwas herstellen, was wir den Lombarden als Sicherheit anbieten – wie die Smaragde oder die goldenen Ringe, die du nach Frankreich mitgenommen hast«, sagte ich.

»Margaret, viele Jahre trüber Erfahrungen, zu denen auch die Flucht aus den größten Städten Europas gehört, haben mich schließlich belehrt, daß man auf keinen Fall das eigene Nest beschmutzen darf. Innerhalb Londons mache ich keinen Gebrauch von meinen Fertigkeiten. Nein, meine Künste muß ich mir für die guten, aber undankbaren Seelen auf dem Lande oder in der Fremde aufheben. Wir dürfen nicht riskieren, daß die von den Lombarden verwahrten Smaragde in ihren Urzustand zurückkehren.«

»Ach«, sagte ich ungemein enttäuscht.

»Mach kein so betrübtes Gesicht, Margaret, mir fällt gerade etwas Besseres ein.« Er nahm sich das letzte Stück des gebähten gewürzten Brotes und spülte es mit einem großen Schluck Ale hinunter. Dann pochte er an seine Schläfe, um sein Hirn zu lockern und erneut in Gang zu setzen. »Dank deiner einfallsreichen Küche, Margaret, ist mein Hirn jetzt wieder voll einsatzfähig. Also, Gilbert, wenn du deinen Vater hierherschaffst – laß jedoch diesen Einfaltspinsel, deinen Bruder, daheim, den brauchen wir später–, bringst du unbedingt von dem ausgezeichneten Braunbier mit, das Margaret braut. Von dem guten, das du oben unter dem Bett verwahrst. Mein Hirn muß mächtig angeheizt werden, sonst bin ich nicht imstande, deinem tölpelhaften Vater meinen unendlich feinsinnigen Plan auseinanderzusetzen, der bis in alle Einzelheiten durchdacht sein muß, bis in alle Einzelheiten! Und ich möchte nicht, daß er ihn ruiniert.«

Kapitel 11

Der Sieur de Vilers und Burgherr von Brokesford blickte sich voller Abscheu um. Nichts auf der Welt als dunkle Geschäfte hätte vermocht, ihn in diese üble Gegend von Cornhill zu locken, noch dazu in die Höhle eines irren Alchimisten. Schlimmer noch, er war nicht beritten, sondern zu Fuß, und das bedeutete für ihn einen beinahe unerträglichen Verlust an Würde. Er, der selbst auf seinen eigenen Ländereien keine zwanzig Schritte zu Fuß ging und auf den immer ein Pferd und ein Stallbursche warteten, mußte sich in einen alten Mantel hüllen, den ihm sein unbegreiflicher jüngerer Sohn für einen Besuch in einer Gasse namens St. Katherine's Alley zur Verfügung stellte, in der sich die Schweine suhlten und über seinem Kopf die Wäsche flatterte und entlaufene Bauern, statt ehrlicher Arbeit nachzugehen, mit Freiheiten prahlten, die sie durch die Flucht in die Stadt erlangt hatten. Es war ärgerlich, Befehle von Gilbert entgegennehmen zu müssen, und das, noch ehe sie das Haus verlassen hatten.

»Kein Schwert, Vater, es würde Euch verraten.«

»Kein Schwert? Wofür hältst du mich?«

»Es geht nicht darum, wofür ich Euch halte, sondern wofür Euch die Leute auf der Straße halten. Ihr könnt nicht hoch zu Roß und bis an die Zähne gerüstet angeritten kommen und unbemerkt bleiben. Wir müssen unauffällig sein.«

»Unauffälligkeit liegt mir nicht. Nur ein paar Knechte,

meine besten Jagdhunde und Hugo – das ist ein sehr kleiner Trupp.«

»Nicht klein genug. Keine Knechte, keine Hunde und kein Hugo. Das hat Bruder Malachi gesagt. Es gehört zum Plan.«

»Warum nimmst du dann Margaret mit? Und ich sage, keine Frauen.«

»Margaret brauchen wir. Das gehört auch zum Plan.« Der alte Lord überlegte kurz, ob er sich mit Gebrüll Gehorsam verschaffen sollte, doch dann dachte er an seine Bäume. Und auch an Margaret mit ihrer blassen Eindringlichkeit, ihrem trügerisch friedfertigen regelmäßigen Profil und ihren golden auffunkelnden Falkenaugen, wenn sie entschlossen war, ihren Kopf durchzusetzen. Und vor seinem inneren Auge erschien ein Bild, eine Art Traumbild oder Tagtraum. Es war das Bild von Margaret, wie sie in der Fremde ihr Leben gegen Gilberts verwettete und mit präparierten Würfeln spielte. Vergangenes Jahr waren Spielleute durch Brokesford gekommen, die hatten es als Lied mitgebracht. Die ganze Geschichte wurde bereits zur Legende. In Wirklichkeit war sie ein Skandal, da eine Frau an den heimischen Herd gehörte, statt zu fremdländischen Verliesen zu vagabundieren.

»Lady Margret nun holete
îr kastelîn aus gold
nâm mit der pfaender dreye
daz sî den gaten hold
auz kerkerhaft befreye ...«

Diese Margaret ist keine Lady, dachte er, würfelt mit Ausländern und läßt sich auch noch in Liedern besingen. Ganz und gar nicht ehrbar. Aber sie ist auch keine gewöhnliche Frau. Vielleicht brauchen wir sie am Ende doch.

Als er jedoch das hohe Haus in der Thames Street verlassen wollte, kam es fast doch noch zu einem Wutausbruch.

»Eure Sporen, Vater. Die habt Ihr vergessen. Die dürft Ihr nicht tragen.«

»DÜRFT NICHT. DÜRFT NICHT! WAS SOLL DAS HEISSEN, ICH DARF NICHT! Ein Reiter ist immer gespornt, außer im Bett. Es beweist, daß er ein Pferd besitzt und eine bedeutende Persönlichkeit ist.«

»Ihr könnt nicht das meiste verbergen und die Sporen anbehalten«, sagte sein Sohn mit dieser verfluchten Logik, die er so messerscharf handhabte. Die Bäume, redete sich der alte Lord gut zu und stellte sich vor, wie der Wind im Laub der alten Eichen raschelte. Denk vor allem an die Bäume und hör dir an, was dieser anrüchige Alchimist zu sagen hat. Er schnallte die Sporen ab und steckte sie in den Beutel an seinem Gürtel, falls er doch irgendwo zeigen mußte, wer er war.

Jetzt hatten sie die einigermaßen anständige Gegend hinter sich und kamen aus einer heruntergekommenen Straße in eine Gasse der niedersten Art. Sein Sohn hatte sich forschen Schrittes an die Spitze gesetzt, an seiner Seite stumm und blaß die Frau seines Sohnes, eigenartig schlicht gekleidet und mit hochgeschlagener Kapuze. Auf einem Berg Unrat inmitten der Gosse stand eine einsame Gans und beäugte ihn. Er erwiderte den Blick mit hartem blauem Auge. Die Gans war beleidigt, zwinkerte mit den schwarzen Äuglein und watschelte davon. Das erste Stockwerk der alten Fachwerkhäuser kragte über die Gasse hinaus. Er blickte hoch und merkte, daß sich die Häuser wie betrunken aneinanderlehnten. Hier hätte ich ohnedies nicht reiten können, dachte er. Die Gasse ist oben versperrt. Wie, in drei Teufels Namen, hat Gilbert überhaupt Menschen kennengelernt, die hier wohnen?

»Wie, hast du gesagt, nennt sich das hier?« fragte der

Sieur de Vilers und machte einen großen Bogen um einen Fäkalienhaufen.

»Das hier ist unter dem Namen ›Diebesgasse‹ bekannt«, sagte sein Sohn. »Habt Ihr die Mützen und Kapuzen gesehen, die hier feilgeboten werden? Allesamt gestohlen.« Sein Sohn trug ein abscheuliches, formloses graues Gewand aus selbstgewebtem Stoff und hatte die Kapuze hochgeschlagen.

»Habe ich dir nicht befohlen, das Ding da zu verbrennen?« sagte der alte Ritter.

»O ja. Aber Ihr müßt zugeben, daß es doch noch zu etwas nutze ist«, gab der undankbare Junge zurück. Da kann man sich noch soviel Mühe geben, bei der ersten Gelegenheit werden sie rückfällig. Das macht das Blut seiner Mutter. Abartig, ja das war sie. Wie konnte es nur geschehen, daß ich das Schicksal meiner Eichen Irren anvertraut habe, auch wenn einer von beiden der Familien-Irre ist?

»Wir sind da«, sagte Gilbert und hob den Türklopfer aus Messing, der wie ein Affenkopf geformt war. Bedächtig und mit dem scharfen Auge des Jägers begutachtete der Sieur de Vilers die Einzelheiten des kleinen Raumes, der sich vor ihm auftat, und die bescheidene alte Frau im adretten grauen Kleid mit weißem Schleier, die ihnen aufgemacht hatte. Sie verneigte sich zur Begrüßung, jedoch nicht tief genug, und dann sah er, daß die Frau seines Sohnes sie in die Arme schloß. Doch im Zimmer überlief es ihn kalt. Es roch nach Kräutern und eigenartig beißend nach Metall und Rauch, und zwischen den leuchtendroten Sparren hatte jemand die Tierkreiszeichen aufgemalt, fremdartige Kreaturen und Ungeheuer und nackte Menschen mit Sternen auf gewissen Körperteilen. Er spürte, daß ihm die Haare bereits zu Berge standen. Er, der sich nicht fürchtete, als erster einen Tunnel zu betreten, der es allein mit zwanzig Gewappneten aufnahm, er verspürte eine ungewohnte Kälte in Armen und Beinen. Das war eine andere Art von Angst, eine, die sich durch die unbewachte Hintertür einschlich, auch wenn er die Vordertür gründlich verbarrikadiert hatte. Angst vor dem Unbekannten, vor Magie und Alchimie und bösen Geistern, die allesamt nicht mit dem Schwert zu schlagen waren.

»Gilbert, was weißt du über diesen Burschen?« fragte Sir Hubert.

»Nur daß ich ihm mein Leben anvertrauen würde. Und das habe ich gelegentlich auch schon getan. Ich habe Euch doch gesagt, daß ich ihn seit vielen Jahren kenne. Ihr habt ihn einmal getroffen, aber das habt Ihr vielleicht vergessen.« Malachi blickte ungerührt, als er seine Besucher mit auf dem Bauch gefalteten Händen empfing.

»Ah, Margaret und Gilbert – und, meiner Treu, das muß der Herr der Eichen sein. Willkommen, tretet bitte näher, kommt in mein Laboratorium und nehmt Platz. Wir haben zu tun.«

Bei der Erwähnung der Eichen legte sich das Gesicht des alten Mannes in tiefe Falten. Er setzte sich und war auf einmal erschöpft. Dieser alberne fette Kerl in der Mönchskutte war nicht imstande, es mit einem gewieften Advokaten und einem mächtigen Richter aufzunehmen. Es war aus.

»Und jetzt«, sagte Bruder Malachi, »an die Arbeit. Dieser Kerl, dieser Advokat hat eine Urkunde, in der ihm ein Stück Land, darunter auch Euer Wald, zugesprochen wird.«

»So ist es«, sagte der Sieur de Vilers matt.

»Und was habt Ihr?«

»Der Landbesitz der de Vilers ist im Domesday Book verzeichnet. Leider Gottes ist die Beschreibung nicht sehr genau, und seit der normannischen Eroberung sind fast alle Wahrzeichen von früher verschwunden. Vom Blitz getroffene Eichen, große Steine, Wasserläufe – alles hat sich seitdem verändert. Ich besitze eine Quelle, er sagt, er besitzt eine Quelle. Laut mündlicher Überlieferung ist es meine Quelle.«

»Habt Ihr keine Schenkungsurkunden, keine Testamente?«

»Nur neueren Datums. Seine Schenkungsurkunde datiert aus der Zeit Heinrichs II. Sie beschreibt das Stück Land, das er gerade erworben hat und das hinten an meines grenzt und auf der anderen Seite an Klosterland. Dazu kommen als unheilige Dreingabe noch mein Wald und meine Quelle. Er hat damit gerechnet, daß ich für meinen König lange im Krieg stehe, während er daheim seine finsteren Pläne ausführen und mir mein Land stehlen kann. Was für eine schlechte Welt, die Ritter ruiniert und Advokaten reich macht.« Er schüttelte bekümmert den Kopf, es reichte nicht einmal mehr zum Brüllen. »Sir Roger, der Dorfpriester, wollte die ältesten Einwohner befragen, aber er, nun, er wurde verschluckt. Praktischerweise hat er alles aufgeschrieben, das konnte ich also mitbringen, aber der gerissene Advokat hier in der Stadt, den mir Gilbert empfohlen hat, meinte, gegen eine Schenkungsurkunde würde ich damit nichts ausrichten.« Er war so hoffnungsvoll nach London gekommen, bewaffnet mit einer Kiste voller Beglaubigungen und alter Briefe aus dem Burgarchiv und angefeuert durch den Gedanken an eine stattliche Anleihe, damit er den Handel abschließen konnte. Jetzt mußte er ohne Fall und ohne Bestechungsgelder nach Haus zurückkehren. Er war geschlagen. Hatte sich was mit Wunschbrunnen.

»Sir Hubert, ich habe viel über Eure Angelegenheit nachgedacht. Ich halte die Schenkungsurkunde für gefälscht.«

»Gefälscht? GEFÄLSCHT! Der Dreckskerl will mir mein Land mit einer GEFÄLSCHTEN Schenkungsurkunde stehlen? Den zeige ich an! Gelobt sei Gott! Wir haben gewonnen!«

»Nein, noch nicht. Das müßt Ihr erst beweisen. Und so, wie ich die Augustiner kenne, handelt es sich um eine ganz hervorragende Fälschung, die schwierig nachzuweisen ist, insbesondere wenn alle schwören, daß man sie im Klosterarchiv gefunden hat. Zweitens weiß ich, daß sie zunächst den Advokaten die Drecksarbeit machen lassen und dann einen Plan aushecken, wie sie ihm die Beute abjagen können. Mönche bauen ständig, und Land mit gutem Bauholz ist dieser Tage rar. Die sind mit allen Wassern gewaschen und wissen, was sie tun. Können sie ihn überlisten, können sie auch Euch überlisten. O ja, der Arm der Gerechtigkeit wird den Advokaten erwischen, aber davon habt Ihr nichts.«

Sir Hubert mangelte es nicht an einer gewissen angeborenen Bauernschläue. Die Worte des kleinen Mannes leuchteten ihm ein. Er musterte ihn eingehender. Die Augen standen weit auseinander. Das war bei Pferd oder Jagdhund ein Zeichen von Verstand. Beim Menschen auch. Der Klosterbruder hatte ein rosiges rundes Gesicht, und oben auf der Tonsur glänzten Schweißperlen und zeugten für einen denkenden Verstand. Aus irgendeinem Grund fühlte sich Sir Hubert dadurch getröstet. Vielleicht fällt dem Besitzer eines solchen Gesichtes ja doch etwas ein, dachte er. »Wie stehen meine Chancen?« fragte Sir Hubert.

»So gut wie seine. Sir Hubert, es gibt nur eine Möglichkeit, eine gefälschte Schenkungsurkunde zu überbieten, nämlich mit einer anderen gefälschten Urkunde, nur daß die noch älter wirken muß. Viel, viel älter. Welch glücklicher Zufall, daß Ihr eine solche besitzt.«

»Aber ich habe keine, und das wissen sie.«

»Oh, die wird man entdecken. Wenn Ihr in der Kirche alte Briefe und Akten durchseht, werdet Ihr den Brief eines Vorfahren finden, der aus der Zeit vor Stephan und dem Zeitalter der Anarchie stammt. Von Sir Gaultier de Vilers.«

»Einen Vorfahren dieses Namens habe ich, aber er hat keine Briefe hinterlassen.«

»Jetzt sehr wohl. In diesem Brief beschreibt er, wie er ein paar wertvolle Dokumente vergraben hat, um sie in Sicherheit zu bringen, falls die Burg gestürmt werden sollte. Ich gehe davon aus, daß sich auf Euren Ländereien Ruinen befinden?«

»Nicht viele, nur eine steinerne Eremitenklause unweit der Quelle.«

»Mit Wissen um diesen Brief geht Ihr vor vielen Zeugen, darunter auch Euer unwissender und lauter Sohn Hugo, und schaufelt in den Ruinen, und dabei grabt Ihr eine uralte Schatulle aus. Wenn die Schatulle geöffnet wird, o Überraschung, enthält sie eine ebenso uralte Schenkungsurkunde. Urälter geht es gar nicht. Sie stammt von Ingolf dem Sachsen und überläßt Eurem Vorfahren Guillaume de Vilers und seinen Erben für alle Zeiten die mystische heilige Quelle der – wie war das noch? –, der heiligen Edburga, von den Einheimischen auch Hethras Weiher genannt, als Lohn dafür, daß er ihm das Leben gerettet hat oder so ähnlich. Dieser Guillaume könnte doch eine Sächsin geheiratet und sich hier angesiedelt haben, nachdem er mit Wilhelm dem Eroberer ins Land kam?«

»Das hat er der Legende zufolge getan.«

»Kennt Ihr ihren Namen?«

»Nein, zu jener Zeit waren Frauen nicht wichtig genug, als daß man ihre Namen urkundlich festgehalten hätte.«

»Nun gut, dann vermacht er sie seiner Tochter Aelfrida, die Guillaume heiratet. Glücklicherweise wird ihm sein Besitz von dem mächtigen Eroberer höchstpersönlich bestätigt, denn der belehnt seinen treuen Diener Guillaume de Vilers mit den Ländereien seines alten Feindes, Ingolfs des Sachsen ...«

»Wie das?« stotterte Sir Hubert.

»In der Schatulle natürlich. Ihr habt Glück, daß ich kürzlich in den Besitz eines ausgezeichneten Siegels von Wilhelm dem Eroberer gekommen bin, und wie es das Schicksal so fügt, kann Euer brillanter, aber unterschätzter Sohn Gilbert jede Handschrift fälschen. Erlaubt, daß wir mittels unseres künstlerischen Einfallsreichtums die Schatulle füllen, und der Rest ist einfach. Die Familie reist mit Euch nach Brokesford zurück. Eine große Familie, Margaret, da gibt es viel zu packen. Und in deinem viel zu umfangreichen Gepäck befindet sich die Schatulle, die Ihr und Gilbert dann mitten in der Nacht verschwinden laßt und an geeigneter Stelle vergrabt.«

»Und Ihr?«

»Ich bleibe in London, damit auch nicht der allerleiseste Verdacht auf mich fällt. Schließlich bin ich in gewissen Kreisen berühmt.« Dabei blickte Bruder Malachi bescheiden in die Runde.

Sir Huberts Gesicht bekam wieder Farbe. Sein weißes Haar, das ihm eben noch schlapp ums Gesicht hing, sträubte sich erneut und umwehte ihn wie eine Gewitterwolke. Er stand auf und schlug sich mit der Faust in die Hand.

»Es könnte klappen! Bei Gott, es KÖNNTE klappen! Bruder Malachi, Ihr seid ein Genie!« Bruder Malachi verneigte sich ein wenig. Aber die wilden Augenbrauen des alten Herrn zogen sich zu einem Stirnrunzeln zusammen. »Es ist zu einfach«, sagte er. »Was habt Ihr von der ganzen Sache?«

»Vielerlei«, sagte Bruder Malachi vage und wedelte mit der Hand, als wollte er Fliegen verscheuchen. »Für mich kommt als erstes Margaret, mit der ich zwar nicht verwandt bin, die für mich jedoch wie eine Tochter ist. Ja, blickt nicht so verwundert. Sie ist meine Familie, und wenn ich Euch nicht zufriedenstelle, raubt Ihr Margaret das bißchen Seelenfrieden und Sicherheit, das ihr der alte Master Kendall, der sie auf Händen trug, hinterlassen hat. Gilbert und ich sind seit Jahren befreundet, und ich weiß natürlich, daß er mit einem Bündel alter Kleider, einem Federkiel und seiner Silberzunge recht üppig leben kann. Margaret jedoch nicht. Sie muß auch an die Kinder denken. Und verzieht mir nicht das Gesicht. Wenn ich Euch helfen soll, müßt Ihr Euch als das sehen, was Ihr seid: ein Räuber, der um jedweder Grille willen sogar die eigene Familie berauben würde.«

»Wie ... Wie könnt Ihr es wagen!« schäumte Sir Hubert und wollte gehen.

»Wenn Ihr Euch jetzt verabschiedet, dann verabschiedet Euch auch von Eurem Besitz – und von Eurem Sohn und Enkel desgleichen, denn Gilbert hält in dieser Sache zu Margaret, und mir wäre es ein Genuß, mein brillantes Hirn darauf zu verwenden, Euch für immer von ihnen fernzuhalten. Wenn Ihr gehen wollt, dann jetzt. Schnallt Eure Sporen an, die Ihr, wie ich sehr wohl gemerkt habe, in Eurem Beutel habt, und stolziert auf unserem Gäßlein davon, das Euch so anwidert, und schnurstracks in den Abgrund. Geschieht Euch ganz recht, denn Ihr habt gelehrte Männer vor den Kopf gestoßen, wie Ihr es zweifelsohne Euer Lebtag getan habt.« Sir Hubert blähte sich auf wie eine Gewitterwolke. Hätte er sein Schwert getragen, er hätte vielleicht Gebrauch davon gemacht, aber Gilbert hatte ihn nackt und bloß wie einen Säugling hierhergeschleppt. Er knurrte, ein langes Knurren tief in der Brust, drehte sich um und marschierte aus dem Laboratorium. Und so zürnte er, daß er vergaß, den Kopf einzuziehen und sich die Stirn gewaltig am niedrigen Türrahmen stieß. Er taumelte zurück, legte die Hand auf die Stirn und setzte sich unvermittelt wieder.

»Schwindlig ... War das ein Stoß. Selbst Euer Haus hat sich gegen mich verschworen.«

»Faßt es als Warnung auf«, meinte Bruder Malachi. Sir Hubert überlegte: ein geheimnisvolles Haus, seltsame Behältnisse und Körbe, ein unheimlicher Geruch, der ihm eine Gänsehaut machte, und jetzt die Stirn gestoßen. Ja, dieser Malachi mußte über furchtbare geheime Mächte gebieten, die er unseligerweise geweckt hatte. Der war noch schlimmer als der gottverlassene Weiher, der Sir Roger geschluckt hatte, noch ehe der alle Dokumente für den Prozeß aufgesetzt hatte.

»Margaret ...« hörte er Gilbert sagen. »Vaters Kopf.«

»Es geht nicht mehr«, sagte sie leise. »Du weißt doch, was passiert, wenn du von einer langen Reise nach Haus kommst.«

»Soll das heißen ...«

»Was sonst? Ich wollte nur ganz sicher sein, ehe ich es dir sage.« Der alte Lord sah, wie sein Sohn zu Margaret ging und sie schützend in die Arme schloß. Er kannte Margarets besondere Eigenschaften von früher und wußte, was das zu bedeuten hatte. Ihm würde der Kopf noch länger weh tun, und Brokesford würde einen weiteren Erben bekommen. Und er wußte, daß Malachi recht hatte. Wer hätte gedacht, daß sich Gilbert wegen derlei so rührselig anstellen würde? Kinderkriegen war Frauensache, bis sie einen männlichen Erben gebaren, der dann Männersache war. Er wußte auch, daß er die Kopfschmerzen behalten und seinen Sohn hier und jetzt verlieren würde, den er mit soviel Mühe zurückgeholt, aufpoliert und ehrbar gemacht hatte. Er dachte an all die Dinge, die ihm heilig waren: Besitz, Stammbaum, Siege ...

»Und zweitens?« fragte er.

»Ich hasse Advokaten«, sagte Bruder Malachi.

»Bei Gott, die hasse ich auch«, sagte Sir Hubert, jedoch ohne sein früheres Feuer, denn wenn er brüllte, würde sein Kopf noch mehr schmerzen. »Ich hasse sie wie die Pest.«

»Also abgemacht?«

»Nur immer zu, fangen wir sie in ihrem eigenen Netz. Und ...« Er schwieg lange und seufzte. »Und außerdem bin ich ein Edelmann und weiß mich zu entschuldigen. Ich habe in der Tat die Bäume über das Haus der Kinder und ihr Glück gestellt. Ich habe gedacht, das zählt nicht.«

»Für mich schon«, sagte Bruder Malachi.

Kapitel 12

»Was, schon wieder zur Messe, ihr zwei? Die Frömmigkeit in diesem Haus legt sich einem langsam aufs Gemüt.« Hugo ruhte rücklings auf der Bank in unserer Diele, in einer Hand ein Stück Taubenpastete von der Köchin, mit der anderen tätschelte er lässig einen der häßlichen Jagdhunde, die sie mitgebracht hatten. »Es geht doch nichts – mmpf, schmatz – über einen kleinen Happen, wenn man sich den Magen verdorben hat. Ich könnte schwören, der geräucherte Hecht von gestern abend war nicht mehr gut.«

»Das kommt davon, wenn man bei den Hübscherinnen ißt«, sagte ich unbarmherzig.

»Warum sollte ich mich nicht vergnügen, während ihr beide eine Anleihe herbeibetet. Das dürfte ein Weilchen dauern.« Hugo warf den letzten fettigen Rest in die frischen Binsen, und schon stürzten sich die Hunde darauf. Ich spürte, wie sich alles in mir verkrampfte. Meine schönen neuen Binsen. Meine saubere Tünche. Von flegelhaften, ungebetenen Besuchern beschmutzt. Hugo setzte sich auf und schlug ein blaubestrumpftes Bein über ein rotbestrumpftes. »Sag, Bruder, da du der Familienfachmann für Theologie bist, falls ich meine Bekenntnisse aufschreiben lasse, sollte ich mich dann häufiger in der Messe blicken lassen, ehe ich damit an die Öffentlichkeit gehe, oder sollte ich eine plötzliche Bekehrung erleben, eine Art Blitz aus heiterem Himmel?« Ich konnte richtig sehen, wie Gilbert mit den Zähnen knirschte. Und dann sprach er vorsichtig, damit er ja nicht in Versuchung kam, Hugo die Bank über den Kopf zu schlagen, was unseren Botengang verzögert hätte.

»Besuch der Messe ist eine ausgezeichnete Taktik, Hugo, aber nur wenn du dich enthalten kannst, während der Erhebung der Hostie den Frauen nachzustellen.«

»Hmpf. Das leuchtet mir nicht recht ein. Eine gutaussehende Frau ist eine Gabe Gottes, und ihr nachzustellen ist eine Art Andachtsübung.« Ich konnte sehen, wie Gilberts Nacken rot anlief, und zupfte ihn am Ärmel. Hugo fuhr fort: »Ich sehe das so: Da es im Himmel keine fleischlichen Beziehungen gibt und da Gott uns offenkundig für fleischliche Beziehungen bestimmt hat, ist es unsere Pflicht, sie hier auf Erden soviel wie möglich auszuüben.«

»Das, Hugo, nennt sich die Sünde der Wollust.«

»Ach, eine Sünde, ha? Meiner Seel, wer hätte das gedacht. Und dabei hatte ich alles so schön durchdacht. Vielleicht sollte ich die Theologie-Mode überspringen und mir meine Bekehrung für das Totenbett aufheben. Ja, ich hab's: Ich beichte alles und bereue und nehme die Kutte, und alle weinen. Außerdem ist es so noch viel heiliger.«

»Was genau meinst du damit?«

»Ich werde bis dahin doch viel mehr zu beichten haben, und wenn mir dann Gottes Gnade zuteil wird, bekomme ich mehr davon als andere Menschen.« Wellen der Wut umwaberten Gilbert wie Hitze über einem sommerlichen Kornfeld. Ich sah, wie er nach der Bank schielte, und zupfte ihn noch einmal am Ärmel. Er blickte mich durchdringend an, dann wieder Hugo. Alsdann knurrte er und machte auf den Hacken kehrt.

»Mir kommt der Gedanke, daß der Blitz an jenem Tag den Falschen getroffen hat«, sagte er, während wir aus der Haustür traten.

»Komisch, genau das habe ich auch gedacht«, sagte ich, aber da war die Tür bereits hinter uns zugeschlagen. Erst in

Cornhill, als wir an der Schenke ›Zum Kardinalshut‹ vorbeigingen, hörte Gilbert auf, vor Wut zu schäumen und Selbstgespräche zu führen. Vom Leadenhall Market her stank es nach fauligem Fisch, während wir uns durch die Gosse behutsam zu Malachis und Hildes Haus vorarbeiteten. Ein Blick auf unsere Leichenbittermienen genügte, wir wurden ins Haus geschoben und mit Ale versorgt, bis sich Gilbert beruhigt hatte.

»Bei der Hitze müßt ihr Durst haben. Trinkt von dem guten Braunbier, das Margaret gebraut hat. Seinesgleichen findet man in der ganzen Stadt nicht.« Mutter Hilde strahlte und schenkte uns nach. Eigentlich hatten wir beide vorgehabt, genüßlich alle ungewöhnlichen Geburten in der City durchzuhecheln, während Gilbert und Malachi den Inhalt des Briefes besprachen, der dann ganz zufällig das Versteck der Schatulle mit den Schenkungsurkunden verraten würde.

»Das weiß ich sehr wohl, du alter Dieb, schließlich habe ich das Fäßchen höchstpersönlich hierhergeschleppt.«

»Es gibt nichts, was das Hirn besser ölt. Und nach euren Mienen zu urteilen, ist es bei euch dringend nötig. Gilbert, du siehst wie eine Gewitterwolke aus. Was hast du wieder angestellt?«

»Mit Hugo über Theologie disputiert.«

Malachi lachte schallend. »Hoffnungslos, hoffnungslos, aber das weißt du doch! Komm, an die Arbeit. Ich muß euch allen einen Schatz zeigen, den ich gefunden habe. Hoch mit dir, Margaret, und dann seht euch das an.« Ich stand von meinem Platz auf der langen, niedrigen Truhe auf, die gleichzeitig als Bank diente, und trat beiseite, damit Malachi sie öffnen und darin herumsuchen konnte. »Hmm, muß irgendwo unten vergraben sein«, sagte er und tat eine Dominikanerkutte beiseite, die mit Flohkraut und Lavendel zusammengelegt war. »Ach, da ist es ja!« Er grub noch tiefer und förderte ein altes Trinkhorn zutage.

»Nun seht euch das an. Das zeremonielle Trinkhorn Ingolfs des Sachsen. Findet ihr nicht auch, daß es dem Inhalt der Schatulle noch mehr Echtheit verleihen würde?«

Das Horn stammte von einem Ochsen, wie ich ihn so riesenhaft noch nie gesehen hatte. Das Mundstück war aus vergoldetem Silber und mit kunstvoll verschlungenen, erhaben herausgearbeiteten Linien verziert, in die hier und da kleine Halbedelsteine eingelassen waren. Die Spitze stellte einen prächtig geschnitzten Drachen dar, dessen Hauer eine Lücke hatten, durch die anscheinend die fehlende Schnur gezogen wurde. Es sah sehr alt aus, war verdreckt und verkommen, und das Silber war schwarz angelaufen.

»Hast du das auf alt getrimmt, Bruder Malachi?« fragte ich. »Das hast du ja wunderbar hinbekommen.«

»Nein, es war bereits so. Einer meiner Kollegen, ein Alchimist, wollte gerade das Metall einschmelzen. Aber ich dachte bei mir, vielleicht kommt es mir eines Tages zupaß, und habe es ihm abgekauft.« Gilbert nahm das Horn in die Hand, drehte es hin und her und lächelte selig.

»Malachi, du bist ein Künstler«, sagte er.

»Natürlich ist er das«, sagte Mutter Hilde, und ihre Augen strahlten vor Stolz.

»Gilbert, nicht das angelaufene Silber anfassen. Es darf, wenn es gefunden wird, keine hellen Stellen aufweisen.«

»Ich habe nur nachgedacht. Ist das eine Art Schrift?« fragte Gilbert und deutete auf die kunstvoll verschlungenen Zeichen.

»Falls es eine ist, dann keine, die wir lesen können. Und wenn wir zwei hochgelehrten Scholaren sie nicht lesen können, dann kann es auch sonst niemand. So haben die Sachsen – oder vielleicht die Dänen – geschrieben. Was für ein häßlicher Drache. Die Glotzaugen, die der hat, und dann kaum Nüstern. So sieht doch kein Drache aus.«

»Herrlich barbarisch. Sogar Vater wird überrascht sein, wenn er das Ding da drinnen findet.«

»Überraschung ist die Hauptsache. So muß dein Vater nichts vortäuschen, und die Zeugen nehmen euch alles ab, weil ihr euch wegen der Überraschung natürlich benehmt. Insbesondere Hugo. Gilbert, es ist einfach nicht zu fassen, wie du zu solch einer Familie kommen konntest. Du mußt eine Art Mißgeburt sein – so wie Caesars Pferd mit den Zehen.« Malachi stand auf, nahm seinen Ale-Becher zwecks weiterer Inspiration mit und strebte zur Tür seines Laboratoriums.

»Ich habe immer anders herum argumentiert, Malachi: Ich bin ein ganz gewöhnlicher Mensch, und sie sind die Mißgeburten.« Gilbert folgte ihm und verschwand mit dem Becher in der Hand durch die Tür.

»Ganz im Gegenteil, Gilbert, sie sind die Feld-Wald-Wiesen-Menschen ...« Die Tür schloß sich hinter ihnen.

»Komm mit in den Garten, Margaret, aber vorn herum. Ich muß Bohnen pflücken und dir tausenderlei Sachen erzählen«, sagte Mutter Hilde. Ich holte mir den Korb aus der Ecke und wollte ihr folgen.

»Margaret, das mußt du nicht, du bist jetzt eine vornehme Lady. Es gehört sich nicht.«

»Mutter Hilde«, sagte ich, folgte ihr, entriegelte das Gartentor und trug dabei unsere beiden Körbe. »Ich bin immer noch Margaret. Alles übrige ist – Verkleidung, wenn du weißt, was ich meine. Nichts hat sich geändert, du bist noch immer meine Lehrmeisterin.«

»Und ist es nicht genau wie in alten Zeiten, als Malachi uns nicht erlaubt hat, durch das Laboratorium und zur Hintertür hinauszugehen, weil unsere weibliche Aura eines seiner Experimente verderben könnte?« sagte sie heiter.

»Oder unser Schritt nicht leicht genug war und ein heikles Verfahren erschüttern konnte ... Als ob er selbst so einen leichten Schritt hätte.« Mutter Hildes Garten war in goldenen Sommersonnenschein gebadet, warm hing das Obst an den Bäumen. In einer Ecke standen Bienenkörbe aus geflochtenem Stroh, und in der anderen befand sich der Schuppen mit Mutter Hildes Eselin, die Milch gab. Eselsmilch und Ziegenmilch sind für Säuglinge am besten geeignet, sagte sie immer, wenn der Mutter die Milch versiegt und man nicht schnell genug eine Amme bekommt. Aber die Eselin diente außerdem zum Tragen der Marktkörbe, oder sie trug Mutter Hilde, wenn ihr die Füße müde wurden.

Der Garten war voller Rosenduft von den Kletterrosen, die über den ganzen Schuppen rankten. Malachi ist ein Genie im Umgang mit Metallen, Mutter Hilde jedoch im Umgang mit Pflanzen. In der sonnigen Ecke neben den Bienenkörben wuchsen wunderbare Kräuter. Sie sahen aus wie wirres Unkraut, und Mutter Hilde hatte sie aus Samen gezogen, die sie von der Pilgerreise in der Fremde zurückgebracht hatte, als sie und ich Gilbert aus dem französischen Verlies befreiten. Hinter dem Flechtzaun ihres Hühnerhofs hörte man neben zufriedenem Gegacker ein rauhes Kreischen.

»Mutter Hilde, ich wollte dich schon lange frage, woher du den Pfau hast?«

»Er ist ein Geschenk, Margaret, aber er ist so wunderschön, daß ich ihn einfach nicht aufessen kann. Und dabei ist mein Hahn so eifersüchtig. O je, auf meinem Hühnerhof spielt sich dieser Tage ein Drama ab. Aber ich hole dir ein paar Schwanzfedern für die Kinder.« Während ich an den zeltartig aufgestellten Stangen Bohnen pflückte, betrat Mutter Hilde den Hühnerhof und kam mit einer Handvoll Federn wieder heraus. »Ich weiß auch nicht, ob er sie einfach verliert oder ob der Hahn sie ihm ausrupft, aber noch hat er welche.« Ich hielt sie mir an den Kopf.

»Sieh mal, Mutter Hilde, bin ich so nicht schön und vornehm?« Und dabei hob ich die Nase und ahmte einen höfischen Gecken nach.

»Für mich bist du immer schön, Margaret. Ei, ei, sind

die aber hübsch. Wäre es nicht elegant, wenn die Färber Tuch so einfärben könnten. Ich würde es jeden Tag tragen.« Und dann füllte sie ihren Korb mit Sachen, die an diesem Tag reif geworden waren: Zwiebeln, Holzäpfel und eine halbe Reihe Rübchen.

»Wie ich sehe, bist du wieder guter Hoffnung«, sagte sie.

»Woher weißt du das so früh, wenn ich mir bis zu dieser Woche selbst nicht sicher gewesen bin?«

»Zum einen strahlt dein Gesicht, und deine Augen leuchten, und zum anderen hat es mir Malachi verraten«, gab sie zurück.

»Ach, Mutter Hilde, und ich dachte schon, deine übernatürlichen Kräfte hätten noch zugenommen.«

»Noch immer nicht genug. Margaret, kannst du dir vorstellen, daß ich mich täuschen lasse? Von einer Scheinschwangerschaft. Ich hatte schon davon gehört, aber noch nie eine gesehen.«

»Eine Scheinschwangerschaft?«

»Ja, und überhaupt kein Säugling. Die gute Frau war einfach aufgebläht, alles versetzte Winde. Das Kind wollte und wollte nicht kommen. Im zehnten Monat haben die Wehen eingesetzt, und man hat mich gerufen. Sie hat geschrien, hat geschwitzt, ach, alles hat so echt gewirkt! Aber als ich sie auf den Gebärstuhl gesetzt und unter ihren Röcken nach dem Köpfchen getastet habe, war da nichts. Der Geburtskanal war zu wie bei einer Frau, die noch nie geboren hat. ›Da ist gar kein Kind‹, habe ich gesagt, und sie hat mich angeschrien. ›Ihr habt es gestohlen!‹ hat sie gekreischt. Zu meinem Glück waren ein Dutzend Zeugen zugegen. ›Da ist kein Kind, da ist nichts‹, habe ich zu ihrer Mutter gesagt. ›Überzeugt Euch selbst.‹ ›Aber vergangene Woche habe ich noch gefühlt, wie es sich bewegt hat.‹ ›Das waren versetzte Winde‹, habe ich gesagt. ›Es ist eine Scheinschwangerschaft. Legt Euren Kopf auf ihren Bauch und lauscht auf den Herzschlag. Da ist keiner.‹ Sie hat gelauscht, alle haben gelauscht, und die Frau hat getobt und alle beschimpft. Sie ist durchgedreht, Margaret, hatte Augen wie der Leibhaftige. Und dann haben auch die Wehen aufgehört, und ich bin gegangen, während sie geheult hat. Wie ich höre, ist sie jetzt vollends wahnsinnig; sie behauptet, noch immer schwanger zu sein, die Winde sind noch in ihr, sie ist rund wie im neunten Monat, und dabei geht sie jetzt in den zwölften. Zwölf Monate! Unmöglich! Aber sie behauptet, es wird ein Wunderkind, weil es so lange zum Reifen braucht. Gott bewahre mich vor weiteren Wunderkindern, Margaret. Fast hätte man mich als Hexe festgenommen.«

»So etwas Sonderbares ist mir noch nie zu Ohren gekommen. Wodurch, meinst du, entsteht solch ein Windkind?«

»Durch Gott. Oder den Teufel; Oder vielleicht durch das Verlangen nach einem Kind. Die Frau war unfruchtbar und ihr Mann unzufrieden. Vielleicht hatte sie sich auch mit irgendeinem Wundermittel oder Hexenzauber aufgebläht.« Aus dem Schuppen kam Singsang und Gesumm, das sich mit dem Bienengesumm und dem Vogelgezwitscher vermischte.

»Ist Peter wieder im Schuppen?« fragte ich. Mutter Hilde war einst verheiratet, aber die Pest hat ihr den Mann und all ihre Kinder bis auf Peter geraubt, und der ist nicht richtig im Kopf. Er ist vollkommen formlos und klein, sieht aus wie ein Troll und hat merkwürdige Augen. Aber er ist ein freundlicher Bursche, der ein wenig singt und redet und schwere Sachen trägt, doch Verstand hat er keinen. Hildes andere Kinder waren groß und schön und klug, aber Gott nimmt, was IHM gefällt.

»Wir haben Katzenjunge bekommen, und denen singt er den ganzen Tag vor. Ich bin froh, daß er so glücklich ist«, sagte Hilde mit einem Blick auf den Schuppen, an dem die

Rosen so üppig blühten. »Als die Mutter des Windkindes mich gefragt hat, was sie tun soll, habe ich gesagt, sie solle sich mit guten Werken beschäftigen. Gott schickt uns Trost.« Untergehakt trugen wir die Körbe mit den sonnenwarmen Gartenfrüchten durch die Vorderpforte ins Haus.

Es gibt etwas, was noch schwieriger zu bewerkstelligen ist, als ungebetene Verwandte zu beherbergen, nämlich ein Familienausflug aufs Land. Zunächst will keiner wirklich reisen, oder falls doch, dann lieber zu gelegenerer Zeit, oder niemand ist nach Packen zumute, oder sie wollen alle zuviel einpacken. Dann müssen Packesel und Treiber gemietet werden, und das ist auch ein großer Umstand. Wenigstens mußten wir nicht auf Mietpferden reiten, was wirklich lästig ist, weil wir uns dank der Burgunder, die unsere leere Geldkatze auffüllten, unsere Pferde wieder leisten und in die Stadt zurückholen konnten. Außerdem, sagt Gilberts Vater, zählt man auf einem Mietpferd zum Abschaum der Menschheit, und damit hätte er uns auf dem ganzen Weg nach Brokesford die Laune verdorben.

Zunächst hielt uns Hugo auf. Er beschwerte sich, daß er die Erforschung unbekannterer Formen seiner Anbetung von Gottes Schöpfung noch nicht zu Ende gebracht hätte, denn die Hübscherinnen hätten einen Neuzugang, eine Riesin, und er wolle herausfinden, ob sie überall riesig gebaut sei und ob sie ihn in ihrer leidenschaftlichen Umarmung ersticken könne.

»Ekelhaft«, sagte ich. »Eure Gelüste werden immer abartiger.«

»Ihr erwartet doch nicht im Ernst, daß ich zu dieser langweiligen, anspruchsvollen Frau zurückkehre, wenn ich hier nicht einmal halb durch bin.« Glücklicherweise beendete Sir Hubert die Auseinandersetzung, indem er Hugo quer durch die Diele schleuderte, was Gilbert riesig freute.

Dann quengelten die Mädchen. »Mama, Stiefgroßvaters

Haus gefällt uns nicht. Es ist alles so häßlich und schmutzig und verfallen dort, und es regnet durch, und das letztemal hat es uns auch schon nicht gefallen.«

»Diesmal wird es besser sein, und ehe ihr es euch versehe, sind wir wieder zu Hause.«

»Warum reisen wir dann überhaupt?« fragte Cecily.

»Ja, und Lady Petronilla mögen wir auch nicht. Sie ist gemein und böse, und sie kann uns nicht leiden.«

»Das ist ganz anders geworden. Onkel Hugo mag euch jetzt, und Stiefgroßvater wird sie zwingen, nett zu sein. Außerdem sind Damien und Robert da.«

»Damien! Den mögen wir! Wann heiratet er uns? Wir wachsen in einem fort.« Beide hegten eine leidenschaftliche Kleinmädchenliebe zu Damien, Sir Huberts Knappen, eine Liebe auf den ersten Blick. Sein sonniges Lächeln hatte sie bezaubert, desgleichen die Tatsache, daß er »sehr, sehr groß, aber nicht alt« war. Es hatte wohl auch damit zu tun, daß er daheim so viele Schwestern und Brüder hatte und deshalb wußte, wie er meine Mädchen nehmen mußte. Unseligerweise bezeugten sie ihre Liebe auf die merkwürdigste Weise, bewarfen ihn aus dem Söllerfenster mit Sachen, kniffen ihn in den Arm und hängten sich an seine Beine. Als ich das mitbekam, wurde mir zum erstenmal klar, daß sie ernstlich zu Ladys erzogen werden mußten. »Kein Mann verliebt sich in euch, wenn ihr ihn schlagt«, sagte ich zu ihnen, also gossen sie ihm Wasser in die Stiefel, und all das, weil sie ihn so abgöttisch liebten. Wieder einmal tat der Zaubername seine Wirkung, und sie begaben sich ans Packen – Berge von Kleidern und Haarbändern und anderen Dingen, mit denen sie Damiens Herz erobern wollten.

»Vermutlich werde ich auf dieser Reise nicht gebraucht?« sagte Madame, und ich hatte nicht den leisesten Schimmer, ob sie nun mitkommen wollte oder nicht. Einziger Anhaltspunkt war ihre Gesichtsfarbe. Sie sah sehr bleich aus. Hielt sie das Ganze etwa für eine List, mit der man sie abschieben wollte?

»Mehr denn je, Madame«, antwortete ich. »Die Mädchen brauchen auf dem Land weitaus mehr Unterricht als hier zu Hause.«

»Um sich in vornehmen Häusern auszukennen, benötigt man ein umfassendes Verständnis des Rittertums. Von Mädchen ihres Alters kann man nicht erwarten, daß sie die Feinheiten schon beherrschen.« Sie glitt davon, um zu pakken. Typisch Madame, dachte ich. Warum kann ich das nie so ausdrücken?

Dann beklagte sich Mutter Sarah, daß ihre Knochen zu alt zum Reisen wären, und Perkyn sagte, das Haus würde zu Bruch gehen, falls ich in so einer heiklen Jahreszeit ginge und ihn in seinem Alter mit allem allein ließe.

Gilbert ging aus und ein, verschwand für längere Zeit und beriet sich mit mir wegen der Vorbereitungen. Zuweilen pfiff er leise ›Der blutbefleckte Ritter nach der Schlacht‹ und andere Weisen, einige fromm, andere, wie ich argwöhnte, sehr unzüchtig und aus seiner Studentenzeit in Paris, als er im Quartier Latin unter Absingen von Saufliedern von Schenke zu Schenke gezogen war.

»Wozu ist die große Kiste gut?« fragte ich.

»Malachi hat an alles gedacht. Die ist für die Schaufeln. Wenn in Brokesford oder im Dorf welche fehlen, fällt das gewiß jemandem auf. Du weißt doch, wie auf dem Land getratscht wird. Also nehmen wir unsere eigenen in der verschlossenen Kiste mit.«

»So zufrieden habe ich dich nicht mehr gesehen, seit wir in diesem gräßlichen Haus in Avignon festgesessen haben.«

»Und Malachi und ich zur Finanzierung der Heimreise alchimistische Geheimnisse gefälscht haben? Margaret, dich machen die abartigsten Ereignisse rührselig. Aber ich muß zugeben, es hat etwas ungemein Aufmunterndes und

Befriedigendes, Leute hinters Licht zu führen, die es nicht besser verdient haben.« Er seufzte. »Ich habe so lange nicht mehr in der Klemme gesessen, Margaret, es wurde allmählich langweilig.«

»Soll das heißen, dir fehlt das Schreiben von Spottgedichten und anonymen Anprangerungen, die du dann an Kirchentüren schlägst und die dir Verfolgung durch Inquisition und Rachedurstige eintragen?«

»Nein, die Jagd, Margaret, das Spiel. Es gibt Menschen, die jagen Tiere. Ich spieße gern aufgeblasene Amtspersonen auf.«

»Nicht alle Tiere sind ungefährlich, Gregory.«

»O Margaret, soll das mein Kosename bleiben? Ehrlich, er ist mir peinlich, seitdem ich mich in der ganzen Pracht eines gekauften Rittertitels sonne, den Vater für mich ergaunert hat.« Bei diesen Worten funkelten seine Augen zynisch und belustigt. »Sieh es wie ich. Edle Geschöpfe, edler Sport. Ich habe mich seit einer Ewigkeit nicht so lebendig gefühlt. Ein Advokat, ein bestechlicher Richter und ein ganzes Kloster voller intriganter Mönche! Ein prächtiges Spiel! Falls wir gewinnen, muß Vater endlich zugeben, daß Gelehrsamkeit an erster Stelle kommt. Ha! Das wird weh tun! Falls wir verlieren, verlieren wir nicht viel – dieses düstere Fleckchen am Wasser und einen Haufen Eichen, die er ohnedies verkauft, wenn ihm danach ist. Wie auch immer, das Haus hier bleibt unbelastet.« Und schon wanderte er pfeifend zu Malachi, um die messingbeschlagene sächsische Schatulle abzuholen, die dieser über Dämpfen aus einem seiner Glasgefäße während der vergangenen Woche auf alt getrimmt hatte.

Der einzige im Haus, der sich wirklich auf die Reise freute, war Peregrine. »Frösche innen Graben«, sang er, »will ich alle haben, und auch die ganz kleinen und dazu ein Pferdchen, ein Pferdchen, ein ganz großes Pferdchen.« Und dann zockelte er auf seinem kleinen Steckenpferd herum und brüllte Befehle wie sein Großvater. Und der brüllte in der Tat: »Bringt die Maulesel durchs Tor! Nennt ihr das einen Packsattel? Sehr her, der eine hinkt ja; der ist nicht gesund, sag ich, der geht zurück! Gilbert, wieso zum Teufel nimmst du den großen Kasten mit? Ach. Ich verstehe. Ist das Madames Gepäck? KOMMT NICHT IN FRAGE! DAS FRAUENZIMMER BLEIBT DA! ICH KANN SIE NICHT AUSSTEHEN!«

»Herr Schwiegervater, wenn sie nicht mitkommt, können auch die Mädchen nicht mitkommen, und wenn die nicht mitkommen, komme ich auch nicht mit«, sagte ich.

»Na gut«, knurrte er. »Sie scheint sie gut an der Kandare zu haben. Aber ein Paar kleine Teufel sind sie dennoch, hört Ihr.«

»Dann möchtet Ihr gewiß nicht, daß sie ohne Aufsicht in Eurem Haus herumtoben«, sagte ich.

»Richtig, vollkommen richtig. Aber schafft mir dieses Frauenzimmer aus den Augen. Sie macht mich rasend mit ihrer Einbildung, daß sie die Weisheit mit Löffeln gefressen hat. Ich bin zu allem fähig, wenn ich sie zu lange um mich habe.«

Und Madame bereitete uns auch Ärger. Sie hielt uns auf, weil sie erst alle Gurte eigenhändig überprüfen mußte und dann Cecily und Alison darin unterwies, wie sich eine Lady in den Sattel helfen läßt, was die beiden einige Male wiederholen mußten, während wir alle innerlich kochten. Aber schließlich waren wir alle beritten und reisefertig und gaben einen gar prächtigen Zug ab. Und auch einen lauten, denn Hugo ging nicht nur in der Kleidung nach der neuesten Mode, sondern er hatte auch die allerneueste Rüstung, an der überall kleine silberne Schellen angebracht waren, desgleichen am Zügel, am Sattel und sogar am Schwanzriemen seines aufgeputzten Apfelschimmels. Bei jedem fröhlichen Klingeling merkte ich, wie dem alten Sir Hubert Dampf aus den Ohren kam, aber er ritt gelassen und würdig an der Spitze des Zuges, wie es sich für ein Familienoberhaupt gehörte, seine Jagdhunde zur Seite und seinen Sohn und Erben hinter sich.

Gleich hinter den beiden ritt Gilbert, hochgewachsen und anmutig auf dem großen braunen Wallach, den er bei unserer Rückkehr aus Frankreich mitgebracht hatte. Vor ihm im Sattel saß der kleine Peregrine mit seiner roten Zipfelmütze, hielt sich an der schwarzen Mähne des Pferdes fest und bejubelte jede Sehenswürdigkeit. Ich ritt neben ihnen und war auf meiner kleinen mattweißen Stute mit dem großen Korb hinter meinem Sattel, in dem mein Schoßhund lang, ein Inbild weiblicher Leichtfertigkeit. Im Stroh unter Lions Kissen verbarg sich eine lange, flache sächsische Schatulle unschätzbaren Alters, die mit dem Staub der Jahrhunderte gefüllt war, einer Mischung aus Kaminasche und dem pudrigen Inhalt eines großen Bovistes. Das war Bruder Malachis letzter ›künstlerischer Schliff‹. Lion war alt und liebte sein Kissen so, daß er niemanden an seinen Korb heranlassen würde, ohne uns durch Gebell zu warnen. Die Mädchen folgten zu zweit auf einem großen Fuchs, und Madame saß aufrecht und würdevoll auf einer kleinen schwarzen Stute. Dahinter kam die Nachhut, bestehend aus Gepäck und Treibern. Der Zug war von bewaffneten Knechten aus Brokesford umringt, ohne die kein ehrbarer Mensch auf dieser schlechten Welt wohlbehalten reisen konnte.

Wir ritten an hohen, bunt bemalten Häusern und Kirchen mit aufragenden Türmen vorbei, durch die Stadt, die ich so liebe, und dann durch das Bishopsgate hinaus in die sich weit erstreckende, sommerduftende Landschaft jenseits der Stadtmauern, und ich dachte nur eines: Je eher wir die Sache und damit Brokesford hinter uns haben, desto besser. Ich hatte ausreichend Grund für meine Abneigung gegen diesen Ort – selbst damals schon.

Kapitel 13

Die Burg von Brokesford sah noch genauso aus wie früher, wenn nicht noch ärger. Für mich hatte sie sich in der Erinnerung nie rosig verklärt, und die Zeit hatte diesen Eindruck nicht gemildert. Da stand sie, dräute düster über dem Dorf, ein elender verfallener Steinhaufen hinter einer vor sich hin bröckelnden Mauer, der Burggraben voller stinkender Abwässer. Alles ging für Pferde drauf. Dank der Pferde hatte man keine Dachziegel, und aus den Mauern fielen die Steine. Dank der Pferde waren die Wände nackt und kahl, abgesehen von Waffen und ausgestopften toten Tieren, in den Truhen herrschten die Motten und im Dorf Armut. Um genau zu sein: dank der Kriege und der Pferde. Dank Sir Huberts Versuchen, das vollkommene englische Schlachtroß zu züchten, Pferde, die anfangs kostspielig und empfindlich waren, die Stallknechte, Futter, Training und Rüstung erforderten und die dann in die Fremde gebracht und abgeschlachtet wurden. Natürlich wurde der Verlust – theoretisch – ersetzt, aber das Geld kam tropfenweise herein. Ruhm und Ehre und Sir Huberts Hauptleidenschaft zuliebe weidete auf den Wiesen von Brokesford nichts, was Milch, Felle oder Wolle gab, Obst und Korn wurden auf dem Markt verkauft, damit man sich Waffen- und Hufschmiede leisten konnte, und die Ställe waren besser in Schuß als das Haus.

Als wir durch das Dorf ritten, sah es genauso ärmlich und vernachlässigt aus wie eh und je. Ein paar Frauen mit

Säuglingen auf der Hüfte kamen an die Tür ihrer lehmbeworfenen, strohgedeckten Katen und neigten zur Begrüßung den Kopf. Alles, was Arme und Beine hatte, war in der Heuernte, wie wir in der Ferne sehen konnten. Augusthitze brütete über dem Land, und ich spürte, wie mir der Schweiß unter der Haube hervorrann. Hunde und kleine Jungen liefen neben uns her, als wir an der Kirche vorbeizogen, wo sich eine Handvoll alter Männer auf dem Friedhof sonnte. Sie kamen herbei, verneigten sich demütig und fragten, ob der Herr von Brokesford einen neuen Priester mitgebracht habe.

»Bald, bald«, sagte dieser und verteilte ein paar Pennys. »Ich soll mich noch vor dem St. Augustinstag mit dem Bischof beraten, und bis dahin kommt mein eigener Beichtvater sonntags regelmäßig zu euch. Schließlich sollt ihr nicht ohne geistlichen Beistand sein.« Und als wir auf der staubigen Straße die letzte Abzweigung zum Burgtor einschlugen, sagte er zu Gilbert: »Als ob denen überhaupt an geistlichem Beistand gelegen wäre. Doch seit Sir Roger in den Weiher gefallen ist, wünscht sich ein Teil mehr Christlichkeit – Fasten, Geißelungen, Vigilien die ganze Nacht durch –, die Art Sachen, mit denen du mich früher so aufgebracht hast.« Ich sah, wie sich Gilberts Kinnmuskeln verkrampften. Sein Vater war ihm in religiösen Angelegenheiten schon immer zu lasch gewesen.

»Ein Teil? Und was ist mit dem anderen?«

»Ach, die beten den Weiher an. Genau wie früher.«

»Und wo steckt meine vielliebe Gemahlin? Ich hätte erwartet, daß sie mich begrüßt«, trompetete Hugo und marschierte in den Palas. Das Gepäck war fortgeschafft worden, die Treiber mit den Mauleseln hatte man nach Haus geschickt, und Hugo blieb in der Mitte des großen Saales stehen und blickte erwartungsvoll die Söllertreppe hoch. Im Sommer hielten sich die Hühner nicht im Palas auf, aber zahlreiche Jagdhunde räkelten sich in den dreckigen Binsen. Hier würde ich am liebsten nur mit Trippen gehen, aber das wäre eine Beleidigung, daher hatte ich meine alten Gartenschuhe mitgebracht. Gute Sachen haben in diesem Haus nichts verloren. Die Schleppe meines Sonntagskleides stecke ich hoch, damit sie den Fußboden nicht berührt, und lasse sie nur in der Kapelle herunter, die in der Regel so leer steht, daß sogar die Hunde sie vergessen haben und ihre Notdurft woanders verrichten.

Oben an den Dachsparren über der Feuerstelle hingen Schinken und Lendenstücke vom Wildbret im Rauch, der Tag und Nacht durch die Luftlöcher abzieht. Für die Leute hier ist es ein Festessen, wenn sie die Keule eines längst verstorbenen Tieres herunterholen, die vor lauter Salz und Rauch innen wie außen hart, grün und schleimig ist, und sie dann ungemein feierlich aufschneiden und verspeisen. Ich kann keine toten Tiere essen, daher hält man mich für abartig, aber mir würden die Augen dieser bedauernswerten Geschöpfe im Traum erscheinen, falls ich davon kosten müßte, also lade ich sie mir lieber nicht aufs Gewissen. Bei meinem letzten Besuch habe ich einen großen Streit ausgelöst, bei dem es um das Wesen von Austern ging, ein rein theoretischer Disput, da es hier keine Austern gibt. Ich sagte, falls es sie gäbe, würde ich sie nicht essen, weil sie ihre Muscheln öffnen und schließen, also könnten sie, ohne daß ich es wüßte, auch irgendwo verborgen Augen haben, und Sir Hugo sagte, daß Gilbert mir diese Flausen mit Prügel austreiben solle, aber der weigerte sich, und es kam zu einer Meinungsverschiedenheit, bei der Möbel durch die Luft flogen. In anderen Häusern spielt man nach dem Abendessen Schach oder lauscht der Musik, doch das ist in Brokesford nicht Sitte. In der großen Feuerstelle mitten im Palas brannte kein Feuer, denn wegen der Hitze wurde draußen auf dem Hof gekocht, und dort hörte ich ein Schwein quieken, das zur Feier der Heimkunft des alten

Lord geschlachtet wurde. Der Magen drehte sich mir um, und ich fragte mich flüchtig, ob die heute gelegten Eier schon alle aufgegessen wären.

Da Hugo Lady Petronilla nicht erblickte, rief er nach ihr die Treppe hoch. Seine Stimme hallte laut, denn die Söllertreppe ist aus Stein und wie eine Röhre oder eine ansteigende Höhle gebaut, und der Schall trägt weit, wenn die Türen oben und unten geöffnet sind. Es ist eine Wendeltreppe, die in die Wand eingebaut ist und Schlitze hat, damit man Pfeile oder siedendes Öl auf Menschen herabregnen lassen kann, die unerwünscht sind. Die Türen am Kopf und am Fuß – dicke nietenbeschlagene Eiche – weisen Narben aus längst vergangenen Zeiten auf, als ungebetene Gäste sie mit Streitäxten bearbeitet haben. Ich meinerseits ziehe ein angenehmes, gastfreundliches Haus vor, das luftig und hell ist und richtige Glasfenster, eine anheimelnde Holztäfelung und einen sauberen weißen Anstrich hat. Kurzum, genau das, was ich habe und auf keinen Fall verpfänden möchte, um auch nur einen Stein dieser düsteren elenden Burg zu retten.

Während ich mich um Lions Korb und Peregrine kümmerte, der noch zu klein ist, um sauber und schmutzig auseinanderhalten zu können und in den Binsen nach Knochen suchte, erschien Lady Petronillas alte Kinderfrau am Fuß der Treppe.

»Mylady schickt ihre untertänigste Entschuldigung«, sagte sie und machte dabei einen tiefen Knicks vor Sir Hugo. »Sie ist in besonderen Umständen und zu schwach zum Aufstehen.« Hinter mir spürte ich Madames Mißbilligung. Ich wußte, was sie dachte: Selbst halbtot sollte die Hausherrin noch aufstehen, um ihre Gäste zu begrüßen und ihrem Ehemann und eventuell vorbeischauenden Rittern mit eigener weißer Hand die Füße zu waschen. War sie dreiviertel tot, sollte sie ihre *pucelles* schicken.

In Brokesford gab es natürlich keine *pucelles*. Welche

Familie würde schon Mädchen in einen Haushalt schicken, wo es keine vornehme Lady gab, die sie unterwies? Pagen gab es in Brokesford auch nicht, und das aus demselben Grund. Lady Petronilla war für mich immer jemand gewesen, der nur den eigenen Vorteil suchte, seinen Pflichten jedoch nicht nachkam. Und das ist noch das Schmeichelhafteste, was ich über sie sagen kann, wenn man bedenkt, was sie mir bei meinem letzten Besuch antun wollte.

»In besonderen Umständen?« sagte Hugo mit erwartungsfrohem Blick.

»In besonderen Umständen«, sagte die Gevatterin Wilmot, und bei der unterschwelligen Andeutung zitterten die Haare an ihrem Kinn.

»Man soll den Tag nicht vor dem Abend loben«, knurrte der alte Lord. Doch Hugo gehörte zu den leichtgläubigen Menschen, er glaubte genau das, was er glauben sollte, und sprang die Treppe hoch.

»Wo ist Damien?« fragte Cecily und blickte sich erwartungsvoll um, als der spöttische Robert, Sir Hugos Knappe, vom Training an der Stechpuppe zurückkam. Er lächelte boshaft. »Sir Damien wandelt auf Freiersfüßen, der abtrünnige Halunke«, antwortete er. »Ihr werdet mit mir vorliebnehmen müssen.«

»Sir Damien?« fragte ich in der Hoffnung, das Unwetter abzuwenden.

»Sir, und das höchst ungerechterweise, wenn ich so sagen darf. Vor den Toren von Montrouge suchte der König Freiwillige für einen Auftrag, der den sicheren Tod bedeutete, und versprach dafür den sofortigen Ritterschlag. Der junge Colart d'Ambréticourt konnte seltsamerweise seinen Helm nicht finden und mußte sich die Ehre versagen. Ich hatte bedauerlicherweise meinen Brustharnisch verlegt. Damien, dieser Streber, griff mit beiden Händen zu. Fortuna wollte es, daß außer ihm niemand zurückkehrte, und so ist er nun ein Held, steht beim König in Gunst, ist Ritter und hat es obendrein noch zu einem hübschen kleinen Besitz gebracht. Eine abscheuliche Wendung des Schicksals und ganz und gar nicht durch seine angeborenen Qualitäten zu rechtfertigen.«

»Er ist Ritter und ist nicht gekommen, um mich auf seinem weißen Roß zu holen«, sagte Cecily verbittert.

»Mich hätte er geholt«, sagte Alison, und Cecily stampfte mit dem Fuß auf.

»Wie heißt die Lady?«

»Rose, die zweite Tochter von Sir Thomas de Montagu.«

»Ich hasse sie«, sagte Alison.

»Er hat mich verraten!« schrie Cecily. »Nie werde ich einen anderen lieben! Seine Grausamkeit bricht mir das Herz!«

»Ich bin gewiß viel hübscher«, sagte Alison.

»Er hätte auf mich warten sollen«, sagte Cecily.

»Wenn ich erwachsen bin, zeig ich's ihm«, sagte Alison.

»Das wirst du nicht tun«, sagte ich. »Du wirst dich benehmen.« Aber beide Schwestern brüllten los. Madame legte Alison die kühle weiße Hand auf die Schulter.

»In der Regel geht eine Lady ins Kloster, wenn ihre einzig wahre Liebe sie verraten hat«, sagte sie.

»Ins Kloster?« sagte Alison. »Meine Haare sind zu hübsch zum Abschneiden.«

»Was bleibt mir anderes übrig? Ich widme mich nur noch dem Gebet und der Kontemplation«, verkündete Cecily. Ein eigenartiges, ironisches Lächeln huschte über Madames Gesicht.

»So sei es«, sagte sie. »Dann beginnt damit, Euch zu demütigen. Wie wäre es, wenn Ihr fürs erste Eure Sachen selbst aufheben würdet?«

»Ich will lieber den Armen Almosen bringen.«

»Bei Euch, Cécile, wäre das Stolz«, sagte Madame mit ungerührter Miene. »Aber vielleicht könnt Ihr erst einmal dem Almosenpfleger des Hausherrn die Körbe tragen.« Die

Konfrontation zwischen Madames idealisierter Sicht des Rittertums und der Wirklichkeit dieser Höhle hatte einen gewissen Reiz. Der Besuch ließ sich gut an.

»Der Hausherr hat keinen Almosenpfleger«, sagte ich.

»Nun gut, dann seinem Kaplan, wenn er heute nach dem Abendessen die übriggebliebenen Brotscheiben an die Armen verteilt.«

»Der Kaplan ist ein Trunkenbold und ein Faulpelz. Und die Brotscheiben fressen die Hunde.«

»Das geziemt sich schwerlich«, sagte Madame.

»Rose, Rose, Rose, ich hasse sie«, sagte Alison. Und auf einmal bekam ich Angst, daß hier auf dem Land, wo sich schier unbegrenzte Gelegenheiten zu schlimmen Streichen boten, ohne den Ansporn der abgöttischen Liebe, die die Mädchen diszipliniert hatte, Madames Regiment aus guten Manieren und Französisch nicht ausreichen würde. Lieber Gott, hol uns hier heraus, ehe sie etwas wirklich Furchtbares anstellen, betete ich im stillen.

Als Lady Petronilla herunterkam, die alte Kinderfrau und den Beichtvater, den sie von daheim mitgebracht hatte, im Schlepptau, war es Zeit zum Abendessen, und sie sah in der Tat sehr seltsam aus. Zwar war es Sommer, und sie war keine Witwe, dennoch trug sie einen pelzgefütterten schwarzen Surkot über einer Kotta aus einem so dunklen Grün, daß es beinahe schwarz wirkte. Das honigblonde Haar war unter dem Schleier zu festen Schnecken aufgerollt und in Silbernetzen gefangen. Sie war zwar jünger als ich, wirkte aber vorzeitig gealtert. Ihr Gesicht war aufgedunsen und gelblich fahl und wies seltsame bräunliche Flecken auf, die sehr großen verblaßten Sommersprossen glichen. Ihre Augen glitzerten und schossen Blicke durch den Raum, hierhin, dorthin, bis sie an mir hängenblieben.

»Ei, Lady Margaret, wo ist Euer Sohn?« fragte sie und

lächelte breit und unheimlich. Sie strahlte etwas aus, einen Geruch, eine Aura, bei der mir alle Haare zu Berge standen.

»Die Kinder essen für sich«, sagte ich. Wie konnten die Männer nur so unbeschwert herumstehen und nichts von der sonderbaren Ausstrahlung spüren?

»Ganz recht, ganz recht«, sagte Hugo. »Meine liebe Frau ist in ihrem Zustand so empfindlich.« Die anderen redeten weiter über die Jagd und was sich alles in Frankreich zugetragen hatte.

»Und Ihr, seid Ihr gekommen, um schon wieder mit einer Schwangerschaft zu protzen? Ich kann jetzt alles sehen; ich sehe die Geheimnisse, die die Menschen verbergen ...« Ich merkte ihren Augen an, daß sie eine übernatürliche schärfere Wahrnehmung hatte. Es stimmte; sie konnte sehen, was andere in der Regel nicht sahen oder wofür sie blind waren. Doch ich merkte es und bekam eine Gänsehaut. »Was seid Ihr doch für ein gewöhnliches kleines Ding, Ihr benutzt Euren Sohn, um Euch Gunst zu erschleichen. Aber ich, ich habe auch einen Sohn. Einen Sohn, der von edlerem Geblüt und der Erbe ist.« Dazu lächelte sie ein hinterhältiges Lächeln.

»Diesmal sind wir vorsichtiger. Diesmal gehen Euch alle zur Hand«, verkündete Hugo großspurig. Wieso merkte er nicht, daß hier etwas nicht stimmte? Aber dann fiel ihr Blick auf Madame, die ungerührt und blaß in ihrem schwarzen Kleid dastand und alles mitbekam. Ich blickte sie an, sah ihre Augen und wußte, daß Madame das gleiche spürte wie ich.

»Ihr haltet nichts von mir, nicht wahr? Wer seid Ihr, Frau in Schwarz, und warum folgt Ihr Margaret wie ein Schatten?«

»Dame Petronilla, erlaubt mir, Euch Dame Agathe vorzustellen, die zu unserem Haushalt gehört.«

»Ihr sitzt aber nicht mit auf der Estrade.«

»Madame ist eine Lady von Geblüt und eine entfernte Verwandte unserer Familie.«

»Ich will diesen schwarzen Schatten nicht in meiner Nähe haben, nicht in meiner Nähe. Sie stiehlt mir das Kind aus dem Schoß. Ich weiß, ich weiß, sie raubt es mir und gibt es einer anderen. Aber das da ist meins, meins, das gegangen ist, das Ihr mir genommen habt«, sagte sie und zeigte auf meinen Leib, wo bislang noch gar nichts zu sehen war.

»Wehe, Ihr faßt mich an«, sagte ich fest und richtete mich zu voller Größe auf. Da sie Angst vor mir bekam, fiel sie über die zerbrechliche und bleiche Madame her, die von uns abhängig war, sich nicht wehren konnte und ihre Zunge hüten mußte.

»Sie ... Sie tut das. Schafft sie hinaus, schafft sie hinaus, sag' ich«, kreischte sie plötzlich und stürzte sich mit Händen wie Klauen auf Madame, wollte ihr das Gesicht zerkratzen. Gilbert und ich fingen sie an den Handgelenken ab, und als er sie berührte, sah sie ihn gar seltsam, fast mit Ehrfurcht an und beruhigte sich.

»Laß, laß, mein Liebchen«, sagte ihre alte Kinderfrau, die stumm neben ihr gestanden hatte.

»Ha! Das ist der Beweis!« rief Hugo, dieser Einfaltspinsel. »Sie ist wirklich in besonderen Umständen! In diesem Zustand sind Frauen immer ein wenig unausgeglichen. Habt Ihr eine Gier nach kleinen Leckerbissen oder seltenen Früchten?«

»Es gibt durchaus seltene Früchte, die ich kosten möchte«, sagte sie mit einem Seitenblick auf Gilbert, bei dem mich schauderte. »Aber die hole ich mir selbst«, sagte sie mit funkelnden Augen.

»Mein Herzchen ist von zarter Gesundheit, seit sie vom Hof des Herzogs zurück ist«, sagte die Kinderfrau.

»Madame, vielleicht wäre es das beste, Ihr zieht Euch in Eure Kammer zurück, ruht Euch aus und laßt Euch das

Abendessen hochbringen«, sagte ihr Beichtvater, Bruder Paul, ein abgebrühter Augustiner, der schon lange in ihrer Familie war und vom ewigen Katzbuckeln etwas gebückt wirkte.

»Scheint mir auch das beste zu sein«, dröhnte Sir Hubert, und somit war es abgemacht. »Madame, Ihr müßt dem Erben zuliebe auf Eure Gesundheit achten.« Das konnte doch nicht sein. Ich meinte, unter ihrem schweren Surkot eine Wölbung zu sehen.

»O ja«, sagte sie und warf Sir Hubert einen schmachtenden Blick zu. »Das ist wahr. Ich muß jetzt an zwei denken.« Und dann blickte sie sich mit glitzernden Augen im Raum um und ließ sich wieder nach oben in die Turmkammer führen, die sie mit Hugo, Hunden, Falken und Leibdienern teilte.

»Du hast von dem Brot abgebissen, Alison. Igitt, jetzt können wir es nicht mehr verschenken. In den Hundekorb damit.« Ich sah zu, wie Cecily das Brot wegwarf und Alison es wieder aus dem Korb holte und musterte.

»Das war ich nicht«, sagte sie, nachdem sie es hin und her gedreht hatte.

»Doch. Das sind deine Zahnabdrücke. Die kenne ich. Außer dir hat niemand so kleine Zähne.«

»Es sind deine«, bemerkte Alison, »und mir gibst du die Schuld.«

»Sind sie nicht. Mein Leben ist so furchtbar tragisch, daß ich kein Brot mehr anbeiße. Nonnen vergessen nie, daß man Brot abbricht. Ich lege mir einen Klosternamen zu, ›Mary‹, nach der Schmerzensreichen Jungfrau. Mir ist nichts als Trübsal, ewige Trübsal beschieden.« Madame blickte belustigt, und ich konnte mir kaum das Lachen verbeißen.

»Mademoiselle Cécile«, sagte Madame, »Eure Stiche sind jetzt so fein, daß Ihr mir beim Besticken eines Altartuches helfen könnt.«

»Meine Stiche sind genauso fein wie Cecilys. Ich will auch helfen.«

»Sind sie nicht, und außerdem hast du dauernd Schmutzpfoten ...«

»Mademoiselle Alison, Ihr dürft die einfacheren Stickereien ausführen, aber nur, wenn Ihr sehr, sehr artig seid«, meinte Madame.

Die Sonne strahlte vom mittäglichen Himmel, wir hatten gerade gegessen, und Madame überwachte das Einpacken der Überbleibsel und Brotreste in die Körbe, einen für den Hundezwinger, einen für die Armen. Es hatte ein gewaltiges Gewitter gegeben, als Madame den Blick auf Sir Hubert richtete und um Erlaubnis bat, sich auf ihre bescheidene Art nützlich machen zu dürfen, indem sie seinem Kaplan dabei half, den Armen die Essensreste zu bringen.

»Wollt Ihr meine Großzügigkeit in Frage stellen?« brüllte mein Schwiegervater mit grimmiger Miene.

»Wie?« sagte sie mit Unschuldsmiene. »Soll das heißen, Ihr verteilt das restliche Brot nicht? Dann sind Sitten und Gebräuche in dieser Grafschaft wohl anders. Ich bitte vielmals um Vergebung, aber ich kenne mich hierzulande nicht aus. Bitte nehmt meine untertänigste Entschuldigung entgegen, verzeiht mir meine unbedachte Unterstellung.« Die Entschuldigung hätte ihn vielleicht beruhigt, aber mit der ›unbedachten Unterstellung‹ hatte sie es übertrieben. Das schmeckte nach Ironie und einem gewissen boshaften Trotz, den er sonst mit meinem Herrn Gemahl in Verbindung brachte, seinem Unruhe stiftenden Sohn Gilbert. Da er sich jedoch mit Gilbert gutstellen mußte, bis sich ein günstiger Augenblick bot, die Schatulle zu vergraben, brüllte er Madame an.

»Almosen verteile ich an FESTTAGEN! Am Pfingstsonntag erhalten Konvertiten von mir Kleider! Unser Herrgott verlangt nicht, daß wir das LETZTE HEMD hergeben!«

»Ah, ja. Dann habt Ihr also am Pfingstsonntag viele erwachsene Konvertiten.« In Wirklichkeit gab es, glaube ich, nur einen, einen armen Blöden, dessen Eltern ihn aufgegeben und sich daher nicht der Mühe unterzogen hatten, ihn als Kleinkind taufen zu lassen. Das hatte für einiges Aufsehen gesorgt. Sir Hubert machte, falls erforderlich, gern aus einer Mücke einen Elefanten.

»Warum wollt Ihr Faulpelze auch noch belohnen?« schrie er.

»Und was ist mit armen Witwen und Waisen?« fragte sie zurück.

»Gibt es nicht! Sind allesamt versorgt!« Da er wußte, daß er sich auf unsicherem Gelände befand, brüllte er um so lauter.

»Durch wen?« fragte sie.

»Durch ihre Familien, wie es sich gehört!«

»Aber Ihr seid doch auch dafür, daß man Witwen und Waisen hilft, oder?«

»Hegt Ihr etwa Zweifel an meiner RITTERLICHKEIT?«

Nachdem sie ihn in die Enge getrieben hatte, fragte sie, ob sie, falls sie zufällig eine arme Witwe, die es verdiente, oder eine Waise oder einen lahmen Bettler fände, das übriggebliebene Brot verteilen dürfe.

»Nicht an lahme Bettler, da sei Gott vor. Sonst kommen sie aus jedem Dorf der Grafschaft und fallen wie Heuschrecken über uns her.«

Das war so gut wie eine Erlaubnis, und nun stand sie da und unterwies die künftigen Nonnen in wohltätigen Werken. Ein kluger Kurs, denn damit hielt sie die beiden weitgehend von Lady Petronilla fern.

All diese Wohltätigkeitsbestrebungen hatten auch ihr Gutes, was wir so zwar nicht geplant hatten, was uns jedoch sehr zupaß kam. Bei all dem Gerenne mit Körben zur Dorfkirche und zurück, beim Abmessen des Altartuchs und der Suche nach anderen Altartüchern, die entweder gar nicht vorhanden oder vollkommen abgenutzt waren, wurde unsere Anwesenheit kaum noch wahrgenommen. Damit lösten wir ein Problem, das mein Herr Gemahl vorausgesehen hatte, nämlich wie wir den Brief einschmuggeln sollten, in dem erklärt wurde, daß man die Schenkungsurkunde sicherheitshalber vergraben hatte. Denn falls er in der Burg gefunden wurde, könnte das ein wenig sonderbar wirken, und falls Gilbert in die Kirche ginge und sich im Kirchenarchiv zu schaffen machte, würde das nicht nur auffallen, sondern sogar Verdacht wecken. Aber wie Malachi sagte: »Du bist doch nicht auf den Kopf gefallen, Gilbert. Wenn du erst da bist, fällt dir schon etwas ein.«

Und als wir eines schönen Morgens ins Dorf gingen, um einer armen kranken Waise, die es verdiente, einen Stärkungstrank zu bringen, drückte mir Gilbert einfach den Brief in die Hand und sagte: »Heute paßt es gut. Während du Leinen abmißt und so, kannst du gleich die Kerzenhalter in der großen Truhe nachzählen, in der die Kirchenbücher verwahrt werden. Ich habe vor, aus Dankbarkeit dafür, daß ich wohlbehalten heimkehren durfte, einen silberenen Kerzenhalter zu stiften. Wenn sie jedoch schon genug haben, könnte ich mich statt dessen zu einem Hostienteller entschließen.« Ich wußte genau, was er meinte, und schob den Brief vorn in meinen Surkot. Im Kirchenschiff trieben sich zwar Menschen herum, in einer Ecke nahm Vater Cedric die Beichte ab, und die Mädchen verteilten übriggebliebenes Weißbrot an die zahnlosen alten Männer, die sonst in der Sonne auf dem Friedhof vor sich hin dösten, dennoch bemerkte mich niemand, als ich mich die Treppe hinunter in die enge Krypta unter dem Altar schlich, um die Kerzenhalter zu zählen. Ich öffnete die große Truhe, in der die alten Kirchenbücher in der Feuchtigkeit vor sich hin moderten, holte den hübschen, künstlich gealterten und angeschimmelten Brief aus meinem Surkot und schob ihn zwischen die Seiten des am ältesten aussehenden Kirchenbuches. Als ich Schritte auf der Treppe hörte, klappte ich den Deckel zu und rief: »Drei Kerzenhalter! Er sollte lieber einen Hostienteller stiften! Oh, Madame, Ihr seid das. Kann ich Euch behilflich sein?«

»Die Mädchen haben das Brot verteilt. Wo habt Ihr den Stärkungstrank hingestellt?«

»Oben zu den Kinderkitteln, die die Mädchen genäht haben.« Ja, ja, so geht es. Flink wie Reineke Fuchs, der sich das beste Huhn nimmt und auf Nimmerwiedersehen verschwindet.

»Dame Margaret«, sagte Madame, als wir die einzige Straße im Dorf entlangschritten, »ich muß mich bei Euch für etwas entschuldigen, was mir seit einigen Tagen auf der Seele liegt.« Jenseits des Dorfes plätscherte und schimmerte der Bach in der Sommersonne.

»Dame Agathe, ich kann mir nichts vorstellen, wofür Ihr Euch entschuldigen müßtet.«

»Madame, es war unverzeihlich von mir, Euer Haus zu verlassen, und ungehörig obendrein. Ich habe geglaubt, daß Euch Wollust in die Arme von Eures seligen Mannes Schreiber getrieben hat. Doch jetzt weiß ich vom Kaplan, daß man Euch zur Ehe gezwungen hat.«

»Der alte Mann wollte Master Kendalls Geld in die Finger bekommen«, sagte ich.

»Euer Gemahl hat ein ehrenhaftes Herz. Ich habe ihn falsch eingeschätzt. Auch Euch habe ich falsch eingeschätzt. Und dennoch habt Ihr mir, barmherzig wie Ihr seid, einen Platz an Eurer Tafel zugestanden. Das ist wahrhaft christlich gedacht, Madame, und ich entschuldige mich aus tiefstem Herzensgrunde.«

»Und unter Eurer Anleitung, Madame, hat sich das sittliche Verhalten meiner Töchter ungemein gebessert. Dafür bin ich Euch sehr dankbar. Falls Vergebung erforderlich sein sollte, ist sie hiermit gewährt.« Madame blickte sehr erleichtert drein. Dann musterte sie die Mädchen, die vor ihr her hüpften, und merkte, daß sie ihr rasch einen Blick zuwarfen, ehe sie die Schuhe auszogen und neben den Trittsteinen im Bach herumplanschten.

»Was die Besserung angeht, so ist sie nur vorübergehend«, sagte sie, »aber man sollte Heu machen, solange die Sonne scheint.«

»Madame, habt Ihr Kinder gehabt?«

»Ei, ja«, sagte sie und sah den Mädchen zu, die jetzt zusammen mit ein paar halbnackten armen Pachtbauernkindern spielten, die zu kleiden sie gekommen waren. Kreischend und spritzend tobten sie im Wasser herum. »Ich habe vier Mädchen und drei Jungen gehabt. Zwei sind ganz klein gestorben. Nur eine lebt noch, sie ist Nonne; ihr Vater wollte ihr keine Mitgift geben.« Madame blickte mich bei diesen Worten nicht an. Was hätte ich darauf sagen können? Wie knüpfte man da an? Madames kleinliche tyrannische Härte, ihre fadenscheinigen Ausreden, alles wurde mir verständlicher.

»Wenn ich Euch mit Eurem Herrn Gemahl sehe und feststelle, was zwischen Euch gewachsen ist, dann begreife ich, daß Euch Pflicht zu Liebe geworden und daß solches möglich ist, und dafür achte ich Euch.«

»Man sollte auf dieser Welt stets sein Bestes tun«, gab ich zurück, da ich darauf nichts anderes zu sagen wußte. Wir durchquerten den rauschenden grünen Bach auf den Trittsteinen und schwiegen, bis wir das andere Ufer erreicht hatten.

»Dame Margaret, ist es wirklich wahr, daß Ihr Euren Gemahl freigekauft habt, indem Ihr bei einem Würfelspiel Eure Tugend gegen seine Freiheit eingesetzt und dann mit präparierten Würfeln gespielt habt?« Ihr Gesicht wirkte für ihre Verhältnisse erstaunlich rosig, und ihre Miene machte deutlich, daß ihr diese Frage schon lange auf der Zunge brannte.

»Es stimmt«, erwiderte ich.

»Oh, Dame Margaret«, platzte sie heraus, »woher habt Ihr nur die Würfel gehabt?« Wir lachten noch immer Tränen, als wir die Kate erreichten, in der die kranke Frau daniederlag.

Es war die Tochter der Gevatterin Ann, der Hebamme, die kein Land besaß und jetzt, da ihre Mutter tot war, auch keinerlei Einkommen mehr hatte. Sie verdiente sich durch Krankenwachen und Totenwäsche einen Bissen Brot und verkaufte schlechte Arzneien, die sie aus Kräutern herstellte, denn sie hatte, als ihre Mutter noch lebte, nicht genug bei dieser weisen Frau gelernt. Ich kannte die Krankheit gut, sie war weder tödlich noch ansteckend, aber die Beine der Frau waren geschwollen, und sie war schwach und dachte, sie läge bereits auf den Tod.

»Gottes Segen, Gottes Segen über Euch, wohledle Ladys, Ihr seid so anders als die Wölfin, die auf der Burg herrscht.« Wir lockerten das Stroh in ihrem Bett auf und machten es ihr bequemer. Und während wir den Stärkungstrank in einen Becher schütteten, schüttete sie uns ihr Herz aus, und da sie sich auf dem Totenbett wähnte, bat sie uns, nach dem Priester zu schicken, und teilte uns ein Geheimnis mit, das ihr auf der Seele brannte. Ihre Mutter, so glaubte sie, war nicht im Dunkeln ausgerutscht, sondern die hohe Außentreppe am Burgturm hinuntergestoßen worden. »Sie war gar nicht wacklig auf den Beinen, o nein, und ich bin vor ihr gegangen, habe ihr die Sachen nach unten getragen. Und ich könnte schwören, ich hörte jemand weglaufen, als sie aufschrie: ›Herr, erbarme dich!‹«

»Ei, das ist ja furchtbar«, sagte ich. »Wer würde sie wohl hinunterstoßen wollen?«

»Das ist das Geheimnis, das niemand wissen darf. Als sie gerufen wurde, sich um die Burgherrin zu kümmern, ließ man mich draußen vor der Tür warten, aber ich habe es gehört. Ich habe gehört, wie meine Mutter gesagt hat: ›Das ist gar kein Kind.‹ Und ich sage euch, an jenem Abend ist ein Ungeheuer geboren worden. Ein Teufel mit Hörnern und Bocksfuß, den sie heimlich erwürgt haben. Und die Burgherrin hat dann Schwarz getragen und gramgebeugt getan, und jetzt versucht sie immerzu, noch so einen Teufel in die Welt zu setzen.« Wir versprachen ihr, den Priester zu rufen, und verzogen uns durch die niedrige Tür der Kate nach draußen in den Sonnenschein zu den Kindern. Cecily und Alison planschten noch immer im Bach und versuchten, Libellen mit den Händen zu fangen.

»Falls es ein Teufel gewesen ist, würden es alle wissen. Sie hätten den Leichnam fortschaffen müssen, nicht wahr?« sagte Madame, die einen gesunden Menschenverstand besaß.

»Sie hat die Wehmutter sagen hören ›das ist gar kein Kind‹. Den Rest kann sie sich auch eingebildet haben. Dame Agathe, ich glaube, es war ein Windkind.«

Kapitel 14

Gleich hinter dem Malzhaus der Burg befindet sich ein kleiner Kräuter- und Rosengarten, den ich bei meinem ersten Besuch hier arg vernachlässigt vorgefunden und wieder hergerichtet habe. Eines schönen Sommermorgens war ich dabei, die Schäden an den Überbleibseln meines früheren Fleißes zu beheben, und hatte die Kinder mitgenommen, weil ich ihnen zeigen wollte, was mich Mutter Hilde an Weisheiten über Pflanzen gelehrt hat. Am Himmel zogen weiße Wolken dahin, und wenn eine vor der Sonne war, legte sich ein Schatten über das Gärtlein, doch er zog weiter, und dann schien wieder die Sonne.

»Oh, seht nur, wie groß der Salbei geworden ist. Er hilft gegen Melancholie und Schweißfieber.« Peregrine in seinem Kinderkittel und mit den alten Beinlingen, die an den Knöcheln abgeschnitten waren, buddelte begeistert neben den Schwarzwurzeln, die sich ausgesät hatten und im großen Büschel wuchsen. Er drehte und wendete jedes Steinchen, musterte jeden Wurm und jeden Käfer sehr angelegentlich, wenn der auf vielen Beinen davonhastete.

»Das hier ist Schwarzkümmel, Mama«, sagte Alison, brach ein Zweiglein ab und kaute darauf herum. Sie war barfuß, hatte nur einen Sommerkittel an, und ihr rotgoldenes Haar fiel ihr schimmernd über den Rücken. Eines Tages ist sie eine Schönheit, dachte ich.

»Ich auch«, sagte Peregrine und sah hoch, und Alison brach ihm auch ein Zweiglein ab.

»Der wächst hier, weil die Sonne die Mauer an dieser Stelle wärmt«, sagte ich.

»Mutter Hilde unterhält sich mit ihren Pflanzen«, sagte Cecily. »Wachsen sie bei ihr deswegen besser als bei anderen Leuten?«

»Ich weiß nicht. Wahrscheinlich kann sich jeder mit seinen Pflanzen unterhalten, aber das heißt noch lange nicht, daß die Pflanzen auch zuhören. Darum ist Mutter Hilde ja auch so anders. Sie kann mit allem und jedem reden und wird verstanden.« Bei diesen Worten machte ich mich daran, eine Ranke, die vom Spalier heruntergefallen war und auf der Erde entlangwucherte, wieder hochzubinden.

»Seht mal, die Wolken«, sagte Alison und zeigte nach oben. »Sie sehen wie Sachen aus. Da. Das ist eine gebratene Ente, das ein Berg Haferplätzchen und das da ein Bienenkorb.«

»Ich sehe in der großen über uns ein Pferd und einen Löwen«, sagte Cecily.

»Nein, das sind die Haferplätzchen.«

»Ich seh' eine grüne Frau«, sagte Peregrine.

»Wolken sind nicht grün«, sagte Alison.

»Die Frau iss aber grün«, sagte Peregrine. »Ihr Kleid iss pitsche-patsche-naß. Die Kinderfrau muß ihr ein trockenes holen.«

»Und reitet sie auf einem rosa Pferd mit Flügeln?«

»Nein, sie hat kein Pferdchen, aber dreckige Schuh, und z'ischen ihren Zehen schimmen Fische.«

»Wenn sie Schuhe anhat, kann man ihre Zehen nicht sehen«, sagte Cecily.

»Doch«, sagte Peregrine und buddelte schon wieder mit der Gartenschaufel in der Erde herum. Ein Schatten schien sich über uns zu legen, und ich blickte hoch. Es war aber keine Wolke, sondern der alte Lord, der uns eingehend und stumm zusah. Er hatte sich wie auf Katzenpfoten angeschlichen, hatte uns überrumpelt und mußte schon ein Weilchen dagestanden haben.

»Dame Margaret, nehmt ihm die Schaufel weg.« Doch als ich sie Peregrine wegnehmen wollte, fing er an zu brüllen.

»Peregrine«, sagte der alte Lord. Seine Stimme klang noch nicht grimmig, aber das Gewitter war bereits im Anzug. »Edelleute gärtnern nicht. Edelleute reiten. Bauern gärtnern.«

»Peregrine buddelt und findet was. Wo iss mein Käfer? Mama, hol mir meinen Käfer, Großpapa soll ihn sehen.«

»Peregrine, dein Käfer ist fortgelaufen, und jetzt sei ein lieber Junge und leg die Schaufel weg.«

»Wenn du größer bist, nehme ich dich mit auf Dachsjagd. Dann graben wir und finden etwas Besseres als Käfer«, sagte der alte Mann. Ich konnte mich nicht erinnern, ihn je so nachsichtig gesehen zu haben. Das Gewitter, das ich befürchtet hatte, war offenbar vorbeigezogen.

»Komm mit auf den Hof zu den Stallungen. Ich habe etwas für Klein-Peregrine«, sagte er, und ich sah erstaunt zu, wie er den Jungen huckepack nahm. Hinter mir spürte ich den Ärger der kleinen Mädchen, die ihm nachsahen, während er an der Koppel vorbeiging. Hugo und Gilbert lehnten am Gatter und sahen einem Einjährigen zu, der an der Longe galoppierte.

»Er gefällt mir nicht«, sagte Gilbert gerade. »Sieh nur, wie er die Hinterläufe setzt.«

»Das ist der Beste, den Vater dieses Jahr ...«

»Vielleicht, wenn er erst beschlagen ...«

Beim Anblick ihres furchteinflößenden Erzeugers mit dem kleinen Lockenschopf auf den Schultern wandten sie erstaunt den Kopf.

»Hat er das je mit dir gemacht?« fragte Gilbert verwundert.

»Nicht daß ich wüßte«, sagte Hugo, »aber er hat mich mal die Treppe hinuntergeworfen.«

»Das ist nicht das gleiche«, sagte Gilbert, und sie verließen ihren Posten am Gatter und folgten ihm.

»John, bring die ÜBERRASCHUNG heraus«, trompetete der alte Mann und baute sich mitten im Hof auf.

»Großpapa, mein Pferdchen«, sagte Peregrine, als er das kleine Bergpony erblickte, mit dem der Pferdeknecht in der Stalltür auftauchte. Es war pechschwarz und kugelrund, stand mit kurzen Beinchen dicht am Boden, hatte ein durchtriebenes kleines Gesicht mit einer Blesse auf der Stirn, und ein einziger der Füße war weiß. Zwar hatte der alte Mann stets dafür gesorgt, daß auf seinem Land nichts graste, was nicht mindestens fünfzehn Handspannen hoch stand, trotzdem war nicht das Pony so erstaunlich, sondern Sattel und Zaumzeug: Sie waren eine Nachahmung der Kriegsausrüstung des alten Mannes im Kleinformat. Alles war da, der hohe Zwiesel und die Schaumstange, ein mit Messing geprägter lederner Brustharnisch und Schwanzriemen, ja, es war das großzügigste Geschenk, das je ein sterbliches Kind bekommen hatte. Ich staunte mit offenem Mund, drehte mich um und sah Hugo und Gilbert an. Auch ihnen stand der Mund offen. Der alte Mann hob sein krähendes Enkelkind auf das Pony, während zwei Stallknechte die Zügel hielten. Dann trat er zurück, verschränkte die Arme und bewunderte sein Werk.

»Schluß mit der Gelehrsamkeit, Schluß mit den verdammten Schellen. Mein Großsohn wird Ritter«, knurrte er und warf seinen Söhnen einen schiefen Blick und ein gewisses grimmig triumphierendes Lächeln zu. »John, bring den Jungen auf die Koppel und führ ihn herum. Ich möchte sehen, wie er sich macht. Sitz gerade, Peregrine, ja, so ist's recht! Seht ihr das? Noch keine drei Jahre alt, und ein Sitz wie ein KÖNIG!«

Während wir dem Pony zur Koppel folgten, konnte ich Cecily seufzen hören. Gilbert auch. Er betrachtete von seiner großen Höhe aus Cecilys wilden Lockenkopf mit dem struppigen Zopf. Seine dunklen Augen blickten mitfühlend.

»Das ist ungerecht«, sagte sie mit gesenktem Blick, während sie mit nackten Füßen Staub aufwirbelte. Mir fiel ein, um was sie Bruder Malachi gebeten hatte.

»Cecily«, sagte er und seufzte genauso abgrundtief, »auf dieser Welt geht es selten gerecht zu.«

»Ich möchte auch reiten«, sagte sie.

»Ich frage Vater, ob ihr beiden Old Brownie nehmen dürft«, sagte er. »Das Gute daran ist, mit dem stellt er sich nicht an, also könnt ihr reiten, wohin ihr wollt.«

»Der ist für uns wohl gut genug«, unterbrach ihn Alison.

»Vater«, sagte Cecily, »ich habe stundenlang an dem Altartuch gestickt, ich habe jeden Morgen und Abend gebetet und die vielen Körbe zur Kirche getragen und bin zu jedermann höflich gewesen. Ich bin wirklich artig gewesen, Vater, und ich bin auch nicht auf Bäume geklettert und so.«

»Ich weiß genau, was du meinst«, antwortete er ernst und verständnisvoll. »Ich bin auch immer artig gewesen.« Die beiden Knechte führten das Pony jetzt im Kreis herum, während der Großvater Befehle brüllte.

»Hacken runter, Junge, und nicht klammern!« Peregrine strahlte, und die herumlungernden Bauern, die sich stets einstellten, wenn etwas Interessantes geschah, klatschten und jubelten.

»Hurra, der kleine Lord!« riefen sie. Über der Koppel zeichnete sich der einzige Turm von Brokesford ab, rund und mit flachem Dach. An dem schmalen Fenster erblickte ich etwas. Es verschwand und war erneut da. Es war das Gesicht einer Frau, und es war weiß vor Haß.

Wäscherinnen kochten die Wäsche über dem Hoffeuer, als Lady Petronilla vorbeistürmte. Eine hielt das Feuer in Gang, während eine andere mit einem Stecken den schweren nassen Stoff bewegte. Margaret hatte gerade ein Mädchen mit dem leeren Korb nach den Tischtüchern geschickt. Ihr alter Hund, ein kleines Geschöpf, das wie ein lebendes Wollknäuel aussah, war ihr schnaufend nach draußen gefolgt und hing ihr jetzt am Rockzipfel.

»Die nicht auch noch«, sagte die Frau mit dem Stecken.

»Alles«, sagte Margaret. »Man sollte meinen, ihr hättet sie seit meinem letzten Besuch nicht mehr gewaschen. Oh, wo will die denn hin?«

»So was tut sie manchmal, wenn sie wütend ist. Dabei bringt sie ihre Stute fast um. Aber lieber die Stute als mich, sag' ich immer. Sie läßt nämlich jeden ihre kleine Peitsche spüren, wenn ihr danach ist.«

»Wohin will sie?« fragte Margaret, während sie dastanden und Petronilla in Richtung Stall verschwinden sahen.

»Hierhin, dahin, überallhin. Das ist die reitwütigste Lady, die man je gesehen hat. Sie reitet sogar ihrem Stallknecht davon. Oh, seht Ihr, da kommt ihr Beichtvater. Er läßt sie nicht gern allein reiten, er folgt ihr.«

Bruder Paul kam mit langen geschmeidigen Schritten hinter ihr her. Komisch, dachte Margaret, sonst ist er immer so krumm wie die heruntergefallene Ranke, das kommt wohl vom vielen Katzbuckeln. Und als die ersten wilden Hufschläge jenseits des Burgtores verklungen waren, hörte man noch ein anderes Pferd.

»Ah, da kommen die Servietten«, sagte Margaret, als das Mädchen mit dem Korb die Stufen zum Hof herunterkam. »Wirf sie einfach zu den anderen Sachen in den Kochkessel. Pfui, sind die eklig.« Mittlerweile wußte die Frau mit dem Rührstecken nicht mehr, wer ihr lieber war. Lady Petronilla war unbeherrscht, aber sie war einfach im Umgang und sah nur, was sie gerade haben wollte. Lady Margaret hingegen war ausgeglichen, hatte jedoch scharfe Augen. Andauernd spürte und schnüffelte sie herum und machte sauber. Man sollte meinen, sie wäre hier die Herrin, so wie sie herumkommandierte, und der alte Lord ließ sie gewähren. Aber bald würde sie wieder abreisen, und dann brauchten sie die nächsten ein, zwei Jahre nicht zu waschen – bis Lady Margaret wieder zu Besuch kam.

Dame Petronilla galoppierte im Herrensitz; der auf dem geflochtenen Haar festgesteckte Schleier flog wie ein Fähnchen, die Röcke rutschten ihr bis zum Knie und ließen ihre weichen ledernen Reitstiefel sehen. Ihre Fuchsstute war schaumbedeckt, als sie das Ackerland hinter sich ließ und die Weide überquerte. Am entgegengesetzten Ende tummelte sich Old Brownie mit zwei barfüßigen rothaarigen Mädchen auf seinem breiten, ungesattelten eingesunkenen Rücken mitten im Bach. Ab und an ruckte er am Zügel und senkte den Kopf zum Saufen. Hinter ihm wartete ein Stallknecht auf einem kleinen Pferd am sandigen Bachufer auf die Mädchen.

»Guck mal, da reitet Lady Petronilla«, sagte Alison. Cecily zog Old Brownies Kopf hoch, damit er nicht länger im Wasser planschte, sondern das Ufer hochkletterte.

»Alison, laß das Kneifen. Ich kriege lauter blaue Flekken.«

»Und ich sitze auf dem fetten Hinterteil, soll ich etwa runterfallen? Hier komme ich doch nie wieder rauf. Nur wenn John mich hochhebt, und dann schimpft er immer.«

»John, wohin will sie so schnell?«

»Weiß ich nicht, aber ihr Beichtvater ist dicht hinter ihr. Seht ihr? Allein zu reiten gehört sich nicht für eine Lady. Die alte Kinderfrau und der Beichtvater, die sie von daheim mitgebracht hat, bemuttern sie wie einen Säugling. Wenn ihr wüßtet, was ich weiß ...«

»Wir wissen Bescheid. Sie ist verrückt und gemein. Los, hinterher.« Am Waldrand ließ Petronilla ihr Pferd im Schritt gehen, und sie sahen, daß Bruder Paul sie eingeholt hatte. Die beiden unterhielten sich kurz, dann ritt Bruder Paul, statt sie zu begleiten, in Richtung Wymondley davon, und Petronilla ritt allein weiter.

Vor sich konnten die Mädchen an den frischen Hufabdrükken auf dem blätterbedeckten Boden erkennen, in welche Richtung Petronilla wollte.

»Du, die reitet zur Quelle«, sagte Cecily.

»Kennt ihr Mädchen die Quelle?« fragte der Stallknecht verwundert.

»Klar. Als wir das letztemal hier waren, hat Mutter immer einen Karren mit Wasserfässern hingeschickt, und mit dem Wasser hat sie Ale gebraut. Sie hat gesagt, das Wasser ist sauberer, davon schmeckt das Bier besser.« Sonnenflekken fielen durch die grünen Blätter des Eichenhimmels über ihnen. Old Brownies Hufe klangen gedämpft, ein Geruch nach modernden Blättern und Wachstum stieg den Mädchen in die Nase und vermischte sich mit dem feuchten Schweiß- und Fellgeruch des alten Pferdes.

»Nun, sauberer ist das Wasser nicht mehr«, meinte der Stallknecht vielsagend.

»So sauber war es nie«, sagte Cecily, die nicht zugeben wollte, daß sie weniger wußte als der Pferdeknecht.

»Ja«, sagte Alison. »Da sind Fische drin. Und weißt du, was die machen? Die machen Pipi. Und das trinkst du dann. Fischpipi. Wenn du nicht Ale daraus machst.« Sie war enttäuscht, als der Knecht ungerührt blieb.

»Da ist jetzt mehr drin als bloß Fische«, antwortete er mit einem verschlagenen Grinsen. »Nämlich ein Toter. Und man hat den Weiher mit Haken abgefischt, hat die Leiche aber nicht rausgeholt.« Doch statt bei seinen Hörerinnen Entsetzen auszulösen, waren die Mädchen auf makabre Weise fasziniert.

»Ehrlich? Wessen Leiche denn?« fragte Cecily in gleichmütigem Ton.

»Die von einem Priester. Er hat die Lappen vom Felsen gerissen, und da hat ihn der Weiher aus Rache einfach verschluckt.«

»Ach, da ist er also geblieben«, meinte Alison. »Keiner

wollte uns sagen, wo er ist. Alle sind einfach still geworden.«

»Hat er gekreischt und geblubbert?« fragte Cecily.

»O ja, und laut gebetet, aber alles umsonst, weil im Weiher ein Teufel haust.«

»Ein Teufel? Ist er rot und spuckt er Feuer? Hast du ihn gesehen?«

»Den sieht keiner. Es gibt Leute, die beten ihn an, aber ich halte mich an Jesus Christus und geh' nicht an den Weiher, auch wenn ich das Wasser trinken muß. Tun wir doch alle. Ist der neue Priester erst mal da, muß er ihn exorzieren. Dann ist der Weiher wieder sauber.«

»Psst, ich kann ihn hören. Da ist sie.« Sie hielten hinter den überwachsenen steinernen Ruinen neben dem Eibentempel an. Wie Katzen rutschten die kleinen Mädchen leise vom Pferd und reichten dem Knecht die Zügel. Dann schlichen sie auf Zehenspitzen über die toten Blätter und versteckten sich hinter dem großen Stein am Weiherrand. Ohne die verblichenen Lappen, die ihn umflattert hatten, wirkte der Felsen nackt und kahl. Er zeigte ein geflecktes helles Grau, das hier und da auffunkelte, wenn die Sonne darauf fiel, und sah aus wie ein Riesenei. Nicht die Natur, sondern Menschenhand hatte ihn auf dem breiteren Ende aufgestellt. Mitten im grünen Weiher brodelte es so gewaltig wie in einem Kochkessel. Und am Rand stand Lady Petronilla und singsangte etwas Unverständliches. Die Augen quollen ihr aus dem Kopf, ihre Haut sah wieder schlimm aus, ganz gelblichbraun, und ihr Gesicht wirkte aufgedunsen. Haarsträhnen wehten ihr ums Gesicht, obschon ihr Schleier, den sie mit langen Nadeln befestigt hatte, noch oben thronte. Sie schien englisch zu sprechen, aber die Worte waren wahllos zusammengestellt und sinnlos und wurden so tonlos geleiert, daß sie kaum zu verstehen waren.

Und als sie den Weiher dann in Richtung der Sonne umrundete, verzogen sich die Mädchen, weil sie nicht entdeckt werden wollten. Etwas an ihr, eine Art Aura, ließ ihnen die Haare zu Berge stehen. Auf der anderen Seite des Weihers kniete Petronilla nieder. Sie trank jetzt – nein –, sie küßte das Wasser und ließ es in ihr Mieder rinnen. Die Mädchen sahen ihr hingerissen zu. Der Stallknecht hinter den Steinen sah sie auch, erschauerte bei dem Anblick und bekreuzigte sich.

Sie kam mit tropfendem Kleid hoch, und auch aus ihrem Mund tropfte Wasser; dann holte sie etwas aus dem Beutel an ihrem Gürtel neben dem Dolch, den sie immer bei sich hatte. Das schleuderte sie mit einer wilden Geste in die Fluten. Es trieb vom Ufer des Weihers fort wie ein kleines Boot und wurde zur brodelnden Mitte gezogen.

»Nimm ihn, nimm ihn!« schrie sie mit glühenden Augen.

»Du, Cecily, das ist ja Peregrines Schuh«, wisperte Alison. »Der, den Mama gemacht hat. Da wird sie aber böse.«

»Was willst du? Geld? Blut? O ja, du sollst es haben, alles sollst du haben.« Und dann lachte Lady Petronilla wie eine Irre. Sie nahm ihren Beutel, holte Kupfermünzen heraus und warf sie ins Wasser. Sie platschten auf und verschwanden. Plötzlich machte sie auf den Hacken kehrt. »Verräter!« kreischte sie und flüchtete sich zu ihrer angebundenen Stute.

»Den hole ich Mutter wieder«, sagte Cecily und watete in das seichte Wasser dicht bei dem riesigen Felsbrocken. Peregrines Schuh aus hellem, weichem Rehleder wurde langsam naß, dunkel und schwer. Er drehte sich außer Reichweite in den Strudeln vor der brodelnden Mitte.

»Cecily, da ist es tief«, sagte Alison. »In der Mitte ist ein Loch.«

»Hier ist es nicht tief. Gib mir den Ast da und halt mich am Kleid fest.« Vorsichtig tastete sie sich auf nackten Füßen vor, spürte den weichen Schlamm zwischen ihren Zehen. Ja, hier hatte sie noch Grund. Sie machte noch einen Schritt. Das Schühchen war jetzt vollkommen durchnäßt, trieb aber noch immer oben, als würde er von irgend etwas getragen, was Cecily weiterlocken wollte. Cecily wagte noch einen Schritt. Der Knecht war abgestiegen, lief herbei und sah zu.

»Komm zurück, sonst wirst du geschluckt!« schrie er.

»Ich hab ihn!« jubelte Cecily und hatte das Schühchen fein säuberlich am Haken, gerade als es zu versinken drohte.

»Gelobt sei Gott!« rief der Knecht, als sie aus dem brodelnden tiefen Wasser zurückkam.

»Guck mal, all das Geld und die kleinen Sachen da drin«, sagte Alison, die im seichten Wasser herumwatete und auf den Grund blickte. Sie konnte ihre Füße in dem grünen Wasser gerade noch ausmachen.

»Nicht nehmen, sie gehören dem Weiher«, schrie der entsetzte Knecht vom Ufer her. Für kein Geld der Welt hätte er auch nur einen Fuß in den Weiher mit seiner trügerisch glatten Oberfläche und der ständig brodelnden Mitte gesetzt. Er hatte einen Priester verschluckt, und jetzt hatte er Lady Petronilla den Verstand geraubt, soviel stand fest.

»Der Weiher hat sie nicht angenommen«, rief Alison.

»Da hast du sie! Da hast du sie!« Lachend und jubelnd schöpfte sie die kleinen Opfergaben hoch, die im Schlamm lagen, und schleuderte sie zur Teichmitte. Dann fing sie an, im seichten Wasser mit erhobenen Armen zu tanzen, drehte sich und sang dazu.

»Es ist kühl und angenehm!« rief Cecily, die sich das Schühchen ans Handgelenk gebunden hatte, damit sie es nicht verlor. Auch sie fing an zu planschen und zu tanzen. »Komm auch rein!« Bei jedem Schritt spritzte das grüne Wasser und näßte ihre leichten Sommerkittel, daß sie am Körper klebten. Sonnenstrahlen durchbrachen das grüne Laub und glänzten auf ihrem wehenden Haar, ließen es golden aufschimmern. Vögel zwitscherten in dem dunklen Eibentempel. Dann schöpften sie Wasser und bespritzten sich, lachten und kreischten.

»Aufhören, aufhören!« rief der Pferdeknecht, der am Kamin seiner Großmutter aufgewachsen war und von ihr in das Geheimnis des Weihers eingeführt worden war. Der Weiher war die Quelle für alles, was wuchs. Seit grauer Vorzeit wagte niemand, wirklich niemand, den Fuß hineinzusetzen. Außer ...

Das Gebrodel in der Mitte hörte auf. Der Knecht fiel auf die Knie, bekreuzigte sich und fing an zu beten.

»Du, Cecily, er blubbert nicht mehr«, sagte Alison und zeigte auf die Mitte. Die Fluten waren still, sehr still geworden. Die beiden Mädchen standen patschnaß da, während das grüne Wasser ihre Knie sacht umplätscherte. Etwas bewegte sich mitten im Weiher, etwas Dunkles und Glattes kam mit langen Wellenbewegungen auf sie zugeschwommen.

»Es ist wahr«, flüsterte der Knecht, als er den schattenhaften Umriß erblickte. »Alles ist wahr.«

»Du, Alison, so einen großen Aal habe ich noch nie gesehen«, sagte Cecily und zeigte auf das, was da im Wasser schwamm.

»Halt ganz still, er schwimmt um uns rum. Du, ich kann seine Augen sehen. Uiii. Jetzt schwimmt er mir um die Beine. Das kitzelt.«

»Ob er beißt?« fragte Cecily, während der riesige Aal ihr um die Knöchel schwamm.

»Mich hat er nicht gebissen«, verkündete Alison. Der Knecht wagte kaum noch, sich zu bewegen. Er spürte, wie ihm der Atem stockte, sah den dunklen Schatten dicht unter der Wasseroberfläche wellenförmig durch den Weiher gleiten und verschwinden. In der Teichmitte zeigten sich ein paar kleine Blasen, schimmernde Ringe stiegen hoch, in denen sich dunkle Eiben und Sonnenflecken spiegelten.

Dann kamen noch mehr Blasen und noch mehr. In der Mitte des Weihers war so etwas wie »blubb, blubb« zu hören, und dann begann er wieder zu brodeln und zu wallen, als ob er nie damit aufgehört hätte.

»Du, er hat wieder angefangen.«

»Der Aal muß im tiefen Teil sitzen. Ich kann ihn nicht mehr sehen.«

»Die Sonne steht schon sehr niedrig, Cecily. Ob wir wohl das Abendessen verpaßt haben? Ich habe heute morgen mitgekriegt, daß sie lombardische Creme machen wollten.« Sie blickten sich um und sahen den Knecht immer noch auf den Knien liegen und seinen Rosenkranz beten, während die Pferde frei herumliefen.

»Du, John, die Pferde sind ausgerückt. Hast du vergessen, sie anzubinden?« Erschrocken musterte er die beiden patschnassen barfüßigen Mädchen, in deren leuchtendem Haar sich die Sonne fing.

»Erzählt das bloß niemandem«, sagte John, der Knecht. Und da sie dachten, er meinte die Pferde, die er nicht angebunden hatte, nickten sie. Schließlich würde John sie noch rechtzeitig einfangen. Der Herr von Brokesford sollte ihnen nicht in einem Anfall von Wut Old Brownie wegnehmen.

Jeden Morgen, wenn die Sterne am Himmel verblaßten, erhob sich der Herr von Brokesford, zog die Bettvorhänge auf und brüllte die Knechte an, die zu Füßen seines Bettes schliefen: »Langschläfer, Faulpelze, rührt euch!« Zu jeder Seite des Bettes befand sich am Kopfende eine Sitzstange. Auf einer saßen seine Lieblingsfalken, auf der anderen hingen seine Kleider für den kommenden Tag, nein, für alle Tage, da er nicht viel vom Wechseln hielt. An der Wand gegenüber des Bettes befanden sich zwei weitere Sitzstangen, über einer hing sein Kettenhemd wie Wäsche, die man zum Trocknen aufgehängt hat. Darunter stand eine lange niedrige Truhe mit seinem Helm und Schwert, falls mitten in der Nacht ein Überfall drohte und der Bergfried abgeriegelt werden mußte. Dort hatte schon sein Vater sein Schwert hingelegt und davor dessen Vater und dessen Vater auch, daher sah er keinen Grund, daran etwas zu ändern, nur weil die Gefahr eines Überfalls geringer geworden war.

Während ein Knecht seine Kleider herunternahm und ausbürstete, holte der andere eine Fußmatte und legte sie in die Binsen zwischen Bett und Fenster. Auf die stellte sich der alte Lord, nackt bis auf die Nachtmütze, vor das unverglaste Fenster und genoß in tiefen Zügen die frische Morgenluft. Winters wie sommers, nie änderte sich etwas an dem Ritual. Wenn er die eisige, feuchte Luft einatmete, sagte er immer: »Ah, frische Luft. Das macht stark. Was für ein prächtiger neuer Tag.« Und beim Atmen überlegte er, wie er obsiegen, wie er seine Verwandtschaft schikanieren, wie er sein kleines Königreich regieren könnte. In diesem Augenblick, oder wenn seine Knechte niederknieten, um ihm die Beinlinge anzuziehen oder die Nesteln zu schließen, pflegten seine nichtsnutzigen Söhne, die der Hahnenschrei geweckt hatte, seine Kammer zu betreten und, nach Alter aufgereiht, vor ihm niederzuknien und ihm als Begrüßung und Huldigung die Hand zu küssen.

»Schon wieder zu spät, ihr Kälber«, knurrte er, als Hugo halb angezogen auf die Knie fiel und Gilbert sich unter dem niedrigen steinernen Türbogen duckte. An diesem Morgen war die Luft nicht so lieblich, nicht so lebensspendend gewesen. Er hatte an seine Bäume gedacht, an die heimtückischen Mönche von Wymondley und an die hinterlistigen Advokaten, die niemals in voller Rüstung von vorn angriffen, sondern sich von hinten anschlichen wie eine gefährliche Schlange, um mit Gift und Verrat zu arbeiten. Ah, nun war Gilbert an der Reihe. Warum reizte der ihn nur immer so? Machte das die lange Nase seiner Mutter und diese hochfahrende, spöttische Art, die ihr auch zu eigen gewesen war und die sie Gilbert zusammen mit ihrem hohen Wuchs und ihrem dunklen Haar vererbt hatte? Hugo, also der war mehr das Abbild eines Mannes, das heißt sein Ebenbild, bevor er grau geworden war: blond, untersetzt, kräftig. Der belastete sich nicht mit zu vielen Gedanken und nutzlosen Tagträumereien. Zumindest bis zu dieser letzten Modetorheit, denn nun kleidete sich Hugo wie ein Geck und schlug sein Rad wie ein Tanzmeister. Pfui. Den alten Mann schauderte es vor Verachtung. Gilbert stand auf, und der Ausdruck auf seinem Gesicht verriet dem alten Mann, daß der Sohn sein Mißvergnügen bemerkt hatte. Pech gehabt. Aber das schadete gar nichts.

»Heiaho, ich muß los. Kommst du mit, Gilbert?«

»Wohin willst du?«

»Beim Weiher soll ein Succubus umgehen. Den will ich jagen.«

»Was soll das?« knurrte der alte Mann, während er den Kopf durch den Halsausschnitt seines Unterhemdes steckte.

»Ich sammle irdische Freuden für meine Bekehrung auf dem Totenbett. Und niemand, wirklich niemand spendet größere irdische Lust als ein Succubus. Das hat mir der Bursche aus dem Dorf erzählt. Unbeschreibliches Entzükken, saugt einem Mann den Lebenssaft aus, zumindest vorübergehend.«

»Der Succubus hat versucht, ihn umzubringen.«

»Ha! Das war doch nur ein Bauer. Ich bin vorbereitet. Und darum habe ich mir gedacht, du kommst mit, Gilbert. Als Rückendeckung sozusagen. Du hältst dein Schwert bereit, falls sie versucht, mich vor Lust umzubringen. Uff! Ha! Was für ein Tod! Nur daß ich dann nicht mehr die Kutte nehmen und meine Sünden bereuen kann.«

»Hugo, ich weigere mich, den Kuppler für einen Succubus zu spielen.«

»He, komm, so war es doch nicht gemeint. Wozu ist ein Bruder sonst gut?«

»Und was willst du mit dem Rest des Tages anfangen, falls du dieses Wesen nicht findest?« fragte der alte Mann, indes der Knecht ihm die Kotta zurechtzog und ihm den Surkot hinhielt, so daß er mit den Armen hineinschlüpfen konnte.

»Ach, vermutlich zu Mistress Bets Ausschank reiten. Ein Mann hat gewisse Bedürfnisse, und meine Frau taugt zu rein gar nichts mehr, seit sie ›in besonderen Umständen‹ ist.« Und schon polterte er die Treppe hinunter, und sein munteres Pfeifen hallte aus dem Treppenschacht zu ihnen hoch.

»Den ganzen Tag fort, eh?« sagte der alte Mann und warf seinem zweiten Sohn einen Blick zu.

»Genau das denke ich auch«, sagte Gilbert.

»Wat, laß John unsere Pferde satteln. Wir wollen auch den ganzen Tag fort.«

»In Geschäften mit dem Bischof wegen des neuen Priesters«, setzte Gilbert hinzu, obwohl das kaum nötig war.

Kapitel 15

Lion hob kaum den Kopf, als Gilbert unter ihm nach den beiden säuberlich verpackten Bündeln suchte, die obendrein noch in Segeltuch eingenäht waren, damit sich niemand daran zu schaffen machte.

»Er ist zu alt für einen Wachhund, ihr solltet ihm den Gnadenstoß geben«, sagte Sir Hubert.

»Margaret will nichts davon wissen. Sie liebt den alten Hund.«

»Margaret dies, Margaret das. Du läßt deine Frau zu sehr gewähren. Sie ist verwöhnt.«

»Verwöhnt, wie denn? Hat sie etwa einen Platz am Hofe des Herzogs verlangt und den dann hingeworfen? Hat sie neue Kleider bestellt, die wir uns nicht leisten können? Und kämpft sie nicht wie eine Löwin um ihre Lieben?« Gilbert hievte das flache rechteckige Bündel auf die Schulter. Sein Vater nahm das lange flache mit den beiden Schaufeln, die zusammen mit einem Brett verpackt waren, damit man sie nicht an der Form erkannte.

»Das Hausgesinde gehorcht ihr nicht. Diese sogenannte Madame ist ein Ungeheuer.« Sie waren bereits die halbe Söllertreppe hinunter.

»Madame zählt schwerlich zum Hausgesinde. Aber sogar Ihr müßt zugeben, daß sie die Mädchen bewundernswert an die Kandare nimmt.« Gilbert verspürte ein seltsames Gefühl von Genugtuung. Heute war sein Vater ihm gegenüber ungemein gnädig gelaunt. Endlich unternahmen sie einmal etwas gemeinsam und knurrten sich nicht an wie Hunde, die sich gegenseitig an die Kehle wollen. »Cecily Kendall, das kleine Biest, stickt ein Altartuch. Wer hätte das gedacht? Ha!« Sein Vater warf den Kopf zurück und lachte. Es war ein grimmiges Lachen, irgendwie zwischen Bellen und Schnauben, und es hielt auch nicht lange vor. Gilberts kluges langes Gesicht blieb ungerührt, doch er spürte, daß ihm dabei das Herz aufging. Er hatte eine Vision von seinem Vater, wie er auf seinem großen Stuhl auf der Estrade saß, seine beiden Falken hinter sich an der Wand und all seine Jagdhunde unter dem Tisch zu seinen Füßen. Und er sagte zu seinen Gästen: »Mein zweiter Sohn ist Gelehrter. Ich muß schon sagen, die Gelehrsamkeit hat etwas für sich.«

Sie schlugen die Hauptstraße nach Hertford ein, kehrten aber heimlich und auf Umwegen durch unbewohntes Brachland zurück und ritten auf einem Pfad in den Wald, der nur ihnen bekannt war. Eine aufgestörte Hirschkuh sprang vor ihnen fort und versuchte, sie von ihren beiden Kälbern abzulenken, die sich ins nahe Gebüsch duckten. Aber heute war kein Jagdtag. In einem Baum über dem Pfad hielten Saatkrähen eine Beratung ab. Viel Geschrei und wenig Wolle, dachte Gilbert, genau wie bei richtigen Beratungen. Er sah zu seinem Vater hinüber, der aufrecht und gedrungen im Sattel saß, und las ihm an den Augen ab, daß der alte Mann genau das gleiche dachte.

»Irgendwann im Herbst oder Winter kommt der Herzog heim«, sagte Sir Hubert.

»Falls die Franzosen das restliche Lösegeld für König Jean aufbringen. Bis dahin sitzt er in Calais fest.«

»Aber auf großem Fuße«, knurrte der alte Mann. Sein Gesicht war wettergegerbt, Bart und Haare fast schlohweiß, aber noch konnte er den Bihänder schwingen wie eine Feder, den ganzen Tag bis an die Zähne gerüstet durchreiten und die ganze Nacht Wache halten, ohne einzunicken. Seine Augen waren von dem hellen Blau jener, die vielfachen Tod gesehen und ihn ohne jede Gewissensbisse selbst ausgeteilt haben. Schon sein Schatten versetzte Bauern in Angst und Schrecken. Ein Herz aus Eis und viel Kraft, bis jetzt hat er anscheinend keine schwachen Stellen gezeigt, dachte Gilbert. Komisch, daß Eichen den Weg zu seinem Herzen gefunden haben. Eichen und Peregrine.

Sie gelangten aus dem Mischwald in den Eichenforst. Es war kein Zufall, daß hier nur Eichen wuchsen. Jahrhundertelange Auslese, schon vor Menschengedenken, hatte alles andere ausgemerzt. Über ihnen sangen Vögel in dem luftigen Blattzelt, und vor ihren Füßen breiteten Sonne und Schatten einen gefleckten Teppich aus. In der Ferne hörten sie Wasser rauschen, und sie näherten sich dem Weiher von der Rückseite des Eibentempels her und banden ihre Pferde dort an, während Gilbert mit den Augen die Gegend absuchte, ob sich auch niemand an der Quelle befand.

»Nicht nötig«, sagte sein Vater. »Seitdem der Weiher da meinen Priester geschluckt hat, kommt kaum noch jemand her – außer bei Vollmond –, und den haben wir erst in eineinhalb Wochen.«

»Margaret kommt auch nicht mehr, aber früher hat sie hier immer Wasser zum Bierbrauen geholt. Sie sagt, der Gedanke, daß sie einen Priester trinkt, stört sie.«

»Narrenpossen der Frauen. Ganz gleich, woher man das Wasser holt, irgendwie trinkt ihn jeder, wenn es aus dem Bach kommt. Und wäscht mit ihm und watet in ihm.« Sie nahmen die Bündel herunter, die hinter dem Sattel gelegen hatten, und schlitzten die Umhüllung auf. »Die Leute sagen, er ist fort, verschluckt von der Unterwelt. Das hält sie davon ab, sich so etwas wie herumspukende Geister und starrende Augen zusammenzuphantasieren wie deine Frau, die nicht einmal Austern essen will.« In den unkrautbewachsenen Ruinen fand sich eine geeignete Stelle, und sie fingen an zu graben. »Aber ich könnte mir denken«, fuhr

Sir Hubert fort, »daß in dem Loch da die verdammt dicksten Aale hausen, die ich meiner Lebtag gesehen habe. Die fressen alle und alles auf, was von der Quelle verschluckt wird. All die Hühner und den Käse und die anderen Opfergaben. Letztes Jahr habe ich einen großen für meinen Fischteich aus dem Loch geangelt, aber den haben die Ottern verputzt. Und seit diese Untiere gar Sir Roger aufgefressen haben, liegen sie mir zu schwer im Magen. Irgendwie wäre das doch, als würde ich ihn verspeisen, und das wäre unehrerbietig.« Der alte Mann schwieg und staunte über sich selbst, weil er seine innersten Gedanken jemandem gegenüber geäußert hatte. Gilbert schwieg auch und staunte über seinen Vater, der sich tatsächlich Gedanken machte, und obendrein vernünftige.

Als sie die Schatulle in das ausgehobene Loch hinunterließen, meinte Gilbert vom Weiher her ein Knistern zu hören. Stumm legte er seinem Vater die Hand auf den Arm und deutete zum Weiher. Es raschelte und knackte, Zweige brachen, und dann hörte man ein Tier auf vier Pfoten gedämpft über den Teppich aus Eichenblättern laufen. Das Geräusch verklang.

»Rotwild, das zur Tränke wollte«, sagte sein Vater. Interessant, daß sein Vater ausgezeichnet hören konnte, wenn er mit ihm allein war. Aber in Gesellschaft anderer Menschen schien er kein einziges Wort zu verstehen, schon gar nicht Worte, die ihm mißfielen.

Sie vergruben die Schatulle, stampften die Erde fest und legten ein paar große Steine auf die Stelle. Sodann verließen sie den Wald auf dem Weg, den sie gekommen waren, und kehrten hochbefriedigt aus entgegengesetzter Richtung auf der Hauptstraße heim.

Uff, sie haben sie fortgeschafft, dachte ich, und da sie jetzt vergraben ist, können wir heimkehren und in aller Ruhe abwarten. Das wird unser kürzester Besuch hier und hoffentlich auch der letzte. Wenigstens sind jetzt alle zufrieden. Sir Hubert behält die Rechte auf die Quelle und ich mein Haus, und alles kann wieder seinen gewohnten Gang gehen. Madame nahm Cecily mit, die ihr helfen sollte, das Altarsilber in der Kapelle von Brokesford zu polieren, Mutter Sarah verzog sich mit Peregrine und ihrer Spindel in den Obstgarten, wo der Junge im Fallobst für den Apfelwein nach Würmern bohren konnte, und ich holte mir Alison, damit sie mir beim Zusammensuchen der von den Kindern verstreuten Sachen half, denn wir wollten packen.

»Mama, ich möchte Old Brownie reiten«, sagte Alison.

»Das ist ungerecht, deine Schwester arbeitet, und du willst spielen.«

»Ist es nicht, ich muß nämlich beim Reiten immer hinten sitzen, bloß weil sie älter ist. Ich will aber vorn reiten, da ist es nicht so rutschig.«

»Ihr könnt euch doch abwechseln.«

»Sie sagt, zum Abwechseln gibt es keinen Grund. Sie ist älter und bestimmt, wann abgewechselt wird, und so komme ich nie nach vorn. Mama, warum hast du mich als zweite geboren? Ich will erste sein. Wenn ich erste wäre, ich würde besser teilen als Cecily.«

»Das war nicht ich, mein Schatz, sondern Gott. Erste, zweite – Hauptsache, ihr seid beide meine Kinder.« Wir durchsuchten den Söller. Ich fand Cecilys Hemd, das sie hinter das kleine Notbett gestopft hatte, das die Mädchen teilten, und einen von Peregrines Schuhen.

»Mama, ich habe einen ganzen Monat vor ihr Geburtstag, da kann ich doch aufholen. Wenn ich ganz, ganz artig bin, bin ich dann nächstes Jahr an meinem Geburtstag älter als sie?«

»So läuft das nicht. Artigsein ändert nichts an der Zeit. Obwohl du einen Monat eher Geburtstag hast, bleibst du doch jedes Jahr die gleiche Zahl von Jahren hinter ihr. Du kannst nicht aufholen.«

»Nie im Leben?«

»Nie im Leben.« Alison seufzte aus tiefstem Herzensgrund. »Alison«, fragte ich, »wo ist Peregrines zweiter Schuh?«

»Den hat Cecily in deine kleine Truhe unter dem Bett gelegt.«

»Wieso denn das?« fragte ich und tastete unter dem großen, durchgelegenen Bett herum, das Gilbert und ich teilten. Unsere kleine Familie, Robert, der Knappe, und unser Hausgesinde, alles schlief im Söller, doch nur wir hatten Bettvorhänge, weil Gilbert ein Sohn des Hauses war.

In Wirklichkeit war dieser kalte steinerne Raum gar kein Söller, da durch die schmalen hohen Fenster so gut wie kein Sonnenstrahl fiel. Es war ein großer langer Raum, der über den gesamten ersten Stock ging, über dem Palas gelegen war und so dicke Steinmauern hatte, daß in jede Fensteröffnung zwei sich gegenüberliegende Sitzbänke paßten. Im Bergfried gab es zwei runde Zimmer: das oberste, in dem Sir Hubert zusammen mit seinen Leibdienern, Falken, Jagdhunden und all dem Ungeziefer schlief, das so hoch klettern mochte. Darunter, auf gleicher Höhe mit dem Söller, lag Hugos und Petronillas Kammer, von der ein Verbindungsgang zum Söller führte. Zu ebener Erde im Bergfried befand sich die Kapelle, doch die konnte man nicht direkt vom Turm erreichen, weil die lange Holztreppe von den oberen Räumen außen um den Bergfried herum nach unten führte. Unter der Kapelle lag das Burgverlies, wo Sir Hubert Menschen, alte Weinfässer oder Beute aus Feldzügen verwahren konnte, ohne daß jemand dahinterkam. Für Bequemlichkeit und einen persönlichen Bereich war hier kein Platz. Das Dach war undicht, Ratten sprangen auf der Suche nach dem von den Hunden verschmähten Abfall durch die Binsen, und im Sommer stank der Burggraben klamm und ekelhaft, weil alle Abwässer hineinflossen. Wenn ich hier etwas zu sagen hätte, ich würde als erstes unter dem

Abtritt, der in die Mauer des Söllers eingelassen war, eine Steingrube bauen, damit nicht alles durch den Schacht in den Burggraben fiel. Und die Grube würde ich regelmäßig ausnehmen lassen, wie man es in London in anständigen Häusern hält, die dann besser riechen. Danach würde ich die Binsen auswechseln und alles weißen, ja, alles, damit es hier sauber und ordentlich wäre – was auch immer alle dagegen einzuwenden hätten. Alsdann würde ich die Hälfte der Pferde verkaufen und dafür anständige Wandbehänge erstehen. Sir Hubert würde der Schlag treffen.

Aber Schluß jetzt mit den Gedanken über die Instandsetzung des Hauses, die mich jedesmal überfallen, wenn ich hier zu Besuch bin. Ich machte die Truhe auf, fand den Schuh und band das Paar zusammen.

»Alison, was habt ihr beiden wieder angestellt? Der Schuh hier ist ganz ausgetrocknet und steif, so als wäre er naß geworden. Der war doch ganz anders.«

Alison blickte so durchtrieben wie immer, wenn sie Süßigkeiten stibitzt hat, und sagte: »Eigentlich wollten wir es dir nicht verraten, damit wir weiter mit Old Brownie spielen dürfen, aber Dame Petronilla hat ihn genommen und ihn in den Weiher geschleudert. Sie hat gesungen und getanzt wie ein Affe, dann hat sie den Schuh reingeworfen und ist weggeritten. Wir glauben, sie geht immer dahin, wenn sie ausreitet. Dort wünscht sie sich was. Wir gingen hinter ihr her, aber sie hat uns nicht gesehen, weil sie so durchgedreht war. Und dann hat Cecily den Schuh mit einem Stock rausgeangelt, und wir haben ihn zurückgebracht.« Mir wollte schier das Herz stehenbleiben, dann stieg es mir als Kloß in die Kehle.

»Aber sie reitet doch mit einem Stallknecht oder mit ihrem Beichtvater. Ich könnte mir denken, daß der nichts von heidnischen Ritualen hält.«

»Ach, Bruder Paul, dieser Heimlichtuer? Der reitet doch zum Kloster und läßt sie allein.«

Zum Kloster? Einem Kloster voller Augustiner? Genau wie Bruder Paul? Auf einmal sah ich seinen finsteren Blick und seine Katzbuckelei in einem ganz anderen Licht. Wie viele Jahre hatte er dieser Verrückten schon gedient, hatte ihre schwarze Seele gedeckt, damit sie sich in dieser Familie halten konnte, während er sich gegen Brokesford mit seinem Orden verschwor und dem alten Lord Bauholz und Quelle abluchste? Und Lady Petronilla? O mein Gott, die war ausgerechnet an diesem Morgen, kaum daß die Männer außer Sichtweite waren, zu einem Ausritt aufgebrochen. Jetzt würde alles herauskommen.

Kapitel 16

Die Gäste würden erst in zwei Tagen eintreffen, aber das ganze Haus war von den Vorbereitungen zur Feier des großen Ereignisses in Anspruch genommen: der Amtseinsetzung des neuen Priesters, den der Bischof für die Dorfkirche gefunden hatte. Man hatte eine große Grube mit Steinen ausgelegt und mit einem Riesenspieß versehen, an dem am nächsten Tag ein Ochse gebraten werden sollte. Bauern mit Schweinen, Hühnern und Schafen strömten durch das große Burgtor herein. Margaret rannte schwitzend und aufgeregt vom Backhaus zum Brauhaus und überwachte die Umwandlung einer Karrenladung frisch gemahlenen Mehls in die zarten luftigen Brötchen und Brotlaibe, für die sie berühmt war, und überprüfte gleichzeitig den Reifegrad des frischen Biers, das so herrlich vollmundig schmeckte und das ihr keiner nachmachte, nicht einmal der bischöfliche Palast. Alison, die sich keine Gelegenheit zum Naschen entgehen ließ, begleitete sie, während Cecily Madame half, die Altartücher zu stärken und zu bügeln, denn die Pracht der Vorbereitungen bestärkte sie noch in ihrer Überzeugung, daß sie zur Nonne berufen war.

Es sollte ein großes Ereignis werden. Der Vertreter des Bischofs würde kommen, um den neuen Priester einzusetzen, und danach sollten der Kirche auch das langersehnte Altartuch und der prächtige, neue silberne Hostienteller übergeben werden. Aller Ehren wert, dieser jüngere Sohn des Hauses, meinten die frommen alten Frauen des Kirchspiels, der als Dank für wohlbehaltene Heimkehr aus Frankreich solch ein schönes Geschenk machte! Und seine Stieftöchter, die Erbinnen aus der Stadt, waren sich nicht zu schade gewesen, eigenhändig das Altartuch zu sticken. Der Bischof kam zwar nicht persönlich, aber er schickte zur Amtseinsetzung einen Kanoniker von der großen Kathedrale, einen heiligmäßigen Mann, der einst eine Heuschreckenplage durch die schlichte Predigt von Gottes Wort verjagt hatte. Das Ereignis versprach rundum erbaulich zu werden.

»Man sollte meinen, der Bischof selbst würde auch kommen, schließlich ist er ein Verwandter und überhaupt«, knurrte der alte Sir Hubert, als er hoch zu Roß in Begleitung seiner beiden Söhne und von einem halben Dutzend bewaffneter Knechte und einem Ochsenkarren mit Bauern und Bauernjungen an der Grube vorbeikam. Sie wollten nach Hertford, um Wein auszusuchen und heranzuschaffen, doch das dünkte den Herrn von Brokesford zuviel der Mühe, wenn der Bischof nicht persönlich kam.

»Um so besser. Denn falls der Bischof gekommen wäre, hättet Ihr die doppelte Menge Wein kaufen müssen, Vater«, sagte Sir Hugo, und der alte Mann brummte etwas in seinen Bart, was sich deuten ließ als: »Selbst wenn du deinen Harnisch mit Schnickschnack behängst, sagst du doch gelegentlich etwas Vernünftiges, Hugo.«

»Weinhändlern kann man nicht über den Weg trauen«, sagte Sir Hubert laut. »Wenn man nicht von jedem Faß kostet, drehen sie einem Essig an. Sie sind wahre Meister, wie sie die Truchsesse von großen Burgen bestechen, damit sie um das rechte Maß betrügen können. Nur Advokaten sind schlimmer.«

»Und gleich dahinter kommen die Priester. Wen habt Ihr denn für uns aufgetrieben, Vater? Hoffentlich keinen halsstarrigen Querulanten?«

»Pa, Unfug. Einen Verwandten natürlich. Nicht daß ich ihn je gesehen hätte. Einen von Sir Philips Bankerten, der von seinem Onkel, dem Abt, zum Priester erzogen worden ist. Der Bischof versichert mir, daß er jung, arm und formbar ist, und der Abt hat mir für die Stellung ein hübsches Sümmchen gezahlt – daher der Wein. Schlechte Priester und schlechten Wein, nein, dergleichen dreht man mir nicht an.«

»Hängt davon ab, was Ihr schlecht nennt. Allein an leichten Bußen und der Erlaubnis zur Jagd am Sonntag mißt sich ein Priester nicht. Wie steht es mit der Seelsorge für die Dorfbewohner?« Die Augen des alten Mannes wurden bei Gilberts Worten schmal. Sein unleidlicher zweiter Sohn kehrte zu seinem früheren moralinsauren aufreizenden Ton zurück. Er glaubt wohl, er hat mir wegen der verdammten Schenkungsurkunde, die sein zwielichtiger Freund gefälscht hat, einen Ring durch die Nase gezogen. Du Kalb, du.

»Mit denen kommt er gewiß prächtig zurecht. Er steht selbst ja nur eine Stufe über ihnen. Also kann er sich nichts herausnehmen. Der pflügt sein Feld wie alle anderen, und ich spendiere ihm obendrein noch einen Maulesel.«

»Der Maulesel gibt wohl den Ausschlag, wie?«

Den sticht der Hafer, dachte der alte Mann. Aber ich kann erst mit der Bank nach ihm werfen, wenn wir diese Sache hinter uns haben.

Als sie durch das Tor ritten, zeigte sich verstohlen ein gelbliches Gesicht am Turmfenster. Lady Petronilla, die ›krank‹ das Bett hütete, hatte sich vergewissert, daß die Herren des Hauses aufbrachen. Jetzt war sie die Ranghöchste und die Herrin.

»Ich ersticke hier noch, ich muß an die frische Luft«, sagte sie zu ihrer alten Kinderfrau. »Hilf mir in mein Reitkleid, und dann geh und sag den Knechten, sie sollen mir die kleine Stute satteln, die Dame Margaret mitgebracht hat. Ich möchte sie ausprobieren.«

»Aber, Mylady ...«

»Kein aber. Jetzt bin ich hier die Herrin. Dame Margaret muß mir ihre burgundische Stute geben, ob sie will oder nicht.«

»Mylady, ich meine doch nur, daß Bruder Paul Euch nicht begleiten kann.« Die Kinderfrau holte den Reitmantel aus der Truhe, half ihr beim Ausziehen ihres silbern bestickten Überkleides und legte ihr den grünen Surkot über die schwarze Kotta.

»Wer dürfte es wagen, mich auf diesem Anwesen aufzuhalten? Meinen Gürtel und meinen Dolch, und beeil dich.« Sie rollte mit den Augen, daß man das Weiße der Augäpfel sah, ihr Gesicht wirkte aufgedunsen und geschwollen, und auf der fahlen Haut waren gespenstische, braune Flecken.

»Aber, mein süßes Lämmchen, der Anstand gebietet ...« Die alte Kinderfrau kniete jetzt zu ihren Füßen und befestigte kleine scharfe Sporen an ihren ledernen Reitstiefeln.

»Ich bin weder dein noch irgend jemandes Lämmchen. Ich kann selbst auf mich aufpassen«, sagte Lady Petronilla, holte sich die Reitpeitsche und ein Bündel im Leinenbeutel aus der geöffneten Eichentruhe, in der sie ihre Sachen verwahrte, und rauschte aus dem Zimmer. Hinter ihr im Raum blieb etwas Unheimliches, ein Geruch, der kein Geruch war. Die Kinderfrau erschrak, und die Haare standen ihr zu Berge.

»Wieder einer ihrer Anfälle, und Bruder Paul ist nicht da, um mir zu helfen. O mein Gott, das nimmt kein gutes Ende. Ich hätte mich auf mein Alter berufen und zu meinem Bruder ziehen sollen, statt sie hierher zu begleiten. Aber was hätte sie ohne mich angefangen? Was passiert, wenn die Wahrheit ans Licht kommt? Lieber Gott, lieber Gott, verschone mich, ich bin eine alte Frau, und was ich getan habe, ist aus Liebe zu dem süßen Kind geschehen, das sie einmal war.« Sie ging zum Kammerfenster und lugte nach unten. Es bot einen guten Blick auf den Hof und die sich hinter dem Burggraben erstreckenden Felder. Jenseits des Burgtores erblickte sie eine kleine Gestalt auf einer mattweißen Stute, die in gestrecktem Galopp den schmalen Pfad entlangpreschte, der vom Dorf über die Koppel zum Wald führte. »Liebster Herr Jesus, schenk ihr den Sohn, den sie braucht, ehe sie vollends den Verstand verliert«, flüsterte die alte Frau.

Margaret stand vor der niedrigen Tür des reetgedeckten Malzhauses, und der süßliche Gärgeruch, der sie umgab wie eine Wolke, versetzte die Abordnung aus dem Dorf in helle Vorfreude. Hinter ihr stand Alison, barfüßig, im blauen Kittel und mit aufgelöstem rotgoldenem Haar, das ihr über den Rücken floß. Ein paar ältere Bauersfrauen in groben braunen Kleidern, das Haar unter billigen Kopftüchern verborgen, standen ebenso barfüßig vor der Gruppe. Man beäugte sich vorsichtig. Wie sollten sie es anfangen?

»Mama, Mama, alles fertig!« rief Cecily und schob sich mit Madame im Schlepptau durch die kleine Schar. »Jedes Stück schön und weiß und glatt und kein bißchen versengt! Schönere Altartücher hat nicht mal die Kathedrale!« Madame lächelte und hob ein wenig die Schultern, als wollte sie sagen: ›Verzeiht ihr die Übertreibung.‹ Die Bauern drehten sich um und musterten das kleine Mädchen mit der welkenden Rose im struppigen Zopf. Sie beäugten sie beinahe hungrig. Normalerweise wäre Margaret das aufgefallen, aber sie war so erschöpft von den Vorbereitungen und so müde wie immer in den ersten Monaten der Schwangerschaft, daß es ihr entging. »Mama, dürfen wir jetzt spielen? Wir möchten reiten.«

»Großvater hat Old Brownie heute morgen mitgenommen«, antwortete Margaret. Die Bauersfrauen traten von einem Fuß auf den anderen und warfen sich Blicke zu. Sie hatten sich zu etwas durchgerungen und schoben eine Sprecherin vor, die Tochter der alten Hebamme.

»Liebe Dame Margaret«, sagte sie, »wir könnten doch mit ihnen reiten gehen. Dürfen wir sie heute nachmittag mitnehmen? Wir kennen viele Spiele für die kleinen Ladys.«

»Sehr gut, aber eine Stunde vor Sonnenuntergang müssen sie zurück sein«, antwortete Margaret.

»So wohlbehalten wie in Abrahams Schoß«, sagte die Tochter der Hebamme, und die Gruppe nickte einhellig und murmelte Zustimmung. Margaret erblickte in der Menge viele, denen sie geholfen hatte und auf die Verlaß war, und atmete auf, weil ihre Mädchen einen schönen Nachmittag haben und ihr nicht in die Quere kommen würden. In der Gruppe vor der Brauhaustür machte sich Erleichterung und dann Fröhlichkeit breit, und beim Fortgehen stimmte eine der älteren Frauen ein Lied an. Eine nach der anderen fielen sie ein, dann auch die Mädchen, so als hätten sie das Lied bei einem anderen Ausflug ins Dorf gelernt. Sie hören sich glücklich an, dachte Margaret und kehrte zu ihrer Arbeit zurück. Aber Madame, die niemandem traute, fiel etwas auf. Diese Sprache hatte sie weder im Norden noch im Süden des Landes gehört. Englisch war das nicht. Und die Melodie war auch eigenartig. Irgendwie klang sie sehr, sehr alt. Madame wurde zur Löwin, denn sie witterte etwas. Ihr fiel ein, was sie Gilbert de Vilers gelobt hatte. Still wie ein Schatten folgte sie in einigem Abstand, damit niemand sie bemerkte.

So gelangte sie ins Dorf, hielt sich aber zurück und versteckte sich hinter einem Gartenzaun, als sie Jubelgeschrei hörte. Die Mädchen schienen in ihrem Element zu sein, eitel und selbstgefällig, wie sie waren, als die alten Bauersfrauen ihnen Kränze aus bunten Sommerblumen auf den Kopf setzten. Sie hörte ein Muhen, und dann sah sie, wie Männer eine schneeweiße, mit Girlanden geschmückte Färse durch die Hauptstraße des Dorfes führten. Ein Dutzend Hände halfen den Mädchen hinauf. Madame blieb schier das Herz stehen, als sie sah, wie die Mädchen zu zweit auf der Färse ritten und den Leuten ringsum lächelnd zuwinkten. Ein seltsames Dorf, eine seltsame Sitte, Gott weiß, was hier vorging, und Madame war ganz auf sich gestellt. Sie wußte, daß weder die Kirche noch die anglonormannischen Lehnsherren die barbarischen Wurzeln aus grauer Vorzeit hatten ausreißen können. Als Kind hatte man sie am Kamin mit Legenden von heimlichen heidnischen Opfern und tapferen Bischöfen ergötzt, die böse Heiden mit Feuer und Schwert bekämpften. Das Blut gerann ihr in den Adern, als der Zug querfeldein in Richtung Wald zog. Sie wußte, was dem Priester zugestoßen war. Für sie stand fest, daß die Mädchen dem gräßlichen Weiher als Menschenopfer dargebracht werden sollten, und sie war nicht in der Lage, Hilfe zu holen.

Verzweifelt hastete Madame hinter der unheimlichen Prozession her. Sie bekam Steine in die Schuhe und fing an zu humpeln. O, diese elenden Schuhe, sie sind zu leicht für den langen Weg, dachte sie und setzte sich auf einen Grenzstein, um sie auszuleeren.

»Mylady, haben Sie Euch auch nicht mitgenommen?« sagte ein Stimmchen neben ihr, und sie sah einen kleinen Bauernjungen mit Klumpfuß, der sich mit einer Krücke vorwärtsquälte.

Schweiß rann Madame über das blasse Gesicht, und ihr graues Haar löste sich bereits aus der Kopfbedeckung. Eine Nadel war aus dem Kopftuch gefallen und hatte sich verbogen, aber sie hatte es nicht bemerkt, obwohl sie normalerweise so adrett war, daß sie jedes Verrutschen der korrekten Bekleidung spürte. »Ich bin zu alt, ich kann nicht mithalten«, sagte sie in der Hoffnung, den Jungen abzuschütteln.

»Sie nehmen den langen Weg«, sagte er, »und bei dem ganzen Gesinge kommen sie nur langsam voran. Ich kenne eine Abkürzung, aber ein richtiger Weg ist das nicht. So verpassen wir das Beste nicht.«

»Und was ist das Beste?« fragte Madame und machte sich darauf gefaßt, daß der Junge beim Lächeln eine Reihe spitzer Menschenfresserzähne zeigen würde.

»Die Anbetung des Weiher-Wesens und das Darbringen der Opfergaben.« Madame machte weiter eine ungerührte Miene.

»Und was für Opfergaben sind das?« fragte sie.

»Ach, jede Familie im Dorf hat eine kleine Gabe angefertigt, eine Brotpuppe, die wir backen, bemalen und einwickeln. Und ein Huhn kriegt das Weiher-Wesen auch.«

»Und warum reiten Mademoiselle Cecily und Alison auf der Färse mit?«

»Oh, die müssen mitkommen. Seitdem die Hebamme tot ist, hat keiner mehr die Macht gehabt, den heiligen Aal herbeizurufen – bis sie gekommen sind. Wir haben schon gedacht, wir sind verloren ohne unsere Weiher-Priesterin.«

»Den heiligen Aal?«

»O ja. Der Weiher spricht durch den Aal und läßt uns wissen, daß unsere Bitten erfüllt werden. Ach, Mylady, Ihr wißt ja nicht, wie schlimm es im Dorf steht. Die Äpfel sind fast alle wurmstichig, der Roggen hat die Fäule, und jetzt ist in der benachbarten Grafschaft auch noch eine Viehseuche ausgebrochen, und vielleicht verlieren wir all unsere Tiere. Wie sollen wir pflügen, wenn alle Ochsen eingegangen sind, Mylady? Wir verhungern doch.«

Mittlerweile schwante Madame Böses. Sie argwöhnte, daß sich die Mädchen einen üblen Scherz erlaubten, der über ihr Begriffsvermögen ging. Die Mädchen waren mit Old Brownie so oft verschwunden gewesen, immer mehr Knechte wollten die Mädchen begleiten und ›behüten‹, Alison wurde merkwürdigerweise immer rundlicher, weil ihr alte Frauen Honigkuchen zusteckten, wenn sie das Dorf aufsuchte – alles hatte jetzt eine Erklärung. Desgleichen das wunderschöne Paar Schuhe aus Fuchsleder, grün gefärbt und mit seltsamen Mustern bestickt, das man Cecily geschenkt hatte. Diese kleinen Teufel, dachte sie. Wie schamlos! Wie böse! Sie haben den armen, verzweifelten, irregeleiteten Menschen all die Sachen abgenötigt. Und die ganze Zeit über haben sie mit lammfrommer Miene an dem Altartuch gearbeitet! Die helle Wut verlieh Madame Kraft, sie erhob sich vom Grenzstein.

»Zeig mir unverzüglich die Abkürzung«, sagte sie.

Als der dunkle Eibentempel in Sicht kam, hatte die ›Abkürzung‹ ihren Tribut gefordert. Madames leichte Schühchen waren zerfetzt, ihre Füße wund und blutig. Ihr Gewand hatte sich verfangen und war an den fadenscheinigen Stellen gerissen, und ihr Kopftuch war mehrmals im Gezweig hängengeblieben. Das graue Haar fiel ihr wild ins Gesicht, und sie steckte auch die verbleibenden Nadeln nicht wieder hinein, sondern verstaute sie vorn in der Kotta und band sich das Kopftuch wie eine Bauersfrau unter dem Kinn zusammen, damit es nicht verlorenging. Hinsichtlich Schicklichkeit gab sie niemals klein bei. Und das hier, davon war sie überzeugt, war zutiefst unschicklich.

Sie sah die seltsamen grauen Ruinen einer alten Eremitenklause aus Stein, und eine weiße Stute lief frei im Wald herum: Margarets kleine Stute, die sie aus London mitgebracht hatte, vollkommen schweißbedeckt und mit blutigen Flanken. Sonderbar, dachte Madame, denn sie hatte Lady Petronilla nicht fortreiten sehen. Und Margaret ritt nie mit Sporen. Sie fing das Pferd am Zügel ein, führte es zu einer versteckten, buschbestandenen Stelle und band es an einem Ast fest, der von einer uralten Eiche herunterhing.

»Na«, flüsterte der Junge, als befänden sie sich in der Kirche, »hab' ich nicht gesagt, daß wir vor ihnen da sind?« Zusammen gingen sie zwischen den seltsamen Säulen des Eibentempels zum hinteren Ende des Weihers. Madame merkte sofort, daß es eine heidnische Stätte war, was man nicht gutheißen konnte. Aber weil sie nicht mehr ganz bei

Kräften war, übten der eigenartige Baum-Tempel und die stetig glucksende Quelle ihren Zauber auf sie aus. Das also sind die Bäume, die der Sieur de Vilers nicht absägen lassen will, dachte sie. Sie sind furchtbar häßlich und sollten so schnell wie möglich verkauft werden, und dann sollte man hier etwas Erbaulicheres hinstellen. Doch während die rauschenden Blätter und das plätschernde Wasser ihre Sinne beruhigten, schien der starke Waldgeruch etwas in ihr zu wecken, was sie unterdrücken wollte. Zu ihren Füßen beschien die Sonne ein Büschel Wildgras neben den steinernen Ruinen, und aus einem Versteck unter Wildkräutern sah sie die zierlichen blauen Gesichter von Vergißmeinnicht hervorlugen. In der Ferne sang ein Vogel – endlose schluchzende Triller, die ihr zu Herzen gingen. Wie lange bin ich schon ohne Liebe, dachte sie. Pflicht, du bist ein kalter Bettgenosse.

»Mylady, versteckt Euch«, wisperte der Junge und zupfte sie am Ärmel. Beide duckten sich hinter die Ruine.

»Was ist?« flüsterte sie, und als sie zu dem eiförmigen Felsen hinüberblickte, merkte sie, daß auf der Lichtung jenseits des Weihers etwas geschah.

»Der Succubus. O Mylady, er ist zurückgekommen. Der vernichtet sie alle.« Die Gestalt am anderen Ende des Weihers wiegte sich und tanzte. Sie hatte das Gesicht mit einem schwarzen Schleier verdeckt, und sie trug einen schwarzen Surkot über einer schwarzen Kotta. Beim Tanzen wirbelte der Kleidersaum um ihre nackten weißen Füße. Magere weiße Arme reckten sich aus dem Gewirbel schwarzer Gewänder zum Himmel. Das Wesen bückte sich zum Wasser, und sie hörten es ton- und sinnlos singen. Der Junge bekreuzigte sich, aber Madame lächelte ein ungemein eigenartiges Lächeln. Als sich das Geschöpf am Wasserrand gedreht und gebückt hatte, war ihm der Schleier einen Augenblick vom Gesicht gerutscht, und Madame hatte es erkannt.

»Was tut der Succubus?« fragte sie, und der Junge staunte, wie gefaßt sie war.

»Schenkt Männern Lust, bis sie daran sterben«, sagte er.

»Ein ganzes Dorf dürfte er kaum zur gleichen Zeit schaffen«, sagte Madame mit frostiger Stimme.

»Aber Mylady, das ist ein teuflisches Wesen, geradewegs aus dem Reich der Hölle. Es hat den Weiher und unsere Ernten verhext. Das hat der Priester gesagt, ehe er, na ja, weggegangen ist.«

»Hmm«, sagte Madame, ganz in Gedanken. Das erklärt die Sporen. Was für ein hinterhältiger Trick, die Stute zu nehmen, wenn die Herrschaft aus dem Haus ist. Dieses Weib beneidet alle um alles. Und warum nicht ganz besonders Margaret? Margaret, die alles hat: Geld, Liebe, schöne Kinder und jedermanns Achtung. Zuweilen beneide selbst ich sie ein wenig. Was hat sie getan, daß sie soviel Gutes verdient? Ich weiß sehr wohl, daß sie einst arm gewesen ist und nicht aus guter Familie kommt wie ich ... Madame gebot sich Einhalt. Neid, du häßliche Sünde, hinfort mit dir, betete sie stumm. Ihr Engel im Himmel, gebt mir Kraft. Diese Geschichte ist noch nicht zu Ende, und ich habe geschworen, die Mädchen zu behüten. Sie blickte zu Boden, und da lag zu ihren Füßen hinter einem herabgefallenen Stein etwas Weißes. Neugierig zog sie es heran. Ein Leinenbeutel, in dem etwas steckte. Die Engel haben geantwortet, dachte sie. Ich behalte den Beutel einfach.

Von fernher war jetzt leiser Gesang zu hören, es knackte und krachte im Wald. Das schwarze Geschöpf am Wasser schien die ersten leisen Geräusche nicht wahrzunehmen. Der Junge fuhr entsetzt zurück, doch Madame lugte über die verfallene Mauer: Der bevorstehende Zusammenstoß fand ihr ungeteiltes Interesse. Als erstes hörte man einen Schrei: »Der Succubus!« Dann brachen ein paar große Burschen mit gezücktem Messer durch das Gebüsch. Die Gestalt in Schwarz erschrak und wandte sich zur Flucht.

Ein kleiner Junge kam herbeigelaufen, warf mit einem Stein nach ihr und traf mitten auf den schwarzen Schleier, und da zuckte das schwarze Wesen mit einem Aufschrei zurück.

»Der Succubus ist sterblich, tötet ihn!« kreischte eine Frau.

»Tod dem Bringer der Braunfäule!«

»Erschlagt ihn, erschlagt ihn!« Das klang noch wütender.

»Beschützt die kleinen Ladys vor ihm!« schrien andere Stimmen. Leichtfüßige Jungen versuchten, dem Geschöpf den Fluchtweg abzuschneiden, und bewarfen es wieder mit Steinen. Es schützte den verschleierten Kopf mit den Armen und lief ihnen davon, aber als sie hinter ihm hersahen, bemerkten sie einen roten Fleck, der sich auf Weiß ausbreitete.

»Er blutet, er blutet!« Und während die kleinen Jungen ihm nachsetzten, bis er verschwunden war, führten die alten Bauersfrauen die weiße Färse zum Weiherrand.

Mein Gott, kann die Frau laufen, wenn es not tut, dachte Madame. Und obendrein in die falsche Richtung. Sie wird sich wegen des Pferdes und des Beutels kaum zurückwagen, solange so viele Menschen am Wasser sind. Madame sah sich um und merkte, daß sich ihr kleiner Führer auf die andere Weiherseite geschlagen hatte.

Cecily und Alison waren jetzt abgestiegen und sahen ziemlich verärgert aus, weil man ihnen ihr prächtiges Fest verdorben hatte. Aber dann kam einer der Jungen mit einem Messer zurück.

»Da, ihr kleinen Jungfern, ihr habt den bösen Geist verjagt. Er hat sein Messer fallen lassen, und es ist noch ganz rot vom Blut seiner Opfer. Ihr habt den bösen Zauberbann gebrochen.« Zwei Bauern nahmen ihm das Messer ab und reichten es den kleinen Mädchen mit einer tiefen Verbeugung, und die nahmen es mit so durchtriebener und selbstgefälliger Miene entgegen, daß Madame in ihrem Versteck auf der anderen Weiherseite in den Ruinen schier vor Zorn platzte. Aber es war kein Ritter zur Stelle, der ihr zu Hilfe eilen konnte, und der Bauernschar wäre es gewiß nicht recht, wenn man ihre kleinen Göttinnen unehrerbietig bei den niedlichen Öhrchen packte und sie fortzerrte.

In Madames Seele kochte und brodelte es fast wie in der Quelle mitten im Weiher. Sie mußte mit ansehen, wie die kleinen Mädchen girlandengeschmückt und singend ins Wasser wateten. Sie biß sich wutentbrannt auf die Lippen, als sie das Lied hörte, einen sehr alten *chanson de toile,* den ausgerechnet sie ihnen auf französisch beigebracht hatte. Diese alte Ballade, mit der sich die Herrinnen großer Burgen beim Weben die Zeit vertrieben hatten, war ein durch und durch weltliches Liebeslied. Die gottlosen kleinen Ungeheuer wußten nur zu gut, daß die Bauern hier kein Wort Französisch verstanden, geschweige denn ein so veraltetes Französisch. Sie mußten die Ballade für eine heilige Anrufung in einer uralten Sprache halten. Oh! Kein Wunder, daß die Mädchen sich letztens nicht mehr über Langeweile beklagt haben! Sir Gilbert hat mich gewarnt, aber selbst er hat mir nicht verdeutlicht, wie unendlich schamlos sie sich aufführen können! Mir fehlen die Worte! Wie konnte ich nur so blind sein! Sie haben mich hereingelegt! Sie haben ihre Mutter hereingelegt!

Jetzt boten die Mädchen die Girlande dem Weiher dar, und während das Gebinde auf den grünen Strudel rings um die brodelnde Mitte zutrieb, nahmen sie die Opfergaben, die die Bauern ihnen aufdrängten. Sie wateten damit ins Wasser, und die Menge rief: »Bewahre unsere Tiere! Erhalte unsere Ernte!« Dann schleuderten die Mädchen die Opfergaben so weit wie möglich zur Weihermitte. Die kleinen Törinnen, dachte Madame, wenn sie noch weiter gehen, werden sie hinuntergezogen. Aber gerade, als sie das dachte, geschah etwas, was ihr das Blut in den Adern gerinnen ließ.

Die Quelle machte einen Laut, der sich wie »blubb, blabb, blobb« anhörte, spuckte einen kleinen trüben Fleck aus und hörte auf zu brodeln und frisches, liebliches Wasser hochzusprudeln. Ein grausiger Schatten glitt durch das grüne Wasser auf die Mädchen zu. Ohne nachzudenken, betete Madame unaufhörlich das Vaterunser, während der Schatten die Knie der Mädchen umkreiste. Madame konnte nicht ausmachen, was das war, aber das Jubelgeschrei der Menge ließ sie vermuten, daß es sich um den heiligen Aal handelte. Das dürfte der größte Aal auf der ganzen Welt sein, dachte sie. Wie alt er wohl ist? Wie lange er wohl schon im Weiher lebt? Wovon ernährt er sich überhaupt? O mein Gott, dachte sie. Er frißt Brotpüppchen und Hühner und gelegentlich einen Priester. Sie bekam eine Gänsehaut, so sehr entsetzte sie sich. Wie konnten die Mädchen ihn nur an sich heranlassen? Sie dachte an Cecily, die so furchtlos den Baum hochgeklettert war. Zu jung, um zu wissen, wovor man Angst haben muß, dachte sie. Jetzt haben sie sich auf ein gefährlicheres Spiel eingelassen. Selbst die Bauern wagen es nicht, ins Wasser zu gehen.

Inzwischen umrundete der dunkle Schatten nicht mehr die Schienbeine der Mädchen, sondern glitt in Wellenbewegungen auf die Teichmitte zu.

»Er hat geantwortet!« rief eine alte Frau.

»Wir sind gerettet!« schrien die Bauern, während Cecily und Alison mit tropfnassem Kleidersaum aus dem Wasser kamen. Madame bemerkte, daß Cecily sich das Messer in den Gürtel gesteckt hatte. Und dann geschah etwas ungemein Seltsames. Es machte fröhlich blubb, blubb, blubb, und Girlande, Huhn und all die anderen Dinge, die man in den Weiher geworfen hatte, wurden zur Mitte gesogen und verschwanden. Und dann gurgelte es, ein Wasserstrahl schoß hoch, und die Quelle mitten im Weiher brodelte und wallte wie eh und je.

Madame hatte genug gesehen und sich überzeugt, daß den Mädchen keine unmittelbare Gefahr drohte, und so humpelte sie mit dem Beutel in der Hand davon und suchte das Versteck, wo sie Margarets Pferd angebunden hatte. Ich bin älter als diese Lady, dachte sie, und außerdem geschieht es der Frau ganz recht, wenn sie barfuß nach Brokesford zurücklaufen muß. Ehe sie aufstieg, warf sie einen Blick in den Beutel und fand genau das, was sie vermutet hatte. Zwei scharfe Sporen, ein Paar weiche Lederstiefel und ein wunderschön gezaddeltes und besticktes grünes Reitkleid. Hmpf, dachte Madame. Welche Erklärung sie wohl für den schwarzen Schleier hat, wenn sie heimkommt? Was für Narrenpossen! Nicht zu fassen, daß man sie so lange geduldet hat. Ein ganzes Haus voller Männer läßt sich von einer Irren an der Nase herumführen. Und während sie im goldenen Abendsonnenschein heimritt, überlegte Madame, was da zu tun war. Gleichzeitig freute sie sich an dem leichten, gleichmäßigen Tritt von Margarets kleiner Stute. Es war sehr, sehr lange her, daß Madame einen Zelter mit so schönem Gang geritten hatte, und sie genoß es in vollen Zügen.

Die langen Schatten des sinkenden Tages lagen schon über dem äußeren Burghof, als Lady Petronilla durch das Tor gestolpert kam. Madame war längst zurück, hatte ihre Geschichte erzählt, und Margarets Pferd stand im Stall. Pech für Petronilla, daß die erste, die ihr über den Weg lief, Margaret mit ihrer großen Schürze und einem Riesenschöpflöffel war. Hinter ihr gingen Sir Huberts Verwalter, ein Mann aus guter Familie, wenn auch von unehelicher Geburt, und mehrere Männer und Frauen, die gerade aus dem Malzhaus kamen. Lady Petronilla hatte sich den schwarzen Schleier um das Haar gebunden, aber sie konnte nicht verbergen, daß sie barfuß war und aus Schrammen an der Stirn und an den Armen blutete. Ihre Augen blickten wild, und ihr Atem kam stoßweise.

»Euer niederträchtiges Pferd hat mich abgeworfen«, fuhr sie Margaret an. »Man soll ihm auf der Stelle die Kehle durchschneiden. Es ist gefährlich. Hört Ihr? Ich befehle es! Sofort!« Margaret blickte sie gelassen und verächtlich an.

»Mein Pferd hat nicht nur Euch abgeworfen, sondern hat auch Euer Jagdkleid gegen das schwarze Ding da vertauscht, und obendrein hat es Euch noch die Stiefel gestohlen. Sehr schlau für ein Pferd. Hier befehle jetzt ich, und niemand rührt mein Pferd an, bis wir dem Burgherrn den Fall vorgetragen haben.«

»Wer ist hier die Herrin? Ich befehle Euch, sucht das streunende Pferd, bringt es zurück und tötet es!«

»Und ich sage, kein lebendes Wesen darf ohne Gerichtsverfahren verurteilt werden. Beim nächsten Gerichtstag auf der Burg soll sich Sir Hubert den Fall meiner Stute anhören.«

»Und ich zeige meine Wunden – meine Umstände«, rief Lady Petronilla.

»Meine liebe Frau Schwägerin, mit Verlaub, Eure ›Umstände‹ sind ins Rutschen geraten. Heute morgen trugt Ihr sie noch hoch, und heute nachmittag sitzen sie so tief wie im neunten Monat kurz vor der Entbindung. Es würde mich nicht wundern, wenn Eure Umstände diesmal ein Kissen sind.«

Lady Petronilla stieß einen gräßlichen Schrei aus, stürzte sich auf Margaret und mußte zum Befremden der am Tor zusammengelaufenen Menge zurückgehalten werden.

»Was ist los?« fragte jemand.

»Lady Margarets Pferd hat Lady Petronilla abgeworfen.«

»Abgeworfen? Wenn sie nun den Erben verliert?«

»Lady Margaret behauptet, der Erbe ist ein Kissen, und da ist Lady Petronilla über sie hergefallen.« Bei dem Gerangel rutschte Lady Petronilla der schwarze Schleier herunter, und, o Schande, jeder konnte ihr Haar sehen. Entsetzt und angewidert machte sich Margaret los, während die Irre ganz außer sich vor ihnen kauerte und die Augen verdrehte, daß man das Weiße sah.

»Tötet die weiße Stute, tötet die weiße Stute«, singsangte das schwarze Bündel.

»Mein Schätzchen, mein Kleines, sie ist krank«, rief ihre alte Kinderfrau, die beim Anblick der Menge am Tor aus dem Bergfried herbeigelaufen kam. Aber Madame hielt sie mit eisiger Miene zurück, so daß sie sich nicht durch das Gesinde zu ihrer Herrin schieben konnte.

»Und ich sage Euch«, sagte Dame Margaret, die würdevoll und aufrecht vor der Irren stand, »meine kleine Stute bekommt ein Gerichtsverfahren, und in diesem Gerichtsverfahren werde ich beweisen, daß Ihr sie ohne meine Erlaubnis genommen habt und ohne Begleitung ausgeritten seid, daß sie willig mitging, daß Ihr wohlbehalten abgestiegen seid und dann Dinge getrieben habt, die sich keine ehrbare Frau auch nur vorstellen kann. Mein Pferd steht im Stall ...«

»Seht ihr? Es ist besessen! Es hat den Teufel im Leib, es hat mir meinen Sohn gestohlen!«

»Und ich habe das Messer in meinem Besitz, das Ihr bei Eurem gottlosen Ritual verloren habt.« Bei diesen Worten fuhr die alte Kinderfrau zurück, und Madame bedachte sie mit einem eisigen Blick.

»Bauern dürfen nicht gegen mich aussagen ... Ich lasse sie foltern.«

»Wartet ab, wer gegen Euch aussagt«, sagte Margaret in der Hoffnung, das wirre Hirn zu erreichen.

»Wer ist hier die Herrin? Ich, ich herrsche hier, ich, ich«, sagte Lady Petronilla mit glitzernden Augen. Ihre Haut war fahl, fleckig und schuppig. Inzwischen hatte sie sich zu voller Größe aufgerichtet und blickte in das Rund anklagender Gesichter. »Wehe, ihr faßt mich an. Das darf niemand. Mir aus dem Weg.« Als Lady Petronilla sich zum Gehen wandte, erspähte Margaret auf der Erde unter ihrem Kleidersaum etwas Weißes und stellte den Fuß darauf. Lady Petronilla taumelte wie betrunken, und ihre ›Schwangerschaft‹ rutschte ihr vom Bauch auf die Knie. Alle Augen waren auf den Verbandstreifen unter Margarets Fuß gerichtet. Petronilla kreischte und drückte sich das rutschende Bündel an die Schenkel, dann bückte sie sich und zerrte. Margaret hob den Fuß, und die schwarzgekleidete Irre hastete durch die schweigende Menge, die sich vor ihr teilte.

»Ein Kissen«, sagte Madame kalt und sah Margaret an. Margaret nickte stumm.

»Mein Lämmchen, mein Kleines«, rief die alte Kinderfrau und eilte hinter Lady Petronilla her.

»Und mit einem Wundverband befestigt«, sagte der Verwalter. »Seht nur, wie sie es festhält und die Binde hinter sich herschleift.«

»Zum Erbarmen, einfach zum Erbarmen«, sagte eine Frau.

»Schließt das Turmzimmer hinter ihr ab«, wies Margaret den Verwalter an, »und unternehmt nichts, ehe Euer Herr wieder daheim ist. Und stellt eine Wache bei meinem Pferd auf. Es darf keinen Unfall im Stall geben.« In dieser Nacht hörte man überall in der Burg das Geschrei aus dem Turmzimmer, wildes Gerüttel und Gehämmere an der Tür.

Kapitel 17

»Margaret, was ist mit deinem Pferd?« fragte mein Herr Gemahl, als er vom Weineinkauf zurückgekehrt war. »Vor seiner Box wacht Tag und Nacht ein Knecht, und seine Flanken sind völlig verschrammt. Der Knecht wollte keine Auskunft geben; er sagte nur, wir sollen dich fragen.« Während die Knechte den Karren im Hof abluden und die Fässer in den Palas rollten, von wo sie zur Aufbewahrung in den Keller gebracht wurden, kam Gilbert in den großen Raum gesprungen und sah frisch, wohlgemut und noch schöner aus als sonst, ich hingegen wie eine Vogelscheuche, denn vor lauter Sorgen hatte ich Ringe unter den Augen.

»Wo ist dein Vater?« fragte ich. »Wir müssen mit ihm reden. Hugos Frau ist verrückt geworden und im Turmzimmer eingesperrt. Sie will mein Pferd töten lassen, weil sie angeblich durch meine Stute ihren Sohn verloren hat. Der Sohn war aber nur ein Kissen, das mit Wundverband festgewickelt war.« Das muß sich etwas wirr angehört haben, denn er schüttelte den Kopf, als verstünde er nicht recht.

»Sie ist schwanger mit einem – einem Kissen?«

»Genau«, sagte ich. Er nahm meine Hand und streichelte sie zärtlich.

»Margaret, Margaret, kaum bin ich fort, schon ist hier der Teufel los, wie?«

»Ja, anscheinend läuft das immer so. Es muß am Geist des Hauses liegen. Du weißt, was ich von Besuchen hier halte.«

»Mir geht es genauso, Margaret. Und bedenke, ich bin hier geboren und kann es trotzdem nicht leiden.«

»Mein Herr Gemahl, wir haben noch ein Problem. Die Mädchen sind im Söller.«

»Na und? Nähen sie weitere Altartücher?«

Ich seufzte tief. »Nein, damit meine ich, sie sind oben eingesperrt und kommen nicht heraus, bis wir uns überlegt haben, was wir mit ihnen machen.«

»Was haben sie denn diesmal angestellt, schon wieder jemandem Frösche ins Bett getan?«

»Nein«, antwortete ich. »Sie haben sich zu Priesterinnen eines heidnischen Kults machen lassen und den Bauern Geschenke und soviel Honigkuchen abgezwackt, daß beiden davon schlecht ist.« Bei diesen Worten griff sich Gilbert an die Stirn und ließ sich auf die Bank fallen, die sich im Palas an der Wand unter zahllosen Hirschgeweihen entlangzog, die sein Vater gesammelt hatte.

»O mein Gott«, sagte er. »Die Inquisition.« Er schüttelte den Kopf. »Laß mich einen Augenblick nachdenken«, murmelte er. »Ich bin völlig durcheinander.«

»Ich seit deinem Aufbruch auch.«

»Hat einer der Priester davon Wind bekommen?« fragte er leise.

»Nein, der Beichtvater deines Vaters ist betrunken, und Lady Petronillas Beichtvater ist auf und davon und verrät deinen Vater an die Augustiner von Wymondley. Vor morgen gibt es keinen Dorfpriester, und da liegt der Hase im Pfeffer. Die Bauern hätten sich dem alten Kult nicht wieder zugewandt, wenn sie einen anständigen, gottesfürchtigen Priester gehabt hätten. Über Lady de Vilers weiß jetzt jeder im Dorf Bescheid. Das läßt sich nicht mehr vertuschen. Man hat sie am Weiher angetroffen, wo sie als Succubus verkleidet getanzt hat. Aber das verrät keiner. Auch nicht das mit Cecily und Alison. Gilbert, du kannst dir nicht vorstellen, was sie gemacht haben. Sie sind auf einer weißen

Färse dahingezogen und haben französische Balladen als uralte Anrufung ausgegeben. Sie haben mit heiligen Aalen verkehrt. Die Bauern haben sie völlig verdorben. Mein Herr Gemahl, wir müssen die Mädchen so schnell wie möglich von hier fortbringen. Und wir können sie erst bestrafen, wenn wir weit weg sind, sonst erhebt sich das ganze Dorf gegen uns.«

»Die sich erheben? Wohl kaum. Vielleicht stecken sie ein paar Heuhaufen in Brand.«

»Gilbert, sie haben ihre Ernte verloren, sie haben Angst, daß sie auch noch ihre Tiere verlieren, denn die Viehseuche kommt immer näher; ihnen ist inzwischen alles einerlei. Sie glauben, daß die Mädchen ihre Rettung sind. Du kannst sie nicht allesamt über die Klinge springen lassen. Dein Vater braucht lebende Bauern, sonst setzt er dir erneut die Daumenschrauben an.«

»Aber Margaret, ich schulde meiner Familie doch etwas.« Bei diesen Worten sank ich einfach neben ihm auf die Bank und barg den Kopf in den Händen.

»Ich ertrage diese Menschen nicht länger. Gilbert, warum, ach, warum bin ich nur so bereitwillig mitgekommen?« Gilbert nahm mich in die Arme.

»Wegen des Hauses, Margaret. Weißt du es nicht mehr? Der Kanonikus kommt heute abend, morgen ist die Zeremonie. Laß uns gute Miene zum bösen Spiel machen, die Einsetzung des neuen Priesters feiern, dann mag das Schicksal der Schenkungsurkunde seinen Lauf nehmen. Was hat Vater nur an sich, daß er mich immer wieder einfängt? Mein Leben verläuft klar, sauber und geordnet, bis er auftaucht. Jedesmal, Margaret, jedesmal ...«

»Ah, da seid Ihr ja, Weib, da seid Ihr! Ich komme gerade aus dem Hundezwinger, und was glaubt Ihr, was ich da vorgefunden habe? ANTWORTET MIR! So wahr ich lebe, ich mache einen HUT aus Eurem kleinen Köter!« Sir Hubert kam noch voller Reisestaub mit dem wiegenden Gang des Reiters in den Palas gestürmt. Ihm folgten Hugo und weiteres Gesinde, alle ungemein belustigt. »MEINE LIEBSTE JAGDHÜNDIN! Wie könnt Ihr es wagen?«

»Vater, das war doch nicht Margaret«, sagte Hugo.

»Unterbrich mich nicht! Du weißt, was ich meine!«

»Und weißt du jetzt, was ich meine?« fragte Gilbert leise und blickte mich bekümmert an.

»Ich weiß genau, was du meinst. Ich wäre auch ausgerissen, wenn ich als sein Sohn geboren worden wäre.«

»Steh auf und sieh mich an, du KALB! Meine liebste HÜNDIN! Eine Schande ist das! Ich ERSÄUFE sie allesamt!«

»Wenn ich Euch recht verstehe, Vater, so hat sie einen Wurf?« fragte Gilbert höflich, erhob sich von der Bank und baute sich vor seinem Vater auf.

»Einen Wurf? EINEN WURF? Ein häßliches Gezücht widernatürlicher, mißgebildeter Geschöpfe mit abartigen weißen LOCKEN! DAS WAR EUER HUND, Madame. Das Geschöpf, das die ganze Zeit schläft!«

»Wehe, Ihr rührt meine Welpen an«, sagte ich, und auf einmal packte auch mich der Zorn.

»Genau das meine ich. Das ist Euer Werk.«

»Es ist doch nicht meine Schuld, wenn Ihr bei Euren Besuchen gegen meinen Willen all diese riesenhaften, schmutzigen Jagdhunde mitbringt. Ihr habt ihnen erlaubt, daß sie, kaum daß sie ausgelegt waren, in meine schönen, sauberen Binsen pinkeln und überall ihre widerlichen Flöhe verstreuen.«

»Pinkeln und Flöhe sind etwas Natürliches, Madame, gewöhnt Euch lieber daran«, sagte der alte Mann und stemmte die Hände in die Hüften.

»Desgleichen Hunde, die andere Hunde bespringen, gewöhnt Euch also daran«, sagte ich und spürte, wie es mir heiß ins Gesicht stieg.

»Zwei Monate, genau auf den Tag, Hugo«, sagte Gilbert fröhlich.

»Man bedenke nur den Größenunterschied«, sinnierte Hugo. »Wenn man schon zu einem Hut verarbeitet wird, sollte es sich wenigstens gelohnt haben.« Bei diesen Worten wurde ich noch wütender. Zuviel Arbeit, zuviel Ärger und zuviel Brokesford, das konnte jeden um den Verstand bringen. Kein Wunder, daß Lady Petronilla, so böse sie sonst auch sein mochte, völlig durchgedreht war.

»Wehe, Ihr rührt auch nur einen von ihnen an«, sagte ich. »Ich habe es satt, wie Ihr im Blut watet.«

»Madame, die Dinger da im Hundezwinger sind nutzlose Fresser. Sie sind allesamt abartig und taugen weder zum Jagdhund noch zum Schoßhündchen.«

»Mein Lion ist kein Schoßhündchen.«

»Nein, sondern ein Kissenhund, und von der Sorte dulde ich keine weiteren.« Aber als ich sah, wie sich der widerliche weißhaarige Mann umdrehte und dem Knecht Befehle erteilte, würgte mich alles, was er mir angetan hatte, in der Kehle.

»Wenn Ihr die Hündchen auch nur anrührt, dann – dann erzähle ich alles dem Kanonikus. Ich schreie es von den Dächern. Ich erzähle es dem gräßlichen Bruder Paul, der Euch in diesem Augenblick an die Augustiner verrät.« Dem alten Mann quollen die Augen aus dem Kopf, und ehe ich mich's versah, hatte er mich bei den Schultern gepackt und schüttelte mich durch, bis mir die Zähne klapperten.

»Was soll das heißen, er verrät mich?«

»Er ist zu den Mönchen in Wymondley geritten. Na, wie gefällt Euch das? Und alle Welt weiß, daß Hugos Frau irre ist und als Succubus am Weiher getanzt und den Arzneikasten mit Hexenzauber gefüllt hat ...«

»Der Succubus, meine Frau? Verdammt!« unterbrach mich Hugo.

»Und was habt Ihr vorgehabt, wolltet Ihr eines Nachts beim Weiher zusehen, Ihr unzüchtiger alter Mann? Kein

Wunder, daß sie versucht hat, mit einem Kissen eine Schwangerschaft vorzutäuschen.«

»Meine Frau? Gilbert, du hast ja keine Ahnung, wie enttäuscht ich bin. Ich habe ihr alles gegeben ...«

»Vater, wehe, Ihr faßt Margaret ...«

»Und du, faß mich nicht an, du elendes Jammerbild von einem Sohn! DICH BRING ICH UM!« Das Unwetter, das sich rings um mich entlud, läßt sich schwerlich beschreiben, sie brüllten sich an, und ich wurde zwischen Gilbert und seinem Vater hin und her geschubst, während einer sagte, faß sie nicht an, und der andere sagte, ich, ich fasse an, wen ich will, noch bin ich hier der Herr, und so weiter und so fort. Der Lärm soll aus den Fenstern gedrungen sein, daß die Leute von den Festvorbereitungen abließen, im äußeren Burghof zusammenliefen und zuhörten. Er hallte auch die Wendeltreppe hoch in den Söller, und ehe ich wußte, wie mir geschah, hatte sich mein armer alter Lion in Sir Hugos Ferse verbissen, und dann kreischte ein kleiner Junge hoch und schrill: »Faß meine Mama nicht an«, und irgendwo weinte ein Mädchen, während jemand, vermutlich Cecily, mit einer Spindel wahllos auf die verschlungenen Leiber einschlug. Und dann ließ sich über dem ganzen Tumult eine kühle, klare Frauenstimme vernehmen.

»Meine Herren! Vergeßt nicht, daß Ihr Ritter seid.« Gilbert blickte hoch und ließ die Kehle seines Vaters los. »Der Kanonikus und die Priester der Kirche stehen vor dem Tor.« Gilberts Vater ließ Gilberts Kehle los. Ich befreite mich aus ihrer Mitte und zupfte mir Schleier und Gebende zurecht. »Schämt euch«, sagte Madame und stand aufrecht und bleich in ihrem schäbigen schwarzen Gewand da, das inzwischen so zerrissen war, daß es sich trotz aller Mühe nicht mehr flicken ließ. Hugo blickte grollend auf Lion, denn der wollte seine Ferse nicht loslassen.

»Das ist ein sehr teurer Schuh«, sagte er empört.

»Rührt meinen Hund nicht an«, sagte ich mit drohender Stimme.

»Großpapa, ich mag dich nicht, du bist gemein«, sagte ein Stimmchen. Sir Hubert blickte den kleinen Jungen an, der im Kampf rücklings zu Boden geworfen worden war.

»Noch bin ich hier der Herr«, sagte er und zog die grimmigen weißen Brauen wie Sturmwolken zusammen.

»Aber er ist der größere Edelmann, und dabei zählt er noch nicht einmal drei Jahre«, bemerkte Madame. »Er hätte in diesem Augenblick sein Leben für Madame, seine Mutter, gegeben, während Ihr sie wegen eines Wurfs kleiner Hunde erwürgen wolltet.« Das klang so gelassen, traf so genau ins Schwarze, daß die Streithähne plötzlich Ruhe gaben.

»In diesem Haus bin ich der Herr«, sagte der Lord von Brokesford. Es war ein letzter Versuch, seine Rechte geltend zu machen.

»Gott ist der Herr in jedem Haus«, sagte Madame und sah ihn mit kühlem blauen Blick an, ohne mit der Wimper zu zucken.

»Gott hat unten im Dorf ein ungemein gutes Haus. Daran sollte er sich halten«, knurrte der alte Mann und gab klein bei. Madame lächelte. Es war ein sehr schmales, blasses Lächeln, das vielleicht nur ich bemerkte.

»Und Gottes Stellvertreter befinden sich schon bald in unserem Haus, sie bleiben zum Essen, bevor sie weiter nach Wymondley ziehen, wo sie dann übernachten.«

»Bei Gott, die stecken doch alle unter einer Decke«, sagte Hugo und wunderte sich über seinen eigenen Gedanken.

»Vater, überlegt es Euch gut, ehe Ihr Euch an Margaret vergreift. Ihr braucht sie noch«, mahnte Gilbert.

»Madame de Hauvill, Ihr seht aus wie eine Bettlerin. Wie mögt Ihr in diesem Aufzug einen Kirchenfürsten begrüßen?«

»Ich würde mich nicht schämen, in diesem Aufzug

selbst vor Gott zu treten. Ich kleide mich in Gerechtigkeit«, erwiderte Madame. »Daß ich mir das Gewand zerrissen habe, geschah meinen beiden kleinen Schützlingen zuliebe, sonst hätte die Irre sie noch am Weiher erschlagen.« Man mußte sie einfach bewundern. Die lautere Wahrheit war es nicht, aber es hätte durchaus so sein können und reichte, daß der alte Mann aufmerkte.

»Falls es sich so verhält«, sagte er, »dann habt Ihr diesem Haus einen Dienst erwiesen. Ihr sollt Euch morgen nicht vor den Kirchenfürsten und unseren hohen Gästen schämen müssen. Margaret, geht zu der eisenbeschlagenen Truhe in meiner Kammer und kleidet sie von Kopf bis Fuß neu ein. Ich will es so. Noch bin ich Herr von Brokesford.« Hugo und Gilbert blickten sich mit offenem Mund an. Cecily und Alison machten große Augen, das Gesinde machte große Augen, und als sich alles draußen herumsprach, machten auch die Bauern große Augen, wie ich später hörte. Der Haß des alten Mannes auf Madame hatte in der Burg bereits mythische Ausmaße angenommen. Gewiß war er der größte Edelmann der ganzen Christenheit, wenn er sie trotz ihrer Widerborstigkeit mir nichts dir nichts so fürstlich beschenkte.

Ich merkte, daß Sir Hubert genau wußte, daß er Eindruck gemacht hatte – auf den Rest der Welt, auf seine Familie und sogar auf sich selbst. An seiner selbstgefälligen Miene konnte ich ablesen, daß er sich noch immer so weit erhaben über diese kleine Welt dünkte wie Gott über die große. Seine Güte regnete auf Gerechte und Ungerechte gleichermaßen, so wie Gott es auch bei den Heiden regnen läßt. Ein Wunder, daß er nicht brüllte: »Ha! Da seht ihr's. Wer versteht mehr von Ritterlichkeit, eine scharfzüngigige alte Lady oder ich!« Er verschränkte die Arme und schaffte es, überheblich und zufrieden zugleich auszusehen, während ich mich abwandte und Madame nach oben zu den Truhen führte, in denen er seine französische Beute und die gefalteten Kleider seiner längst verstorbenen und wenig betrauerten seligen Frau aufbewahrte.

»Vater«, hörte ich Gilbert sagen, als ich den Raum verließ, »hier ist seit unserem Aufbruch viel geschehen ...«

»Was geschehen ist, ist geschehen. Ich erwarte von euch beiden, daß ihr mir dabei helft, alles bis nach der Zeremonie unter der Decke zu halten. Die Hauptsache ist, daß Brokesford vor den Gästen keine Schande einlegt. Ich will keinen Skandal, der Stoff für spätere Legenden bietet. Habe ich richtig gehört, hat deine Frau etwas von einem Kissen ...?«

Kapitel 18

Heller Spätsommersonnenschein glänzte auf Brokesfords gülden bestickten Fahnen, auf den blankgeputzten Pferdeharnischen der schönsten Pferde im Stall und auf den kostbaren, unsichtbar geflickten Seidenlivreen des Burggesindes. Man hatte sich auf der staubigen Straße am Dorfausgang zu einem großen Zug gesammelt, dem die Dorfbewohner im Sonntagsstaat folgten, um die Prozession der Priester und Geistlichen mit dem Kanoniker von der Kathedrale und dem neuen Priester, die vom Kloster herangeritten kam, zu begrüßen. Noch nie hatten Sir Hubert und seine Söhne in ihren schönen Surkots mit dem aufgestickten Wappen der de Vilers eindrucksvoller ausgesehen. Einem schärferen Auge wäre vielleicht aufgefallen, daß Sir Hugo neuerdings verbittert und Sir Gilbert von Zeit zu Zeit eigenartig bang blickte. Niemand jedoch wagte, darauf hinzuweisen, daß Sir Hugos Frau unter den Frauen in der Nachhut des berittenen Trupps fehlte. Statt dessen wurde einhellig bewundert, wie der kleine Peregrine, den die ganze Pracht einschüchterte, neben seinem Großvater auf seinem eigenen Pony ritt, das zwei Knechte zu Fuß führten.

»Der einzige Erbe«, tuschelte man. »Seht ihn euch an, so jung und sitzt schon so gerade.«

»Guckt mal, der Ponyharnisch. Tom der Sattler hat auf Sir Huberts Befehl eine genaue Nachahmung seines eigenen Kriegssattels angefertigt.«

»Und was wird aus Sir Hugo?«

»Dem hat es die Petersilie verhagelt, es sei denn, er steckt sie – na, ihr wißt schon ...«

»Dann hält er also dem eigenen Neffen den Platz warm.«

»Ist auch besser so, er soll furchtbar verschwendungssüchtig sein ...«

»Warum heißt der Junge eigentlich Peregrine? Der Name ist in der Familie doch nicht üblich.«

»Weil er in der Fremde geboren wurde. So was soll der Name jedenfalls bedeuten. Damals war noch kein Gedanke daran, daß er einmal der einzige Sohn des Hauses de Vilers sein würde.«

»Ach, und sieht er nicht schon wie ein kleiner Ritter aus? Falls Gott ihn bewahrt, wird er eines Tages ein vornehmer Edelmann.«

Die da redeten standen so weit hinten, daß die Männer sie nicht hören konnten, aber etwas davon drang an die scharfen Ohren der kleinen Mädchen, die hinter den Frauen ritten. Und obwohl zur Feier des Tages jede ihr eigenes Pferd hatte und Old Brownie im Stall bleiben durfte, bekamen sie heiße Ohren. Malachi soll sich mit dem Stein der Weisen lieber beeilen, dachte Cecily. Ich habe es so satt, immer an letzter Stelle zu reiten. Alison war rot vor Zorn, dann kratzte sie sich am Kopf, daß ihr der Blumenkranz aufs Ohr rutschte. Es war heiß und langweilig, und bis zum Fest mußte sie noch viele Stunden mit Beterei verbringen, und es verlockte sie, etwas anzustellen.

Zum Glück für jedermann konnte sie dieser Verlockung nicht nachgeben, denn in der Ferne bog der Trupp des Kanonikers um ein Gehölz und kam in Sicht. Der Kanoniker in seiner Pracht wurde allen Erwartungen gerecht. Selbst von hier aus konnte man das Klingeling der Silberglöckchen am Harnisch seines weißen Maulesels hören und den eleganten Purpur seiner mit Hermelin verbrämten Gewänder ausmachen. Neben ihm ritten zwei schlicht gekleidete Priester, und hinter ihm gingen drei Geistliche zu Fuß. Und hinter denen ritt, o Wunder über Wunder, auf einem kastanienbraunen Zelter, umringt von Mönchen zu Fuß, die die Klosterfahnen trugen und im Dahinschreiten psalmodierten, der Abt höchstpersönlich. Die Aussicht auf so viel Heiligkeit auf einen Schlag versetzte die Dorfbewohner in Entzücken, und jeglicher Gedanke an Quellen und Aale und nächtliches Zauberunwesen verflog und löste sich in Luft auf.

Als die beiden Trupps sich begegneten und Sir Huberts Kaplan dem Kanoniker den Kirchenschlüssel übergab, damit dieser ihn dem neuen Priester feierlich überreichen konnte, ging nur ganz wenig schief, doch das störte die Festesfreude kaum. Denn während man sich in Höflichkeiten erging, beglückwünschte der Kanoniker Sir Hugo zu dem prächtigen Sohn. Der neue Priester zuckte zusammen und dankte Gott ein ums andere Mal, daß diese Bemerkung nicht ihm unterlaufen war, denn Sir Hugo sagte mit einer Stimme wie tausend Eiszapfen, daß der Junge der Sohn seines Bruders sei. Doch der Kanoniker, der mit Eisen und Messing beschlagen war, meinte strahlend, das mache gar nichts, gewiß würde ihn seine Gemahlin schon bald mit einem Sohn erfreuen, er sei mit einem Großonkel ihres Vaters befreundet, und die Familie sei ungemein fruchtbar. »Heckt wie die Kaninchen, diese Familie, zuweilen zwei auf einmal.« Als Sir Hugos sonst so taktloser Vater sah, wie seinem Sohn die Röte zu Kopf stieg, verhinderte er den bevorstehenden Ausbruch, indem er mit der dick behandschuhten Hand in Richtung Burg wies.

»Leider liegt Lady de Vilers krank im Kindbett danieder«, sagte er, und der neue Priester zuckte schon wieder zusammen.

»Habe ich es nicht gesagt? Wie die Kaninchen, die Frauen der de Brocs! Ich schaue nach dem Gottesdienst vorbei und erteile ihr meinen Segen. Habt Ihr nicht gesagt, sie würde am Fest teilnehmen?«

»Falls sie sich dazu wohl genug fühlt«, sagte Sir Hubert und führte seine anarchische Familie gelassen an ihren Platz hinter der kirchlichen Prozession, und der Kanoniker gab seinem Maulesel die Sporen.

Jedermann war der Meinung, etwas so Schönes wie diesen Zug hätte das Dorf seit der Beisetzung von Sir Huberts Gemahlin vor über zwanzig Jahren nicht mehr zu sehen bekommen, und selbst dazumal hatte man nicht so viele psalmodierende Mönche gehabt. Und die Alten aus dem Dorf erinnerten sich, daß der Sarg der guten Lady wegen ihrer Heiligkeit und ihrer guten Werke und wegen ihres unaufhörlichen einsamen Betens in der eisigen Kapelle, das ihr Tod gewesen war, nach Rosen geduftet hätte. Darauf schwiegen alle, denn der Unterschied zu der gegenwärtigen Lady de Vilers, die man im Turmzimmer einsperren mußte, war einfach zu kraß.

»Sir Gilbert gleicht dieser gnadenreichen Frau aufs Haar«, bemerkte ein alter Kauz.

»Sie hatte ihn auch für die Kirche vorgesehen, o ja.«

»Gut, daß er nicht dabei geblieben ist. Sonst würde die Burg an Fremde fallen.«

»Oder an den Abt da«, sagte sein Gefährte und deutete mit dem Kopf in Richtung des Abtes, einem beeindruckenden Menschen mit mehrfachem Doppelkinn und habgierigem Blick, wie alle fanden. Das Los der Bauern auf Klosterland war als hart verschrien, denn die Mönche berechneten den Zehnten und Fronarbeit genauer als der lasche, freigebige und häufig abwesende Seigneur von Brokesford.

Die kleine Kirche platzte schier aus den Nähten bei all dem frommen Volk, und die Gebete vor und nach der Schlüsselübergabe an den neuen Priester wiesen eine zufriedenstellende Länge auf. Natürlich musterten ihn alle Frauen sehr sorgfältig und äußerten sich zu seinem ehrlichen grobschlächtigen Gesicht, seiner Jugend, seinen großen Füßen und der Qualität der Wolle, aus der seine Priesterrobe geschneidert war. Seine Stola fand allgemeine Bewunderung, da verlautete, sie sei ein eigenhändig von seiner alten Mutter angefertigtes Geschenk. Einfach alles und dazu noch ein Maulesel, wurde getuschelt. Eins von den Mädchen konnte sein Glück machen und als seine ›Haushälterin‹ ein angenehmes Leben führen, auch wenn ihr der unschätzbare Vorteil der Ehe selbst nicht zuteil wurde. Der neue Priester zelebrierte die Messe in äußerst unverständlichem und deshalb ungemein heiligem Latein, und der Kanoniker höchstpersönlich reichte ihm den neuen prächtigen Hostienteller mit dem geweihten Leib Christi. Alles in allem bot die Zeremonie bis Michaeli genügend Stoff zum Klatschen, und dabei hatte das Fest noch nicht einmal angefangen, und das versprach zweierlei: Fettlebe und einen fetten Skandal.

Man hatte im Hof aufgedeckt und weitere Tische in den Palas gequetscht, und Dutzende von Küchenjungen liefen ein und aus, trugen riesige Mengen von Ale herbei und leere Schüsseln davon. Auf der Estrade warteten die Söhne des Hauses höchstpersönlich dem Kanoniker und dem Abt auf und legten ihnen zierlich vor, während am Frauentisch, in sicherer Entfernung von den geistlichen Männern, munter geplaudert wurde.

Draußen krakeelten und sangen die Bauern und stießen auf den Lord, den neuen Priester und die Erben des Hauses an. Der Wein wurde auf der Estrade für erlesen befunden, und der gebratene vergoldete Schwan auf seinem Bett aus Püree, das wie Wellen geformt war, wurde als Meisterwerk gepriesen. Margarets Brot war himmlisch zart, die Kruste der Lerchenpastete himmlisch knusprig, und die Unterhaltung, die gemietete Spielleute zwischen den Gängen boten, war leicht und witzig.

Vielleicht überlebe ich das Ganze ja doch, dachte der

Herr von Brokesford. Hauptsache, sie ziehen ab und denken, wir sind reich, mächtig und glücklich. Vor allem der Abt. Es gefällt mir gar nicht, wie seine Augen die Silberschüsseln auf dem Tisch zu zählen scheinen. Verdammt, hätte ich doch nur doppelt so viele. Er konnte sehen, daß die Gäste die schönen Falken auf ihren Sitzstangen, die altehrwürdigen Streitäxte an den Wänden und das gute Dutzend seiner stattlichen Jagdhunde bewunderten, die unter dem Tisch lagen und die weggeworfenen Knochen von ganzen Schweine- und Schafherden benagten, die man zur Feier des Tages geopfert hatte. Wenn die wüßten, dachte er. Mißgeburten im Bergfried und Mißgeburten im Hundezwinger. Mein Leben liegt in Scherben, und irgendwie, warum, weiß ich auch nicht, ist Gilbert daran schuld. Laut befahl er, mehr Wein aufzutragen. Je betrunkener sie sind, desto weniger merken sie, sagte sich Sir Hubert und leerte selbst Becher um Becher.

Nach dem dritten Gang, einem vergoldeten Pfau, der zu Trompetengeschmetter aufgetragen wurde, blickte der Herr von Brokesford von seinem Teller auf und sah etwas Entsetzliches. Sir Hugo wurde blaß, Sir Gilbert kniff die Lippen zusammen, und am Damentisch verstummte das Geplauder. Wie auf ein Stichwort hin hörten auch alle anderen im Raum auf zu reden, nur nicht die geistlichen Gäste, die nicht ganz begriffen, was da vor sich ging. Eine Frau in Schwarz war am Fuß der Treppe aufgetaucht, die nach oben zum Söller und von dort zum Übergang in den Bergfried führte.

Lady Petronillas Gesicht war aufgedunsen, entstellt und bleich, unter ihren Augen lagen dunkle Ringe. Ihre Zöpfe hatten sich gelöst, und feuchte Haarzotteln hingen ihr ums Gesicht. Den schwarzen Schleier des Succubus hatte sie abgelegt und den Versuch gemacht, den zarten weißen Leinenschleier, den sie vom herzoglichen Hof mitgebracht hatte, zu befestigen. Aber er saß schief auf dem aufgelösten

Haar, da ihn nur eine einzige, wahllos hineingesteckte Nadel hielt. Sie hatte sich ihren silbern bestickten schwarzen Surkot angezogen, doch er war so zerknautscht, als hätte sie darin geschlafen, und von einem verkrusteten gelblichen Fleck verunziert. Ihre Blicke schossen hin und her, und ihr unnatürlich braunroter Mund wirkte verzerrt vom endlosen Geheul.

»Wo ist mein Ehrenplatz?« fragte sie. »Wer hat meinen Ehrenplatz eingenommen?« In dem großen Palas herrschte Totenstille, als die grausige Gestalt sich dem Tisch auf der Estrade näherte.

»Hugo, sie gehört dir«, zischte der alte Lord heiser. »Schaff sie raus. Und stell fest, wer die Kammer aufgeschlossen hat, ich will seinen Kopf.«

»Aber – aber, das geht nicht. Seht sie doch an ... Fürwahr, sie ist besessen. Das gibt einen Heidenaufstand.«

»Es ist schon jetzt ein Heidenaufstand. Sei ein Mann und kein Modeaffe, und schaff sie raus.« Aber Petronilla hatte schon den Platz des Abtes erreicht.

»Das ist mein Platz. Entfernt Euch und setzt Euch tiefer«, sagte sie.

»Hugo«, zischte Sir Hubert. Doch als Sir Hugo das Wort ›besessen‹ fallenließ, hatte der Kanoniker aufgemerkt. Besessene waren seine Spezialität, und er brüstete sich gern mit seinem Wissen.

»Wie fett Ihr seid«, sagte die grausige Gestalt zu dem Abt. »Seid Ihr auch schwanger?«

»Besessen«, sagte der Kanoniker. »Hört ihr, wie der Teufel aus ihr spricht?« Der Abt drehte sich um und blickte sie entrüstet an.

»O nein, ich sehe schon, ich habe mich geirrt«, sagte sie. »Ihr seid schwanger von den Gänsen armer Leute und den Fasanen aus Wäldern, die Euch nicht gehören.«

»Eindeutig, eindeutig besessen«, sagte der Abt und lehnte sich angewidert zurück. »Nur ein Teufel könnte so reden.«

O lieber Herr Jesus, dachte Margaret und versuchte, sich am Frauentisch unsichtbar zu machen. Wenn sie mich nur nicht hier erblickt. Zwei starke Knechte, die aus der Küche geholt worden waren, hatten sich bei Lady Petronillas Worten leise hinter ihr aufgestellt, während sie die spitze Rükkenlehne des äbtlichen Stuhls umklammerte. Blitzschnell packten sie zu, doch sie biß tüchtig um sich und entschlüpfte ihnen wie Quecksilber. Das Blut der Knechte rann ihr aus dem Mund, und sie leckte es ab, als ob ihr der salzige Geschmack zusagte. In Windeseile war sie am anderen Ende des Palas, doch inzwischen setzte ihr ein halbes Dutzend Knechte nach, einer mit einem Seil, ein anderer mit einem Fischernetz.

»Nicht umbringen, sie soll zurück in den Turm«, befahl der Lord von Brokesford. Und wieder entwischte Lady Petronilla. Jetzt stand sie an der freien Seite des Frauentisches genau vor Margaret.

»Das ist dein Werk, du Hexe. Du hast mir das Kind aus dem Schoß gestohlen und es als deines ausgetragen. Und jetzt hast du mir auch das neue gestohlen. Das schneide ich aus dir heraus ...« Und bei diesen Worten schnappte sie sich ein Tranchiermesser von einer Platte mit Kapaunen und stieß über den Tisch damit zu. Margaret wich dem Stoß aus, doch da die Bank, auf der sie saß, an der Wand stand, gab es nach hinten kein Entrinnen. Petronilla sprang auf den Tisch, Margaret duckte sich darunter, und die Hunde suchten das Weite. Gilbert eilte ihr zu Hilfe, während Petronilla mit wildem Blick das Messer schwenkte und den Tisch entlanglief, die Knechte, die sie herunterholen wollten, immer hinter ihr her. Genau auf dem Höhepunkt des Tumults erhob sich Madame ungemein gelassen und durch und durch Lady, ergriff mit dem Daumen und den ersten beiden Fingern der rechten Hand einen Fleischspieß, der mit Rebhühnern besteckt in einer schmackhaften Sauce aus Ingwer und Traubensaft auf einer silbernen Platte lag, ohne daß sie die Finger tiefer hineintunkte als bis zum erlaubten ersten Glied, und stieß Lady Petronilla den silbernen Fleischspieß schnell, akkurat und unversehens in den bloßen Knöchel. Die Irre kreischte, machte einen Satz und fiel den Knechten geradewegs in Hände und Netz.

Alle Augen waren auf Lady Petronilla gerichtet, die im Netz zappelte und heulte, während die Knechte versuchten, sie fortzuschaffen, ohne gebissen oder getreten zu werden. Alle Augen, nur ein Paar nicht. Der Herr von Brokesford, dem keine Einzelheit des Scharmützels entging, beobachtete hingerissen, wie Madame mit gelassener und freundlicher Miene die Spitze des Bratspießes fein säuberlich in einer Serviette abwischte und ihn mitsamt den Rebhühnern auf die Platte zurücklegte. Er sah, wie sie alsdann mit einem raschen Handgriff das Tischtuch zurechtzupfte und einem Küchenjungen befahl, die Brotscheiben zu ersetzen, die Lady Petronilla zertreten hatte. Ungeachtet des Wirrwarrs ringsum benahm sie sich, als hätte sie die Oberaufsicht über ein königliches Bankett. Die Frau weiß Ordnung zu schaffen, dachte er bei sich. Ich kann sie zwar überhaupt nicht leiden, aber eines muß man ihr lassen, sie ist von Kopf bis Fuß eine Lady.

Zur gleichen Zeit disputierte der Kanoniker mit den anderen Geistlichen. »Dem äußeren Anschein nach vermute ich mehr als nur einen Teufel. Sie könnte einen haben, der spricht, und mehrere, die sie anstacheln. Beispielsweise beißt sie ... Sir Hugo, was meint Ihr, hat sie mit ihrer natürlichen Stimme gesprochen?«

»Oh, eindeutig viel tiefer und unnatürlicher«, bestätigte Hugo. »Ihre richtige Stimme ist hoch und lieblich, sie spricht wie eine Lady.« Als Ehegemahl einer Irren war er sich als Zielscheibe des Spotts vorgekommen und hatte sich geschämt. Aber mit einer Frau verheiratet zu sein, die nicht nur von einem Teufel, sondern möglicherweise von ganzen Heerscharen besessen war, gab ihm in der Welt ein gewisses Ansehen. Schließlich mußte eine Frau für Teufel besonders begehrenswert sein, wenn die in sie fahren wollten; und Teufel auszustechen, das konnte kein Mensch von ihm verlangen. Er war kein Trottel mehr, sondern eine edle, tragische Gestalt. »Sagt mir, gibt es noch Hoffnung?«

Der Abt schüttelte den Kopf. »Bei einem Teufel vielleicht, da möchte es gelingen. Aber wer unter uns ist mächtig genug, um es mit ganzen Heerscharen aufzunehmen?« Der Teufel paßte auch ihm gut ins Konzept. Was sie gesagt hatte, war irre, vollkommen irre und ganz und gar unsinnig. Auch im Palas fand die Teufelstheorie rasch Anklang. Sie war einleuchtend. Sie war dramatisch. Und sie versprach ein wunderbares geistliches Drama, gerade als das prächtige Fest und die Feier zu Ende gehen und sich in diesem kleinen ländlichen Ort wieder Langeweile breitmachen wollte.

Der Kanoniker schüttelte ernst den Kopf. »Mehr als fünf Teufel gleichzeitig habe ich noch nicht exorziert. Es ist gefährlich, unendlich gefährlich für den, der es auf sich nimmt, diese Teufel auszutreiben.« In einem Anfall ekstatischer religiöser Inbrunst warf sich Hugo dem Kanoniker zu Füßen.

»Oh, rettet sie, rettet sie, heiligster aller heiligen Männer!« rief er und genoß dabei gleichzeitig die Blicke, die auf ihn gerichtet waren. Insbesondere die der Frauen, die ihn gewißlich wegen seiner aufopfernden Liebe bewunderten, denn von dieser treu ergebenen Seite hatte man ihn noch nicht kennengelernt. Und während er dem Kanoniker die Spitze des schmutzigen Schuhs küßte, erwärmte er sich für seine neue Rolle: der tragische Halbwitwer, der des weiblichen Trostes bedurfte.

»Meine Gemahlin, müßt Ihr wissen – ich habe alles versucht –, ich kann sie nicht verlassen – ich kann Euch nur meine kniefällige Verehrung versprechen ...« Ich muß sofort alle Schellen von meiner Rüstung entfernen lassen, dachte er.

Der Kanoniker war hoch zufrieden. Ein schlachtenerprobter Ritter, der vor ihm zu Kreuze kroch und errettet werden wollte. Ich bleibe mehrere Wochen und gehe die Sache nach und nach an, dachte er. Man wird mich in ganz Europa feiern. Eine rosige Wolke aus Heuchelei und Selbstgefälligkeit umgab beide, Sir Hugo und den Kanoniker. Bis auf einen blieb sie allen Zuschauern des Dramas verborgen.

»Gilbert, sieh dir nur Sir Hugo und den Kanonikus an. Sie wirken fast, als wären sie ineinander verliebt.« Gilbert, der sich gerade vergewisserte, ob Margaret auch nichts passiert war, schaute auf und richtete den ironischen Blick auf seinen älteren Bruder.

»Ich glaube, du hast recht, Margaret. Mir scheint, er greift eine neue Mode auf. Weißt du noch, wie er den Troubadouren nacheifern wollte? Seine Gedichte haben mich fast umgebracht. Wie sich wohl die neue Mode macht? Irgend etwas sagt mir, daß ich sie nur ertragen kann, wenn ich sie als Strafe für meine Sünden auffasse.«

»Wie auch immer, er wird auch weiterhin den Frauen nachstellen«, sagte Margaret und zupfte sich das Gewand über dem leicht gewölbten Leib zurecht.

»Du mußt fort von hier, Margaret. Ich möchte nicht mehr hier sein, wenn sie die Teufel exorzieren. Oder bis die Pilger in Scharen herbeiströmen, sowie sich die Kunde verbreitet hat. Und eines kannst du mir glauben, die nehmen als Andenken auch noch die Türpfosten mit.«

Kapitel 19

»Priester, überall Priester. Auf Schritt und Tritt Priester. Gilbert, du kannst mich doch jetzt nicht im Stich lassen, ich brauche jemanden, der ihre Sprache spricht. Gott allein weiß, was sie alles anrichten, wenn niemand sie in Schach hält.«

»Aber genau deshalb sollte ich abreisen, Vater. Sie mißtrauen jedem, der Lesen kann oder gar Latein beherrscht. Ihr kommt besser ohne mich zurecht.« Ich merkte, daß Gilbert an Boden verlor, und das Herz sank mir in die Schuhe. »Außerdem«, fuhr er fort, »muß Margaret nach Hause und sich ausruhen. Diese Attacke mit dem Tranchiermesser hat sie sehr mitgenommen, sie will heim.«

»Ausruhen? Ausruhen? Sie kann sich hier ausruhen. Die Stadt ist ein ungesunder Ort. Nichts als faulige Luft. Denk doch nur an die Wälder, die Felder, die linden Lüfte! Kann einer Frau, die ein Kind erwartet, nur guttun. Außerdem ist es Hugos Schuld, daß das Weib herausgekommen ist. Er hat vergessen, die Tür abzuschließen, als er seine Truhe und seine Falken aus dem Turmzimmer geholt hat. Das passiert nicht noch einmal. Gut, dann ist es also abgemacht. Also, Gilbert, eine Partei will in der Kapelle exorzieren und die andere will dazu in die Kirche. Was soll ich ihnen sagen?«

»Sagt ihnen, sie sollen dazu in die Kirche gehen. Sonst habt Ihr Tausende von Gaffern in der Kapelle, die alle die Gastfreundschaft Eures Hauses in Anspruch nehmen wollen. Sagt ihnen, die Kirche ist heiliger, auch wenn es Euch schwer ankommt, auf Eure Bequemlichkeit und die große Ehre zu verzichten, daß Ihr jedoch wißt, wie schwierig das Ganze ist und daß Ihr nichts unversucht lassen wollt, die Herrin von Brokesford von all ihren Teufeln zu befreien.«

»Die Herrin von ... O die Schande, Gilbert, die Schande.« Kopfschüttelnd stapfte der alte Mann im Söller auf und ab. Madame und ich nähten vor uns hin und taten so, als lauschten wir nicht, aber die Mädchen spitzten ganz ungeniert die Ohren. »Nicht zu fassen! Und das bei der Sorgfalt, mit der ich die Blutlinien ausgesucht habe. Ich habe mir den Erzeuger angeschaut, desgleichen die Brüder. Allesamt gesund. Ich bin jedoch zu dem Schluß gekommen, daß dort Inzucht herrscht. Da gibt es eine Erbkrankheit, denn die Mutter haben sie vor uns versteckt, haben gesagt, sie wäre krank. Beim Heiratsgelöbnis sah sie einigermaßen gesund aus, wenn auch blaß und geschwollen um die Augen herum. Aber nur ein wenig. Sie hätte um ihren in Frankreich gefallenen Bruder geweint, sagte man mir. Aber nun weiß ich es besser. Ich weiß Bescheid. Den gleichen Ausdruck habe ich auf unserem Fest in den Augen ihrer Tochter gesehen. Verdammt! Verdammt! Wieso habe ich nur keinen Verdacht geschöpft? Eine Familie mit dem Geld und dem Stammbaum, warum sollte sie sich ausgerechnet mit dem Erben eines bescheidenen Besitzes in einem fernen Teil des Landes verbinden? Man wollte mir beschädigte Ware andrehen, Gilbert. Ich schäme mich, daß ich mich so habe hereinlegen lassen. Teufel! Daß ich nicht lache! Schlechtes Blut – und sonst gar nichts.«

»Sagt das nicht noch einmal, Vater. Haltet Euch an die Teufel. Das macht alle glücklich und enthebt Euch der Peinlichkeit.«

»Gut, dann also Teufel. Hunderte von Teufelchen. Eine Tragödie und nicht Dummheit. Selten. Ungewöhnlich. Auf eine grausige Art sogar faszinierend. Sie sind schon im Anmarsch, Gilbert. Pilger mit Glotzaugen, Priester ohne Pfarre, alte Frauen, die sich am Unglück anderer weiden. Ich sehe sie im Dorf, wo sie nach dem Weg fragen. Das Gästehaus des Klosters quillt über, und heute morgen habe ich bereits ein halbes Dutzend am Tor abgewiesen. Hol's der Henker, warum muß ausgerechnet mein Haus von Teufeln heimgesucht werden?«

»Wenn ich Bruder Malachi wäre, würde ich vorschlagen, daß Ihr Eintritt nehmt.«

»DER! DER hat mich doch ins Unglück geritten. Ich habe Sorgen, SORGEN! Und zu allem Überfluß noch Teufel! Ich nehme Eintritt, so wahr ich lebe! Dafür schuldet man mir etwas, man SCHULDET mir etwas!«

»Gilbert, ich sehe nicht ein, warum ich dabeisein muß. Ich möchte wirklich nicht.« Wir hatten den Kanoniker und den neuen Priester und einen ganzen Schwarm von Geistlichen am Tor empfangen und zogen nun in feierlicher Prozession mit einem Riesenkruzifix und einem Reliquiengefäß mit einem Haar vom Bart Johannes' des Täufers zum Turmzimmer, um es zu entriegeln, Lady Petronilla herauszuholen und in die Kirche zu schaffen.

»Der Kanonikus hat gesagt, die Teufel haben eine besondere Abneigung gegen dich gefaßt und lassen sich vielleicht bewegen, in deiner Anwesenheit mehr aus sich herauszugehen. Außerdem bin ich auch noch da, und du hast eine Lady zu deiner Unterstützung. Madame behält in Krisenzeiten einen ungemein kühlen Kopf.« Madame nahm dieses Lob erfreut entgegen. Sie, die früher einmal steif und schäbig gewesen war, wirkte jetzt in der kostbaren dunklen Kotta und dem Surkot, die sie sich aus Sir Huberts Truhe ausgesucht hatte, gelassen und elegant. Wir hatten die Säume zwar umschlagen und ein paar kleine Mottenlöcher stopfen müssen, doch als sie die Gewänder angezogen hatte, fielen sie in würdevollen Falten um ihre zartgliedrige aufrechte Gestalt, so als wären sie für sie gemacht. Wenn einer Teufel auf ihren Platz verweisen konnte, dann Madame.

An der Kammertür standen zwei bewaffnete Wachen. Auf dem Türrahmen hatte man zwei neue Winkeleisen angebracht, die eine Stange hielten, mit der der Raum von außen verriegelt werden konnte. Sir Hugo hob die Stange mit eigener Hand hoch, und der Kanoniker riß die Tür auf, hielt sich aber gut an einem kalbsledernen Buch mit dem Titel *Manuale Exorcistarum* fest. Unerträglicher Gestank schlug uns entgegen. »Aha«, sagte der Kanoniker hocherfreut, »das *foetur diabolicum.* Ganz eindeutig mehr als einer.« Er hatte sich gut vorbereitet. Hinter ihm standen zwei Geistliche mit Kerzen auf langen Stangen, ein Kruzifixträger, ein weiterer Geistlicher mit Weihwasser und Weihwasserwedel und ein fünfter mit einem Weihrauchgefäß, das einen schweren süßlichen Duft verströmte. Ich hielt mir die Nase mit dem Ärmel zu und sah daß die anderen es mir nachtaten. Als wir den Raum betraten, konnten wir niemanden sehen, aber wir merkten, woher der Gestank kam. Die Wände, die Truhen, ja sogar das Bett waren mit menschlichem Kot beschmiert. Auf dem Fußboden standen Lachen von Erbrochenem. Der Weihrauchduft vermischte sich mit dem Gestank im Raum, so daß es noch ekelhafter roch.

»Beim Namen unseres allmächtigen Herrn Jesus Christus befehle ich dir, komm herfür«, sagte der Kanoniker und hob die rechte Hand. Wir hörten leises Knurren und Rascheln, und ein Paar glitzernde Augen spähten hinter dem Kopfende des Bettes hervor. Lady Petronilla war nicht wiederzuerkennen, ihr Haar war verfilzt und dreckig, ihr Gesicht aufgedunsen, die Haut seltsam fleckig und voller vorzeitiger Falten und Runzeln. Sie trug nichts als eine verdreckte Kotta, die nicht verschnürt war und ihr fast vom

Leib fiel, und darunter ein Hemd, das sie anscheinend eigenhändig zerfetzt hatte. »Eure Knechte sollen sie fangen und fesseln«, sagte der Kanoniker zu Sir Hubert, und der gab den Befehl mit einem Winken der behandschuhten Hand weiter. Sie kreischte und schrie, als man sie an den Füßen unter dem Bett hervorzog, sie rief um Hilfe, begann zu zucken, bekam Schaum vor den Mund und versuchte alle zu beißen, die sie anfassen wollten. Sie schien die Kraft von zehn Menschen zu besitzen, daher dauerte es lange, bis eine Schar stämmiger Knechte sie endlich fest auf einem Brett verzurrt hatte, um sie zur Kirche zu schaffen. Sie fluchte, forderte Gerechtigkeit, fauchte und knurrte, als sie in den besonnten äußeren Burghof geschleppt wurde, wo sich eine ansehnliche Schar Gaffer eingefunden hatte.

Ein Knecht hielt meine Stute am Trittstein für mich bereit, und ich mußte daran denken, wie so ganz anders doch der prächtige Zug eine Woche zuvor ausgesehen hatte. Heute gab es keine Fahnen, keine Kinder, statt dessen als Mittelpunkt eine kreischende Frau auf einem Brett. Ich bemerkte Fremde, deren Augen nichts entging. Einige beteten den Rosenkranz oder bekreuzigten sich. Das hier zählte ganz offensichtlich zu den erbaulichen religiösen Erfahrungen, war fast so erhebend wie eine Ketzerverbrennung. Vor uns beugte sich Sir Hubert von seinem großen Schlachtroß und sagte etwas zu Sir Thomas, unserem neuen Priester, der sein kleines braunes Maultier ritt. »Vergeßt nicht, was ich Euch gesagt habe«, flüsterte er mit Trompetenstimme. »Für Euch springt dabei ein neues Dach heraus und für uns vielleicht ein, zwei Wandbilder.« Ich sah Sir Thomas nikken und meinte, ihn antworten zu hören: »Genau wie Ihr gesagt habt, Mylord, das Doppelte für Plätze im Kirchenschiff, eine Spende, vollkommen freiwillig ...« Dann verwehte eine Brise seine Worte.

Aus Angst, Lady Petronilla könnte sich losreißen, legte

man sie mitsamt dem Brett vor dem Altar nieder. Sie jammerte und stöhnte, so sehr hatte sie der Kampf gegen die Stricke erschöpft, während die Priester psalmodierten und die Stelle vor dem Altar mit Weihrauch befächelten. Der Kanoniker spürte, daß sich bei den Gaffern unerwünschtes Mitleid, gemischt mit grausiger Faszination, regte, und rief nach Weihwasser, mit dem er die Lady bespritzte.

»Es brennt, es brennt!« kreischte sie. »Bindet mich los!« Daß Weihwasser brennen konnte, entsetzte die Menge und verschlug ihr den Atem.

»O ja. Sie sind noch nicht ausgefahren.« Er schlug sein Buch auf und gebot dem Kruzifixträger, das Kruzifix genau über sie zu halten. »Teufel oder Teufelsbrut, bei der Allmacht unseres Herrn Jesus Christus beschwöre ich euch, nennt mir eure Namen!«

»Ihr kennt meinen Namen!« rief die Irre. »Ihr kennt ihn!«

»Oh, das dürfte die Teufelin Xanith sein, die als Succubus in ihr gewohnt hat.«

»Wirklich? Woher wollt Ihr das wissen?« fragte Sir Hugo.

»Weil es eine weibliche Stimme ist«, sagte der Kanoniker. Ich merkte, wie Lady Petronillas unnatürlich leuchtende Augen das alles aufnahmen und hin und her schossen. Sie selbst verhielt sich sehr still. Ich konnte sehen, wie ihr Hirn arbeitete. Sie wollte losgebunden werden.

»Ihr kennt mich«, sagte sie mit hoher weiblicher Stimme. »Ich bin Xanith, und ich begehre deinen Leib, Priester. Ich will dich zur Sünde verleiten.«

»*Exi ab ea!* Ich exorziere dich, unsauberer Geist! Betet, ihr guten Leute, betet das Vaterunser!« Während alles murmelte und betete, machte er auf ihrer Stirn das Zeichen des Kreuzes, und sie schrie und wand sich. Dann reichte er ihr die geweihte Hostie, und ihr kam erneut Schaum aus dem Mund. Ein furchtbarer, herzzerreißender Schrei, und sie übergab sich: grünlicher Schleim aus einem leeren Magen. »Das ist der erste, der den Leib in Form von Erbrochenem verläßt, aber nicht der letzte«, verkündete der Priester der Menge. »Wenn sie die Hostie bei sich behält, sind alle Teufel ausgetrieben.«

»Wir weichen nie«, sagte die Irre mit tiefer Baßstimme. »Wir sind zahlreich und mächtig.«

»Dich kenne ich«, sagte er und blätterte in seinem Buch. Er wandte sich an den neuen Dorfpriester, der ehrfürchtig über sein Können staunte, und erläuterte kurz: »Ich unterscheide, nun da die Teufelin ausgefahren ist, vier Teufel, als da sind Leviathan, Balam, Iskaron und Behemoth. Behemoth gibt böse Gedanken ein, Leviathan bringt die Seele in Aufruhr, und Iskaron bewirkt unfromme Taten während der Messe.«

»Und Balam?« fragte Sir Hugo.

»Balam bewirkt unpassendes Gelächter. Ist Euch aufgefallen, wann Eure Gemahlin lacht?«

»Immer wenn in der Predigt von Demut und Pflicht die Rede war«, antwortete Hugo. »Sonst war ihr wohl nicht nach Lachen zumute. Ach, außer einmal, als jemand gehängt und gevierteilt wurde.«

»Genau. Das Buch ist unfehlbar. Aber begreift doch, die Gefahr ist groß. Mit jedem Teufel, den ich austreibe, werden die anderen mächtiger und gerissener. Das kann Tage, ja Wochen dauern. Wenn wir sie, sagen wir, beispielsweise von Balam und Leviathan befreien, ist die Seele nicht mehr in Aufruhr, sondern ganz und gar Behemoth – das heißt den bösen Gedanken – ausgeliefert und weist kein Anzeichen von unpassendem Gelächter mehr auf. In den Zwischenstadien ist die Gefahr stets am größten.«

»Mylord Kanonikus, ich bin Euch zutiefst dankbar für Eure große Weisheit«, sagte Sir Hugo und verdrehte die Augen gen Himmel. »Ich kann Euch gar nicht sagen, wie dieses Schauspiel einem ergebenen Ehemann das Herz zerreißt. Immer steht mir mein Gelöbnis vor Gott vor Augen ...«

»Was ist das?« hörte ich auf meiner anderen Seite Sir Hubert Gilbert zuflüstern, »Wochen? Ha, dabei springt für uns gar ein Buntglasfenster heraus. So ist das elende Weib am Ende doch noch zu etwas nutze.«

Aber ich beobachtete Lady Petronilla. Bei den frommen Bemerkungen ihres Mannes quollen ihr die Augen vor Wut schier aus dem Kopf. Sie wurde rot und begann erneut zu kreischen.

»Ungeheuer! Heuchler! Lügner! Ich weiß, was Ihr vorhabt! Ich weiß alles! Ihr habt mir meinen Ehrenplatz gestohlen! Und ich sage euch, dieses Haus wird untergehen! Es wird unfruchtbar bleiben, seine Ländereien und Rechtsansprüche werden an Fremde fallen! Man wird Brokesford schleifen und keinen Stein auf dem anderen lassen, und Pestilenz und teure Zeit soll kommen über das Land!«

»Der Geist der Wahrsagung. Aus ihr spricht Leviathan«, sagte der Priester und blätterte nach der entsprechenden Stelle in seinem Buch.

»Und ich wollte mir schon Sorgen machen«, zischelte Sir Hubert, »bis sie Gott sei Dank das aus der Bibel mit der Pestilenz und der teuren Zeit gebracht hat.«

»Psst!« warnte Gilbert.

»Ich beschwöre dich, o unsaubere Schlange, bei dem Richter der Lebendigen und der Toten, bei dem Weltenschöpfer, der die Macht hat, in die Hölle zu werfen, verlasse den Leib dieser Frau. Hebe dich hinweg besiegt und gedemütigt, o übler Leviathan, denn solches befehlen wir dir im Namen unseres Herrn Jesus Christus, der da kommt zu richten die Lebendigen und die Toten mit Feuer ...« Der Kanoniker beugte sich über das Gesicht der Irren, und seine Augen funkelten gar eigenartig. Sie spuckte ihm ins Auge. Er schrie auf und zuckte zurück. »Es brennt! O Jesus, es brennt! Das ist die Saat des Teufels. Der Dämon ist frei! Ich bin vernichtet!« Er taumelte zurück, griff sich ans Herz und mußte von seinen Geistlichen gestützt werden. »Ich kann ihn sehen, er ist gräßlich, ungeheuerlich und speit tausend Flammen. Er fliegt durch den Raum!« Ein Schrei des Entsetzens durchlief die Menge der Gaffer, sie fuhren zurück und bekreuzigten sich. »Und jetzt, o wie widerwärtig, schlüpft er durch das Ohr in die Frau zurück. Leviathan, der gefährlichste Dämon von allen!« Ich sah, wie sich die Menschen die Hände auf die Ohren legten. Die Irre jedoch wurde von einem Anfall unpassenden Gelächters erfaßt.

»Das ist Balam«, hörte ich murmeln. Balam, ha, dachte ich. Sie hat es geschafft. Sie kann dieses Spielchen so lange spielen, wie es ihr gefällt. Was das Nasführen angeht, sind sie und der Kanoniker vom gleichen Schlag, und das Spiel gefällt allen so gut, daß sie mitmachen. Sie ist doppelt so schlau wie jeder Dämon, von dem ich je gehört habe, und obendrein gerissener. Lieber Gott, behüte mich vor dieser Frau, dachte ich. Lieber Gott, bring mich und die Meinen in Sicherheit. Himmlischer Vater ...

»Seht sie euch an, seht hinüber zu der Frau, die sich Margaret nennt«, kam die Stimme der Irren. »Seht ihr den Schein um ihr Gesicht? Es ist das Licht der Hölle, trügerisch und böse. Sie hat mir genommen, was mein war, und das soll ihr Tod sein. Ich werde ihre Tage zu Staub und Asche machen.« Menschen drehten sich um und blickten mich an, doch vor Schreck war das schwache rotgoldene Licht erloschen, daher sahen sie nichts. Gott sei Dank haben gewöhnliche Menschen nicht so scharfe Augen wie Irre.

»Das muß Behemoth sein«, murmelte die Menge, als ob sie bei einem Turnier die Schilde zuordnete.

»Leviathan hätte sich beinahe losgerissen«, sagte der Kanoniker. »Wir werden ihn bis Sonnenuntergang exorzieren, doch falls die anderen nicht gewichen sind, machen wir morgen weiter.«

»Ausgezeichnet«, sagte Sir Hubert mit zufriedener Miene. »Solche Ungeheuer müssen eine große Prüfung für Eure gewaltigen Kräfte sein. Ich bin sehr dankbar, daß unser Königreich einen Dämonenaustreiber Euresgleichen besitzt.«

Sie arbeiteten den ganzen Tag, legten nur Pausen für Erfrischungen ein, bis Leviathan am Ende in Form stinkenden schwarzen Kots ausfuhr, was alle faszinierte. Dann sagte der Kanoniker, er müsse den Leib der Irren in aller Abgeschiedenheit nach Anzeichen von Dämonen prüfen, denn die machten sich gern durch einen Schlitz unter der Brustwarze davon, und Lady Petronilla mit ihren hochgeschlagenen Röcken, verdreckt und zerzaust, wie sie war, schenkte ihm ein wölfisches Grinsen. Oh, schön, dachte ich. Nichts wie raus hier.

Doch als wir uns zum dritten und, wie sich herausstellen sollte, vorletzten Tag der öffentlichen Dämonenaustreibung einfanden, kam uns Sir Thomas schon am Kirchenportal entgegen. Sein schlichtes Gesicht strahlte.

»Sir Hubert, Sir Hubert, ich habe im Kirchenarchiv einen sehr wertvollen Brief gefunden!« rief er und zeigte uns das verschmutzte zerknüllte Blatt aus Malachis kleiner Werkstatt. An diesem Tag befanden wir uns in Gesellschaft ganz hervorragender Zeugen: Bauern, Pilger, zwei Lords auf der Durchreise und der Abt höchstpersönlich mit drei Mönchen, die sich die Methoden des Kanonikers ansehen wollten.

»Wedelt mir damit nicht vor der Nase herum, ich kann kein Wort lesen«, sagte Sir Hubert. »Erzählt mir lieber, worum es geht, und bittet den trefflichen Kanonikus hier, ihn mir vorzulesen. Ich hege die größte Hochachtung vor seinen Lesekenntnissen.« Bei diesen Worten blähte sich der Kanoniker mächtig auf. In den vergangenen zwei Tagen hatte er sich zum Helden hochstilisiert, und Kinder und alte Frauen folgten ihm überall, bettelten um eine Berührung, um weise Worte, um Austreibung von Ratten, Würmern und anderen Plagen. Zudem hatte er gute Nebenverdienste gemacht, indem er über den wohlhabenden Pilgern, die sich zu seiner Wunderaustreibung eingefunden hatten, Gebete sprach. Die Kirche war auf dem besten Weg, zu einem richtigen Buntglasfenster zu kommen, zumindest aber zu einem prächtigen Wandgemälde, und jedermann war mit dem Lauf der Dinge höchst zufrieden, nur ich nicht, denn ich wäre am liebsten ausgerückt, und Lady Petronilla auch nicht, doch die war ohnedies nie zufriedenzustellen.

»Es ist ein sehr alter Brief, aus dem Zeitalter der Anarchie, von einem gewissen Gaultier de Vilers.«

»Ha! Einer meiner Ahnen. Derlei Kuriositäten sammle ich gern.« Der Abt blickte beunruhigt drein. Ich sah ihm an, daß er Sir Thomas den Brief am liebsten aus der Hand gerissen hätte.

»Es geht um mehr. Mylord Kanonikus, mit Verlaub, lest Sir Hubert den Brief vor.« Der Kanoniker hustete und räusperte sich, kniff die Augen zusammen und entzifferte langsam die altertümliche Handschrift.

»›... und in der Furcht, daß die Burg von den uns umgebenden Feinden bis auf die Grundmauern möchte niedergebrannt werden, haben wir die größten Schätze von Brokesford sicher vergraben ...‹ Dann, Mylord, stehen hier Anweisungen, wie man das Versteck auffinden kann. In der ostwärts gelegenen Ecke der Einsiedelei der heiligen Edburga. Gibt es eine solche Einsiedelei auf Eurem Land?« Ich merkte, wie die Augen des Abtes schmal wurden. Wut stand ihm ins Gesicht geschrieben.

»Nun ja, keine richtige. Aber es gibt Ruinen ...« Sir Hubert sah nachdenklich aus und strich sich den Bart.

»Die Quelle, die Quelle!« rief Hugo. »Vater, wir müssen sofort dort graben!« Ich konnte sehen, wie der Abt Hugo beobachtete, und seine Gedanken waren so durchscheinend wie Wasser. Hugo, der Tölpel, dachte er. Der ist zu keiner

Täuschung fähig. Was es auch immer sein mag, er hat keine Ahnung.

»Hugo, dieser heiligmäßige Mann muß seiner Pflicht nachkommen. Was sind schon Schätze aus grauer Vorzeit, verglichen mit den Schätzen des Geistes.« Er warf einen Blick zu den Mönchen hinüber, die es auf einmal eilig mit dem Aufbruch zu haben schienen. »Aber ich schicke meinen Verwalter und eine Wache zu der Stelle, bis wir dort suchen können – vielleicht heute abend.« Die Bauern, die um die Sorgen der Burg wußten, riefen allesamt: »Auf zur Einsiedelei! Auf zu den Ruinen! Dort ist ein großes Geheimnis vergraben!« Aber Sir Hubert hob die behandschuhte Hand, um sie zu beruhigen. Lady Petronilla zürnte, weil sie nicht länger bewunderter Mittelpunkt war, und fing an, auf ihrem Brett zu fauchen und zu zappeln.

»In mir stecken noch viele Teufel«, sagte sie. »Geister aus der Hölle tanzen um mich herum. Und aus mir spricht die Stimme der Weissagung. Das Ding in den Ruinen ist falsch, falsch, falsch!«

»Hmm«, sagte Gilbert. »Da spricht der Dämon. Welchen Zweck mag er verfolgen, wenn er uns davon abhalten will, in den Ruinen zu graben?«

»Ein gutes Argument«, sagte der Kanoniker. »Der Dämon ist sehr gerissen. Wir sollten genau das tun, wovon er abrät.« Der Abt bebte vor Zorn.

»Oh, ich möchte die Erlösung von Lady de Vilers auf gar keinen Fall verzögern«, sagte Gilbert mit entsetztem Blick.

»Kommt her zu mir, sprecht mit mir! Sucht mich nach Zeichen ab. O betrachtet meinen weißen Leib noch einmal, Priester!«

»Ich mache weiter«, sagte der Kanoniker, dessen Wort hier galt. Er blickte den Abt an, legte jedoch die Anzeichen von Ungeduld bei ihm falsch aus. »Aber morgen«, fuhr er fort. »Der Dämon begehrt auf, er muß abgekühlt werden.«

Er gab seinen Geistlichen ein Zeichen: »Taucht sie in den Dorfteich, bis die Dämonen demütig geworden sind, danach schafft ihr sie wieder an Ort und Stelle.« Sie schrie Verwünschungen, als man sie fortbrachte, und der Kanoniker schüttelte den Kopf. »Heute dünken sie mich stärker. Eindeutig stärker. Sie müssen ermattet werden, ehe ich mich wieder an die Arbeit mache.« Der Abt warf ihm einen bösen Blick zu und stieg auf seinen Zelter. Und da rannten die Bauern auch schon mit Schaufeln bewaffnet querfeldein in Richtung Wald.

Widerstrebend – und das spielte er prachtvoll – riß sich Sir Hubert vom Friedhof los und stieg auf sein Pferd. Madame, die neben mir stand, blickte zu ihm hoch und dann mich an. Mein Gesicht war ausdruckslos. Ihres auch. Dann blickte sie zur Kirche hinüber und darauf in die Ferne, so als müsse sie nachdenken. Mir schoß ein Gedanke durch den Kopf. Hatte sie mitbekommen, daß ich den Brief eingeschmuggelt hatte? Nein, das kann nicht sein, dachte ich und ließ mir von den Knechten aufs Pferd helfen.

»An der Quelle im Wald tut sich so einiges«, bemerkte Madame.

»Aber gewiß doch«, stimmte ich zu und dachte dabei an den Skandal mit den Mädchen und wie froh ich war, daß sie mir dabei geholfen hatte, ihr schändliches Tun vor all den Priestern und möglichen Inquisitoren zu verheimlichen. »Ich verlasse mich auf Eure Diskretion«, sagte ich.

»Die ist Euch stets gewiß«, sagte sie, als wir aus dem Dorf ritten.

Kapitel 20

Die Berittenen unter uns erreichten die Quelle zuerst. Aber es war ein bunt zusammengewürfelter Haufen aus Bauern auf Eseln bis hin zu neugierigen Geistlichen auf Maultieren. Der Abt blickte noch immer wütend und argwöhnisch, und das war eindeutig fehl am Platz bei jemandem, der angeblich kein Interesse an den Besitzansprüchen von Brokesford hatte. Aber vor uns hatten sich schon ein paar Fremde eingefunden, die hinter dem großen Felsen standen, den seltsamen Eibentempel betrachteten und uns dabei den Rücken zukehrten. Als der bunt gemischte Haufen lärmend durch das Unterholz brach, drehten sie sich ziemlich überrascht um. Ich wußte nicht, wer sie waren, aber einer trug ein langes Gewand und konnte dem würdigen Aussehen nach ein Advokat sein, während die anderen in gröberen Kleidern den harten abschätzenden Blick von Kaufleuten – oder Holzhändlern – hatten. Und ich hatte richtig geraten, denn ich hörte meinen Schwiegervater mit für seine Verhältnisse leiser Stimme sagen: »DER FEIND. Wollte Gott, wir wären in Frankreich und ich hätte meinen guten Bihänder dabei.«

»Ruhig, Vater«, sagte mein Herr Gemahl und gab seinem Pferd die Sporen. Er wollte den alten Mann überholen, damit der nicht in Versuchung kam, die Eindringlinge anzugreifen. Er und Hugo trabten um die breitere Seite des Weihers herum und bauten sich hoch zu Roß zwischen den Fremden und den zerfallenen Ruinen auf.

»Ei, Gott zum Gruße, Sieur de Vilers, meine Herren. Was führt Euch auf meinen Grund und Boden?« fragte der Mann in dem langen Gewand. Seine Verbeugung deutete Unterwürfigkeit an, doch seine Stimme klang eher ironisch.

»Unseren Grund und Boden, meint Ihr«, sagte Hugo, und seine Hand fuhr zum Schwertgriff.

»Wir haben im Kirchenarchiv eine Entdeckung gemacht«, sagte Sir Hubert. »Priester, lest den Brief vor. Ihr da, mit den Schaufeln, grabt nach seiner Anweisung.« Der Advokat warf seinem Verbündeten, dem Abt, einen Blick zu, doch der hatte eine eherne Miene aufgesetzt. Zu viele Menschen, zu viele bewaffnete Männer. Dem hatte der Advokat nichts entgegenzusetzen. Er biß sich auf die Lippen. Ich wahrte meine Leichenbittermiene. Aber mir hüpfte das Herz vor Freude. Ein erstaunliches Ereignis, ein Schelmenstück Gottes, daß die gegnerische Partei als Zeuge bei der Ausgrabung der Schatulle zugegen sein würde! Und wie klug von Malachi, daß er Hugo nicht eingeweiht hatte. Der benahm sich wie ein übereifriger Welpe, erteilte Befehle, widersprach sich und führte sich im großen und ganzen so auf, daß alle, die ihn kannten, merkten, es konnte kein Betrug sein.

»Nichts, nichts!« rief er. »Der Brief hat uns hinters Licht geführt!« Er gab seinem Pferd die Sporen, polterte über die Reste der zerfallenen Mauer und brachte die Ausgräber völlig durcheinander. »Versucht es dort, versucht es hier«, sagte er und deutete auf die Erde unter den Hufen seines Pferdes. Seine Mätzchen machten sogar den Abt ungeduldig.

»Das tun sie schon, Sir Hugo, das tun sie, wenn Ihr Euch entfernen möchtet.«

»O ja, natürlich. Ja. Was es wohl sein mag? Gold? Das könnten wir dieser Tage gut gebrauchen.«

Ganz leise konnte ich den Abt in seinen Bart murmeln

hören: »Ich brauche keinen großen Dämon Behemoth mit seiner Gabe der Weissagung, ich weiß auch so, daß es eine Schenkungsurkunde ist.«

Am Ende trafen die grabenden Leibeigenen auf etwas, was hohl und metallisch klang, und die Menge schob sich näher heran und schwieg ehrfürchtig, während die altertümliche Schatulle ausgegraben wurde. Alle Augen richteten sich auf Sir Hubert, der wie ein Denkmal auf seinem Reitpferd saß. Ein verstecktes Lächeln schien um seinen Mund zu spielen. Dieses eine Mal blieb seine gewittrige Stirn glatt. »Aufbrechen«, befahl er. »Aber vorsichtig.« Der Abt und der Advokat, die sich auf das Lesen verheimlichter Gefühle verstanden, musterten sein Gesicht. Das gefällt mir nicht, dachte ich. Er versteht sich einfach nicht auf die Kunst der Verstellung. Falls dieser gräßliche Bruder Paul irgend etwas argwöhnt – und das steht ihm ganz deutlich ins Gesicht geschrieben –, dann weiß auch er bereits, was wir finden. Sir Hubert wird uns verraten. Doch Malachi war so klug gewesen, auch für diesen Fall vorzusorgen. In der Schatulle lag etwas, was der Herr von Brokesford noch nie gesehen hatte.

Knarzend gaben die alten Angeln nach, und im gefleckten Sonnenlicht unter den Bäumen konnten alle sehen, daß die Schatulle Papiere barg. Papiere und noch etwas.

»Was ist das für ein Ding?« fragte Sir Hubert erstaunt und stieg plötzlich vom Pferd. »Gebt her. Bei allen Heiligen, ein Horn! Einen solchen Ochsen hat man seit Anbeginn der Zeit nicht mehr gesehen! Nicht zu fassen, wie groß dieses Untier gewesen sein muß! Nur ein Held konnte solch einen wilden Ochsen erlegen.« Das alles war vollkommen echt und unverstellt. Verschwunden der schlaue Blick unter halbgeschlossenen Lidern. Er machte große Augen und zeigte echte Überraschung und Bewunderung. Dieser Ausdruck ließ sich nicht mißdeuten. Dem Abt hatte es die Petersilie verhagelt. Sir Hubert winkte den Kanoniker herbei. »Was haltet Ihr von dem Zeug um den Rand herum? Hier im Silber?« Er kratzte an der angelaufenen Stelle, und die merkwürdigen erhabenen Linien traten zutage. Wo sein Daumen gerieben hatte, schimmerten sie matt auf dem schwarzen Hintergrund. Der Kanoniker kniff die Augen zusammen und rieb seinerseits.

»Das ist eine uralte Schrift, glaube ich. Aber ich kann sie nicht lesen. Die kann kein Lebender mehr lesen. So etwas habe ich schon einmal gesehen, auf einer Brosche, die in Salisbury beim Pflügen entdeckt wurde.« Die Geistlichen hatten sich um das Horn geschart und versuchten, die merkwürdigen Schriftzeichen zu entziffern, aber vergebens.

»Die Pergamente, Vater, laßt sie vorlesen. Vielleicht sagen uns die ja, was das ist«, sagte Hugo und griff nach den Papieren in der Schatulle.

»Vorsichtig, Junge, daß sie uns nicht zerfallen, ehe sie vorgelesen sind.« Als der Kanoniker die Urkunde mit dem schweren Siegel des mächtigen Herzogs Wilhelm, des Eroberers Englands, entfaltete, machte der Abt ein langes Gesicht.

»Mylord, es handelt sich um eine Urkunde, in der ein gewisser Guillaume de Vilers, der treue Diener Wilhelm des Eroberers, mit allen Ländereien Ingolfs des Sachsen belehnt wird. Sie bestätigt ihm das Erbe, das er durch Heirat mit einer gewissen Aelfrida, Ingolfs Tochter, bereits besitzt, und fügt dem noch ein Stück Land hinzu, das dem verstorbenen Sohn Ingolfs gehört hat.«

»Das sagt uns nichts, was wir nicht schon wissen«, meinte der Advokat und legte die Stirn in Falten.

»Ei der Daus, aber gewiß doch«, meinte Hugo. »Von diesem Burschen, diesem Ingolf, habe ich meiner Lebtage noch nicht gehört, aber ganz sicher hat er lange vor Heinrich II. gelebt. Macht Euch auf eine Niederlage gefaßt, Kerl. Am Gerichtstag sehen wir uns wieder.«

»Es steht nichts über die Grenzen darin, was wir nicht bereits wissen«, sagte der Advokat, der sich herangedrängelt hatte und über die Schulter des Kanonikers beflissen mitlas.

»Das Horn, steht da nichts über das Horn?« fragte Sir Hubert. »Lest weiter, mit Verlaub, lest weiter, Herr Kanonikus. Seht Euch die anderen Dokumente an.«

»Das hier ist in altertümlicher Mönchsschrift von einem Priester aufgezeichnet, der Schreiber bei Ingolf dem Sachsen war. Dieser hat seiner Tochter Aelfrida und ihren Erben auf ewige Zeiten Besitz und Sorge für die gnadenreiche Quelle der heiligen Edburga übertragen, zusammen mit den heiligen Eiben und dem Land, auf dem der heilige Eichenwald steht, dessen Grenzen Steine bei Lesser Beechford und Hamsby kennzeichnen.«

»Gut, das wär's dann. Besitz kann nicht in der weiblichen Linie vererbt werden.«

»Nein, Herr Oberadvokat, nach normannischem Lehnsrecht wurde Aelfridas Besitz zu de Vilers Besitz. Ja, es handelt sich dabei ganz eindeutig um diese Stelle. Hier wird auch der große Felsen und gleich daneben die Einsiedelei der heiligen Edburga beschrieben. Aha, da kommt Eure Stelle, Mylord. Da geht es um das Horn. Hier steht, als Zeichen des Dankes, weil Sieur Guillaume de Vilers ihm das Leben gerettet hat, schenkt er ihm sein eigenes Trinkhorn, das aus grauer Vorzeit auf ihn gekommen ist, doch erst nach seinem Tode. Er bittet ihn, dem Horn einen Ehrenplatz in seinem Palas zu geben und einmal im Jahr zu seinem Gedächtnis daraus zu trinken.« Du liebe Zeit, das hat Gilbert aber gut ausgeschmückt, dachte ich. Es muß mit ihm durchgegangen sein. Ich blickte zu ihm hinüber, wie er da etwas entfernt von der Menge mit verschränkten Armen und ungerührter Miene neben seinem Pferd stand und zusah, wie sich das Schauspiel entfaltete.

»DAS HORN INGOLFS DES SACHSEN!« frohlockte Sir

Hubert und hielt das Riesending in die Höhe. »Der mächtige Ingolf höchstpersönlich schenkt uns unsere Quelle!« Die Gaffer aus dem Dorf jubelten Beifall. Sir Hubert wiegte das Horn in der Armbeuge wie einen Säugling und streichelte es. Ich sah wieder zu Gilbert hinüber. Er sah verstört aus. Würde es seine Schuld sein, wenn der alte Mann den Verstand verlor? Ich spürte, wie er wellenförmig Gewissensbisse ausstrahlte, während er zusah, wie sein Vater das große Trinkhorn wiegte. »Jedes Jahr – o Gott, wie viele Jahre haben wir nicht mehr auf Euch getrunken, hochgeehrter Ahne. Ihr müßt einer Heldenrasse entstammen. Wer sonst könnte sein Ale aus einem so großen Horn trinken, ohne einmal abzusetzen?« Dann wandte er sich an Hugo. »Hugo! An diesem Datum will ich jedes Jahr auf Ingolf den Sachsen trinken, und von dir erwarte ich, daß du es nach meinem Tode genauso hältst!«

»Pfui, Vater, ehrlich. Das Ding ist furchtbar dreckig. Wahrscheinlich ist es voller Ungeziefer.«

»WIE KANNST DU ES WAGEN, DU UNDANKBARE BRUT! Das Blut des mächtigen Ingolf ist in deinen Adern wohl dünn geworden!« Die Augen des alten Mannes glühten, und er hob den Arm mit der ersten Waffe, die ihm in die Hand fiel – das Trinkhorn, das er bereits hielt.

»Vater, Vater, nicht damit prügeln. Es ist alt, es könnte zerbrechen!« sagte Gilbert, gab seine Zurückhaltung auf und stürzte sich ins Schlachtgetümmel. O du kluger Malachi! Er hatte sie alle durchschaut. Nie im Leben hätten sie sich vor Zeugen so unverstellt benehmen können, wenn er nicht das Horn eingeschmuggelt hätte. Aber die Überraschung des Tages war Sir Hubert. In solch einer Stimmung hatte ich ihn noch nie erlebt. Sein Bart, seine Brauen, alles schien vor Triumph zu zittern, als er sich vor der offenen Schatulle aufpflanzte.

»Mein Ahn, ich spüre seine Gegenwart!« trompetete er. »Er steht neben mir, blutbedeckt und besiegt, aber dennoch ein Held! Der mächtige Vater und Begründer der de Vilers rettete ihm Leben und Land. Seine edle Tochter vererbte Heldenblut!« Sir Hubert blickte in weite Fernen. Wer hätte in seinem abstoßenden Leib eine mystische Ader vermutet? »Ich sehe ihn, ich sehe ihn!« rief Sir Hubert, und alle glaubten es. »Sein Bart ist weiß, die edle Stirn furcht eine große Narbe! Er trägt einen Helm, einen Helm mit einer grimmigen Eisenmaske, den hat er hochgeschoben! Seine Hand hält eine mächtige Streitaxt! Seine Stimme dröhnt wie Donner. Er sagt: ›GUT GEMACHT. Meine Eichen müssen bleiben.‹« War es möglich, daß sich das Plätschern und Brodeln hinter uns in der Mitte des Weihers wie Gelächter anhörte?

Es war einfach unbeschreiblich. Bis auf das Sterbebett würde keiner, der das hier miterlebt hatte, den Rechtsanspruch der de Vilers auf die Quelle in Zweifel ziehen, den Gesetz, Überlieferung und die durch das Horn Ingolfs des Sachsen heraufbeschworenen Geister der Ahnen bestätigt hatten. Die Bauern jubelten, die Pilger blickten sich an, nickten und tuschelten, die Nachbarn verschränkten die Arme und triumphierten sichtlich. Nur der Advokat blickte mit dunkel umwölkter Stirn. Und der Abt ... Nun ja, der Abt blickte undurchschaubar.

Am nächsten, Morgen warf Lady Petronilla von ihrem Brett her sehr erboste Blicke. Die Menge war sichtlich geschrumpft, und der Abt und die psalmodierenden Mönche waren auch nicht mehr zugegen. Ihre Dämonen kuschten nach dem kühlen Bad, das sie erdulden mußten, und hatten sich obendrein eine böse Erkältung zugezogen. Alles sang das Lob Ingolfs des Sachsen und erörterte den Inhalt der wundersamen Schatulle und wer vor Gericht Zeugnis für ihre Entdeckung ablegen würde und wie zornig der Advokat dreingeschaut hätte und so weiter und so fort. Ob in Lady Petronilla nun zwei, sechs oder weitere hundert Teufel hausten, interessierte offenbar nur noch sehr wenige, außer natürlich den Kanoniker, der wild entschlossen war, die Sache zu Ende zu bringen.

»Hatschi! Ich spreche mit der mächtigen Stimme der Hölle ...« Klingeling machte das Silberglöckchen.

»Hebe dich hinfort, unsauberer Geist!«

»Wollt Ihr mich – schnief, schnief – nicht fragen, welcher ich bin?« Der Kanoniker schlug sein Buch auf und las die Beschwörungsformel, mit der man Behemoth loswurde.

»In nomine Patris et Filii et Spiritu Sancti! Hel, Heloym, Sother, Emmanuel, Sabaoth ...«

»Hatschi, hatschi, hatschi!« Der Weihrauch hatte einen Niesanfall ausgelöst.

»Das ist der Dämon Behemoth, der in Form von Rotz aus der Nase ausfährt! *Agia, Thetragrammaton, Agyo*s!«

Ein gräßlicher Aufschrei vom Brett. »Warum sieht mir keiner zu? Wie könnt Ihr es wagen zu tratschen, wenn ich exorziert werde! Ich werde Euch die Zungen abschneiden lassen, hört Ihr, jedem einzelnen von Euch! Ich stamme aus einer berühmten Familie! Ich verdiene mehr als nur einen einzigen jämmerlichen Kanonikus und einen tolpatschigen Priester! Wo bleiben meine psalmodierenden Mönche? Ich warne Euch, ohne meine psalmodierenden Mönche spiele ich nicht mehr mit!«

»Aha«, sagte der Kanoniker. »Da fährt Balam in Form unfrommer Rede aus ihr aus.« Er schwenkte das Weihrauchgefäß über ihr und löste damit den nächsten Niesanfall aus. Dann bedeutete er dem Dorfpriester, das Weihwasser zu bringen, und bespritzte die Besessene freigebig.

»Hört auf mit der Spritzerei, Ihr Tölpel!« keifte Lady Petronilla.

»Schreibt Folgendes auf«, sagte der Kanoniker zu einem seiner Geistlichen, die mit Feder und Papier in seiner Nähe saßen. »Am Vorabend des Bartholomäustages, an einem unnatürlich schwülen und heißen Tag, wurde der letzte der vier mächtigen Teufel ausgetrieben, mein schwierigster Fall ...«

»Ihr elender, selbstsüchtiger, aufgeblasener Kretin ...«

»Schwefeldämpfe umwehten den Altar, während der letzte Dämon unfromme Verwünschungen ausstieß – vergeßt auf keinen Fall die Verwünschungen – und der beherzte Kanoniker unter Lebensgefahr ...«

»Erst mich überall betatschen, lüsterner Unmensch, und dann meine psalmodierenden Mönche nicht mehr mitbringen!« Mir schien, Lady Petronilla war völlig genesen.

»Wartet, wartet!« sagte der Kanoniker und hob die Hand. »Balam ist noch nicht völlig exorziert. Hört ihr ihn, wie er Unzüchtiges von sich gibt? *Agyos, Otheos, Ischiros, Exorciso te immunde spiritus*!« Lady Petronilla lachte bitter. »Aha, da ist er!« rief der Kanoniker. »Ich wußte doch, Balam, daß du noch immer in ihr bist! Jetzt hast du dich verraten.«

»So ist es«, sagte Lady Petronilla. »Jeden Zoll meiner Haut abtatschen, und für mich springt nichts heraus. Ihr seid ein Eunuch, Herr Kanonikus. Genauso nutzlos wie mein Ehemann. Laßt Euch sagen, selbst Hunde können länger.«

»Hebe dich hinfort, Dämon der unfrommen Rede – das letzte schreibt Ihr nicht nieder –, hinfort mit dir! Du bist verdammt, o verfluchter Teufel! Du bist entdeckt, o Balam, und wirst zurückgeschickt in das Reich der Finsternis!« Er spritzte noch mehr Weihwasser, und Lady Petronilla blinzelte und nieste.

»Der Dämon ist offensichtlich in Form von Rotz ausgefahren. Reicht mir die Hostie. Schreibt jetzt also: ›Versucht von unheiligen Traumbildern und geschwächt durch Fasten und Beten, reichte der Kanoniker ihr am Ende mit zitternder Hand die geweihte Hostie ...‹«

»Nichtskönner. Ihr gewinnt wohl immer, wie?«

»Aber gewiß doch. Bislang habe ich immer obsiegt. Wie viele Dämonen waren es noch?« Der Schreiber blätterte sein Buch durch.

»Achthundertachtunddreißig mitsamt diesen vier, Euer Hochwürden.«

»Unbesiegt von achthundertachtunddreißig Dämonen mitsamt den Eurigen. Jetzt nehmt die Hostie und zeigt uns, daß Ihr nicht länger von den Mächten der Finsternis besessen seid.« Lady Petronilla öffnete den Mund. Doch so schnell ging die Sache nicht. Zunächst mußte noch jede Menge Gebete, Beschwörungsformeln, Dankgebete, eucharistische und andere, gesprochen werden. Während wir die Responsorien sangen, wurde Lady Petronilla immer ungeduldiger, verdrehte die Augen und warf böse Blicke um sich. Sie war sichtlich wieder die alte. Die Dämonen, die noch in ihr hausen mochten, waren ganz und gar ihre eigenen.

Nachdem sie die Hostie erhalten und mit großem Brimborium hinuntergeschluckt hatte, band man sie los, und sie setzte sich auf dem Brett auf und mußte erneut niesen. Mir schien, ich sah ihre Hand zum Mund fahren und einen unverschämten, bösen Ausdruck über ihr Gesicht huschen. Sie spuckte unmißverständlich etwas aus. Dann stand sie auf und wischte sich die Hand an der verdorbenen fleckigen Kotta.

»Weib, Ihr seid von Dämonen befreit. Kniet nunmehr mit mir nieder und lobpreiset den Herrn.«

»Erst rauf, dann runter. Ich will ein neues Kleid haben. Schickt nach meinen Nähfrauen.«

»Ich weiß, daß Ihr von den Dämonen befreit seid, doch nicht von der Unverschämtheit und der Sündhaftigkeit Eures Geschlechts. Kein Wunder, daß die Dämonen so gern in Euch Wohnung genommen haben. Auf die Knie jetzt – und gebetet.«

Sir Hugo war nicht zugegen, um sie in die Burg zurückzubringen, denn er war unterwegs, um sich einen neuen Surkot ›im Stil der alten Sachsen‹ – was auch immer das sein mochte – anfertigen zu lassen; auf seinem Helm wollte er eine grimmige Maske eingravieren lassen, soweit das zu bewerkstelligen war. Sir Hubert war mit seinem Verwalter und seinem aufgefüllten Archiv fort, beriet sich mit Advokaten und machte neue Forderungen geltend. So blieb es mir und Gilbert überlassen, Lady Petronilla nach Hause zu bringen. Als ich sie aus der Kirche führte, sagte sie: »Ihr natürlich. Ich muß Euch nicht anfassen, wenn ich nicht will.«

»Dann laßt es«, gab ich zurück. Doch als sie Gilbert mit den Pferden auf sie warten sah, stieß sie einen Wutschrei aus.

»Wie könnt Ihr es wagen!« kreischte sie.

Man hatte ihr Old Brownie gesattelt.

»Die anderen Zelter sind alle fort«, sagte Gilbert mit ausdrucksloser Miene.

»Wo ist mein Jagdpferd?«

»Das hat ein Hufeisen verloren. Ich habe mir gedacht, auf einem Maultier mögt Ihr nicht reiten.«

»Nicht ums Verrecken.«

»Genau«, sagte Gilbert. »Das hier ist alles, was noch da ist.«

»Dann will ich die weiße Stute reiten.«

»Die gehört Margaret. Und Ihr habt sie verletzt. Ich dulde nicht, daß Ihr Pferde zuschanden reitet, die wir aus London mitgebracht haben.«

Lady Petronilla stieß noch einen Wutschrei aus. »Mistkerl!« kreischte sie.

»Sagt, Herr Kanonikus«, fragte Gilbert und warf dem Geistlichen, der sich gerade die Reithandschuhe anzog und aufsteigen wollte, »seid Ihr sicher, daß Ihr alle Teufel ausgetrieben habt?«

»Vollkommen sicher«, antwortete der Kanoniker fachkundig. »Ich habe alles aufschreiben lassen. Nummer achthundertundvierunddreißig bis achtunddreißig. Ausgetrieben bei einer unfruchtbaren Lady mittleren Alters aus guter Familie, von kräftiger Konstitution und mit einem von Natur aus üblen Charakter. Eine schwierige, sehr schwierige Aufgabe. Es hat Augenblicke gegeben, da dachte ich, meine eigene Seele schwebt in Gefahr.«

»Mittleren Alters? Ich bin noch lange nicht dreißig! Mein Leib ist noch immer schön! Schlange, Kröte, Ihr ...«

»Die Familie de Vilers schuldet Euch eine nennenswerte Belohnung«, sagte Gilbert mit frommer, demütiger Miene, doch in seinen Augen funkelte es ironisch und belustigt auf. O lieber Gott, betete ich. Lady Petronillas Teufel hast du ausgetrieben, dafür sind seine zurückgekehrt. Die Schenkungsurkunde, das Horn, die ganze Sache, alles ist ihm zu Kopf gestiegen. Mach, daß er sich beherrscht, lieber Gott. Bitte, bitte, keine satirischen Gedichte mehr, keine aufrührerischen theologischen Breitseiten, keinen Schabernack. Schenke uns Frieden, lieber Gott. Und hole uns hier so schnell wie möglich heraus. Aber natürlich ist es so, daß der Mensch denkt und Gott lenkt.

Kapitel 21

»Was um alles in der Welt ist das?« Gilbert wandte den Kopf nach dem lauten Geraschel und Gejapse. Die Kinder spielten in einer Ecke des großen Palas mit den neugeborenen Hündchen, doch der Lärm kam nicht von dort. Mutter Sarah schnaubte, als das Geräusch sie aus dem Schlaf hochschrecken ließ, und sogar Madame mit dem Flickzeug in der Hand neigte den Kopf, damit sie nicht lachen mußte.

»Habt Ihr Lady Petronillas neue Schoßhündchen noch nicht gesehen? Wie konnte Euch dieser Anblick entgehen?« Denn Lady Petronilla war vorbeigerauscht, im Gefolge ein, nein zwei, nein drei kleine gefleckte Spaniels mit lockigem Fell und hervorquellenden Augen.

»Ich meine nicht die Hunde, sondern das Kleid. Was für ein Anblick, Margaret.«

»Vielleicht hat der Kanonikus Lilith vergessen, den Dämon geschmackloser Kleidung«, sagte ich und blickte auf mein Nähzeug.

»Margaret, den hast du erfunden«, sagte Gilbert mit gespielt vorwurfsvoller Stimme.

»Und ich dachte, Zindelstoff gefällt dir.«

»Zindel ist nicht gleich Zindel. Das da, dieses Senfgelb und Gallegrün, das ist scheußlicher als der Kot eines kranken Hundes.«

»Es ist die neueste Mode, Gilbert. Der Tucher aus St. Alban's, der es ihr verkauft hat, fand die Farben ›gewählt‹. Sei versichert, daß sie jedes weibliche Wesen auf zehn

Meilen die Runde hat wissen lassen, wie hoch erhaben sie über deren gewöhnlichen, provinziellen Geschmack ist.«

»Gewählt, daß ich nicht lache. Handbreite Streifen sind kaum gewählt. Das sieht wie Dienstbotenlivree aus.« Im Hintergrund konnte ich Madame unterdrückt lachen hören.

»Aber was führt Euch vom Turnierplatz hierher, mein Herr Gemahl? Ich dachte, Hugo und Ihr trüget eine Wette aus.«

»Ich war dabei zu gewinnen, als die Kunde kam, und die möchte ich dir bringen. Hugo war es sehr zufrieden, daß wir aufhören konnten, und jetzt behauptet er, er hätte mich bald besiegt und nur aus Ritterlichkeit ziehen lassen, damit ich mir Schmach und Schande ersparte. Aber wie auch immer, die Kunde ist ausgezeichnet. Weißt du noch – der Richter, den der Advokat bestochen hatte? Alles verlorene Liebesmüh. Die Niederlage hat den Advokaten so verstört, daß er sofort ins Kloster gerannt ist und den Abt als Friedensstifter eingeschaltet hat. Er soll beim König eine Bittschrift zugunsten einer außergerichtlichen Regelung einreichen. Jetzt schickt der König einen königlichen Richter von Westminster hierher, der die Dokumente prüfen wird. Wir haben sie im Sack, Margaret! Wenn sie sehen, was wir haben, ist der Sieg unser. Vater geht wie auf Wolken. Unsere Beziehungen zum Herzog, unsere furchtbar alte Charta mit besonderer Erwähnung der Quelle, die Zeugnisse von betagten Einwohnern – alles läuft jetzt wie am Schnürchen. Margaret, und weißt du, was Vater gesagt hat? Er hat gesagt: ›Gut so, vielleicht braucht jede Familie einen Gelehrten. Aber nicht mehr als einen. Völlig nutzlos sind sie nicht.‹« Ich wollte gerade eine spitze Bemerkung über den selbstsüchtigen Charakter von Sir Hubert machen, als ich sah, daß Gilbert einfach selig war. Es kommt nicht häufig vor, daß ein zweiter Sohn überhaupt einmal, wenn auch widerwillig, gelobt wird. Und Gilbert schon gar nicht. Also hielt ich den Mund, damit ich ihm die Freude nicht verdarb.

»Gilbert, wo ist meine vergoldete Silberschnalle geblieben, die ich aus Frankreich mitgebracht habe? Die mit dem eingelassenen Amethyst? Hast du sie gesehen? Nicht zu fassen, aber dauernd verschwindet hier etwas. Ich habe jede Truhe durchsucht, ich kann sie einfach nicht finden.« Ein Mensch, der sich nie scheute, anderen die gute Stimmung zu stören oder sogar zu verderben, das war Hugo. Er kam schimpfend die Söllertreppe heruntergepoltert.

»Woher soll ich wissen, wo du deine Gürtelschnalle gelassen hast? Die ist doch immer an deinem Zierschwert gewesen, und das hat in der großen Truhe im Turmzimmer gelegen. Außerdem brauchst du sie im Augenblick gar nicht.«

»Sie hat gesagt, das würdest du antworten. Sie hat gesagt, vermutlich hast du sie genommen.«

»Sie? Meinst du damit deine Gemahlin, Hugo? Bruder, ich würde nie im Leben etwas nehmen, was dir gehört.« Ich blickte Hugo an, der sich entrüstet aufblähte, und fand, man sollte ihm reinen Wein einschenken.

»Denkt einmal nach, Hugo«, sagte ich. »Denkt: Zindelstoff und neue Schuhe aus Saffianleder und samtene Umhänge mit Seidenfutter und eine neue silberne Tassel, so groß wie ein bischöfliches Pektoral.«

»Was will deine Frau damit sagen?« fragte Hugo und blieb stehen.

»Margaret, du bist grausam«, sagte Gilbert, aber es schien ihm nicht unlieb zu sein, daß ich den ungerechten Zorn seines Bruders von ihm abwendete.

»Lilith, der Dämon geschmackloser Kleidung, setzt mir neuerdings zu.«

»Margaret, was meint Ihr damit?« Hugo baute sich jetzt vor mir auf. Droh du nur, dachte ich, mein Gilbert ist da, wag es nur, mich durchzuschütteln, wie du es gern möchtest. Ich blickte also von meiner Näharbeit auf und sah ihn an, als wäre er eine lästige Bremse.

»Damit meine ich, Ihr solltet, anstatt die Knechte zu verprügeln und den Mägden mit Händeabhacken zu drohen, lieber überlegen, wie jemand ohne Geld zu drei französischen Schoßhündchen aus Calais und einer vollkommen neuen Garderobe kommt.«

»Aber mir hat sie gesagt ... Sie hat mir gesagt ...«

»Daß die Hunde von ihrem Vater sind und eine liebe alte Tante ihr etwas Bargeld geschickt hat.«

»Woher wißt Ihr?«

»Balam, der Dämon des unpassenden Gelächters, hat uns letztens einige Besuche abgestattet.«

»Diese, diese – hinterhältige, verlogene, heimlichtuerische ... Den Knecht, den ich entlassen habe, den habe ich gemocht ...« Hugo stürmte die Söllertreppe wieder hoch.

»Ha, ha, da geht er hin und verprügelt Asmodeus, den Dämon der Verschwendung.«

»Margaret, ich bin entsetzt. Beschäftigst du dich jetzt mit Dämonologie?«

»Nein, den habe ich auch gerade erfunden«, antwortete ich.

»Es war ein Fehler, sie aus dem Zimmer zu lassen. Jetzt ist sie überall gleichzeitig und so schwierig einzufangen wie Quecksilber.«

»Da wir gerade davon reden, werft einen Blick aus dem Fenster, mein Herr Gemahl ... Nein, doch nicht so, nur verstohlen, sonst bemerkt sie Euch.«

»Siehst du, was ich meine? Wie Quecksilber. Wie ist sie dorthin gekommen?«

»Sie ist in ihr Zimmer gegangen und dann die Außentreppe am Bergfried hinunter.«

»Aber warum? Sie konnte doch nicht wissen, daß Hugo hochkommt und sie sucht.«

»Weil sie einen weiteren großen Auftritt haben will, solange du hier bist. Ich habe gesehen, wie sie ihren ersten geplant hat. Merkst du denn nicht, daß sie um deine Aufmerksamkeit buhlt?«

»In der Tat. Das gräßliche Kleid. Die japsenden, glotzäugigen Hunde. Ja, du hast recht, da kommt sie schon wieder.« Das Gejiffel und Gejaffel der Hündchen wurde plötzlich lauter.

»Oh, mein süüüßes Doucettelein, kommtu in Mamis Aaame?« Petronilla blieb hinter Gilbert stehen. Komisch, aber wenn sie ihre fünf Sinne einigermaßen beisammen hatte, war sie noch unleidlicher als sonst. Gilbert starrte entgeistert. Ich blickte nur auf meine Flickarbeit und lächelte.

»O weh, muttu weinen? Hattu was in deinem süüüßen Pfööötchen?« Gilberts Blick sprach Bände. Wie werde ich diese gräßliche Frau los, sagten seine Augen. Ich deutete vorsichtig mit dem Kinn, und das hieß, dreh dich um. Sie weicht und wankt nicht, ehe du nicht mit ihr gesprochen hast, sagte ich stumm, während sie den Hund abtastete, den sie hochgehoben hatte. Gilbert drehte sich um, und auf seiner Miene war heftiger Abscheu zu lesen.

»Oh, Sir Gilbert, mein aaames, liiiebes Doucettelein hat etwas gaaanz, gaaanz Spitzes im Pfööötchen, ob Ihr das mit Eurer kräftigen Männerhand herausziehen könntet?« Mir liefen vor lauter unterdrücktem Lachen die Tränen über die Wangen. Ich blickte zu Madame hinüber. Die hatte das Gesicht zur Wand gedreht, und ihre Schultern zuckten. Gilbert war hochrot angelaufen. In dem darauf folgenden peinlichen Schweigen suchte er, bis er einen Rosendorn in der Hundepfote fand und ihn herauszog. »Ihr seid so überaus klug, Sir Gilbert. Und ich, ich bewundere kluge Männer«, sagte Petronilla und klapperte mit den Wimpern. Gilbert blickte angewidert. Sie hielt das Hündchen noch immer unter den Arm geklemmt und schaffte es beim Umdrehen, gegen Gilbert zu sinken, so daß sie sich mit der Hand an seinem Arm abstützen mußte. Und falls er noch immer nicht begriff, fuhr sie sacht darüber. Dann nahm sie ihre Hand fort und verzog sich, jedoch nicht ohne ihm einen leidenschaftlichen Schlafzimmerblick zuzuwerfen.

»O mein Gott, ich muß mich waschen«, sagte Gilbert.

»Aber nicht in diesem Haus. Die springt dich auch noch im Badezuber an«, antwortete ich.

»Was um alles in der Welt ist nur in sie gefahren?« fragte er.

»Das ist doch einfach. Das, was sie begehrt, bekommt sie am Weiher nicht mehr, also bist du der Auserwählte des Augenblicks.«

»Aber Margaret, das ist ja – das ist abscheulich. Was mache ich nur?«

»Wenn du nicht mit mir zusammen bist, solltest du Hugos Gesellschaft suchen, denn dem will sie unbedingt aus dem Weg gehen.«

»Gesund ist sie ebenso schlimm wie krank«, knurrte er.

»Mein Herr Gemahl, sie schreckt vor nichts zurück, das eine weiß ich. Sie hat dem Hund den Dorn in die Pfote gesteckt. Ich habe gesehen, wie sie an der Tür stehengeblieben ist und es getan hat. Seit sie von all den Teufeln geheilt und nicht mehr eingesperrt ist, ist sie noch gefährlicher geworden. Sieh sie dir an – ihr Hirn sprüht Funken wie Feuer im Wind, und sie ist so schnell und gerissen wie der Leibhaftige.«

»Daß sie schnell ist, ist mir auch aufgefallen.«

»Ihr Hirn auch. Es arbeitet behende und stürmisch. Wir müssen weg, Gilbert ...«

»Mir scheint, ich habe hier unten die gräßlichen Hündchen gehört«, sagte Hugo, der zur Palastür hereinkam. »Ich habe überall gesucht ... Ist dieses Frauenzimmer hier durchgekommen?«

»Sie ist geradewegs die Söllertreppe hoch.« Aus der Ecke, in der die Kinder spielten, drangen durchdringende, spöttische Stimmchen.

»Ooooooh, Herr Riihitter, mein süüüßes, liiiebes Hüüündilein hat Aa gemacht. Ob Ihr das mit Eurer kräftigen Männerhand aufheben könntet?« Bei diesen Worten verdrehte Hugo die Augen und nahm erneut die Verfolgung auf. Gilbert seinerseits stand wie angewurzelt. Er lief scharlachrot an, seine Augen funkelten, und dann wurde er jählings wieder lebendig und stürzte in die Ecke.

»Gilbert, laß das«, rief ich hinter ihm her. »Du weißt, sie haben allen Grund, sie nicht zu mögen.«

»Sir Gilbert, Gerechtigkeit sollte durch Erbarmen gemildert werden«, sagte Madame und zupfte mit schmaler blasser Hand an seinem Ärmel. Doch ihr Gesicht war rosig, was ihr sehr gut stand, und ich hatte mit eigenen Augen gesehen, wie sie sich mit dem Ärmel die Lachtränen abwischte.

»Madame, sie müssen lernen, daß man sich über Respektspersonen nicht lustig macht.«

»Sie haben sich nicht über eine Respektsperson lustig gemacht«, sagte Madame ruhig.

»Vater, es tut uns auch sehr, sehr leid«, sagte Alison, die immer wußte, woher der Wind wehte.

»Vater, sie ist so falsch«, sagte Cecily. »Du trägst doch nicht ihre Farben, oder?« Gilbert stutzte.

»Cecily, wie kommst du nur auf solch gräßliche Gedanken?«

»Das lernen wir gerade über das Ritterwesen, aber ich mag das gar nicht.«

»Ich auch nicht, Cecily. Du weißt doch, ich würde nur die Farben deiner Mutter tragen. Gott hat mich nicht aus Frankreich heimkehren lassen, damit ich sie verrate.«

»Da bin ich aber froh. Vater«, sagte Cecily. »Laß die Finger von dieser Lady. Sie ist hinterhältig und böse.«

»Tu ich, auch wenn ich dann mehr mit Hugo zusammensein muß, als mir lieb ist.«

»Guck mal mein Hündchen, Papa. Seine Augen sind ganz zu gewesen. Aber jetzt sind sie offen, und es kann laufen. Papa, sind meine Augen auch so zu gewesen?«

»Als du geboren worden bist, Peregrine? Nein, du hast deine gleich aufgemacht. Das habe ich selbst gesehen. Menschen sind nämlich anders als kleine Hunde.«

»Ach, schade«, sagte Peregrine. Ich hatte meine Näharbeit beiseite gelegt und sah mir nun die niedlichen Welpen an, die um Sir Huberts Lieblingshündin herumtapsten. Alle vier waren den Kindern geschenkt worden, damit sie ›so schnell wie möglich aus dem Haus kommen, lieber heute als morgen‹.

»Gar nicht so übel, solange man sie nicht für Hunde hält«, sagte Gilbert und warf ihnen einen scheelen Blick zu.

»Ich finde sie niedlich. Die sehen einmal genauso aus wie Lion, nur größer.«

»Ganz meine Meinung. Ich habe nie eingesehen, wozu ein Hund nutze ist, der vorn und hinten gleich aussieht.«

»Er scheint den Unterschied zu kennen«, sagte ich und hob ein Hündchen hoch.

»Margaret! Die Kinder!« Ich mußte über seine vorwurfsvolle und entsetzte Miene lächeln. Irgendwie ist Gilbert noch immer Mönch, selbst nach so langer Zeit.

Kapitel 22

In der Burgkapelle von Brokesford war es sehr kalt und düster, denn sie lag im ältesten Teil des Hauses, und ihre Steinmauern waren zwölf Fuß dick. Licht drang nur durch ein äußerst schmales Fenster herein, durch das sich kein Pfeil in das Heiligtum verirren konnte. Falls sie jemals weiß getüncht oder mit Heiligenbildnissen geschmückt gewesen war, so war das alles während eines früheren Jahrhunderts der Feuchtigkeit zum Opfer gefallen. Sie war zwar dem Palas angegliedert, aber das alte Gemäuer war geändert worden, um es späteren Anbauten anzupassen, und so war die Kapelle nur noch durch einen schmalen und unbequemen steinernen Gang zu erreichen und vom Leben im Palas so abgeschnitten, daß man sich in ihr noch einsamer vorkam.

Es war ein hohes Rund mit einer von Kerzenrauch geschwärzten Decke und Fliesen auf dem Fußboden, die kälter waren als Eisschollen. Die Kapelle enthielt kaum mehr als einen steinernen Altar mit einem altersgrauen Altartuch und ein paar billigen eisernen Kerzenhaltern. Doch was an kirchlichen Gerätschaften fehlte, wurde wettgemacht durch die Einlagerung von alten Möbeln, ausbesserungsbedürftigen Pferdegeschirren und allem an Papier und Schreibutensilien, was das Haus besaß. Einen Geist hatte es hier auch einmal gegeben, doch selbst der hatte das Weite gesucht. Der Herr von Brokesford mochte betrunkene Kaplane und leichte Bußen, was bedeutete, daß ihm von Zeit zu Zeit einer verlorenging. In der Regel fiel der Kaplan die steile Außentreppe am Turm hinunter oder im Dunkeln in den Fischteich, zuweilen litt er aber auch nur an einem Zuviel an Gallensäften, die ihn gelb werden ließen, unfähig zur Ausübung des geistlichen Amtes. Doch insgesamt trug dieser Verschleiß an geistlichen Ratgebern zur Verwahrlosung der Kapelle bei und machte sie noch trübseliger.

Madame mit ihrer Leidenschaft für das Anfertigen von Altartüchern erachtete diese Stätte für ein lohnendes Ziel. Doch die Dorfkirche war so viel heiterer, und es war so schön, im sonnigen Garten zu sitzen und das Erforderliche zu nähen, daß die Kapelle nur selten von ihren Schritten widerhallte. Margaret hatte dort einen Pflichtbesuch abgestattet, doch dann war ihr wieder all der Gram und Kummer eingefallen, den sie dort erlebt hatte, und so entschied sie sich dafür, Gott in der Natur anzubeten. Außer an Sonntagen, wenn in der Dorfkirche fröhliches Leben und Treiben herrschte.

Nur Gilbert ging noch dorthin, aber auch er selten und nur, wenn er sich Papier, Tinte und Sand holen mußte, denn er steckte mitten in einer Schaffensphase. Zu nachtschlafender Zeit war es über ihn gekommen, eine überwältigende Eingebung zu einem Klagelied alten Stils, in dem es um einen christlichen Ritter ging, der von den Sarazenen gefangengehalten wurde. Das löste völlig neue Gedankengänge aus, wie er, der Meister des satirischen Gedichtes und der theologischen Polemik, sie so noch nie gedacht hatte. Und diese Gedankengänge wiederum lösten ein sehr vielschichtiges und erquickliches Selbstmitleid aus, doch warum ihm diese Gedanken während eines Aufenthalts im Hause seines Vaters kamen, das ihm der Gegenpol zu Kunst und Gelehrsamkeit schlechthin dünkte, das erkannte er nicht. Margaret war sehr glücklich, als sie ihn geistig so beschäftigt sah, denn er war immer guter Dinge, wenn die Erleuchtung über ihn kam. Dann funkelten seine Augen, und sein Gesicht strahlte. Wer ihn nicht kannte, sollte meinen, er wäre frisch verliebt.

Aber genau in dem Augenblick schrieb Gilbert die Zeile nieder: »Gefährte nur die Sorge hier; Herr Jesus Christ, bleib Du bei mir ...« Und als ihn der Gedanke an den armen gefangenen Kreuzritter fast zu Tränen rührte, machte sein Federkiel plitsch, spritz, und als er ihn ins Tintenhorn tunkte, war es leer. Verdammt! Völlig in Gedanken bei dem Rest der erhebenden und tragischen Zeile, die er unbedingt behalten mußte, sprang er vom Fenstersitz im Söller auf und eilte, zwei Stufen auf einmal nehmend, die Wendeltreppe hinunter. Wie der Blitz war er in der Kapelle und hockte sich hinter den Altar, wo die Truhe mit den alten Priesterroben und dem Schreibzeug verwahrt wurde. Gerade hatte er die Tintenflasche gefunden, als er über sich eine Stimme hörte.

»Blick auf, mein kühner Liebhaber, und sieh, was ich dir zu bieten habe.« Zunächst jedoch sah er auf dem Fußboden hinter der Truhe zwei nackte Füße. Sein Blick wanderte höher, und er sah nackte Knöchel und nackte Knie. Sein Blick wanderte noch höher, und da sah er die ganze Lady Petronilla, splitterfasernackt und mit Gänsehaut, denn in der Kapelle war es kühl. Er sah, daß ihr auf Armen und Beinen häßliche, stachlige Haare wuchsen und daß ihr das Schamhaar bis zum Nabel reichte. Im Dämmerlicht der Kapelle wirkte ihre Haut fahl und wie die eines Froschs. Haube und Ohrringe hatte sie nicht abgelegt. Er konnte sich nicht erinnern, je im Leben etwas so Unappetitliches und Ärgerliches gesehen zu haben. Zornig über die Störung, wiederholte er im Geist seine letzte Zeile, damit er das Ende nicht vergaß. »Ich sehe, daß Ihr die Farbe wechselt. Stürmisches Kriegerblut läßt sich nicht zähmen«, sagte, nein, flüsterte die Frau seines Bruders.

»Merkt Ihr nicht, daß ich beschäftigt bin?« fragte Gilbert, der noch immer vor der Truhe kniete.

»Stellt die Tintenflasche beiseite und nehmt etwas Verlockenderes in die Hand«, sagte Lady Petronilla und fuhr ihm durch das dunkle Lockenhaar.

»Hände weg von meinem Haar, du Schlampe«, sagte er und stand jählings auf, die Tintenflasche noch immer in der Hand.

»Wer besser als ein Bruder könnte wettmachen, was dem anderen Bruder fehlt? Zusammen zeugen wir den wahren Erben von Brokesford.«

»Ihr seid noch immer irre. Ich gehe jetzt«, sagte Gilbert, machte auf den Hacken kehrt und kam eilends hinter dem Altar hervor.

»Das werdet Ihr mir büßen. Ich kenne Euer größtes Geheimnis. Aha, jetzt wendet Ihr den Kopf und seht mich an! Ihr kommt für alle Zeiten ins Gefängnis und Euer Vater auch, wenn ich erzähle, was ich weiß.«

»Was bringt Euch auf den Gedanken, Ihr wüßtet etwas?«

»Ich weiß, ich weiß, wer an jenem Tag in der zerfallenen Einsiedelei bei der Quelle die Schatulle vergraben hat. Ich habe Euch zugesehen. Und ich habe alles für mich behalten, damit Ihr mich liebt.«

»Ich begehre Euch nicht«, sagte Gilbert.

»Oh, das müßt Ihr aber, Ihr müßt. Hugos Samen taugt nichts. Ich brauche einen Mann, einen Mann, begreift Ihr das nicht? Ich will meinen Ehrenplatz wiederhaben.« Lady Petronillas Augen blickten wild. Wenn ihre Augen so hervorquellen, sieht sie noch mehr wie ein Frosch aus, dachte Gilbert. Ich muß versuchen, sie mit vernünftigen Argumenten zu beruhigen.

»Sein Samen taugt sehr wohl. Er hat Bankerte auf zwei Kontinenten. Braucht Ihr noch mehr Beweise? Haltet Euch an Hugo und laßt mich in Ruhe.« Doch mit einer Irren konnte man nicht vernünftig argumentieren.

»O nein, ich weiß, daß Ihr mich insgeheim liebt. Ihr seid wild auf meinen weißen Leib. Ich kenne mich aus – die Anzeichen –, Eure Augen glühen vor heimlichem Verlangen.« Sie griff nach Gilbert, doch der sprang entsetzt zurück.

»Hände weg, Hände weg!« schrie er, aber bei seinem Satz rückwärts stolperte er über die Altarstufe. Er schlug der Länge nach hin, stieß sich den Rücken, aber was ihn noch mehr aufbrachte, war, daß Lady Petronilla das als Einladung auffaßte und sich auf ihn stürzte. O verflucht, jetzt hatte er seine Zeile vergessen. Unselige Störung. Er schob sie grob beiseite und stand auf.

»Das sollt Ihr mir büßen, so wahr ich lebe. Ich schreie es in die Welt hinaus!« kreischte sie.

»Nur immer zu, und zum Henker mit Euch. Wer glaubt schon einer Irren?« sagte er und warf einen Blick zurück über die Schulter. Aber im Hinausstürmen merkte er, daß er in der Kapelle nicht allein mit der rolligen Petronilla gewesen war. »Oh! Madame! Seid Ihr schon die ganze Zeit über hier?« Denn im Eingang zur Kapelle stand Madame naserümpfend und zu allem entschlossen. Sie hatte ein Paar hübsche schmiedeeiserne Kerzenhalter in der Hand. Er blickte zurück. Hinter ihm stand Petronilla nackt wie ein gerupftes Huhn. Mein Gott, dachte er, was wird Madame Margaret erzählen?

»Ich bin lange genug hiergewesen, um zu sehen, daß Ihr ein Mann von Ehre seid«, sagte Madame und lächelte kaum merklich, als sie sah, wie er sich noch immer an der Tintenflasche festhielt. »Eure Tintenflasche – ist sie zerbrochen?« Er blickte an sich hinunter und merkte, daß sie tropfte.

»Ach, jetzt habe ich mein Wams ruiniert. Was wird Margaret sagen?« fragte er und kam sich dabei einfältig und albern vor.

»Sie wird sagen, eine Frau, die sich nackt auszieht und hinter dem heiligen Altar der Familienkapelle ihren Schwager anspringt, sollte man wieder einsperren«, sagte Madame. Lady Petronilla antwortete mit einem gräßlichen Kreischen.

»Das werdet Ihr nicht tun, niemals. Ich bin geheilt. Ich habe vier Teufel gehabt. Ich bin ein Wunder. Dazu gibt niemand seine Zustimmung.« Petronillas Gekreisch schallte durch die Kapelle, während Madame Gilbert durch den gewundenen schmalen Gang folgte. Beim Gehen goß er Tinte aus der Flasche in sein Tintenhorn, ein ziemlich schwieriges Unterfangen, welches bedingte, daß er Madame bat, den Korken zu halten.

»Bekleidet oder unbekleidet, die Frau ist widernatürlich«, sagte Gilbert, war aber in Gedanken schon wieder bei seiner *plainte*. Die Zeile war ihm wieder eingefallen, und er stellte sich vor, wie sie sich zu Musikbegleitung ausnehmen würde. »Ach, der Korken. Vielen Dank, Madame. Ich bin froh, daß Ihr alles gehört habt, wer würde mir sonst Glauben schenken?« Friedlich schritten sie durch den Palas unter den mit Schinken und Wildbret behängten Dachsparren dahin, und Gilbert war so erleichtert, daß er sich keinen Augenblick lang fragte, was Madame noch gehört haben könnte, falls sie alles mitbekommen hatte, was hinter dem Altar in der Kapelle durchgesickert war.

»Aha, Gilbert, da bist du ja. SCHON WIEDER Tintenflecke, und das, wo ich just zu hoffen wagte! Oh, und Madame auch. Habt Ihr eine Vorstellung, wie viele Kleidungsstücke er verdorben hat, ehe er ausgerissen ist? Nicht zu fassen, daß er in ein Kartäuserkloster eintreten wollte, wo man ganz in Weiß geht! Ha!« Gilbert bekam rote Ohren und biß sich auf die Lippen. Sir Hubert bedachte seine undankbare Brut mit einem bitterbösen Blick. »Du bist rückfällig, RÜCKFÄLLIG, Gilbert. Dir würde eine Tracht Prügel guttun!« Der Herr von Brokesford baute sich unmittelbar vor seinem zweiten Sohn auf, so daß er keinen Schritt mehr tun konnte. »Laß ab von der Tagträumerei und hör mir zu! Ich muß mich unter vier Augen mit dir beraten.« Ärger, nichts als Ärger, dachte Gilbert. Warum hat sich alles gegen meine schöpferischen Erleuchtungen verschworen?

»Nur nicht in der Kapelle, Vater. Dort tanzt Lady Petronilla splitterfasernackt herum.«

»Nicht schon WIEDER! Wozu habe ich den Kanonikus bezahlt, daß er sie von all den Teufeln befreit? Na schön! Dann eben nicht. Gehen wir nach draußen.« Der alte Ritter packte seinen zweiten Sohn beim Arm und führte ihn zu einer Stelle, wo Wildblumen im Gras wuchsen und es keine Ohren außer denen von Stuten und ihren Fohlen gab, die mithören konnten.

»Paß auf, du mußt zu etwas deine Meinung abgeben. Wir stecken beide bis zum Hals drin. Der Advokat hat seine Klage zurückgezogen.«

»Aber das ist doch gut, oder?« Gilbert hoffte, ihn rasch loszuwerden, ehe sich seine *plainte* wieder in die himmlischen Gefilde verflüchtigt hatte, von wannen sie gekommen war.

»Gut – außer in einem Punkt. Das Kloster hat ihm die Schenkungsurkunde abgekauft.«

»Das bedeutet, daß der Abt glaubt, er könnte den Fall gewinnen, auch wenn es der Advokat nicht kann. Wahrscheinlich bedeutet es, daß er eine noch höhere Bestechungssumme aufbringen wird, um den königlichen Richter für sich zu gewinnen.«

»Ach, meinst du? Dann bin ich erleichtert. Ich dachte schon, vielleicht weiß er etwas – hat etwas gewittert. Falls er beweisen kann, daß unsere Urkunde gefälscht ist, könnte uns der aus Westminster angekündigte Richter dem König höchstpersönlich zur Bestrafung vorführen. Denk bloß, Gilbert. Ein Abt mit Ländereien, die an unsere grenzen, und die Familie im Gefängnis und nicht in der Lage ...«

»Er kann uns nicht das geringste nachweisen, was auch immer er wittert – oder wünscht. Malachi ist ein Meister seines Faches.«

»Malachi, Malachi! Dir, du nachtwandelndes Mondkalb, verdanke ich es, daß ich einem irren Alchimisten Leben und Land anvertraut habe! Wie zum Teufel konnte ich nur so blöde sein?«

»Aber Vater, es geht dir nicht schlechter als zuvor, denn da hattest du überhaupt keine Aussichten.«

»BESSER ist es mir gegangen! Jetzt haben wir mehr zu verlieren! Alles, was ich gebraucht habe, war eine höhere Bestechungssumme für die Richter am Grafschaftsgericht, aber selbstsüchtig, wie du bist, wolltest du das Haus nicht beleihen, an das du durch Heirat mit dieser Witwe aus London gekommen bist.«

»Margaret ist nicht ›diese Witwe aus London‹, sie ist meine Ehefrau, und ich habe vor Gott geschworen, für sie zu sorgen, und ich werde ihr Haus niemals beleihen, weil ich die Hypothek nicht zurückzahlen könnte!«

»Genau das meine ich. Selbstsüchtig bis ins Mark! Wozu brauchst du ein Haus? Dein Zuhause ist hier!«

»Ein schlimmeres Los ist kaum vorstellbar! Mit einer tanzenden Irren und einer Familie eingesperrt, die Aquinas nicht von Hob dem Pflüger unterscheiden kann! Jedesmal, wenn ich mein Leben geordnet habe, bekommt mich dieser Ort wieder in die Fänge.«

»Dann verachtest du also die Burg, in der du geboren und aufgezogen worden bist? Ich blicke dir ins Herz, Gilbert, und das ist kein schöner Anblick! Du hast mich so hereingelegt, daß ich an den königlichen Richter verraten werden kann. Ist das der Dank für meine väterliche Fürsorge? Bei Gott, ich sollte dir auf der Stelle den Hals umdrehen!« Bei diesen Worten stürzte sich Sir Hubert auf Gilbert und wollte ihn erwürgen. Gilbert tat einen Schritt zurück, und sein Vater stürzte mit ihm zu Boden.

»Vater«, japste Gilbert, denn dessen Gewicht drückte ihm fast den Atem ab, »runter mit Euch, sonst verrate ich Euch wirklich.« Sir Hubert packte ihn an der Kehle und donnerte seinen Schädel auf den Boden. O Gott, meine *plainte*, schoß es Gilbert durch den Kopf. Blauer wolkenloser Himmel und hohes Gras wirbelten vor seinen Augen. Jedesmal, wenn sein Kopf aufschlug, hörte er es krachen, und Luft bekam er auch nicht mehr. Ich kann nicht einmal zurückschlagen. Seinen eigenen Vater darf man nicht anrühren. Ade, du schöne Welt.

»Was zum TEUFEL meinst du damit, du Unmensch, du Untier?«

»Kann nicht – reden – wenn – mich umbringt – steht Ihr – allein ...«

»Was geht nur in diesem bösartigen, übergroßen Hirnkasten vor?« fragte Sir Hubert und löste die schinkenähnlichen Pranken von der Kehle seines zweiten Sohnes. Er bemerkte einen neuen Ausdruck von Bitterkeit auf dessen Gesicht und erschrak ein wenig. Dann stand er auf, auch Gilbert richtete sich auf, klopfte den Staub ab und rieb sich ein Weilchen den Hals.

»Lady Petronilla hat zugesehen, wie wir die Schatulle vergraben haben.«

»Na und, das macht doch nichts. Sie ist irre. Zu der Zeit war sie von mehreren Teufeln besessen und hat obendrein den Succubus gespielt. Wir behaupten einfach, wir haben es nicht getan. Wessen Wort zählt mehr, das von zwei Männern aus guter Familie oder das einer Wahnsinnigen?«

»Vater, wenn es Euch gelingt, mich umzubringen, werden Menschen mit einem Fünkchen Verstand annehmen, daß Ihr den einzigen Zeugen beseitigt habt, der gegen Euch aussagen könnte.«

»Wer redet hier von umbringen? Das war lediglich eine normale kleine Meinungsverschiedenheit, mehr nicht. Etwas Disziplin hat dir schon immer gutgetan.«

»Die hat mir noch nie gutgetan, und wenn Ihr mich noch einmal anfaßt, seht Ihr weder mich noch meine Familie jemals wieder. Meine Tür bleibt Euch Euer Leben lang verschlossen, Vater.«

»Familie? Familie? ICH BIN DEINE FAMILIE!«

»Margaret ist meine Familie. Peregrine ist meine Familie. Die kleinen Mädchen, die Kendall zurückgelassen hat, sind meine Familie.«

»Unfug! Unfug, mein Junge! Hör mal, das stehen wir zusammen durch!« Sir Hubert legte Gilbert den Arm um die Schultern.

»Vater, ich habe gesagt, faßt mich nicht an«, sagte Gilbert und entzog sich ihm. »Dazu war früher Zeit, jetzt ist es zu spät.«

»Du bist zweifellos das widerborstigste, widerlichste, eingebildetste, selbstsüchtigste Jammerbild eines menschlichen Wesens, das mir jemals begegnet ist. Das kommt alles vom übermäßigen Denken! Dabei arbeitet das Hirn von ganz allein. Völlig unnatürlich! Es wäre besser gewesen, du wärst mit zwei Nasen geboren worden als mit zuviel Hirn! Du bist genau wie deine Mutter!«

»Lassen wir das, Vater. Ich will nur nicht, daß Ihr mich noch ein einziges Mal anfaßt.«

»Genau wie sie«, knurrte der alte Mann, als sie zusammen zu den Ställen zurückgingen.

Kapitel 23

»Guck mal, Mama, Peregrine hilft.« Ich blickte ihn an, und da hielt Peregrine Rosenblätter in der Hand. Er öffnete die Faust und hatte sie völlig zerdrückt.

»Ei, genau richtig. Leg sie in den Korb da.« An einer Stelle der zerfallenen Ringmauer wuchsen Heckenrosen, rankten sich über die in der Bresche liegenden Steine und wandten die flachen, lieblich duftenden Gesichter der Sonne zu. Für Rosenwasser gibt es nichts Besseres, und aus den Hagebutten koche ich später ein besonderes Mus, das für die kurzen Wintertage den ganzen Sommer im Topf einfängt. Madame und die Mädchen, Peregrine und ich schufteten in der Sonne, alle hatten wir große Strohhüte auf, die doch keinen ausreichenden Schatten gaben. Madame und ich schnitten die Stengelansätze mit kleinen Messern ab, während sich die Mädchen um die Körbe voller Rosenblätter kümmerten.

»Die tu' ich in Cec'ys Korb. Dann hat sie mehr«, verkündete Peregrine.

»Du, in meinen kommen keine krisseligen, knautschigen«, sagte Alison.

»Sing noch mal, Cec'y«, verlangte Peregrine. Und Cecily begann mit ihrem hohen Stimmchen:

»Vom himel kam der engel schâr
erschîn den hirten ofenbâr
sî sagten în': ›eyn kindleyn zart
daz lîgt dort in der kripen hart‹«

Darauf fiel auch Alison mit lieblicher und schöner Stimme in das Lied ein, und Peregrine sang auch mit, wenn auch falsch und mit unsinnigen Wörtern, denn er wollte es den Mädchen nachtun:

»... ›zu bettellam in dafis stâd
wî Mischa es vakundet hat
es iss der here jesseschriss‹ ...«

Madame schob den Hut zurück und wischte sich den Schweiß unter dem Rand ihres Kopftuches mit dem Ärmel ab. »Ach, wie schön ist doch das Landleben«, sagte sie, und ich merkte, wie ihr Gesicht beim Anblick der Kinder ganz weich wurde.

»Wenn ich es doch auch schöner finden könnte«, sagte ich, »aber seit mein Herr Gemahl und sein Vater nicht mehr miteinander sprechen, kommt es mir so vor, als würden wir belagert.«

»Ein edleres Herz als Sir Gilberts gibt es auf der ganzen Welt nicht«, sagte Madame. »Seine Ehre ist weißer als Lilien. Diesmal ist sein Vater im Unrecht. Er sollte stolz auf einen solchen Sohn sein. Aber das kommt daher, daß er so lange tun und lassen konnte, was er wollte. Wie diese Rosen hier sollte er ein wenig zurückgeschnitten werden.« Da mußte ich insgeheim doch ein wenig lachen. Auf einmal sah ich vor meinem inneren Auge Madame, wie sie wild entschlossen die Heckenschere schwang und den wilden alten Mann zurechtstutzte, ihn dazu brachte, sich anständig zu rasieren und zu waschen und sich jeden Tag zu kämmen.

Als wir Hufgeklapper auf der hölzernen Zugbrücke hörten, blickten wir auf und sahen zwei Augustinermönche auf Maultieren durch das Burgtor reiten.

»Mama, guck mal, Besucher. Wer das wohl sein mag?« Cecily zeigte auf die beiden Gestalten in Augustinerkutte, die im Burghof verschwanden.

»Das frage ich mich auch. Machen wir Schluß und bringen wir alles ins Haus. Dann sehen wir ja.«

Doch als wir alles eingesammelt hatten und miteinander auf den äußeren Burghof kamen, hatte das Schicksal schon seinen Lauf genommen. Sir Hubert stand am Kopf der Treppe mit der Peitsche in der Hand und dem Jagdhorn am Gürtel und war sichtlich verärgert, daß er aufgehalten wurde. Am Fuß der Treppe hielten Stallknechte Pferde und ungeduldige Hunde, die dem weiteren Vorgehen der Mönche Einhalt geboten, und so mußten sie die Treppe hochschreien, wenn sie gehört werden wollten. Hinter Sir Hubert ließ sich Hugo im dämmrigen Torbogen blicken, Gilbert natürlich nirgendwo.

»Sagt dem berockten alten Weib im Kloster, daß er sich mit seiner außergerichtlichen Regelung den Hintern abwischen kann!« brüllte der alte Mann.

Madame und ich blickten uns an. Einer der Mönche versuchte, etwas zu sagen, aber wir hörten nicht, was. Der alte Mann offenbar auch nicht. Darauf brüllte der Mönch: »Er hat gesagt, er würde es sehr ungern sehen, wenn er eine alte Familie so entehren müßte, daß er Vater und Söhne wegen Fälschung ins Gefängnis brächte ...«

»Ha! Dann richtet dem widerlichen Stallputzer aus, wir wissen, daß er dieses Angebot nur macht, weil er weiß, wir gewinnen! Unser Gönner ist der MÄCHTIGE HERZOG VON LANCASTER! DAS richtet ihm aus!«

»Ein Jammer, daß der Herzog in Calais weilt und niemand weiß, wann er zurückkommt. Zweifellos ist der Fall bereits verhandelt, bevor ein Brief vom Herzog beim Richter eintrifft ...«

»Worte! Leere Worte, ihr Schleimscheißer! Richtet dieser Schlange, diesem Mistkerl, eurem sogenannten Abt aus, daß WIR ihn vor ein geistliches Gericht zerren – wegen Diebstahls, wegen Falschaussage, wegen Fälschung, wegen falscher Anschuldigungen! Der sieht die Sonne nie wieder!«

»Nun gut, Ihr seid gewarnt. Unser Abt holt sich aus London bereits seine eigenen Fachleute, die die Siegel auf Eurer sogenannten Charta vor den Augen des königlichen Richters höchstpersönlich prüfen.«

»Meine Siegel prüfen? Nur immer zu! Ich nehme den Fehdehandschuh auf! Wir haben die echten Siegel Wilhelms des Eroberers, der MEINEM AHNEN den Besitz zusichert und nicht einem Haufen katzbuckelnder, plärrender, Psalmen leiernder MÖNCHE! Und jetzt raus! Runter von meinem Hof, runter von meinem Land und zurück in eure Hundehütte!« Der alte Mann kam peitscheschwingend die Treppe heruntergepoltert, und die Augustinermönche machten kehrt und rannten zu ihren angebundenen Maultieren.

»O weh«, sagte ich zu Madame. Als Antwort seufzte sie nur. Wenn sie wüßte, dachte ich. Dann sah ich den Ausdruck in ihren Augen. Sie wußte Bescheid. Wußte alles.

Kapitel 24

»Frag Vater, was die Reiterschar bedeutet, die da durchs Tor geritten kommt«, rief Gilbert mir zu. Ich stand mitten im Palas und beaufsichtigte einen Knecht, der mit Hilfe eines Hakens am Ende einer sehr langen Stange ein geräuchertes Wildbretviertel von den Dachsparren holte, und dachte bei mir, daß ich schon Leichen am Galgen hatte hängen sehen, die appetitlicher aussahen. Vielleicht, so überlegte ich, kommt die schlechte Laune in dieser Familie daher, daß sie so viel Aas ißt. Gilbert und sein Vater sprachen seit fast zwei Wochen nicht mehr miteinander, und das machte das Leben in diesem Haus allmählich unerträglich. Gilbert stand viel näher bei seinem Vater als ich, das heißt kaum ein halbes Dutzend Schritt entfernt am anderen Ende des Palas neben dem wurmstichigen und zerkratzten alten Eichenschirm, der zwischen dem Palas und der geöffneten Haustür stand. Sie kehrten sich den Rücken zu. Mein Schwiegervater wandte den Kopf ein wenig in meine Richtung und brüllte in den Palas hinein: »Lady Margaret, sagt Eurem Nichtsnutz von Ehemann, daß sie auf meine Fehdeerklärung hin kommen.«

»Margaret«, brüllte Gilbert seinerseits, ohne jedoch den Kopf zu wenden, »sag Vater, daß er für Turniere zu alt ist. Er sollte lieber das Bett hüten.«

»Margaret«, brüllte Sir Hubert, »sagt diesem Blödian Gilbert, wenn er seinen Nabel von seiner Nase unterscheiden könnte, wüßte er, daß der Tag gekommen ist, an dem ich dieses flohzerbissene Jammerbild von einem Abt vor Zeugen in den Staub trete. Dort kommen die Schreiber aus London, um die Siegel zu prüfen. Ich habe den Abt aufgefordert, seine Fachleute zu schicken. Der heutige Tag ist sein Untergang, er wird sich mit Schmach und Schande bedecken.« Der alte Mann verschränkte die Arme und feixte. Gilbert fuhr herum und blickte ihn entsetzt an.

»Was habt Ihr getan? Vater, Ihr seid ein verkalkter Trottel! Er besorgt sich doch falsche Zeugen, und das ist Euer Verderben. Mein Gott, was habe ich nur verbrochen, daß ich einen solchen Vater habe?« Sein Vater freute sich, daß er Gilbert dazu gebracht hatte, als erster das Wort an ihn zu richten, und bedachte ihn mit einem hochnäsigen Blick.

»Das habe ich mich, was dich angeht, auch schon oft gefragt. Aber laß dir gesagt sein, daß ich vorausschauend den Richter davon benachrichtigt und ihn gebeten habe, aus dem königlichen Archiv einen Schreiber mitzubringen, falls es zu Meinungsverschiedenheiten kommen sollte. Wir haben uns in St. Alban's beraten, er und ich, auch wenn du es nicht verdienst, daß ich dir das mitteile.«

»Und wie habt Ihr es geschafft, den königlichen Richter in diese Angelegenheit zu verstricken?«

»Das ist meine Sache. Aber sie müssen einen Eid ablegen, und ihre Aussagen vor Zeugen beschwören. Und falls der Abt einen Lügner schickt, ist es um ihn geschehen.«

»Darum also habt Ihr Estrade und Tische wie am Gerichtstag aufstellen lassen. O Gott, ich bekomme Kopfschmerzen.« Gilbert schlug sich an die Stirn.

»Dann lauf, lauf nur. Für mich kannst du doch nichts tun. Bei Gott, dreimal in Frankreich und kein einziges Mal an der Front verwundet.«

»Vater, beim letztenmal hat mich der Blitz getroffen«, sagte Gilbert, und ich sah, wie sein Hals zornrot anlief.

»Genau das meine ich«, sagte sein Vater. »Niemals an der Front. Was willst du nächstes Mal anstellen? Über einen Wurm stolpern?« Bei diesen Worten wollte sich Gilbert wütend auf den alten Mann stürzen, und während ich noch lief, um sie auseinanderzuzerren, brachte sie der Verwalter zur Besinnung, indem er ihnen meldete, die ersten Gäste stiegen vom Pferd, und die Delegation aus dem Kloster käme soeben durch das Tor geritten.

Und jetzt erlebte ich eine Überraschung. Ich kannte zwar keinen der Schreiber und den Abt nur vom Sehen, aber den königlichen Richter aus Westminster, den kannte ich in der Tat sehr gut. Es handelte sich um Sir Ralph Fitz William, den Vater von Denys, dem Retter. Diesmal war er prächtiger gekleidet, sein langes Samtgewand war mit Hermelin verbrämt, und um den Hals trug er eine schwere Goldkette. Doch seine durchtriebene Miene, so würdevoll und berechnend zugleich, die hatte sich überhaupt nicht verändert.

»Ei, Dame Margaret, welch eine Freude, Euch wiederzusehen«, sagte er, nachdem er mich begrüßt hatte. »Und wie geht es der reizenden kleinen Hexe, Cecily Kendall? Wie ich höre, macht sie große Fortschritte in höfischem Benehmen. Ich habe eigens bei der Dorfkirche angehalten, um das berühmte Altartuch zu bewundern.« Ich muß gestehen, daß ich mit offenem Mund dagestanden und so lange geschwiegen habe, daß man es als Unhöflichkeit auslegen konnte. Woher wußte er das alles? Mir kam ein furchtbarer Verdacht.

»Gut, gut, ich lasse sie rufen, sobald wir das hier geregelt haben«, unterbrach uns Sir Hubert. »Danach ist ausreichend Zeit für eine angenehme Unterhaltung. Ich habe da ein Fäßchen seltenen Wein im Keller, der Euch schmecken dürfte.« Sein Tonfall und seine Miene verstärkten meinen Argwohn noch.

Inzwischen hatten die Knechte die verschlossene Schatulle aus dem Turmzimmer herbeigeschafft, und der Abt und seine Schreiber prüften die Schlösser, während die Schreiber des Richters ein Blatt mit Zeichnungen von allen

Siegeln hervorholten, die von Wilhelm, Herzog der Normandie und Eroberer Englands, und seinen Untergebenen bekannt waren. Doch dann entstand Unruhe an der Tür, und die letzten aus der Mönchsschar, die den Abt begleitete, führten einen gebrechlichen Greis in der schwarzen Kutte der Dominikaner herein. Er war kahl wie ein Ei, die Haut auf seinem Schädel war pergamentdünn, und er hatte blasse, beinahe blicklose Augen.

Es war schon ein eigenartiges Schauspiel in dem großen Palas: Beamte und Schreiber, die sich an der Estrade um den Abt und Sir Hubert scharten, Augustiner und Dominikaner, die sich um den Greis drängten, der auf der Bank am Haustürschirm saß, und Gilbert und Hugo, die in ihren wappengeschmückten Surkots soldatisch wirkten und mit verschränkten Armen an der Wand lehnten. Madame und ich saßen verdeckt in der Ecke, Madame mit dem wachsamen, gelassenen Blick einer Katze, die ein neues Revier besichtigt. Lady Petronilla in ihrem widerlichen Kleid aus Zindelstoff hatte gefordert, daß man für sie eigens einen Stuhl abseits von der Frauenbank aufstellte. Doch das war ihr nicht genug. Sie rannte aus und ein, treppauf und treppab, alles ein eitler Versuch, die Aufmerksamkeit auf sich zu lenken, während die finsterste Figur im Raum, ihr Beichtvater Bruder Paul, mit honigsüßem Lächeln zwischen den Mönchen, ihrem Abt und den sonderbaren Dominikanern hin und her scharwenzelte, katzbuckelte und so leise flüsterte, daß wir es in unserer Ecke nicht mitbekamen.

Jetzt drängte sich alles um die eisenbeschlagene Schatulle, als ihre dreifachen Schlösser geöffnet und die Dokumente herausgeholt wurden. Man breitete sie auf den Kastentisch der Estrade vor dem Richter und seinen Schreibern aus. Mein Herz fing an zu hämmern. O Malachi, dachte ich, hoffentlich bemerken sie die Unschärfe nicht, die einen Abdruck von einem Abdruck kennzeichnet. Dann dachte ich aber an die päpstlichen Bullen, die königlichen Befehle, die abertausend Ablaßbriefe, die Malachi so gut angefertigt hatte, daß sie von den echten nicht zu unterscheiden waren. Wie einfach uns das alles einmal vorgekommen war. Laß sie ruhig gefälschte Dokumente haben, wir haben besser gefälschte. Aber sie sahen sich die Schenkungsurkunde gar nicht so eingehend an, wie es erforderlich gewesen wäre. Angenommen, jemand hatte sie bestochen? Vor mir wollte sich ein Abgrund öffnen. Die Schreiber nickten und zeigten auf die Dokumente, und mir blieb schier das Herz stehen.

»Ha, hm«, sagten sie. »Ja, es besteht kein Zweifel.« Ich hielt den Atem an. »Das Siegel ist zweifellos echt.« Ich atmete wieder, holte tief Luft. »Daraus folgt, daß diese Schenkungsurkunde älter ist als die, die Ihr gekauft habt, Euer Ehrwürden.« Der Richter schenkte dem Abt einen Blick, aus dem tiefes, geheucheltes Mitgefühl sprach.

»Bedauerlicherweise hat irgendein Bösewicht den Advokaten mit einer falschen Urkunde hereingelegt«, sagte der Richter kopfschüttelnd und mit ernster Miene. »Wie konnte das nur geschehen? Nein, welche Schurken es zur Zeit Heinrichs II. doch gab.« Der Abt kochte vor Wut, und seine Schreiber blickten rat- und hilflos. Der Richter bedachte ihn mit einem onkelhaften Blick, beugte sich auf seinem Stuhl vor und sagte: »Nein, wie schrecklich, nein, wie peinlich. In derlei Fällen schlage ich vor, daß die Parteien das Ganze still und unter sich regeln, und das schlage ich auch hier im Namen des Königs vor. Damit erspart man sich das Geld und die Zeit, die ein Gerichtsverfahren kosten würden. Und natürlich Schmach und Schande.« Die mitfühlende Stimme hatte einen ehernen Unterton. Der Richter war offenkundig gewillt, gegen den Abt vorzugehen. Achtung, lautete die geheime Botschaft, Ihr könntet Schaden nehmen und bestraft werden.

»Wartet«, sagte der Abt. »Ich habe weitere Beweise, daß wir mit einem gerissenen Trick hereingelegt werden sollen.

In der Schatulle befand sich neben diesem normannischen Dokument ein weiterer Gegenstand. Niemand bezweifelt, daß der edle und mächtige Herzog Wilhelm die Familie de Vilers mit ihren Ländereien belehnte. Doch es geht nicht um den ganzen Besitz, sondern um seine Grenzen. Und in dieser Hinsicht schweigt sich die gesiegelte Urkunde aus.« Der Abt legte eine Pause ein und zeigte auf das zweite Dokument, das auf dem Tisch lag.

»Dort liegt eine Urkunde in lateinischer Sprache, die angeblich auf Wunsch eines gewissen Ingolf des Sachsen aufgesetzt wurde, und in der findet sich die einzige richtige Beschreibung des strittigen Besitzes. Die Beschreibung ist genau. Unheimlich genau. Und das Dokument war nicht gesiegelt. Eine nicht gesiegelte Urkunde ist aber nicht amtlich, oder? Genau dieses Dokument ist unter die echten Dokumente geschmuggelt worden, und ich kann beweisen, daß es falsch ist.« Er wandte sich an die Mönchsschar am anderen Ende des Palas. »Bringt Bruder Halvard herbei.« Der gebrechliche Greis wurde, von zwei Mönchen gestützt, in die Mitte des Palas geführt. Ich blickte Gilbert an, der weiß wie ein Laken geworden war. Dann sah ich den Greis mit den blassen blicklosen Augen an. Auf einmal wußte ich Bescheid. Das war die schwache Stelle. Die Mönche hatten einen Mann gefunden, der Runen lesen konnte, oder, schlimmer noch, der so aussah, als könnte er es, und ihnen zuliebe lügen würde. Es war alles vorbei.

Auf einem ihrer Ausflüge treppauf treppab blieb Petronilla am Fuß der Treppe stehen und lächelte bei den Worten des Abtes ein unangenehmes wölfisches Lächeln. »Vor kurzem durften wir, welch ein Glücksfall, diese Gruppe heiliger Dominikaner aus den fernen Ländern des Nordens jenseits des Meeres bei uns beherbergen. Sie legten auf unseren Wunsch hin freundlicherweise eine Pause auf ihrer Pilgerreise zum Schrein des gnadenreichen Märtyrers Thomas von Canterbury ein und wollen uns behilflich sein, dieses große Rätsel zu lösen. Der weise Mann hier, der blinde Halvard der Weise, hat viele seltsame und uralte Inschriften aus unserem Besitz entziffert. Möglicherweise kann er Licht in das Dunkel bringen, wer der ursprüngliche Besitzer des letzten, in der Schatulle gefundenen Gegenstandes ist.« Bei diesen Worten schufen sie an dem Tisch gleich unter der Estrade Platz für den Greis und holten Feder und Papier, um seine Worte aufzuschreiben.

Falls der Abt erwartet hatte, die Kunde würde Sir Hubert gewaltig in die Glieder fahren, so mußte er zu seiner gelinden Verwunderung feststellen, daß dem nicht so war.

»Das Trinkhorn meines heldenhaften Ahnen!« rief der alte Mann. »Es wird für mich Zeugnis ablegen! Seht, dort hängt es am Ehrenplatz in meinem Palas! Ingolf, dein Geist lebt! Erscheine, und rette die Mitgift deiner Tochter, deine heilige Quelle!« Alles blickte auf. War Sir Hubert mittlerweise genauso von Sinnen wie seine Schwiegertochter? Dennoch wußte jeder, daß er zu einer Heuchelei dieses Ausmaßes nicht fähig war. Schlau, ja, das war er, aber ein Schauspieler, nein. Irgendwie hatte es sich in seinem Kopf festgesetzt, daß alles stimmte: die Entdeckung, die Schatulle, das uralte Trinkhorn. Er glaubte tatsächlich an Malachis hirnverbrannte Erfindung, den legendären Ingolf den Sachsen. Ich hätte am liebsten geweint. O Malachi, solange ich dich kenne, hast du kein einziges Mal der Versuchung widerstehen können, allem das I-Tüpfelchen aufzusetzen. Warum? O warum? Vor meinem inneren Auge standen Bilder der Befragungen unter der Folter, Befragungen, um herauszufinden, wer sich das Testament Ingolfs des Sachsen ausgedacht hatte, lebenslange Besuche im königlichen Gefängnis von Newgate mit Essenspaketen für meinen gefangenen Ehemann. Und alles, weil Malachi günstig an ein altes Trinkhorn gekommen war und dem Ganzen unbedingt den letzten künstlerischen Schliff geben mußte. Das war kein Haus wert. Ich hätte mich schon irgendwie durchgeschlagen. Jetzt lag alles in Scherben. Ich warf Gilbert einen verstohlenen Blick zu. Er hatte die Stirn in Falten gelegt und sah ein bißchen grün um die Nase aus. Ich wußte, was er dachte. Das Gefängnis war gar nichts verglichen mit dem Zorn seines Vaters, falls der herausfand, daß Ingolf das Hirngespinst eines einfallsreichen Alchimisten war.

Doch Sir Hubert hatte bereits Knechte mit einer Leiter herbeibefohlen, die das Trinkhorn von seinem Platz über einer Reihe verbeulter Schilder mit verschiedenen Lesarten des Wappens der de Vilers herunterholten. Die zerschlissenen und in Schlachten zerfetzten Wimpel auf der anderen Seite des großen Horns flatterten sacht in der Zugluft. »Gebt acht da oben!« rief Sir Hubert. »Es ist alt! Zerbrecht ihr es, schlage ich euch den Schädel ein!« Schließlich wurde das Riesenhorn auf den Tisch gelegt.

»Seht nur, wie groß«, murmelte die Menge. »Heutzutage gibt es kein Horn, das sich damit vergleichen ließe.«

»Wie könnt Ihr es zulassen, daß dieser Mensch liest?« sagte Gilbert zu dem Richter. »Seht Ihr denn seine Augen nicht? Er kann kaum noch sehen.«

»Ich höre die Stimme der Jugend, die mich daran erinnert, daß mein Augenlicht mit dem Alter dahingeschwunden ist«, sprach der blinde Halvard der Weise mit hoher brüchiger Stimme. »Aber laßt Euch sagen: Je mehr mein Augenlicht schwindet, desto besser kann ich mit den Fingern sehen. Legt meine Hände auf die Runen.« Gilbert schüttelte entsetzt den Kopf. »Ah, ein Trinkhorn«, sagte der blinde Halvard. Ein Kinderspiel, wenn man wie er das ganze Horn befühlte. Guter Gott, dachte ich, er ist noch blinder, als er zugibt. Alsdann fuhr er mit den Fingern mehrmals über die erhabenen Linien am Rand des Horns.

»Das hier sind verderbte Runen«, verkündete er. »Sie sind schwierig zu lesen.« Nicht nur blind, sondern auch noch ein Betrüger, schoß es mir durch den Kopf.

»Dann sind sie also gefälscht? Unsinnig?« fragte der Abt begierig.

»Nein, sie haben einen Sinn«, sagte der greise Weise. »Sie sind verderbt, mehr nicht. Das hier sind verderbte sächsische Runen, nicht die echten Runen der Wikinger. Da zum Beispiel – oh, das ist interessant – hat sich der Schöpfer an stablosen Runen versucht und sie nicht hinbekommen. Diese Sachsen waren ein verrohtes, in tiefer Unwissenheit lebendes Volk.«

»Er wagt es, meinen hehren Ahnen verroht zu nennen! Bei Gott, wenn er nicht so ein nutzloses Stück Trockenschinken wäre, würde ich wegen dieser Worte Hackfleisch aus ihm machen!« Sir Hubert stürmte mit wütender Miene auf und ab, die Hände zur Faust geballt, die wilden Brauen zusammengezogen.

Der Greis jedoch murmelte etwas Unverständliches, während seine Finger erneut die Runen am Rand des Trinkhorns abtasteten. Nach einem Weilchen sagte er: »Die heiligen Runen haben gesprochen.«

»Heilige Runen, o Gott, wann hört dieses Possenspiel endlich auf?« knurrte Gilbert, ließ sich auf die Bank an der Wand fallen und barg den Kopf in den Händen.

»Die erste«, sagte der Greis, »lautet ›Thorwald‹.«

»Thorwald, nicht Ingolf. Hört Ihr das?« sagte der Abt. »Das Horn ist falsch. Darum ist auch Ingolfs Schenkungsurkunde falsch.«

»Wer zum Teufel ist dieser Thorwald? Wo bleibt Ingolf?« brüllte der Herr von Brokesford.

»›Thorwald hat mich geschaffen‹«, sagte der Greis und streichelte dabei die erhabenen Linien. Der Richter bedachte den Abt mit einem bösen Blick.

Der Greis brummelte weiter vor sich hin. »›Ingolf besitzt mich. Möge Ingolf mich besitzen. Gott, Gott schlage jeden, der mich Ingolf nimmt, mit Fluch und Tod, falls Ingolf mich nicht aus freien Stücken verschenkt.‹ So lauten die Runen. Derlei findet man oft, insbesondere auf Trinkhörnern aus kostbarem Metall. Oh, ich fühle edle Steine im Schnitzwerk. Und auch auf dem Drachen. Ja. Es ist heute genauso selten und wertvoll wie dazumal. Jetzt bin ich müde. Führt mich zu einem Ruheplätzchen. Ich bin für mein Alter zu weit gereist.«

»Führt diesen ehrwürdigen Greis zu meinem eigenen Bett!« rief Sir Hubert. »O Wunder über Wunder! Ihr habt mir die Worte meines Ahnen entschlüsselt! Was kann ich Euch dafür geben?«

»Ruhe«, sagte der Greis. »Und dann einen Schluck Apfelwein. Ihr habt doch Apfelwein?« Sir Hubert warf mir einen Blick zu. Ich nickte zustimmend, und er versicherte dem Alten eiligst, daß er Apfelwein bekommen solle. »Und danach weitere Runen«, sagte der Greis.

»Wir tun, was in unseren Kräften steht«, trompetete Sir Hubert. »Mehr als die hier habe ich augenblicklich nicht, aber so wahr ich lebe, ich werde die ganze Gegend danach abkämmen. Auf, auf zum fröhlichen Runenjagen! Ihr sollt alle haben! Falls es auf zwanzig Meilen die Runde noch eine weitere Rune gibt, ich grabe sie für Euch aus! O gesegneter, heiliger blinder Halvard!«

Doch jetzt zischelte Lady Petronilla ihrem Beichtvater etwas ins Ohr, umklammerte dabei seine Schultern mit Klauenfingern und zeigte auf Gilbert. Während Knechte dem altehrwürdigen Übersetzer die Treppe hochhalfen, kreischte sie: »Er lügt, er lügt! Ich habe gesehen, wie sie die Schatulle vergraben haben, o ja, und dann haben sie diesen alten Betrüger herangeschafft, daß er für sie lügt!«

»Madame, seid versichert, weder die anderen noch ich hatten die geringste Ahnung, daß unser trefflicher Abt einen Runendeuter aufgetrieben hat«, sagte der Richter zu Dame Petronilla. »Ich glaube, wir haben genug gehört. Sir Hubert, was ficht diese Frau an?«

Sir Hubert klopfte sich an die Stirn. »Meine Schwiegertochter. Von Sinnen nach dem Verlust eines Kindes. Ei, erst vorigen Monat hat ein Kanonikus von der Kathedrale vier Teufel bei ihr ausgetrieben. Das hat in der Gegend für einen Skandal gesorgt, da könnt Ihr jeden hier fragen.«

»Beelzebub, Gottseibeiuns«, schrie Petronilla.

»Da seht Ihr. Sie redet irre. Auf ihre Worte ist kein Verlaß. Ei, vor kurzem hat sie doch geweissagt, daß die Burg bald unter schwarzen Steinen mit weißen Streifen begraben würde, während sich hier rauchspeiende Dämonen tummelten. Mmpf!« sagte Sir Hubert, verschränkte die Arme und blickte der Irren fest ins Auge.

Aber Petronilla hatte sich schon zur Frauenbank gewandt und zeigte auf Madame, die aufrecht und still neben mir saß.

»Sie weiß auch Bescheid«, kreischte sie. »Diese blaßgesichtige Hexe hat es in der Kapelle mit angehört. Sie weiß alles.« Ich blickte Gilbert an. Er war schon wieder blaß geworden. Er wußte, daß Madame wußte.

Madame sah Petronilla an. Sie hob eine Augenbraue, als hätte sie solch schändliches Betragen noch nie gesehen und wollte keine Gefühle zeigen, die unter ihrer Würde waren.

»Sagt es ihnen, sagt es ihnen!« zeterte Petronilla. »Er hat mich zurückgewiesen, er hat es gewagt, mich zurückzuweisen! Das soll er mir büßen, so wahr ich lebe!«

»Ich habe nicht die geringste Ahnung, wovon Ihr redet«, sagte Madame. »Nehmt Euch zusammen, Lady de Vilers. Diese Hirngespinste sind Eurem Herrn peinlich und bringen Schande über sein Haus.«

Kreischendes Gelächter. »Ihr auch!« rief Petronilla und verschwand treppauf.

»Das war Balam, der Dämon des unpassenden Gelächters«, vertraute Hugo dem Richter an. »Der Kanonikus hat ihn nicht völlig exorzieren können.« Gilbert, der uns gegenübersaß, rang nach Atem und wischte sich mit dem Handrücken den Schweiß von der Stirn.

Nun jedoch lief alles fröhlich durcheinander, man schüttelte sich die Hand und redete, als wäre man schon lange befreundet, außer natürlich der Abt und seine Mönche.

»Seid versichert, daß ich noch einmal beim König vorstellig werde«, hörte ich den Abt sagen.

»Überhaupt nicht zu empfehlen«, antwortete ihm der Richter.

Dann schrie Sir Hubert: »Falls Ihr es wagt, vor Gericht aufzutreten, lasse ich meine Fachleute Eure Siegel prüfen. Heinrich II. Ein Emporkömmling! Falls sie überhaupt aus der Zeit Heinrichs II. sind. Sieht mir mehr nach unserem guten Edward aus!«

»Bald kehrt der Herzog zurück, Ihr könnt gar nicht gewinnen, also packt Euch lieber, ehe wir Euch vor Gericht bringen«, sagte Hugo gerade. Nur Gilbert, der aus seinem Herzen sonst keine Mördergrube machte, schwieg sich aus.

Ich ging zu ihm, streichelte seine Hand und sagte: »Mein Herr Gemahl, wir sind gerettet.«

»Margaret, ich begreife nicht, wie ...« sagte er ratlos. »Malachi konnte doch gar nicht ahnen – vielleicht hat es der Mann gewußt, der es ihm verkauft hat – Ingolf. Es ist nicht zu fassen. Und ich habe geglaubt, er hätte ihn erfunden.« Gilberts Stimme klang erschöpft und schwach.

»Gilbert, ich begreife allmählich«, antwortete ich. »Was auch immer die Runen und Siegel besagen, wir mußten siegen.«

»Ei, Margaret, du bist ja blaß wie ein Geist. So krank wie jetzt hast du noch nie ausgesehen.«

»Mein Herr Gemahl, mir ist so schwer ums Herz. Ich bin mir sicher, daß Euer Vater ...«

»Aber ja doch«, rief der Herr von Brokesford huldvoll. »John, hol das kleine Mädchen aus dem Söller. Sir Ralph, sie ist so lebhaft wie eh und je, aber weitaus gesitteter.«

»Euer Vater hat hinter unserem Rücken Cecilys Heirat an den Richter verkauft.«

»Wie? Dieser Unmensch! Dazu hat er kein Recht! Wie kann er es wagen!«

»Ach, das Geld dafür erhältst gewiß du, Gilbert, aber dein Vater bekommt vor Gericht recht, heute, morgen, nächstes Jahr, wann immer er will. Wie kannst du dich ihm widersetzen und den Zorn des Richters über sein Haupt bringen, falls ihm Cecilys Mitgift durchs Netz geht? Alle Triumphe von heute würden sich im Handumdrehen in Luft auflösen. Wie kannst du deine Zustimmung verweigern, wenn du weißt, daß deinem Vater dann das königliche Gefängnis oder Schlimmeres droht? Wie soll ich mich weigern, wenn dir das gleiche zustoßen könnte? Er hat uns in der Hand, Gilbert. Er hat uns wegen eines elenden Stückchens Land ausgetrickst und mein Mädchen verkauft.« Ich konnte nicht anders, ich mußte einfach weinen.

»Freudentränen, Sir Ralph, Freudentränen. Es sollte eine Überraschung werden. Ihr wißt ja, wie Frauen sind ...«, hörte ich Sir Hubert sagen.

»Ach ja, so rührselig. Sie mögen es gar nicht, wenn ihre kleinen Mädchen aus dem Haus gehen.«

»Sie läuft uns schon zu lange zwischen den Beinen herum, es wurde allmählich Zeit.«

»Ich muß gestehen, meine Schreiber haben nichts unversucht gelassen. Die Mitgift ist noch weitaus besser, als Ihr sie hingestellt habt. Ihr gehört sogar ein halbes Schiff, die *Stella Maris*, zusätzlich zu dem Besitz, den Ihr erwähnt habt. Bislang ist mir bei Mitgiftverhandlungen noch kein Edelmann begegnet, der seinen Fall bescheidener dargestellt hätte, als er ist.«

»Es ist das Blut der de Vilers, mit dem Ihr Euch verbindet, Sir Ralph. Das älteste in ganz England.«

»Auch das habe ich herausgefunden. Eine Ehre, Sir Hubert, es ist mir eine Ehre, daß ich gottlob Eure Bekanntschaft gemacht habe.«

»Sir Ralph, die Zeiten ändern sich. Selbst ein alter

Brummbär wie ich weiß um die Vorteile einer Verbindung zwischen einer Familie des Landadels und einer des Rechts. Der Junge studiert fleißig, sagt Ihr?«

»Ohne Zweifel wird er meine Nachfolge als Richter antreten. Der Junge ist begabt – aber seht nur, Dame Margaret weint noch mehr. So sehr freut Ihr Euch, Dame Margaret?« Ich wischte mir das Gesicht, aber dadurch sah alles noch verschwommener aus.

»Cecily – Cecily muß ihre Zustimmung geben«, sagte ich und schniefte. »Sie ist noch nicht alt genug, um zu, zu – heiraten.«

»Ei, meiner Berechnung nach ist sie beinahe zehn«, sagte der widerliche alte Ritter. »In diesem Alter werden viele Mädchen verlobt! Eine Erbin mit einem Schiff? Ihr habt das Heiratsgelöbnis zu sehr auf die lange Bank geschoben. Denkt lieber daran, auch für Alison etwas Vorteilhaftes abzusprechen. Aber so sind die Frauen, Sir Ralph. Ihr habt eine gute Wahl getroffen. Die kleine Fette ist nichts für Euch. Außerdem müßtet Ihr dann länger auf Erben warten.« Es lief mir vor Haß und Entsetzen heiß und kalt den Rücken hinunter. Und da standen meine Mädchen mit dem Knecht in der Mitte auch schon am Fuß der Treppe und waren so schön wie der junge Tag, während die beiden abscheulichen alten Männer feixten und nickten und sie abtaxierten wie preisgekrönte Schafe. Cecily trug einen goldbraunen, blau bestickten Surkot über der grünen Kotta, aus der sie fast herausgewachsen war, und hatte einen Kranz aus Gänseblümchen auf dem Haar. Die Kinderfrau hatte ihren struppigen Zopf gelöst und ausgekämmt, so daß ihr das Haar in bangen roten Wellen bis zur Taille fiel. Die blauen Augen in dem schmalen, ernsten Gesicht waren riesig. Mir war zumute, als müßte mir das Herz brechen. Sie sah aus wie ein Menschenopfer.

»Nicht weinen, Mama«, sagte sie. »Ich habe mit Stiefgroßvater gesprochen.«

»Ei, natürlich, natürlich. Wahrlich, ein sehr vernünftiges kleines Mädchen. Sie hat versprochen, sie würde heutigen Tags ihre Zustimmung geben.«

»Soll das heißen, Ihr macht unsere Absprachen von der Einwilligung eines Kindes abhängig? Das ist wider die Natur.« Sir Ralph Fitz William beugte sich bei diesen Worten zu Sir Hubert. Der böse alte Ritter antwortete leise, aber ich bekam es dennoch mit.

»Psst. Das sind doch nur Spiegelfechtereien der Mutter zuliebe. Deren Einwilligung braucht Ihr. Gilbert ist ein Dickschädel, und wenn er sich in den Kopf setzt, daß seine Frau etwas nicht will, dann kann er sich ganz abscheulich aufführen.«

»Sagt ihr einfach, daß sie zu gehorchen hat«, meinte der Richter.

»Ihr solltet es nicht mit Margaret verderben. Es läßt sich im Augenblick schwer erklären, aber nur das Mädchen kann sie überzeugen, daß es so richtig ist.« Dann redete er laut weiter und sagte zu Cecily, die noch immer am Fuß der Treppe stand: »Erzähl deiner Mutter, daß dir die Verlobung zusagt, und gib deine Einwilligung.«

Cecily reckte das Kinn wie üblich, wenn sie sich zu etwas überwunden hatte. Ich konnte sehen, daß sie vor Entschlossenheit ganz blaß war, und ihre Stimme hörte sich unnatürlich alt und ernst an. »Ich habe meine Bedingungen aufgeschrieben«, sagte sie. »Ich gebe meine Einwilligung, wenn Ihr ihnen zustimmt.« Und schon griff sie vorn in ihren Surkot, zog ein zerknülltes Stückchen Papier heraus und hielt es dem Richter hin, der erstaunt die Augen aufriß. Dergleichen hatte die Welt noch nie gesehen, noch nie.

Sir Hubert brauste auf: »Bedingungen! Du elende kleine Kröte, dir prügle ich die Bedingungen aus! Wer in drei Teufels Namen hat dir diese verfluchte Idee eingegeben!« Und während ich mich zwischen Sir Hubert und meinen kleinen Liebling warf, um den Schlag seiner erhobenen Hand abzuwehren, packte Gilbert seinen Vater und drehte ihn herum, und ich entriß den schrecklichen Männern meine Kleine.

»Haltet ein, Sir Hubert«, sagte der Richter, der das Papier entfaltet hatte und las. »Die Bedingungen sind gar nicht so unvernünftig und zudem säuberlich geschrieben. Mistress Cecily, wenn Ihr ein Junge wärt, Ihr würdet einen hervorragenden Advokaten abgeben. Statt dessen werdet Ihr vielleicht eines Tages Mutter von berühmten Richtern. Wer hat Euch gelehrt, so zu schreiben?«

»Das Schreiben hat mir meine Mutter beigebracht, aber Bruder Malachi hat mir gesagt, was ich aufschreiben soll«, antwortete Cecily.

»Bruder Malachi! Dieser verdammte Hetzer, dieser – Quacksalber!« polterte Sir Hubert.

»Cecily«, fragte ich, »woher hat er gewußt, was er dir sagen mußte?«

»Ich habe ihn gefragt«, erwiderte sie. »Als ich mich mit ihm über den Stein der Weisen unterhalten habe – du weißt doch, Mutter, ich wollte einen besonderen Gefallen von ihm, aber er hatte den Stein noch nicht ganz. Ich habe ihn gefragt, was ist, falls meine Heirat abgesprochen wird, ehe er den Stein fertig hat, und da hat er gesagt, nach dem Gesetz kann niemand ohne seine Einwilligung verheiratet werden. Er hat gesagt, falls ich nicht will, kann ich meinen Jungfernkranz gegen Feuer und Schwert verteidigen.« Ich seufzte tief.

»Das hört sich ganz nach Malachi an«, sagte ich.

»Und er hat gesagt, falls ich nicht gegen Feuer und Schwert ankomme, soll ich Bedingungen stellen. Er hat mir aufgezählt, wie ich das machen soll. Aber das Aufschreiben war meine Idee.«

»Vermutlich ist der Handel damit zunichte«, sagte Sir Hubert, ließ sich auf die Bank fallen und hielt sich den

Kopf. »Jetzt, da Ihr wißt, wie sie ist. Unnatürlich. Wild. Kein Kloster in ganz England wird die behalten wollen.«

»Sir Hubert, Ihr vergeßt, daß ich sie das erstemal in einem Baumwipfel erblickt habe.«

Cecily setzte sich neben mich auf die Bank. Jetzt erst bemerkte ich die Schuhe unter ihrem langen Kleidersaum. Die gräßlichen, barbarisch grünen, die ihr die Dorfbewohner geschenkt hatten. »Cecily, was steht auf dem Papier?« fragte ich.

»Laßt mich Euch vorlesen, gute Dame Margaret«, sagte Sir Ralph. »Und laßt mich Euch versichern, daß ich gewillt bin, auf jede Bedingung einzugehen, vorausgesetzt, Ihr und Sir Gilbert seid es auch.« Ich nickte stumm, denn zum Reden reichte die Luft nicht.

»›Bedingung Numero eins: Cecily Kendall wird nicht verheiratet, ehe sie nicht mindestens sechzehn Jahre alt ist.

Bedingung Numero zwei: Falls sich Cecily Kendall bis dahin körperlich so verändert hat, daß sie nicht mehr zur Ehe taugt, wird sie nicht verheiratet.

Bedingung Numero drei: Cecily Kendall wird nur mit einem Mann verheiratet, der sie über alles liebt.‹ Dame Margaret, Ihr müßt zugeben, das sind sehr vernünftige Bedingungen.« Bruder Malachi, du Elender, dachte ich. Welche Flausen hast du ihr in den Kopf gesetzt? Ich kenne meine Cecily. Sie glaubt, sechzehn sei unsäglich alt und komme nie. Und sie erhofft sich natürlich, daß sie lange vorher in einen Jungen verwandelt worden ist und sich aus der Ehe herauswinden kann. Darum hat sie Sir Hubert ihre Einwilligung gegeben.

»Cecily, willst du das wirklich?«

»Altartücher sticken ist doch nicht ganz meine Sache, Mutter. Darum will ich auch nicht den Schleier nehmen. Und wenn ich mit sechzehn noch nicht umgewandelt bin, dann bin ich zu alt, um noch Nutzen daraus zu ziehen, und kann genausogut heiraten. Denys ist besser als Walter oder Peter Wengrave.«

»Ich möchte auch verlobt werden!« zeterte ihre Schwester.

»Sei still!« sagte ich. »Sonst geht dein Wunsch in Erfüllung und ...« Ein schauerlicher Schrei aus dem Söller unterbrach mich. Ehe jemand die Treppe hochstürzen konnte, kam auch schon Mutter Sarah mit vor Entsetzen bleichem Gesicht heruntergelaufen. »Lady Petronilla!« schrie sie. »Sie hat den Kleinen geraubt!«

Kapitel 25

Lady Petronilla spürte, daß die gute, die schnelle Zeit kam, in der ihr tausenderlei Gedanken auf einmal durch den Kopf schossen. Sie war so viel besser als die langsame, die mutlose Zeit, wenn sie in zähflüssigem Sirup schwamm, sich zur Kugel zusammenrollte und nur noch sterben wollte. Jetzt durchzuckten sie Blitze, durchzuckten sie Eingebungen, und die Kraft kehrte in ihre Glieder zurück. Ah! Von unten drangen aufgeblasene Argumente und Frauenweinen zu ihr hoch. Draußen hörte sie Menschen, Pferde. Sie hörte die Vögel im Obstgarten. Ah! Sie war in den Vögeln und suchte nach wurmstichigem Obst, dann war sie der Wurm und sah vor ihrem Loch ein großes schwarzes Auge und einen pickenden Schnabel. Dann war sie blitzschnell wieder in ihrem eigenen Leib. Was war das für ein Glucksen und Murmeln? Die Quelle, immer die Quelle. Im Weiher eine Frau, grün von Schleim, das Weiße ihrer Augen tief in den Höhlen, ihr Mund ein Loch, das Geheimnisse wisperte. Hört ihr sie singen, singen. Sie ruft mich.

Die alte Frau schlief. Ei, da war er ja, der kleine Abgott, schob ein Holzpferdchen auf Rädern vor sich her und sang tonlos. Möchtest du gern die grüne Frau besuchen, kleiner Junge? Die grüne Frau mit den wäßrigen Zehen? antwortet er, und der alte Hund versucht, sie zu beißen, aber sie weist ihn mit einem gewaltigen Tritt ab. Und bevor sein Gejaule die Alte aus dem Schlummer reißen kann, hat sie das drekkige Kerlchen schon in ihren schwarzen Umhang gewikkelt und ihn wie ein Bündel hochgehoben. In der Ferne schreit jemand, doch jetzt ist die schnelle Zeit, und viele Stimmen wirbeln ihr durch den Kopf, und sie rennt kraftvoll die Außentreppe am Turm hinunter, hat sich das zappelnde, brüllende Bündel über die Schulter geworfen. Da, neben der Stalltür stehen die gesattelten Pferde der hohen Herren, die zu Besuch sind, und warten. Vorsehung, Vorsehung, singen die Stimmen, und sie wirft das Bündel über den nächsten Sattel und schnappt sich die Zügel. O wunderbar, wunderbar, der Wind im Gesicht und das Blut, das ihr wie geschmolzenes Licht durch die Adern rinnt. Die Welt funkelt und glitzert, und die grüne Frau lockt mit lieblicher, plätschernder Stimme.

»Wohin ist sie, wohin ist sie?« rief Margaret und schüttelte die Kinderfrau, während Sir Hubert und seine Knechte nach oben in den Söller stürmten.

»Oh, vergebt mir, ich habe sie nicht gesehen!« schluchzte die alte Kinderfrau. »Sie war so schnell!« Ein gräßlicher Gedanke durchzuckte Margaret. Petronilla war nicht durch den Palas gekommen. Sie konnte nur über die Außentreppe geflüchtet sein. Falls sie Peregrine nicht vom Bergfried geworfen und umgebracht hatte, gab es nur einen Ort, wohin eine Frau gehen würde, die so wahnsinnig war wie sie.

»Die Quelle«, sagte Margaret und stürzte ohne nachzudenken an dem Schirm vorbei und die Stufen vor der Haustür hinunter, Gilbert hinter ihr her. Während die anderen, die nicht so schnell begriffen hatten, noch den Söller und die Turmzimmer absuchten, hatten sie sich bereits zwei der gesattelten Pferdchen geschnappt, die im Hof auf die Schreiber warteten, und preschten in gestrecktem Galopp durch das Burgtor, vorbei an den Feldern und querfeldein über die Koppel am Waldrand. Dort meinten sie, eine Gestalt mit flatterndem Kleid auf dem großen braunen Wallach des Richters zwischen den Bäumen verschwinden zu sehen, und sie folgten ihr, ritten aber langsamer, denn ihre Pferdchen konnten es nicht mit dem Fuchs aufnehmen, waren schweißbedeckt und keuchten. Mittlerweile hatte man auch in der Burg die Verfolgung aufgenommen: Knechte und Burggesinde setzten ihnen nach.

Doch als Margarets Pferd durch das Unterholz auf die Lichtung brach, sah sie, daß sie zu spät kam. Petronilla war geradewegs in den Weiher hineingeritten, das brüllende schwarze Bündel noch immer vor sich auf dem Sattel. Grünes Wasser brodelte ihr um die Knie und um den Bauch des Pferdes. Rings um sie knisterte die Aura völligen Wahnsinns, ihre Augen funkelten irre, und ihr Lächeln war eine verzerrte Grimasse.

»Oh, Euch wollte ich dabeihaben«, schrie sie. »Der Wasserdämon hat Euch auf meinen Befehl gerufen, denn Ihr sollt wissen, was ich mache. Seht mein Opfer! Alles, was Euch gehört hat, gehört jetzt mir!« Und ehe Margaret sie erreichen konnte, hatte sie das Bündel in die Mitte des brodelnden Weihers geworfen, dann schlug sie mit der Peitsche so auf den Fuchs ein, daß er mit einem einzigen Satz auf die schlammige Böschung des Weihers sprang, sie hochkletterte und im Wald verschwand. Ehe Gilbert sein Pferd zur Mitte des Weihers treiben konnte, war das schwarze Bündel bereits untergegangen.

Inzwischen hatten alle übrigen sie eingeholt, und da bot sich ihnen ein schrecklicher Anblick. Gilbert umkreiste hoch zu Roß die brodelnde Mitte des Weihers, suchte sie nach dem Kind ab, während Margaret abgestiegen war und mit einem langen Stecken stocherte. Der Herr von Brokesford stieß einen Schrei aus, einen so gräßlichen Schrei, daß selbst die Vögel in den Bäumen verstummten und die Bäume erbebten. »Seht nur, seht«, sagte einer der Knechte zu dem Richter, und da sahen sie, daß aus dem großen Felsen am Weiher rotes Blut sickerte.

»Sie hat ihn mitten hinein geworfen«, sagte Gilbert, und

die Stimme brach ihm. »Ich kann ihn nicht mehr sehen. Er ist verloren.« Doch der Herr von Brokesford war schon nicht mehr da, sondern setzte Lady Petronilla nach, und man hörte nur noch sein Pferd durch das Unterholz brechen.

Der Richter und die Knechte waren abgestiegen, liefen durcheinander und suchten nach etwas, nach einer Stange, einem Haken, nach irgend etwas. Sie wußten zwar, daß es vergebens war, aber sie mußten etwas tun, sie konnten doch nicht wie Blöde herumstehen. Margaret jedoch watete mit ihrem langen Stecken und ausdruckslosen, blicklosen Augen in den Weiher hinein. »Margaret, um Gottes willen, bleib stehen! Nicht näher heran, ich will dich nicht auch noch verlieren!« schrie Gilbert.

Und nun erlebten alle etwas höchst Sonderbares, etwas Rätselhaftes, worüber an langen Winterabenden an allen bäuerlichen Herdfeuern geredet wurde, etwas Gräßliches, was alle, die es gesehen hatten, nie im Leben vergessen würden und nur im Flüsterton weitergaben. Die Quelle in der Weihermitte gab einen eigenartigen Laut von sich. Es hörte sich an wie »blubb, glubb«. Dann setzte das Brodeln aus, und der Weiher lag totenstill. In dem gespenstischen Schweigen schrie Margaret: »Bei der gnadenreichen Muttergottes befehle ich dir, gib mir mein Kind zurück!« Der Klang hallte durch den Forst, und dann raschelte es ganz sonderbar, so als führe eine Brise durch den Eibentempel. Unten in der stillen grünen Tiefe bewegte sich etwas, trieb etwas. Etwas Schwarzes breitete sich unten in den Schatten aus. Niemand am Ufer rührte sich. Gilberts Pferd stand wie angewurzelt im seichten Wasser. Etwas trieb sacht, ganz sacht zur grünen Oberfläche hoch. Ein roter Zipfel, ein Kinderkittel, aber unerreichbar. Dann ein Gesicht. War es ein Gesicht? Aufgedunsen, weiß, still, mit geschlossenen Augen trieb es friedlich in der grünen Tiefe, dann drehte es sich und wollte wieder untergehen.

Blitzschnell griff Margaret zu. Sie watete tief, viel zu tief hinein, das Wasser ging ihr bis zur Taille, dann bis zu den Schultern, aber sie bekam den treibenden roten Zipfel, den Kittel ihres Kindes zu fassen. Jetzt war auch sie rettungslos verloren, doch Gilbert war weiter ins Wasser geritten und packte sie unter ihrem Kopftuch beim Haar und zog sie aus dem tiefen Wasser, während sie den Kittel ihres Kindes umklammerte. Als sie ins seichte Wasser kamen, packte er sie bei den Schultern, wollte ihr aufhelfen, doch sie sagte mit harscher, fremder Stimme: »Faß mich nicht an.« Ihre Augen waren glasig, als sie aus dem Weiher kam, Kleider und Haare waren naß und überall voll grüner Schlieren, ihr Kopftuch hatte sich gelöst und trieb im Wasser.

Sie hielt ihr Kind an den Füßen hoch, und das Wasser schoß ihm aus Mund und Nase. Sie drückte auf seinen Bauch, und es kam noch mehr. Niemand wagte, sie anzufassen. Um ihr Gesicht und ihre Hände lief ein Knistern, ein Licht, ein heller Schein, wie Sonne, die sich auf Wasser spiegelt. Sie legte den Kleinen auf die Erde und beugte sich über ihn. Was tat sie da? Niemand konnte es sehen, niemand wagte zu reden. Man hörte sie schrecklich stöhnen, dann brach sie wie tot über dem Kind zusammen. Gilbert griff zu und drehte sie um. Sie war leichenblaß, anscheinend hatte ihr Herz aufgehört zu schlagen.

»Margaret, Margaret!« schrie er. »O Gott, der Kummer hat sie umgebracht. Warum hast du mich verschont?«

»Nein, nein, Mylord. Seht. Seht doch den Kleinen.« Gilbert sah hin, und da bot sich ihm der sonderbarste Anblick, etwas, was er noch nie gesehen hatte, und dabei hatte er schon viel gesehen. Das stille weiße Gesicht färbte sich langsam rosig. Er legte die Hand auf die kleine Brust. Sie bewegte sich auf und ab. Er legte die Hand auf Margarets Brust. Auch sie bewegte sich auf und ab.

»Lebt sie noch?« fragte der Richter und kniete sich mit banger Miene neben die beiden.

»Sie, sie«, murmelte Gilbert, »sie hat etwas gemacht.« Dann hörte er einen Laut, einen leisen Laut. Margaret stöhnte.

»Mutter Hilde«, sagte sie. »Wo ist Mutter Hilde?«

»Sie ist nicht da. Aber ich bin da«, sagte Gilbert.

»Hol meine Frauen, hol meine Frauen. Ich verliere das Kind, das ich trage«, sagte sie, und dabei rannen ihr still die Tränen aus den Augen, rannen durch die grünen Schlieren und tropften auf die Erde. Zärtlich wischte Gilbert ihr das Gesicht.

»Nicht weinen«, sagte er, »o bitte, nicht weinen. Peregrine atmet.«

»Ja, ich weiß«, antwortete sie fast unhörbar. »Ich habe ihm zweimal das Leben geschenkt. Möge Gott ihn behüten, ich glaube nicht, daß ich das noch einmal kann.«

Der Herr von Brokesford ritt dem gedämpften Geräusch der Hufe und der knackenden Zweige mit der ganzen Geschicklichkeit nach, mit der er sonst einen fliehenden Hirsch verfolgte. Schließlich erblickte er in der Ferne Petronilla, die im gestreckten Galopp über das Brachland am Waldrand preschte. Seine Miene war grimmig wie der Tod, als er sein Pferd durch welke Blätter, über Gräben, ja sogar durch den plätschernden Bach trieb, um ihr den Weg abzuschneiden. Sie ritt wie der Teufel und so hervorragend und wagemutig, wie nur wahrhaft Wahnsinnige reiten, aber Sir Hubert war zu allem entschlossen, und dieser tödliche Vorsatz sagte ihm fast im voraus, wohin sie wollte. Jetzt galoppierte sie über die Koppel, und er immer hinterher und immer näher. Als sie merkte, daß er aufholte, wendete sie, ritt am Gehölz vorbei und verlangsamte den Schritt, weil sie wieder in den Wald wollte, wo sie ihn hoffentlich abschütteln konnte. Doch jeder Geheimpfad, den sie einschlug, war dem alten Ritter noch besser bekannt, denn er hatte von Kindesbeinen an in diesen Wäldern gejagt. Wie sehr sie sich auch abmühte, sie wurde ihn nicht los. Äste griffen nach ihrer Haube und rissen sie herunter, und ihre Zöpfe lösten und verhedderten sich, als sie im Unterholz kehrtmachte. Ihr Pferd war mittlerweile schweißbedeckt und wurde langsamer. Sie kam an einer seltsamen Felsformation vorbei, die aus dem Waldboden ragte, und da wußte Sir Hubert, daß er sie hatte. Er drehte ab, und sie dachte, er hätte sie verloren. Sie ließ ihr Pferd im Trab gehen, folgte einer schmalen Rotwildfährte, die ihr unbekannt war, die jedoch so aussah, als führte sie zu Klosterland. Dort würde er nie wagen, sie anzurühren, das war geweihter Boden. Das Kloster heißt Sicherheit, sangen ihre Stimmen.

Doch die Fährte führte zu einer feuchten, buschbewachsenen Stelle, die auf drei Seiten von steinigen, dicht bewachsenen Hängen eingeschlossen war, die sie nicht hinaufreiten konnte. Und als sie merkte, daß ihr der Weg verlegt war, als sie abdrehte und zurückreiten wollte, sah sie den Herrn von Brokesford auf dem Pfad warten, den sie gekommen war. Unbeweglich saß er da und versperrte ihr auf seinem großen Pferd den schmalen, zugewachsenen Weg. Seine Augen waren die harten Augen eines Scharfrichters.

»Laßt mich vorbei«, sagte sie.

»Hier kommt Ihr nicht mehr lebend heraus«, sagte der Herr von Brokesford.

»Oh, Ihr müßt mich aber herauslassen. Ich trage den einzigen Erben. Habt Ihr das nicht gewußt? Jetzt bekomme ich einen Sohn. Der Weiher hat es versprochen. Er hat mein Opfer angenommen. Die grüne Frau liebt mich.«

»Und ich gebe Euch den Gnadenstoß«, sagte der Herr von Brokesford. »Für mich seid Ihr nichts weiter als ein tollwütiger Hund oder ein Pferd mit gebrochenem Bein.«

»Das dürft Ihr nicht. Ich bin eine Lady«, sagte Petronilla.

»Ihr seid keine Lady«, sagte der alte Ritter, »und schon

gar keine ehrbare Frau. Aber Ihr seid ein menschliches Wesen mit einer Seele, ich gestatte Euch, vorher zu beten.«

»Was habe ich denn getan? Ach, habt ein Herz, versteht mich und meine Not. Wenn Ihr die Dinge so sehen würdet wie ich, würdet Ihr mich ziehen lassen.«

»Ich habe kein Herz. Ich kann nicht sehen. Ihr habt mir die Augen geraubt«, sagte der alte Mann.

»Aber Ihr seid doch ein Christ. Ihr müßt vergeben. Ich kann Buße tun. Laßt mich ziehen, und so wahr ich lebe, ich gehe ins Kloster und bete jeden Tag, jede Stunde ...«

»Betet jetzt. Gott versteht sich aufs Vergeben, aber ER ist größer als ich. Und wenn ich Euch zweimal, dreimal, hundertmal umbringen würde, nichts kann den Tod des kleinen Jungen gutmachen.« Genau in diesem Augenblick merkte Petronilla mit der quecksilberflinken Einsicht der Wahnsinnigen, daß der Gedanke an Peregrine ihn ablenkte und daß er den Blick senkte. Blitzschnell versuchte sie, ihr Pferd an seinem vorbei und in die Freiheit zu treiben. Doch der alte Mann war wie eine Katze, die nur stillhält, damit sie besser zuspringen kann, und als ihr Pferd an seinem vorbeischoß, packte er sie bei den herabhängenden Zöpfen und riß sie aus dem Sattel. Mit einer einzigen raschen Bewegung ließ er seine Zügel fallen, zog das lange Messer aus dem Gürtel und stieß es ihr ins Herz. »Du Ungeheuer«, sagte er und blickte auf sie hinunter, die mit dem Gesicht nach unten an der Flanke seines Pferdes zusammengebrochen war, festgehalten nur von ihrem langen honigblonden Haar. Und während ihr das Lebensblut aus dem Mund und die Brust hinunterrann, verdrehten sich ihre Augen zu ihm.

»Auch nicht mehr als Ihr«, sagte sie. Und kein Jagdhorn blies die »mort«.

Als Sir Hubert auf die Lichtung am Weiher zurückkehrte, sah er, daß man Äste für eine Bahre gehackt hatte, und glaubte, man hätte sein Vorhaben erahnt. Er führte den großen Fuchs zu Fuß, den Leichnam seiner Schwiegertochter hatte er bäuchlings über den Sattel geworfen. Alles war blutverschmiert. Blut durchtränkte ihr Gewand und rann am Sattel herunter. Blut befleckte seine Kleidung, seine Stiefel und seine Ärmel, denn er hatte sie hochgehoben. Aber dann merkte er, daß ihn niemand beachtete, und als die Bahre zwischen zwei Pferden befestigt wurde, sah er, daß sie nicht für Petronilla bestimmt war, denn man hob Margaret darauf. Margaret und Peregrine, den man ihr bäuchlings auf den totenähnlichen Leib legte. Und da wußte er, daß er recht gehabt hatte: Selbst wenn er Petronilla hundertmal umgebracht hätte, nichts konnte ihm das Verlorene ersetzen. Wie hatte er nur nicht merken, nicht begreifen können, was er einst besessen hatte? Daneben hockte stumm und vornübergebeugt sein hochgewachsener zweiter Sohn. Wir werden nie wieder ein Wort wechseln, dachte er. Ist das alles meine Schuld? Von irgendwo hörte er einen gräßlichen Laut, und da wurde ihm klar, daß er ihn ausstieß, es war sein Schluchzen. Wie konnte es nur so weit kommen? Doch da war auch schon Sir Ralph an seiner Seite, und seine Stimme klang besorgt: »Sir Hubert, Sir Hubert«, sagte er. »Noch sind sie nicht tot. Beide atmen noch. Was bringt Ihr uns da?«

Sir Hubert holte tief Luft. Er glaubte dem Richter zwar nicht, doch er hatte in der Waldestiefe geprobt, was er sagen wollte. »Lady Petronilla hat sich aus Reue das Leben genommen«, sagte er. Der Richter musterte die blutbefleckte Kleidung des alten Mannes mit raschem Blick und dann seinen Messergriff. Keine Spur von Blut. In Petronillas Gürtel jedoch steckte ein Messer. Und das war blutverschmiert und -verkrustet, Blut, das auch an seinem eigenen guten Sattel herunterlief. Das reicht, dachte er. Aber sie muß vom Sattel herunter, sonst gehen die Blutflecken nie mehr heraus. Sir Hubert jedoch wußte sich keinen Reim auf seine Worte zu machen. Er schüttelte den Kopf. »Habt Ihr gesagt, beide leben?«

»Sie ... Sie ist ins Wasser gewatet und hat ihn herausgezogen«, sagte der Richter. Sir Hubert blickte Sir Ralph ins bleiche Gesicht, dann musterte er die verstörten Mienen seiner Knechte. Einige lagen noch im Morast auf den Knien, hatten die Augen gen Himmel gerichtet und beteten unaufhörlich. Sie hat etwas gemacht, dachte der alte Mann. Sie hat es wieder einmal gemacht.

»Habe ich Euch nicht gesagt, daß Ihr sie auf Eurer Seite haben müßt«, sagte Sir Hubert.

»Ich glaube, ich weiß jetzt, was Ihr meint«, sagte der Richter. »Sind die Töchter auch so?«

»Nicht daß ich wüßte«, sagte der alte Ritter. Man hörte munteres Gurgeln und Glucksen, und da schoß das Wasser wieder aus der Quelle hoch. Sir Hubert betrachtete den Felsen. Er war trocken, nur hier und da funkelte er wie Kristall. »Vielleicht habt Ihr recht. Sie leben. Der Felsen ist wieder trocken.«

»Habt Ihr das mit dem Felsen schon immer gewußt?«

»Ja, aber noch nie im Leben gesehen. Habe es für ein Märchen gehalten«, sagte Sir Hubert.

»Und die Quelle sprudelt auch wieder«, sagte der Richter, aber er sah noch immer recht blaß aus.

»Soll das heißen, Margaret hat ihr Einhalt geboten?«

»Ja«, sagte der Richter. »Sie hat ihr befohlen, den Jungen auszuspucken, und sie hat gehorcht.« Er seufzte tief und erschauerte.

»Auch das habe ich immer für ein Märchen gehalten. Schade, daß ich es nicht gesehen habe.«

»Hätte ich lieber auch nicht«, sagte der Richter. »Mir hat die Welt gefallen, wie sie war. Geordnet.«

»Ha! Ihr Advokaten! Die Welt richtet sich nun einmal nicht nach Büchern! Vor allem nicht nach Gesetzbüchern.«

»Sollte sie aber«, sagte der Richter.

»Und wieso? Dann hätte ich meinen Enkel nicht wieder«, sagte Sir Hubert. Doch als er den trübseligen Zug musterte, der sich zur Burg aufmachte, da verspürte er nichts von seiner alten Selbstzufriedenheit, daß er seinen Kopf durchgesetzt hatte. Irgend etwas, ein Schmerz, wie er ihn noch nie gefühlt hatte, nagte an ihm. Reue, bittere Reue hatte die hohen Mauern seiner Zitadelle gestürmt.

Kapitel 26

Als der Zug das Burgtor erreichte, folgten ihm der Dorfpriester und Scharen von schweigenden Dorfbewohnern. Jemand läutete die Glocke. Margaret und ihr Sohn lagen wie tot, und als sich die Kunde verbreitete, daß die kleine Witwe aus London, die mit den hübschen Schuhen und den städtischen Manieren, die den zweiten Sohn geheiratet hatte, nicht mehr wäre, da hob ein Jammern und Wehklagen unter den Bauersfrauen an, denn sie hatte viel Gutes an ihnen getan. Alsdann verbreitete sich die Kunde, daß nicht sie tot war, sondern daß sich Sir Hugos Frau das Leben genommen hatte und daß die Totengräber bereits ihr Grab vor der Friedhofsmauer aushoben. Und da entsetzten sich die Dorfbewohner. Niemand konnte sich etwas Schlimmeres und Furchtbareres als ein Begräbnis in ungeweihter Erde vorstellen.

Als das dunkelblaue Zwielicht allmählich verblaßte, wuchs die Schar, die sich unter dem Söllerfenster drängte, zur Menschenmenge an, die im Licht von einem halben Dutzend Fackeln verstört durcheinanderlief.

»Was wollen die da draußen?« fragte der Lord von Brokesford, der im Söller auf einem Fensterplatz saß. Dort in der Nische war es dunkel, nur ein paar kalte Sterne spendeten Licht. Der alte Lord hielt sich den Kopf mit beiden Händen. So saß er schon seit Stunden, ohne sich zu rühren. In dem großen Bett lagen Margaret und der Junge, und zu ihren Füßen lag ihr alter, blutender und geschundener

Hund. Um ihr Bett herum stand das ganze Dutzend Kerzen, das die Burg zu bieten hatte, und daneben kniete sein Sohn Gilbert, ins Gebet vertieft.

»Sie beten zur Jungfrau Maria«, sagte der Knecht nach einem Blick aus dem Fenster. »Da unten dürfte sich jede Seele im Kirchspiel eingefunden haben.«

»Alles – alles zunichte. Meine Pläne. Wie soll es weitergehen? Wofür lebt ein Mann? Ruhm und Ehre – meinen Familiennamen ... Und nun das da. Ist es meine Schuld?« Ein Hauch von Einsicht überkam ihn. Irgendwie, irgendwie mochte alles zusammenhängen, hatte vor sehr langer Zeit angefangen und war durch das eigene erfrorene Herz, durch seine Lieblosigkeit ausgelöst worden. Doch als er den Gedanken festnageln wollte, verflüchtigte er sich und war für immer fort. Er versuchte, sich damit zu trösten, wie schlecht Lady de Vilers gewesen war und wie er mit eherner Hand für ausgleichende Gerechtigkeit gesorgt hatte, doch irgendwie gelang ihm auch das nicht. Etwas Schweres drückte ihm das Herz ab, etwas, was schmerzte. Es durchlief ihn in Wellen, und er kam sich dabei vor, als würde er durch die Wäschemangel gedreht. Er hatte sein altes verhärtetes Herz an das kleine Wesen gehängt, das da neben seiner Mutter im Bett lag und kaum noch atmete. Und nun war das Herz gebrochen. Draußen konnte er hören, wie die Bauern im Sternenschein ein Lied anstimmten:

»Maria, wir dich gruessen, o Maria hilf,
und falen dir zu fuessen, o Maria hilf.«

Alles vergebens, dachte der Herr von Brokesford. Wie viele Male hatten die höchsten Priester des Landes Gottes Segen, Jesu Segen, der Jungfrau Segen auf das gewaltige Vorhaben in Frankreich herabgefleht, und was war dabei herausgekommen?

»Vol zuversicht wir biten, o Maria hilf,
durch daz, waz du geliten, o Maria hilf.
In krankheyt unde beschwerden, o Maria hilf,
heyl uns unde hilf uns werden, o Maria hilf.«

Wann hören sie endlich mit dem nutzlosen Gesinge auf, dachte er. Es ist alles vorbei. Wissen sie das denn nicht? Zuversicht? Wo ist meine Zuversicht geblieben? Wer hat so viel verloren wie ich?

»Sî an die not der armen, o Maria hilf,
wek mitleyd unde erbarmen, o Maria hilf –«

Erbarmen, wo bleibt das Erbarmen, dachte er und blickte hinaus in die Dunkelheit. Am Himmel hing eine schmale Mondsichel, die kaum Licht spendete. Und mit dem aufgehenden Mond kam dem Lord ein mondsichelschmaler Gedanke und nahm in den Tiefen seiner Seele Gestalt an. Die Himmelskönigin hat auch einen Sohn gehabt, dachte er. Sie hat ihr Herz an IHN gehängt. Und hat IHN verloren. SIE muß doch wissen, daß mir das Herz im Leibe bricht.

»Im leben unde im sterben, o Maria hilf
hilf uns den sîg erwerben, o Maria hilf«

O Gott, fühlt sich das so an? Die ewige Verdammnis? Besteht die Hölle aus endlosem Gram, aus nicht enden wollendem und nicht wiedergutzumachendem Bedauern? Das hätte ich so nie für möglich gehalten, immer habe ich den Schmerz gering geachtet, den körperlichen Schmerz. Aber das hier, das hat sich eingeschlichen wie ein Dieb in der Nacht, das überlebe ich nicht. Hab Erbarmen, Himmelskönigin. Hab Erbarmen mit deinem Diener ...

Unten hatte eine kundige Hand die Zügel ergriffen, denn der Herr von Brokesford war wie gelähmt. Madame hatte die Tochter der Hebamme holen lassen, um Lady Petronillas Leichnam zu waschen und aufzubahren. Madame hatte Sir Hugo klargemacht, daß er sich nicht besinnungslos betrinken durfte, sondern die Nacht im Gebet zu verbringen hatte. Ein paar nachdrückliche Worte an den Verwalter, und Lady Petronillas gesamte Dienerschaft wurde zu Fuß aus dem Haus und in den sinkenden Abend geschickt, und Madame stand höchstpersönlich an der Tür und überprüfte die Habseligkeiten, damit auch ja nichts mitgenommen wurde, was ins Haus gehörte. Dann hatte sie den Totengräbern Anweisungen gegeben und aus dem Dorf zwei kräftige muntere Mädchen holen lassen, die ihr bei der Krankenpflege zur Hand gehen sollten. Sie lief treppauf, treppab: eine unbeugsame Gestalt mit einer Kerze in der Hand, die sich zur gleichen Zeit um eine Bestattung, ein schlimmes Kindbett und einen Haushalt kümmern mußte, der durch diese Tragödien so gelähmt war, daß er der bunt zusammengewürfelten Gästeschar, die ausharrte, nicht die angemessene Gastfreundschaft bieten konnte. Das waren der Richter und seine Schreiber, deren Pferde zu erschöpft waren für die Weiterreise, und ein ungemein alter Dominikaner, der fast kein Wort Englisch sprach und nicht aus dem besten Bett herauszubekommen war, ehe er nicht den ganzen Apfelwein im Keller ausgetrunken hatte.

Betten und Wäsche, ein Abendessen, ein Leichentuch, zusätzliche Stalljungen, die die Pferde herumführten, bis sie trocken waren, Umschläge und Kräuteraufgüsse und Decken, die am Feuer gewärmt wurden, all das mußte herbeigeschafft werden. Madame befehligte das Gesinde, sie befehligte die Burgbewohner, und sie befehligte die Dorfbewohner, und sie befehligte die kleinen Mädchen, die auf einmal über ihr Alter hinaus vernünftig waren. Und als es dunkel wurde und alles im Haus vor Erschöpfung umfiel, hielt sich nur noch Madame auf den Beinen. Treppauf und treppab, hinein und hinaus ging sie mit ihrer Kerze, überblickte alles und hielt alles in Gang. Und jedesmal, wenn sie durch den Söller kam, blickte Sir Hubert auf und musterte sie. Und im Laufe der langen Nacht bemerkte er Dinge, die er vorher nicht gesehen hatte, nein, nicht richtig gesehen hatte. Wie ihr der Kleidersaum um die Füße raschelte, ihr gerades, unbeugsames Rückgrat, ihr stets wachsamer Blick, der Ordnung schlechthin bedeutete, eine Ordnung, die bewirkte, daß ein Haushalt selbst angesichts von Chaos und Katastrophe angemessen und gepflegt weiterlief. Und während er sie hinter kummervoll geschwollenen Lidern musterte, sah er noch andere Dinge, ein Profil wie auf Gemälden mit Heiligen und Engeln, eine Haut, die im Kerzenlicht blaß und glatt wirkte. Und die Fältchen, die auch das schmeichelnde Licht nicht verbergen konnte, erschienen ihm als ein Zeichen von Charakter. Vor Reife. Das äußere Abbild ihrer inneren Tüchtigkeit. Er sah kundige Hände, die kühle nasse Handtücher und heiße feuchte Umschläge brachten. Und er sah, daß sie niemals, niemals aufgab, und das war eine Eigenschaft, die er zu schätzen wußte, da er sie selbst auch zu besitzen meinte.

Eine Stunde bevor der Morgen heraufdämmerte, stieß Margaret einen furchtbaren Schrei aus. Die Frauen hatten zwar die Bettvorhänge zugezogen, aber der alte Ritter, der im Söller noch immer die Nachtwache hielt, sah benommen zu, wie die Pflegerinnen ein Becken forttrugen, in dem alles lag, was von seinem zweiten Enkelkind geblieben war. Und so war er beinahe erleichtert, als er Madame mit einer flackernden Kerze in der Hand vor sich stehen sah.

»Mylord, Eurer Schwiegertochter geht es gut, sie wird genesen«, sagte sie.

»Und mein Junge?« fragte der alte Mann.

»Der Kleine atmet und schläft ruhig.«

»Ist er aufgewacht? Hat er gesprochen?«

»Noch nicht. Aber er scheint zu träumen. Einmal hat er etwas gesagt, aber seine Augen waren geschlossen, und ich weiß nicht, ob ich seine Worte richtig verstanden habe.«

»Was hat er gesagt?«

»Die grüne Frau hat einen sehr nassen Palas.«

Der alte Mann zerbrach sich ein Weilchen den Kopf, dann fragte er mit besorgter Miene: »Ist er noch richtig im Kopf? Wird er wieder wie früher?«

»Das steht in Gottes Hand«, sagte Madame, aber Sir Hubert sah Tränen in ihren Augen glänzen, und da begriff er, was ihre unermüdliche Energie sie in dieser Nacht gekostet hatte: ungeweinte Tränen und verdrängten Kummer. Diesen Preis kannte er auch.

»Madame Agathe, Ihr seid sehr gut zu uns gewesen«, sagte er.

»Das ist meine Pflicht«, sagte Madame und wandte jäh das Gesicht ab.

Als er sich am nächsten Vormittag mit dem Richter zu Tisch setzte, sahen beide zu, wie Madame eine Mahlzeit in den Söller hochschicken ließ, den Sargträgern Befehle erteilte und für den Abend ein Begräbnismahl in genau der Schlichtheit anrichten ließ, wie es ein Tod erforderte, den man besser mit Schweigen überging. Und da sagte Sir Hubert: »Sie hat alles ganz hervorragend geordnet, nicht wahr?«

»Gutes Blut schlägt immer durch«, sagte der Richter. Das stimmte Sir Hubert nachdenklich.

Als die Glocke läutete und der Leichenzug sich vor dem Burgtor in Bewegung setzte, wandte sich Sir Hugo, der dem Leichnam zusammen mit seinem Vater zu Fuß folgte, an seinen Vater.

»Was für eine Erleichterung, daß Madame daheim ist und sich um alles kümmert. Mein Leben war die reinste Hölle, nie habe ich beim Heimkommen gewußt, was ich in meiner Kammer vorfinden würde. Könnt Ihr Euch vorstellen, daß meine Frau mein neues Wams im sächsischen Stil zerschlitzt hat? Und das, nachdem ich mir damit soviel Mühe gegeben habe.« Und Sir Hubert, dem erste unangenehme Gewissensbisse zusetzen wollten, fielen plötzlich Steine von der Seele. Und in dieser erleichterten Seele nahm der Gedanke, den er gewälzt hatte, weiter Form an und wurde zur brillanten Eingebung.

An dem Nachmittag, an dem man Hugos Frau mit ein paar Gebeten mehr – schließlich sollte sie nicht als Geist umgehen – schön tief zur letzten Ruhe gebettet hatte, suchte Sir Hubert seinen jüngeren Sohn auf, um sich mit ihm zu beraten, dem einzigen Stammesmitglied, das in gewissen Dingen einigermaßen Erfahrung aufzuweisen hatte.

Er fand Gilbert am Bett seiner Frau sitzend, wo er mit ihr Händchen hielt. Margaret lehnte in Bergen von Kissen und hatte bereits wieder ein wenig Farbe. Der Kleine war nicht mehr im Bett, und als Sir Hubert die leere Stelle sah, überfielen ihn schon wieder Sorgen.

»Vater, wir haben ausgezeichnete Nachrichten. Peregrine ist während Eurer Abwesenheit aufgewacht und wieder wohlauf. Er hat so viel Krach gemacht, daß ich ihn mit seinem neuen Kindermädchen nach unten geschickt habe, damit er sich etwas zu essen holt. Und seht her, ich habe Margaret zum Lächeln gebracht.«

»Das war kein Lächeln«, sagte Margaret, »das war eine Grimasse. Kein Mensch auf der ganzen Welt macht so schlechte Wortspiele wie du.«

»Das ist auch eine Kunst«, sagte Gilbert heiter. Sie sind trotz allem sehr glücklich, dachte Sir Hubert. Ob das so gedacht ist?

»Gilbert, ich habe eine Idee«, verkündete er.

»O nein«, sagte Gilbert sehr leise, und sein Gesicht wurde blaß.

»Nicht schon wieder«, sagte Margaret gedämpft, und Sir

Hubert bemerkte auf ihrer Stirn winzige Fältchen, die vorher nicht dagewesen waren.

»Eine sehr gute Idee, und ich möchte mich mit dir beraten, wie man sie am besten in die Tat umsetzt. Ich kann mir keinen Fehler leisten. Und du weißt ja, wie empfindlich manche Leute sind.«

»Manche Leute? Meinst du Hugo?«

»Nein, ich meine, ehem, Madame. Das heißt Madame Agathe, um genau zu sein.«

»Ach. Wirklich? Was habt Ihr im Sinn?«

»Nun ja, ehem, du weißt, daß die Burg dringend instandgesetzt werden muß ...« Margarets Augen funkelten gereizt.

»Und letztens ist mir aufgefallen, daß Madame eine sehr tüchtige Frau ist. Sie bringt zwar nichts mit in die Ehe, aber sie hat hervorragende Charaktereigenschaften – das heißt gutes Blut, und somit wäre es keine Schande ...«

»Vater«, sagte Gilbert und wurde ein wenig rot, »soll das heißen, Ihr wollt Madame einen Heiratsantrag machen?«

»So ist es – ehem, es erscheint zweckmäßig, nicht wahr? Eine Art Lebensgemeinschaft. Ich meine, rein oberflächlich betrachtet, wäre eine jüngere Frau mit Mitgift gewiß besser, aber die hätte vielleicht nicht die erforderliche Charakterstärke, es ...«

»Ihr meint, die erforderliche Charakterstärke, es mit Euch auszuhalten?« fragte Gilbert, und ein hinterhältiges Lächeln huschte über sein Gesicht. »Ei, Vater, meinen Segen habt Ihr.«

Margaret machte besorgte große Augen. Der unleidliche alte Mann war regelrecht heiratswütig. Zuerst ihre Cecily und jetzt Madame. Ehrlich, jemand sollte Madame vorwarnen, auf welch gräßlichen Einfall er gekommen war.

»Aha, dann hältst du es für eine gute Idee. Das habe ich mir gedacht«, meinte der alte Ritter.

»Setzt aber Eure Worte wohl, wenn Ihr sie fragt. Ich

habe so meine Erfahrungen mit Madame. Ihr müßt sehr taktvoll sein«, sagte Gilbert, doch da war sein Vater bereits aus dem Zimmer gestürmt.

Sir Hubert fand Madame am Kopf der Kellertreppe, von wo aus sie mehreren mit Besen bewaffneten Mädchen unten im Keller zwischen den Fässern und Kisten Befehle erteilte. Der Staub flog, und alle Geschöpfe, die Gott dazu bestimmt hat, in Kellern zu leben, wurden unter Gepiepse und Geraschel vertrieben. Eine Maus flitzte wie ein rundes pelziges Geschoß um seine Füße.

»Ich habe nach ein paar großen Katzen geschickt«, sagte Madame.

»Katzen?« sagte Sir Hubert. »Katzen mag ich ganz und gar nicht.«

»Und wie würdet Ihr es mögen, wenn die Ratten, die hier überall hausen, Euch die Fässer durchnagen?« fragte sie. »Tretet sie tot, tretet sie tot«, rief sie die Treppe hinunter. »Vor allem die kleinen Nester und die Spinneneier!«

»Na schön, dann sind Katzen wohl am Platz«, sagte er.

»Alles hat seinen Platz«, sagte Madame, »aber manches ist in einem anständigen Haus fehl am Platz.« Sir Hubert wand sich innerlich und kämpfte mit sich. Wie schnitt er das Thema am besten an? Auf einmal erschien ihm die Sache noch heikler als zuvor.

»Madame«, sagte er, »es gibt Menschen, die haben nicht den ihnen zustehenden Platz.«

»Was meint Ihr damit?« fragte Madame.

»Nun ja, hmpf, Ihr beispielsweise wirtschaftet hier überall ganz ausgezeichnet.« Madame musterte ihn argwöhnisch. »Ich denke, hmpf, ich habe mir gedacht ...« Madame musterte ihn noch einmal, wollte ihren Ohren nicht trauen. O weh, dachte Sir Hubert. So geht es keinen guten Gang. Ich muß noch einmal ganz von vorn anfangen. Er räusperte sich.

»Madame, Ihr seid eine Frau von sehr hohen Prinzipien. Diese Prinzipien weiß ich zu schätzen. Ich trage Euch deshalb in allen Ehren eine Lebensgemeinschaft an.« Madame staunte mit offenem Mund. »Ich meine, ich meine, nicht als Haushälterin. Hmpf, versteht mich nicht falsch. Ich trage Euch in allen Ehren eine Ehe an. Ihr seid genau die Frau, die dieses Haus wieder in Ordnung bringen kann.« Madame blickte ihn lange und groß an, und ihr Gesicht wurde noch eine Spur blasser.

»Darüber muß ich nachdenken«, sagte sie.

»Gilbert, Gilbert, um Gottes willen, was soll ich nur tun? Sie hat mir einen Korb gegeben!« Sir Hubert kam mit wildem Blick in den Söller gestürmt, und als er seinen Sohn sah, stürzte er, ungeachtet der Tatsache, daß dieser Margaret vorlas, auf ihn zu. Die beiden kleinen Mädchen saßen am Fußende des Bettes und hörten zu, doch bei Sir Huberts Eintritt machten sie sich so unsichtbar wie möglich, damit man sie nicht hinausschickte.

»Was genau hat sie gesagt, als sie Euch einen Korb gegeben hat?« fragte Gilbert. Die kleinen Mädchen machten große Augen und spitzten die Ohren.

»Entsetzlich. Wie konnte sie nur? Vielleicht hat sie meine Beweggründe falsch gedeutet. Sie hat gesagt, sie müsse darüber nachdenken.« Margaret biß sich auf die Lippen, damit sie nicht losplatzte, und es wurde ein Schluckauf daraus. Sir Hubert warf ihr einen raschen Blick zu, doch er sah nur ein gefaßtes Gesicht und eine tragische, mitfühlende Miene. Also wandte er sich wieder an seinen Sohn, der auf der Bank saß und das dicke und einzige Buch von Brokesford, das große mit Hausgeschichten und Rezepten, auf dem Schoß hatte, und fragte: »Was meinst du, warum hat sie mir einen Korb gegeben? Ich habe alles: einen Titel, diese wunderschöne Burg. Ich bin aus Englands ältestem Geblüt, ein großer Gönner, und sie, ei, sie hat rein gar nichts. Sie sollte dankbar sein, daß ich sie überhaupt in Betracht ziehe.«

Gilbert blickte seinen Vater ungerührt an und schüttelte den Kopf. Als er antwortete, klang seine Stimme bedächtig und ernst. Doch in seinen dunklen Augen funkelte der Schalk.

»Falls meine eigene Erfahrung mit Madame Euch Leitfaden sein kann, so müßt Ihr darauf gefaßt sein, Euren Antrag noch zweimal zu wiederholen«, sagte er.

Sein Vater platzte heraus: »Insgesamt dreimal? Soll das heißen, eine Frau in ihrem Alter ziert sich noch? Man sollte meinen, sie würde sich auf meinen Antrag stürzen.«

»Wenn sie die Art Frau wäre, die sich auf Euren Antrag stürzt, würde sie aber nicht die Art Frau sein, der Ihr einen Antrag macht, oder?« sagte Gilbert. Der alte Mann nickte. Zugegeben, dieses eine Mal hatte Gilbert recht. Wie schaffte er es nur, sich derart in Frauen hineinzudenken? Das gehörte sich einfach nicht. »Ich glaube, so wie ich Madame kenne, müßt Ihr bereit sein, ihr Zugeständnisse zu machen«, sagte Gilbert in nachdenklichem Ton.

»Zugeständnisse! Das ist ja schlimmer als Verhandlungen mit den Franzosen!« Die kleinen Mädchen blickten sich an, und Cecily nickte vielsagend. »Gilbert«, sagte der alte Mann plötzlich verzweifelt, »welche Zugeständnisse sollte ich ihr deiner Meinung nach machen?«

»Bietet ihr, was einer Frau gefällt, nicht die Dinge, die Ihr haben wollt.«

»Ich hatte gerade an eine neue Satteldecke und einen Falken für sie gedacht«, sagte Sir Hubert.

»Genau das meine ich«, antwortete Gilbert. »Laßt Euch das noch einmal durch den Kopf gehen.«

»Frauen! Was wollen Frauen haben? Kleider, Flittertand, nutzlose Geschenke für Priester, Minnesänger und Tanzereien, alles eine Zeit- und Geldverschwendung!«

»Falls Ihr es so darstellt, Vater, könnt Ihr Euch die Mühe

sparen. Dann wandelt Ihr bis zum Sankt Nimmerleinstag auf Freiersfüßen.«

»Aber was soll ich sagen, was soll ich sagen?«

»Ihr müßt es schon mit Euren eigenen Worten sagen, Vater. Überlegt Euch alles noch einmal gut, sonst steht Eure Sache schlecht.«

Die nächsten Tage boten Sir Hubert reichlich Zeit zum Nachdenken. Zeit auf dem Hinritt zur gerichtlichen Untersuchung von Lady Petronillas Selbstmord und auf dem Weg wieder nach Hause. Was wollten Frauen haben? Was wollten Frauen bloß haben? Wie sage ich es, ohne daß daraus eine Beleidigung wird? O Gott, ich bin doch kein parfümierter Geck mit gespaltener Zunge. Warum weiß sie das nicht zu schätzen? Die gerichtliche Untersuchung fand lediglich anstandshalber statt. Sir Hugo bezeugte, daß seine Frau oft gedroht habe, sich das Leben zu nehmen, und gesagt habe, der Tod sei besser als mit ihm verheiratet zu sein. Und nachdem man sie von all den Teufeln befreit hatte, wenn auch nur unvollkommen, sei sie oft niedergeschlagen gewesen, habe gesagt, es wäre besser, sie würde sich vom Bergfried stürzen. Sir Hubert legte dar, wie er sie eingeholt und ihr Vorhaltungen gemacht habe, weil sie den Jungen in den Weiher geworfen hatte, und wie sie gesagt habe, er bringe sie nicht vor Gericht, und sich erdolcht habe, und der Richter, der die Burg verlassen hatte, nachdem der Verlobungsvertrag unterzeichnet, gesiegelt und ehern abgesichert war, kehrte zurück und sagte aus, daß er den blutigen Dolch der Lady mit eigenen Augen gesehen habe. Und wer wollte das Zeugnis so bedeutender Männer anzweifeln? Ich muß einen Wanderpriester auftreiben und ihm alles beichten, dachte Sir Hubert, als er begleitet von Hugo heimritt – vorzugsweise einen Franziskaner, der kein Englisch kann. Ich möchte nicht, daß ein solches Geheimnis in der Grafschaft die Runde macht. Dann wandte er sich an Hugo, der sich einen neuen Hut mit ganz schmaler Krempe nach der neuesten Mode zugelegt hatte und dazu ein elegantes schwarzes Samtwams trug, das er sich aus den Kleidern seiner Seligen hatte schneidern lassen und mit dem er jeder Frau ins Auge zu stechen hoffte, die sich unter Umständen bei der Gerichtsverhandlung einstellte.

»Hugo, was wollen Frauen haben?« fragte Sir Hubert. Brokesford lag noch in weiter Ferne. An den herbstlichen Bäumen vertrockneten und verschrumpelten die ersten Blätter, und ein Hauch von Frost lag in der Morgenluft. Der Sommer, der verschwenderische Sommer, neigte sich dem Ende zu. So langsam fand es der alte Mann unangenehm, wenn ihm seine Knochen sagten, daß der Winter vor der Tür stand. Wie wird das Haus kalt und leer sein, dachte er. Der kleine Junge wird wieder fort sein, und auch die geschäftige Margaret, die ihre Nase immer in alles steckt, und sogar Gilbert, der sich gar nicht so schlecht zurechtwächst, obwohl er lange dazu gebraucht hat.

»Ei, Frauen wollen einen Mann haben, der ihnen in einer Nacht fünfmal oder mehr seine Leidenschaft beweist, so wie ich«, sagte Hugo. »Sie sind einfach heißhungrig. Man muß sie dauernd befriedigen, sonst steigen ihnen die Lebenssäfte zu Kopf und rauben ihnen den Verstand. Ich habe lange darüber nachgedacht. Da man von Männern nicht verlangen kann, daß sie sich mit einer Frau begnügen, ist es unmöglich, eine Frau im Ehebett zu befriedigen, da ein Mann seine Gunst teilen muß, während sich die Frau nur für ihren Ehemann bereitzuhalten hat. Daher sollte ein Mann lieber nicht heiraten, es sei denn wegen der anregenden Vielfalt gleich mehrere Frauen, wie der Großtürke.«

»Hugo, diese Säfte sind auch dir zu Kopf gestiegen. Christliche Männer müssen sich mit einer Ehefrau begnügen. Zumindest mit einer zur Zeit.«

»Stimmt. Und darum muß ich mich auch ein wenig von der Ehe erholen. Ich bin jetzt der schöne junge Witwer in tragischem Schwarz. Habt Ihr bemerkt, wie viele Frauen mir letztens angeboten haben, mit mir zu beten? Meine Tröstung macht gewaltige Fortschritte.«

»Hugo, wie konntest du nur solch ein Unmensch werden?« knurrte der alte Mann.

»Ei, Vater, ich habe mich stets genau nach Euch ausgerichtet«, antwortete Hugo fröhlich. Alte Männer werden immer so gebrechlich, dachte er. Demnächst geht Vater noch am Stock, beklagt sich über sein Zipperlein und wärmt sich in der Sonne wie eine Eidechse. Ach, das Leben ist ein Geheimnis. Gott sei Dank, daß mir so etwas Abartiges wie Altwerden nie zustößt.

»Aber Frauen, Hugo ...«

»Wenn Ihr an Frauen denkt, denkt an fleischliche Lust«, meinte Hugo. »Ein anderer Gedanke paßt gar nicht in ihr Spatzenhirn.«

Als sie daheim ankamen, kümmerte sich Sir Hubert zunächst um die Pferde, dann ging er hinauf in seine Kammer und ließ sich den kleinen Bronzespiegel bringen, in dem er seine Gesichtszüge studierte. Nicht übel, gar nicht so übel, dachte er. Nicht jung, aber Falten und Narben wirken edel und gereift. Doch vielleicht sollte ich mir, um einer Lady zu gefallen, die Haare schneiden lassen. Er hieß also den Knecht die Schere holen und ließ sich den wilden weißen Bart stutzen und die grauen Haare abschneiden, die ihm aus den Ohren wuchsen. Dann musterte er sein Spiegelbild erneut. Es ist doch ein Unterschied, so dachte er, ob man sich für weibliche Gesellschaft gefälliger macht oder alle Charaktermerkmale entfernt. Also begnügte er sich damit, die langen abstehenden Haare seiner buschigen weißen Brauen zu stutzen, anstatt sie auch noch zu glätten wie ein Geck. Alsdann klatschte er sich die Haare mit Gänseschmalz an den Schädel und zog in der Mitte einen säuberlichen Scheitel. »Ich sehe aus wie ein affiger Tanzlehrer«, brummte er in seinen Bart.

Dann machte er sich im Sonntagsstaat auf die Suche nach Madame, die mit den kleinen Mädchen und ein paar Mägden im Backhaus war und auf einem hölzernen Schieber mit langem Griff große, runde, hoch aufgegangene Brotlaibe in den Ofen schob. Als Cecily und Alison den alten Mann erblickten, nahmen sie Madame wortlos den Schieber aus der Hand und banden ihr die Schürze ab, so daß sie diese verstohlen beiseite legen konnte. Madame und Sir Hubert gingen zusammen in Margarets Kräutergärtlein, wo die Kletterrosen an der Mauer die Blätter fallen ließen und zwischen den Dornen reife, kleine rote Hagebutten leuchteten. Es duftete noch nach Salbei und Thymian und all den guten Dingen, die man für den Winter getrocknet hatte.

»Madame«, sagte Sir Hubert. »So schnell gebe ich nicht auf. Ich bin gekommen, Euch Herz und Hand anzutragen.« Madame blickte stumm zu Boden.

»Ihr sollt eine Gesellschafterin Eurer Wahl bekommen, damit Ihr nicht ohne die treffliche Gesellschaft Eures eigenen Geschlechtes seid«, sagte er. Madame blickte noch immer zu Boden, doch er konnte hören, daß sie schwer atmete. Ein gutes Zeichen. »Dieses Haus – dieses Haus hat keine *pucelles* und Pagen mehr aufgenommen, seit es keine Burgherrin mehr hat«, sagte er. »Es könnte wieder voll fröhlicher Jugend sein, an der sich Euer Herz erfreut.« Madame hob den Blick und bemerkte seinen säuberlich gestutzten Bart und das Gänseschmalz. Es klappt, dachte Sir Hubert. Aber noch hat sie nicht ja gesagt. Und so schmiedete er sein Eisen weiter. »Und es soll Euch jederzeit ein schöner Zelter zur Verfügung stehen.« Madame schwieg sich aus und blickte wieder zu Boden. »Und zwei neue Kleider jährlich ... Ha, ehem, das zu Weihnachten nicht mitgerechnet«, setzte Sir Hubert hastig hinzu, und Madame blickte wieder hoch. Ihr Gesicht war sehr blaß.

»Und jedes Jahr eine Reise nach London ... Nein, zwei

Reisen.« Jetzt lächelte Madame ganz eindeutig, es war ein verhaltenes Lächeln. Sir Hubert spürte, wie ihm das Blut durch die Adern brauste.

Madame blickte ihm tief in die Augen, dann antwortete sie: »Ihr müßt natürlich den Mann meiner Schwester fragen, er ist das Familienoberhaupt. Ich glaube nicht, daß er Einwände macht«, sagte Madame mit gelassener Stimme. »Mein Vetter hat mir meine Ländereien, das heißt meine Mitgift, entrissen, und der Mann meiner Schwester hat mich immer nur widerwillig unterstützt.«

Sir Hubert blickte sie erstaunt an. Seine Brauen sträubten sich noch mehr, und er wurde ganz rot im Gesicht. »Der Mann ist ein Schwachkopf!« brüllte er. »Ei, Ihr seid doch ein Schatz! Diese Gaben! Diese Eleganz! Wenn er auch nur einen Mucks macht, fordere ich ihn zum Einzelkampf heraus, so wahr ich hier stehe!«

Und dann geschah etwas Erstaunliches. Madame errötete. Sie errötete bis zu den Haarwurzeln. Ihr Lächeln war echt, und in ihren Augen stand höchste Bewunderung zu lesen. Diesen Blick sollte Sir Hubert bis zu seinem letzten Stündlein nicht mehr vergessen. Das Herz ging ihm dabei auf, und er war überzeugt, daß kein Edelmann in ganz England – nein, in der ganzen Christenheit – glücklicher war als er in diesem Augenblick.

»Monseigneur«, sagte Madame, »Ihr seid mein einziger, mein wahrer Ritter.«

»Da hast du's, Gilbert«, sagte Sir Hubert, als er nach dem großen Ereignis kam, um sich mit seinem Sohn zu beraten. »Du hast dich getäuscht! Ich brauchte sie nur zweimal zu bitten!«

Margaret hatte sich im Bett aufgesetzt und spielte mit Peregrine, als Gilbert ihr die Nachricht brachte. »Oh, du liebe Zeit«, sagte sie, »das heißt vermutlich, wir müssen bis zur Hochzeit bleiben. Laß sehen: das Aufgebot aushängen – mindestens zwei Wochen ...« Sie begann, an den Fingern abzuzählen. »Und, Gilbert, – sei nicht überrascht, wenn dein Vater dich um Geld für Madames Brautkleid bittet.«

»Ihr Kleid?« Gilbert stutzte.

»Natürlich. Sie hat keins, und dieses eine Mal wird er sich nicht lumpen lassen und sie nicht mit einem aus der Truhe abspeisen. Gewiß will er Eindruck schinden.«

»Ach, Margaret, es ist wohl nur gerecht, wenn die Burgunder für die Hochzeit zahlen. Vielleicht gefällt ja dem Herzog, wenn er zurückkommt, das Manuskript, und er gleicht den Verlust aus.«

»Gilbert, es ist, glaube ich, ohnedies schon alles ausgeglichen. Gelobt sei Gott, der alles so wunderbar ordnet.«

»Ja, Margaret, ja«, sagte Gilbert und küßte erst seine Frau sehr zärtlich und dann seinen kleinen Sohn, der ihn in die Nase kniff und darauf bestand, hochgehoben und hukkepack getragen zu werden.

Kapitel 27

Ich werde nie wissen, was geschah, nachdem ich in den Weiher gegangen war. Ich wachte in dem häßlichen Söller in der Burg meines Schwiegervaters wieder auf, und da umschnüffelten sämtliche Hunde das Bett, und in den Ekken piepsten die Mäuse. Mein Gregory hielt meine Hand in seinen beiden Pranken, und neben mir lag mit leichenblassem Gesichtchen und völlig zerzausten, nassen braunen Locken mein kleiner Junge, den ich unter so viel Mühe und Schmerzen in einem Körbchen aus Frankreich heimgebracht hatte.

»Schieb ihn näher heran«, sagte ich, »ich muß spüren, wie er atmet.« Auf meinen Füßen lag etwas Rundes, Warmes und Schweres, mein alter Hund, der schniefte und schnarchte, und sein Fell war blutverkrustet. »Was ist mit Lion?« fragte ich.

»Er hat versucht, die Kinderfrau zu wecken, als Petronilla den Kleinen geraubt hat, darauf hat er sie ins Bein gebissen, und sie hat ihn getreten. Aber er scheint durchzukommen«, sagte Gregory. »Ich habe mich selbst um ihn gekümmert. Und ich habe meine Meinung über ihn geändert. Ich muß schon sagen, für einen Hund, der so albern aussieht, ist er kühn wie ein Ritter.« Bei dem Lob klappte Lion ein Auge auf und klopfte lässig mit dem Schwanz auf die Bettdecke.

»Lady Petronilla«, sagte ich, »laß sie nicht herein. Versprich mir, daß du sie hier nicht hereinläßt.« Auf einmal war ich erregt und ängstlich. »Sie haßt mich, es gibt nichts, was sie mir nicht antun würde.«

»Sie wird nirgendwo mehr eingelassen, es sei denn durch die Pforten der Hölle. Sie hat sich das Leben genommen.«

»Selbstmord? Sie? Die doch nicht«, sagte ich.

»Darauf hat Vater bei der gerichtlichen Untersuchung einen Eid abgelegt.«

»Dann war er es, Gregory. Er wollte ja auch die unerwünschten Welpen ertränken.«

»Psst, Margaret. Was er sagt, gilt. Aber eines steht fest, noch nie hat ihn etwas so mitgenommen. Er ist richtiggehend hohläugig geworden. Zum erstenmal plagt ihn ein schlechtes Gewissen.«

»Ich finde ihn noch immer nicht hohläugig genug. Er hat unser ungeborenes Kind auf dem Gewissen, ohne daß er auch nur einen Gedanken daran verschwendet.«

»Das war nicht seine Schuld, Margaret, es ist meine Schuld, alles ist meine Schuld, weil ich nicht auf dich gehört und dich gleich fortgebracht habe, als du mich darum gebeten hast.«

»Immer mußt du ausbaden, was dein Vater verbockt. Und jetzt willst du auch noch die Schuld auf dich nehmen. Aber nicht mit mir! Das war er, nicht du, mit dem ganzen Hickhack um Schenkungsurkunden und Geld und – und uralte Trinkhörner. Und er hat die Heirat meines süßen Schätzchens zu seinem eigenen Vorteil verkauft und sie hinter meinem Rücken auch noch dazu überredet. Sie ist solch ein Dummerchen und hat zugestimmt, weil sie glaubt, daß Bruder Malachi sie vor der Hochzeitsnacht in einen Jungen verwandeln wird. An diesem ganzen Unbill ist nur dein Vater schuld, an jedem bißchen. Wo er hintritt, wächst kein Gras mehr.«

»Aber er konnte doch nicht anders, als ...«

»Und ob. Wenn er besser wirtschaften würde und nicht

so verschwendungssüchtig wäre, das alles wäre nicht passiert.«

»Aber Margaret, es gibt nichts zu wirtschaften. Wenn alle Abzüge bezahlt sind, bringt ihm sein Besitz keinen roten Heller ...«

»Könnte er aber, wenn er Einsicht zeigte. Madame sagt, wenn er statt Pferden Schafe züchten würde, brächten die etwas ein, anstatt alles aufzufressen.«

»Schafe? Lachhaft. Ritter züchten keine Schafe.«

»Und warum nicht? Ritter verkaufen Fisch, Ritter führen Wein ein. Warum sollten Ritter nicht auch Schafe züchten? Immer noch besser, als zum Überleben den Franzosen das Fell abzuziehen. Und bei dir borgen müßte er dann auch nicht mehr.«

»O Margaret, Margaret, ich will nicht mit dir streiten, auch wenn du davon rote Backen bekommst. Lieber schmort Vater tausend Jahre länger im Fegefeuer, als daß er praktisch denkt, auch wenn du, zugegebenermaßen, theoretisch recht hast.«

»Theoretisch reicht nicht, mein liebster Gregory. Wie können wir Cecily aus dieser Verlobung freibekommen? Diesen intriganten, geldgierigen Richter möchte ich nicht gern in meiner Familie haben. Außerdem hat sein Junge kein Rückgrat und ist genauso ehrgeizig wie sein Vater. Cecily braucht einen rücksichtsvolleren Mann, einen, der sie besser zu schätzen weiß, jemanden aus einer netten Familie – wie Walter Wengrave.«

»Wir müssen abwarten. Sieben Jahre sind eine lange Zeit, und der Junge ist älter als sie. Vielleicht findet er ein anderes Mädchen und löst die Verlobung von sich aus. Unterdessen möchte ich, daß du nett zu dem Richter bist, er hat nämlich versprochen, den gräßlichen alten Mönch aus Vaters Bett herauszuholen und ihn, wenn er aufbricht, bei den Mönchen in Wymondley abzuliefern. Der alte Kerl trinkt den ganzen Apfelwein aus, liegt nur im Turmzimmer herum und singt in einer Sprache, die kein Mensch versteht ...«

»Madame hat sich geirrt. Dein Vater sollte doch keine Schafe züchten. Er sollte diese Burg in ein Irrenhaus umwandeln – der Anfang ist bereits gemacht.«

»Margaret! Das ist ungehörig!«

»Nicht so ungehörig wie dein gräßlicher alter Vater. Wir müssen etwas unternehmen.«

»Komm, komm, Margaret, wir schaffen das schon«, sagte mein Herr Gemahl, tätschelte mir die Hand und befühlte mir die Stirn, als ob ich im Fieber redete und für meine Worte nicht verantwortlich gemacht werden könnte.

In dieser Nacht fieberte ich tatsächlich, und während ich schwitzte und mich in dem dumpfen, feuchten Bett wälzte, träumte mir gar sonderbar. Ich war wieder am Teich und suchte zwischen den Säulen des seltsamen alten Eibentempels nach etwas, was ich verloren hatte, doch mir wollte nicht einfallen, was. Ein Fingerhut etwa? Die kleine Silberschnalle von meinem besten Gürtel? Jedenfalls war es mir sehr wichtig, und ich hatte mich auf die Erde gekniet, tastete völlig ratlos, fand aber nichts. Und als ich so herumsuchte, sah ich zwei wäßrige, vor und zurück ebbende grüne Füße. Ich blickte hoch, und was ich da sah, überraschte mich so sehr, daß ich mich auf die Hacken hockte. Eine Frau, eine vollkommen grüne und moosige Frau, die in ein nasses Gewand voller grüner Teichschlieren gekleidet war. Ihr Haar war dunkel und dämmrig wie Wasserpflanzen in der Tiefe. Ihre Augen lagen tief in den Höhlen, so daß Fische hinein- und hinausschwimmen konnten, und sie selbst strömte und strudelte wie die Gezeiten. Ein kleines Mädchen mit hoher weißer Stirn und dunklem Lockenhaar klammerte sich hinten an ihren Rockzipfel. Es hatte mein spitzes Kinn und die ernsten, klugen braunen Augen meines Gregory.

»Du brauchst nicht weiter zu suchen«, sagte die Wasserfrau. »Ich habe sie behalten.« Und da wußte ich, daß ich nicht nach einem verlorenen Knopf oder einer Schnalle oder einem Ring, sondern nach meiner Herzensfreude gesucht hatte, die kein Menschenarm je halten würde. »Das Mädchen ist rasch, ach so rasch dahingeschwunden, sie hätte es nicht mehr geschafft, dir zu gehören ... Und ich war einsam. Jahrhundertelang einsam«, sagte die Wasserfrau. Und als ich das kleine Mädchen sehnsüchtig anblickte und mir mit hungrigen Augen jeden Gesichtszug einprägte, da merkte ich, daß sie sehr zart wirkte und von Wasserpflanzen und Träumen zusammengehalten wurde und daß nur der Zauber der grünen Frau sie am Leben erhielt.

»Sei gut zu ihr«, sagte ich. »Sie ist sehr klug und wird ohne ihre Mutter betrübt sein. Du mußt sie zum Lachen bringen.«

»Oh, ich habe tausenderlei schöne Dinge in meinem grünen Saal«, sagte die Wasserfrau. »Und ich will sie lieben wie mein eigen. Wir werden spielen und uns lustige Sachen erzählen und unter den Eiben Fische spinnen. Es ist nicht deine Schuld, daß dein kleines Licht nicht kräftig genug für zwei war.«

»Das habe ich aber geglaubt, ich habe geglaubt, ich könnte es dazu bewegen«, sagte ich. »Ich bin habgierig gewesen und bin furchtbar gestraft worden. Aber welche Mutter könnte wohl wählen? Und nun ist mein Licht verloschen, und ich muß so tun, als ob alles beim alten wäre.«

»Warum mußt du so tun?« fragte das Weiherwesen und blickte mich aus Höhlenaugen neugierig an.

»Weil meine Seele so gern erlöst zum Himmel fliegen möchte, aber ich habe Kinder großzuziehen und einen Mann, für den ich sorgen muß, und ich muß meine Cecily aus den Schlingen dieses listigen alten Fuchses, des Richters, befreien.«

Aber da lachte die Wasserfrau ein Lachen, als gluckste güldenes Wasser, und sagte: »Ist das alles?« So als ob es nichts wäre. Sie setzte sich neben mich, legte mir den wäßrigen Arm um die Schultern und setzte meine Kleine auf ihren Schoß. Und eines war daran merkwürdig: Ihr grüner Arm war warm und flüssig und duftete so lieblich wie alles Wachsende und umplätscherte mich, als würde ich schwimmen. »Mach dir keine Sorgen um deine Mädchen«, sagte sie. »Die schlagen sich schon durch. Alison ist von meinen Honigkuchen ganz fett geworden, und Cecily hat bei ihrem Heiratsgelöbnis meine Schuhe getragen. Ich verspreche dir, wenn der Mann, den sie einmal heiratet, nicht all ihre Bedingungen erfüllt, dann gibt es keinen Fluß in ganz England, der nicht ansteigen und ihn ersäufen würde.«

»Dann bist du in allen Flüssen?« fragte ich, denn sie hatte mich neugierig gemacht.

»O nein, ich reise nicht weit. Aber wir Wasser stehen alle miteinander in Verbindung. So hat uns der Große Schöpfer geschaffen.« Sie lachte noch einmal, ein Lachen, als plätscherte Bachwasser über Kiesel. »Und du«, sagte sie, »sei wieder guten Mutes. Dein Traumkind wird in meinem Haus liebliche Lieder singen – und eines kannst du mir glauben, sie sind weitaus schöner als das unmelodische Kyrie, das dieser langweilige Priester immer leiert –, aber merkst du nichts? Dein kleines Licht hatte sich nur ausgeruht, es flackert wieder auf. Siehst du? Es hatte sich erschöpft.« Ich blickte zu Boden, und da schien ich unter Wasser zu treiben, meine Kleider blähten sich und umschwebten mich, und tief unter meiner Haut schimmerte und flackerte ein rotgoldener Schein, als leuchtete mein Blut, als erholte sich eine Kerze von einem kalten Windstoß.

»Ah! Da ist es wieder! Daran habe ich dich anfangs auch erkannt – an dem kleinen Licht, das so weich und warm war. Du bist oft gekommen und hast aus meiner Quelle Wasser zum Bierbrauen geschöpft.«

»Und das Bier ist ausgezeichnet geworden«, sagte ich.

»Aha, habe ich bei mir gesagt, ich kann kleine Frösche und Fische mit glänzenden Schuppen machen, aber Bier, nein, das habe ich noch nie gemacht. Jedenfalls kein gutes. Ich hätte dich gern näher kennengelernt, aber du bist weggegangen.«

»Ich war hier nur auf Besuch.«

»Das habe ich von meiner Base, der Themse, erfahren, die hat gesagt: ›Warum möchtest du ein Kindchen haben?‹ Und ich habe gesagt: ›Ich hatte einmal einen Mann mit einem kalten blauen Licht, das sehr kräftig leuchtete, aber der hat mir kein einziges Mal zugehört, obgleich er vierzig Jahre lang in der Einsiedelei neben mir gewohnt hat. Für ihn war ich die Stimme der Sünde.‹ Und du hörst mir jetzt zu, auch wenn du mein Wasser nur zum Bierbrauen und zum Waschen verwendest. So ist das eben. Aber wir vernünftigen Frauen verstehen uns. Ich brauche dich, Lady Margaret. Ich brauche jemanden, der bei den leuchtenden Wesen über mir ein gutes Wort für mich einlegt. Bei dem Allwissenden Schöpfer. Ich weiß, daß du das kannst. Ich habe gehört, wie du es getan hast. Du gehst in ein Haus aus Stein, und ich kann dich hören und sehe, daß dein Licht aufschimmert wie die rosige Morgendämmerung.«

Natürlich ergab der Traum keinen rechten Sinn, ergab aber dennoch sehr viel Sinn, denn schließlich hatte ich gesehen, was man in dem Becken fortgetragen hatte: eine wabbelige Fleischmasse wie Leber und Gallert, aber ganz und gar kein Kindchen. Als ich das sah, war mir sofort klar, daß ich mein Kind nur geträumt hatte und daß es sich nie bewegt und auch keine Seele gehabt hatte, die vom Himmel herabgeflogen wäre, um darin zu wohnen, wie es den Priestern zufolge geschieht. Und doch hatte mein Herz es so sehnlich erträumt, und dieser Traum war genauso eindringlich gewesen wie der von der Wasserfrau, die sich nächtens mit mir unterhielt und wirklich und unwirklich zugleich war. Denn sie hatte mein Traumkind behalten, das so seelen- und alterslos war wie sie. Mein eigen und jetzt ihr eigen.

Und weil alles nur ein Traum war, fragte ich die Wasserfrau, statt zu jammern und zu wehklagen, was ich für sie tun könne, und sie sagte, sie mache sich schreckliche Sorgen um ihr schönes grünes Haus und ihre singende Quelle und ihre seufzenden Eiben und Eichen, in denen Raben und freche Eichhörnchen hausten. Sie erklärte mir, daß sie in den Bäumen sei und daß sie, falls man die abhackte, auch sterben müsse, weil sie abgesehen von ihrem grünen und wachsenden Leib keine Seele habe. Sie sagte, es sei gar nicht so furchtbar heidnisch, sich um ihr Anliegen zu kümmern, eher wie eine Gebet für Kranke, was doch allen guten Christen aufgetragen sei. Ich war mir da nicht so sicher, denn einst war ich der Inquisition wegen Heilens ohne ordentliche Zeugnisse aufgefallen, und ich erklärte ihr, welche Ängste ich dabei ausgestanden und daß man, mich fast bei lebendigem Leib verbrannt hätte, wenn ich nicht widerrufen hätte.«

»Du mußt sie auf deine Seite bringen«, sagte ich. »Wie wäre es, wenn du dir einen christlichen Namen zulegtest?«

»Ich meinen Namen ändern? Das ist eine Beleidigung! Ich habe doch gar keinen! Weißt du, wie alt ich bin? Ich wurde geschaffen, gleich nachdem das Licht von der Finsternis geschieden wurde. Ich bin älter als alle Namen. Und komm mir bloß nicht mit ›Edburga‹. Das ist der häßlichste Name überhaupt. Du hättest die heilige Edburga sehen sollen! Eine bösartige alte Frau, die alle Menschen mit Geschichten vom Fegefeuer eingeschüchtert hat. Ganz und gar nicht mein Fall.«

»Wie wäre es mit ›Marienquell‹? fragte ich und gab mir Mühe, so bescheiden wie nur möglich zu sprechen. Wind und Wasser, Sterne und Meer – die Elemente sollte man niemals gegen sich aufbringen.

»Der Teil mit ›Quell‹ ist gut, denn das bin ich wirklich. Aber wer ist diese Marie?«

»Maria, die Himmelskönigin. Viel höher kannst du nicht greifen«, sagte ich.

»Marienquell, Marienquell«, sagte der Wassergeist und wirbelte die Worte wie leuchtende Flüssigkeit in seinem Leib. »Gar nicht so übel. Vielleicht hilft die mir ja mit meinen Bäumen und meinen Singvögeln und meinen schönen dunklen Aalen und glänzenden Fischen.«

Als ich morgens aufwachte, lugte die Sonne bereits durch die tief eingelassenen schmalen Söllerfenster. Die Laken waren zum Auswringen naß und mein Haar vollkommen feucht. Alles war schon auf den Beinen, und draußen auf dem Hof konnte ich den Hufschmied hören, der Pferde beschlug. In panischer Angst tastete ich nach der Stelle, wo Peregrine gelegen hatte, aber er war nicht mehr da. Doch ich hörte ein ›Wuff, Wuff, Wuff‹ und spähte über die Bettkante, und da kroch Peregrine auf allen vieren zwischen den Welpen herum und bellte wie ein Hund. »Guck, Mama«, rief er. »Ich zeig ihnen, wie man bellt!« Auf der Bank saß eine aufgeweckt und tüchtig aussehende junge Frau aus dem Dorf mit großer Schürze und Holzpantinen. Sie spann und lächelte mich an.

»Oh«, sagte sie. »Wie schön, daß Ihr endlich aufgewacht seid. Ihr habt in der Nacht so schrecklich gefiebert, daß wir Euch fast aufgegeben haben.«

»Ich – ich habe einen wundersamen Traum gehabt. Der Weiher muß in ›Marienquell‹ umgetauft werden.«

»›Marienquell‹?« sagte die junge Frau. »Ei, das ist aber ein schöner Name. Gewiß kann es uns allen nur zum Segen gereichen, wenn das heidnische Wasser Marienquell genannt wird. Mit einem solchen Namen kehrt auch der Wohlstand zurück.«

Kapitel 28

Ich muß gestehen, in einem hatte ich mich getäuscht: Gilberts Vater borgte sich kein Geld für das Brautkleid. Er borgte nur für Wein und Spezereien und die Köstlichkeiten, die er für den Hochzeitsschmaus bestellte, aber Gilbert meinte, wenn man bedachte, wie sanftmütig sein Vater neuerdings unter Madame Agathes segensreichem Einfluß geworden war, hätte die Summe getrost doppelt so hoch sein können. In einer Truhe, unter lauter sonderbaren Dingen, die er von einem früheren Feldzug aus Frankreich heimgebracht hatte, fand sich noch eine Bahn figürlich gemusterter Seide, die einer Kaiserin wohl angestanden hätte, obschon ich den Verdacht hatte, daß sie ursprünglich für die Dalmatika eines französischen Bischofs bestimmt gewesen war. Mir übertrug er die Aufsicht über die Näherinnen, und Madame überwachte das Zuschneiden höchstpersönlich, und ich muß schon sagen, für eine Lady, die jahrein, jahraus nur das allerschlichteste Schwarz getragen hatte, besaß sie einen ausgeprägten Sinn für Mode.

»Lady Margaret, Ihr seid mir doch nicht böse, daß ich jetzt diesen Platz in der Welt einnehme?« fragte sie, während wir an dem prachtvollen Kleid nähten.

»Madame Agathe, falls ihr den alten Brummbären irgendwann einmal zähmen könnt, habt Ihr uns allen einen unbezahlbaren Dienst erwiesen. Ich für mein Teil werde Euch gern Mutter nennen und allezeit für Euer Glück beten.«

Madame wirkte erleichtert, so als hätte ihr das schon

lange auf der Seele gelegen. »Ich habe mir natürlich ein paar Gedanken gemacht, wie sich dieses Haus herrichten ließe«, sagte sie. »Von einem edlen Ritter wie Sir Hubert kann man schließlich nicht erwarten, daß er sich um so unbedeutende Kleinigkeiten kümmert. Er hat die Angelegenheiten der großen Welt zu bedenken.« Mir schien, sie war während des Sprechens ein wenig errötet, und über ihr strenges Gesicht huschte ein Lächeln. Du meine Güte, dachte ich, wer hätte das gedacht? Sie hat sich doch tatsächlich in den gräßlichen alten Mann verliebt.

»Ich bin froh, daß Ihr mit ihm glücklich seid«, sagte ich.

»Wie könnte es anders sein? Ein Held bei Poitiers, aus altem Geblüt und mit Verbindungen zu hohen Kreisen, listig im Umgang mit Feinden, gerecht im Urteil, ein wahrer Ritter, der seinesgleichen sucht. Der Vater Eures ritterlichen Gemahls kann gar nicht anders sein. Sie gleichen sich wie ein Ei dem anderen. Das macht das wahre Blut«, sagte sie, und ich staunte so, daß mir der Fingerhut entfiel. Schon bei dem geringsten Verdacht, daß auch nur die winzigste Ähnlichkeit zwischen den beiden bestünde, würde ich wahrscheinlich den Weg von Hugos seliger Gattin gehen. Wie konnte eine Frau nur so vom ritterlichen Sagengut durchdrungen sein, daß es sie blind für die überwältigende Abscheulichkeit dieses Mannes machte? Darum werde ich wohl auch nie eine echte Lady, seufzte ich im stillen. Erste Vorbedingung dafür sind Scheuklappen. Cecily, die mit den Nähfrauen an der Aussteuerwäsche arbeitete, sprang auf und fand meinen Fingerhut verkehrt herum in einer Ritze im Fußboden und brachte ihn mir. Wir tauschten einen verständnisinnigen und verwunderten Blick.

»Ich habe mich dazu durchgerungen, diese grünen Schuhe trotz allem zu mögen«, sagte ich, denn ich hatte sie auch unter ihrem längsten Kleid erspäht. »Hast du die jeden Tag getragen, als ich im Bett lag und es dir nicht verbieten konnte?«

»Das sind meine Lieblingsschuhe«, sagte sie mit geheimnisvollem Lächeln.

»Cécile, deine Stiche sind sehr gleichmäßig und klein«, sagte Madame, die ihre Näharbeit begutachtete. »Meinen Glückwunsch.«

»Merci, Beinahe-Großmutter«, antwortete sie, und ich merkte, daß sie unter ihren Sommersprossen errötete.

»Lady Margaret, Ihr seht so blaß aus. Ihr dürft Euch mir zuliebe nicht übernehmen. Bitte, ruht Euch jetzt aus. Ihr habt soviel Blut verloren; wie soll Euer kleines Licht sonst wieder scheinen.« Ich stutzte, und sie lächelte ihr stilles, verständnisinniges Lächeln. »Meine Beinahe-Tochter«, sagte sie, »ich wäre keine Frau, wenn ich nicht wüßte, was Euch der Kampf mit dem Teufel im Weiher gekostet hat. Jede Seele auf dieser Burg ist Euch dankbar, daß Ihr eine Abmachung mit ihm aushandeln konntet.« Madame Agathe ist tatsächlich ein echte Lady, dachte ich. Für sie ist das Teichwesen ein Teufel. Nur so ungehobelte, ungebildete, unkultivierte Menschen wie ich sehen die Wasserfrau, wie sie ist. Vielleicht sehen auch die Kinder sie eines Tages nicht mehr. Und ich, ich bin wohl falsch gebaut, denn ich habe neben der Wasserfrau und all ihrer schuppigen, glitschigen Pracht gesessen und habe mich mit ihr unterhalten, auch wenn es nur im Traum war. Lieber Gott, lieber Gott, warum hast DU mich nicht auch als vollkommene und untadelige Lady erschaffen? Dann würde ich alles so sehen, wie es sein soll. Und wenn, dann hättest DU Schöpfer des Himmels und der Erden mir auch ruhig goldenes Haar machen können, weil das so viel höher geschätzt wird. Aber Gott, der so oft in Rätseln spricht, beliebte es, mir auch diesmal nicht zu antworten.

Die Verkündigung des Aufgebots versetzte die Grafschaft in hellen Aufruhr. Karren und Fuhrknechte mit Packeseln trafen ein, alle dank der Burgunder mit guten Dingen beladen. Und da Hochzeit üppige Bewirtung bedeutete, folgte ihnen das ganze Treibgut des Lebens: Spielleute und Gaukler und Krüppel, die behaupteten, sie wären verwundete Waffengefährten, und Wahrsager und fahrende Scholaren und Almosenhändler und so weiter und so fort, und die schlugen draußen vor dem Burgtor ihr Lager auf und drangen bis auf den Hof. Alsdann wurden Hochzeitsbitter zum höheren Landadel und zu den Nachbarn geschickt, und wer nicht in der Nähe wohnte, reiste mit Gefolge an und fand Aufnahme in unweit gelegenen Burgen, darunter auch Brokesford selbst. Gilbert und Hugo folgten ihrem Vater auf Schritt und Tritt, und jedesmal, wenn er sich über die Menschenmassen und den ganzen Umstand aufregen wollte und es so aussah, als könnten Möbel durch die Luft fliegen, füllten sie ihn mit Ale ab und sagten ihm, was für ein großzügiger Gastgeber er doch sei, bis er vergaß, worüber er sich aufgeregt hatte.

Doch dann geschah etwas, was den alten Brummbären in strahlende Laune versetzte: Madame Agathes Vetter schickte einen verängstigten Boten, der Glückwünsche an den mächtigen Herrn von Brokesford, den Waffengefährten des allerhöchsten und allermächtigsten Herzogs von Lancaster, überbrachte. Und Sir Hubert machte ihm klar, daß die Ländereien aus Madames Mitgift ein sehr hübsches kleines Hochzeitsgeschenk seien, was den Zorn seiner vielen mächtigen Gönner vom Haupte ihres undankbaren Vetters abwenden würde: »Unter anderem auch den des königlichen Richters, Sir Ralph FitzWilliam«, brüllte er und versetzte dem Boten einen Tritt, daß er die Treppe vor der Haustür hinunterpurzelte: »FALLS IHR DAS NICHT MITBEKOMMEN HABT!«

»Vater, Ihr wollt Euch doch nicht schon wieder einen Rechtsstreit aufhalsen«, sagte Gilbert, klopfte dem Edelmann, den Madames frühere Verwandtschaft geschickt hatte, eiligst den Dreck ab und entschuldigte sich bei ihm.

»UNFUG!« brüllte Sir Hubert hinter ihm her. »Du weißt doch, wie gut der letzte ausgegangen ist! Daß dich der Teufel ... Niemand hat sich getraut, uns vor Gericht entgegenzutreten!«

»Hugo, wo ist der Ale-Becher?« fragte Gilbert und sah ganz blaß um die Nase aus.

»Den habe ich ausgetrunken, Bruder. O Margaret, da seid Ihr ja. Woher habt Ihr gewußt, daß wir ihm nachschenken müssen? Gebt alles Gilbert. Er braucht es am dringendsten.«

Doch danach schüttelte der Herr von Brokesford allen Unbill ab wie die Ente das Wasser, durchmaß sein Anwesen mit einem Blick, der in weite Fernen gerichtet war, und summte dabei tonlos vor sich hin wie immer, wenn er sich ein neues Schelmenstück ausdachte.

»Das gefällt mir nicht«, sagte Gilbert, als wir an diesem Abend im Bett saßen, während ringsum Dutzende von Gästen, die man allesamt zu uns in den Söller gequetscht hatte, schnarchten, schnauften und atmeten. »Als er das letztemal so war, hat er im Alleingang eine französische Stellung gestürmt.«

»Mein Herr Gemahl, hört dieses eine Mal auf mich. Sobald sie ehelich verbunden sind, setzen wir uns in Windeseile von hier ab.«

»Abgemacht. Wir packen am Abend zuvor.«

»Wir verlassen ihn ja nicht. Jetzt kümmert sich Madame um ihn, obwohl das selbst ihre heldenhaften Kräfte übersteigen könnte.«

»Oh, wohl kaum. Ich habe ihre Qualitäten von Anfang an erkannt. Warum, glaubst du, habe ich mir all diese Mühe gemacht?«

»Gregory! Habe ich richtig gehört? Solltest du dir einen Kuppelpelz verdient haben?«

»Nicht direkt. Bei Vater weiß man nie. Sagen wir, ich wollte ein wenig nachhelfen, das heißt, sie sollten sich kennenlernen; und das war unvermeidlich, weil er uns doch immer wieder überfallen hat. Ich fand, es wäre nur zu seinem Besten. Und du mußt zugeben, Madame als Herrin von Brokesford war ein unvergleichlicher Einfall.«

»Mehr als unvergleichlich. Es war ein Geniestreich«, antwortete ich. Danach summte Gilbert seinerseits tonlos vor sich hin, und alles, weil er so zufrieden war und sich so viel auf seine Klugheit einbildete.

Als sich schließlich all die Gäste und Freunde und Dorfbewohner und Gaffer vor dem Kirchenportal eingefunden hatten, um mitzuerleben, wie Sir Hubert Madame den Ring ansteckte, erwartete sie eine weitere Überraschung. Sir Hubert verkündete mit lauter, fester Stimme, seine Morgengabe für die Braut sei ein Anteil auf Lebenszeit an Dorf und Ländereien von Hamsby mit allen diesbezüglichen Pachteinnahmen und Abgaben. In dem allgemeinen Aufruhr pufftte Hugo Gilbert.

»Was meint er mit Hamsby auf Lebenszeit? Wovon, um Gottes willen, soll ich denn leben? Von dem Rest?«

»Wie ich höre, läßt er aus dem Süden eine Rasse besonders haariger Schafe kommen, die ihr gefallen«, sagte Sir John. »Nicht auszudenken, Schafe in Hamsby. Schafe taugen nur für Leibeigene. Edelleute haben Pferde.«

»Ach, ich weiß nicht«, sagte Sir William, der in Begleitung seiner Frau und seines Sohnes Philipp gekommen war, der vor vielen Jahren zusammen mit Gilbert Knappe gewesen war. »Meine Joan beschäftigt Spinnerinnen, die die feinste Wolle von ganz Derbyshire herstellen, und die Schafe, zu denen sie mich überredet hat, bringen genug ein für ein neues Torhaus und für den Ritterschlag meines zweiten Sohnes. Man darf sie nur nicht auf gutem Boden weiden lassen. Den zertrampeln sie.«

»Ha, wenn der aus seinem Liebeswahn erwacht und merkt, daß überall auf seinem Land Schafe weiden, dann dreht er durch«, meinte Sir John. »Ah, die Kirchentür geht auf. Nun seht euch das an! Ein Buntglasfenster! Wie hat er das denn geschafft?« Die geladenen Ritter staunten über die in neuem Glanz erstrahlende Kirche. Ich sah Gilbert an, und Gilbert sah mich an, und wir schwiegen lange. Ich war von Anfang an der Meinung, daß ein Fenster in Anbetracht des Vorgefallenen so geschmacklos wie nur irgend möglich war, und Gilbert sah das auch so, hatte es seinem Vater aber nicht ausreden können. Christus als Dämonenbezwinger, ein Geschenk zum Andenken an seine Hochzeit. Warum keine liebliche Muttergottes oder einen Christus in seiner ganzen Glorie oder vielleicht einen Erzengel Michael? Aber nein, Dämonen mußten her, kamen allesamt aus dem Mund einer Frau geflogen und flatterten mit ledrigen Flügelchen davon. Gilberts Vater sagte, so zieme es sich.

»Du meine Güte, Christus als Dämonenbezwinger. Ja, jetzt fällt es mir wieder ein, das ist doch die wundertätige Kirche. Wenn ich hier eine Kerze opfere, ob die Heilige dann wohl die Mäuse in meinen Vorratsscheuern ausrottet?« Als ich das die Gäste sagen hörte, ging mir auf einmal ein Licht auf.

»Gilbert«, flüsterte ich, »er hat das gräßliche Fenster wegen des Geldes ausgesucht.« Gilbert deutete mit dem Kopf auf den Opferstock.

»Der ist seit – na, du weißt schon – immer voll gewesen. Die Kirche hat sich einen Ruf erworben.« Ich war seit meiner Genesung nicht mehr in der Dorfkirche gewesen und stellte fest, daß sie sich gewaltig verändert hatte. Alle Statuen prangten neu vergoldet, und es gab einen schönen neuen Lettner und sogar eine kleine Orgel, die ächzte und hämmerte, während ein schwitzender kleiner Junge den Blasebalg trat und ein alter Mönch Kirchenlieder spielte. Alles strahlte Wohlstand aus und machte sich gut, und überall drängten sich sonntäglich gekleidete Menschen. Vorn wurde in großem Stil die Hochzeitsmesse mit Bienenwachskerzen vom Feinsten und mit Weihrauch zelebriert, der angeblich aus dem Heiligen Land kam, aber vermutlich aus King's Lynn stammte.

»Schnell, Margaret, denk an etwas Leidiges. Buchhaltung. Wieviel uns der Wein kosten wird.«

»Warum denn? Paß auf, jetzt wird die Hostie erhoben.«

»Margaret, du machst es wieder.« Ach herrje. Ich merkte, daß der Raum rotgolden leuchtete, Alison mich am Ärmel zupfte und Cecily peinlich berührt den Blick zur Deckenwölbung richtete. Mir schien, ich hörte auf einmal einen sonderbaren Laut, während ich auf meine Hände blickte und merkte, daß mein Licht zurückgekehrt war. Es war wie Sonnenlicht auf Wasser, hörte sich an wie schimmernde Bläschen, die über Kiesel im Bach tanzen. Ich hätte schwören können, daß ich in dem brechend vollen Kirchenschiff unter den Stichbalken und dem abscheulichen neuen Fenster und inmitten himmelwärts wölkender Kerzenflammen und Weihrauchschwaden einen leisen Nachhall vom Lachen der Wasserfrau hörte.

Im Jahre 1194 wird am zweiten Weihnachtstag auf dem Marktplatz von Jesi ein Kind geboren: Friedrich, der Sohn des Kaisers Heinrich und seiner Frau Konstanze. Wild und ungebändigt wächst der Junge in den Gassen von Palermo auf, regiert später als Friedenskaiser das Römisch-Deutsche Reich und stirbt 1250 nach einem erfüllten Leben - und jahrelanger Auseinandersetzung mit dem Papst.

Im Jahre 1284 verkündet ein würdiger alter Mann mit schneeweißem Haar auf dem Marktplatz von Köln: »Ich bin Friedrich der Staufer. Ich bin nicht, wie ihr glaubt, vor vielen Jahren gestorben, sondern nach einer langen Pilgerfahrt aus dem Heiligen Land zurückgekehrt, um Frieden zu bringen.« Die Zuhörer sind erstaunt, welche Einzelheiten aus dem Leben des Kaisers der Unbekannte kennt. Der Mann kann kein Betrüger sein! Aber wer ist er dann?

ISBN 3-404-14431-7

BASTEI
LÜBBE